KB043546

THE CHILDREN OF HÚRIN

일러두기

이 책의 첫머리에 수록된 8점의 전면삽화는 본래 본문 내용에 들어가 있던 것으로, 한국어 번역판에서는 저작권사의 동의를 얻어 권두에 모아 배치했음을 밝힌다. 각 삽화 하단에는 그림의 원제목을 표기하였고, 관련 본문을 인용하였다.

후린과 후오르가 곤돌린으로 수송되다

한번은 후린과 후오르가 한 무리의 정찰대와 함께 나갔다가 오르크들의 매복 공격을 받아 모두 흩어지게 되었는데, 형제는 브리시아크여울까지 추격당했고 시리온강에서 큰 힘을 발휘하던 울모의 권능이 없었더라면 붙잡히거나 죽임을 당했을 것이다. 전하는 바에 의하면 강에서 안개가 일어나더니 그들을 적으로부터 숨겨 주었고, 그들은 브리시아크를 건너 딤바르로 피신하였다. 혹독한 시련을 겪으며 가파른 크릿사에그림첨봉 아래의 언덕들 사이를 헤매던 그들은 혼란스러운 지형에 당황하여 앞으로 갈 수도 뒤로 돌아갈 수도 없었다. 거기서 소론도르가 그들을 발견하고 그들을 돕기 위해 휘하의 독수리 두 마리를 내려 보냈다. 독수리들은 그들을 데리고 '에워두른산맥'을 넘어 비밀의 골짜기 툼라덴과 숨은 도시 곤돌린으로 날아갔다. 인간은 아직 아무도 가 보지 못한 곳이었다.

본문 55쪽

Húrin and Huor are Carried to Gondolin © Alan Lee

후린과 모르고스의 대화

"노예 모르고스, 그렇다면 이걸 마지막으로 전해 주겠다. 이것은 엘다르의 지식에서 얻은 것이 아니라 이 순간 내 마음속에 들어온 말이다. 너는 인간의 왕이 아니며, 온 아르다와 메넬이 너의 손안에 들어간다 하더라도 인간의 왕이 될 수 없을 것이다. 너는 너를 거부하는 이들을 세상의 둘레를 넘어서까지 쫓아가지는 못할 것이다."

"세상의 둘레를 넘어서까지 그자들을 쫓아가지는 않을 것이다." 모르고스가 대답했다. "세상의 둘레 바깥에는 '무無'가 있을 뿐이니까. 하지만 '무'로 나가기 전, 세상 안에 있는 동안은 나를 피할 수 없을 것이다."

본문 89쪽

The Words of Húrin and Morgoth © Alan Lee

메네그로스를 떠나는 벨레그

"폐하, 허락해 주신다면 제 힘이 닿는 대로 폐하를 위하여 이번에 악이 저지른 행위를 시정하도록 하겠나이다. 그와 같이 훌륭한 인물이 황야에서 하릴없이 헤매고 다녀서는 안 됩니다. 도리아스에는 그가 필요하며, 그 필요성은 점점 커질 것입니다. 더욱이 저 또한 그를 사랑하고 있습니다."

그러자 싱골이 벨레그에게 말했다. "이제 투린을 찾을 수 있겠다는 희망이 생겼군! 나의 호의를 가지고 떠나게. 그를 찾으면 있는 힘을 다해 그를 지키고 인도하게. 벨레그 쿠살리온, 그대는 오랫동안 도리아스를 지키는 데 선봉에 서 왔고, 자네가 이룬 용감하고 지혜로운 많은 공적에 대해 내가 여러 번 고마움을 표한 바 있네. 투린을 찾아내는 것은 그 모든 일 중에서 가장 큰일일세."

본문 125~126쪽

Beleg Departs from Menegroth © Alan Lee

아몬 루드

아몬 루드는 시리온강과 나로그강 사이에 솟은 높은 황무지의 동쪽 끝자락에 솟아 있었고, 기슭의 바위투성이 황야에서 꼭대기까지는 3백 미터가 넘었다. 동쪽에서 보면 울퉁불퉁한 대지가 서서히 높아지면서, 무리를 이룬 자작나무와 마가목, 그리고 바위 사이에 뿌리를 내린 오래된 가시나무들로 덮인 여러 개의 높은 등성이가 이어졌다. 저편 황무지 위와 아몬 루드 아래쪽 기슭에는 '아에글로스' 덤불이 자라고 있었다. 하지만 경사가 심한 잿빛 산꼭대기는 바위를 뒤덮은 붉은 '세레곤'을 제외하고는 온통 민둥산이었다.

날이 저물 무렵이 되어서야 무법자들은 산기슭 근처에 이를 수 있었다. 밈이 인도하는 방향에 따라 그들은 이제 북쪽에서 산에 접근했다. 석양빛이 아몬 루드 꼭대기를 비추었고, 세레곤 꽃이 만발해 있었다.

"저런! 산꼭대기가 피범벅이군." 안드로그가 말했다.

"아직은 아니지." 투린의 대답이었다.

본문 163쪽

Amon Rûdh © Alan Lee

앙글라켈 검을 다시 벼리다

귄도르가 그의 이름을 말하려 하자, 투린은 그를 가로막으며 이렇게 말했다. "나는 우마르스의 아들 아가르와엔('불운의 아들, 피투성이')으로 숲속의 사냥꾼이오." 하지만 요정들은 (다른 이유는 알지 못하고) 그가 친구를 죽인 사실 때문에 이런 이름을 취한 것으로 짐작하고 더 이상 묻지 않았다.

나르고스론드의 솜씨 좋은 대장장이들이 그를 위해 앙글라켈 검을 다시 벼리자, 칼날은 온통 검은빛을 띠면서도 희미한 불빛을 머금었다. 그리하여 앙글라켈로 얻은 무공이 널리 알려지면서 투린은 나르고스론드에서 '검은검 모르메길'로 알려지게 되었다. 하지만 그는 그 검을 구르상, 곧 '죽음의 쇠'로 명명하였다.

본문 197~198쪽

The Reforging of Anglachel © Alan Lee

투린, 브레실로 들어가다

투린은 에레드 웨스린 기슭의 숲속을 한 마리 짐승처럼 거칠지만 주의 깊게 잘 살피며 돌아다녔으나, 핀두일라스의 흔적을 찾기에는 너무 늦었다. 시리온 통로를 향해 북쪽으로 가는 모든 길목을 감시하기도 했지만, 역시 너무 늦은 터였다. 핀두일라스의 모든 흔적이 비와 눈에 씻겨 내려가 버렸기 때문이다. 투린은 테이글린강을 따라 내려가다가 브레실숲에서 나온 몇 명의 할레스 일족 사람들을 만나게 되었다. 그들은 전쟁으로 인해 부족의 규모가 줄어들었고, 대개는 숲속 중심부에 있는 아몬 오벨의 방책防柵 속에 숨어 살고 있었다.

본문 234~235쪽

The Coming of Túrin into Brethil © Alan Lee

글라우룽의 출현

오래지 않아 또 다른 보고가 들어왔다. 불길이 점점 북쪽으로 다가오고 있
으며, 사실 글라우룽이 직접 불을 일으키고 있다는 것이었다. 용이 나르고
스론드를 떠나 다시 임무 수행에 들어간 것을 알 수 있었다. 그러자 좀 더
어리석거나 희망적인 이들은 "용의 군대가 궤멸되었고, 이 사태를 파악한
용이 원래 있던 곳으로 되돌아가고 있다"라고 말했으며, 다른 이들은 "용
이 우릴 지나가기를 기대해 보자"라고 이야기했다. 하지만 투람바르는 그
런 기대를 하지 않았고, 글라우룽이 자기를 찾아오고 있다는 것을 알았다.

본문 271쪽

The Coming of Glaurung © Alan Lee

투린의 죽음

"오라, 구르상, 죽음의 쇠! 이제 너만 홀로 남았구나! 너는 너를 휘둘렀던 손 외에는 어떤 주인도, 어떤 충성스러운 신하도 알아보지 못하는구나. 어떤 피 앞에서도 너는 두려워하지 않는구나. 투린 투람바르도 받아 주겠느냐? 나를 즉시 죽여 주겠느냐?"

그러자 칼날에서부터 싸늘하게 울리는 목소리가 대답했다. "그렇습니다. 기꺼이 당신의 피를 마시겠습니다. 그래야 나는 내 주인 벨레그의 피와 부당하게 죽은 브란디르의 피를 잊을 수 있을 것입니다. 당신의 목숨을 즉시 거두겠습니다."

그러자 투린은 칼자루를 땅바닥에 꽂고 구르상의 칼끝 위로 몸을 던졌고, 검은 칼날은 그의 목숨을 거두었다.

본문 308~309쪽

The Death of Túrin © Alan Lee

ABOUT THE ARTIST

앨런 리 | Alan Lee

케이트 그린어웨이 상을 수상한 세계적인 삽화가이다. 1947년 영국 런던에서 태어났다. 17세 때 『반지의 제왕』을 읽고 깊은 감명을 받았다. 이후 J.R.R. 톨킨의 『반지의 제왕』(1992년 100주년 특별판), 『호빗』(1999), 『후린의 아이들』(2007), 『베렌과 루시엔』(2017), 『곤돌린의 몰락』(2018)의 삽화를 담당했고, 피터 잭슨의 영화 〈반지의 제왕〉, 〈호빗〉에도 존 하우와 함께 콘셉트 아티스트로 참여했다. 톨킨의 중단편 소설들을 묶은 『위험천만 왕국 이야기』와 최근 영국에서 출간된 『누메노르의 몰락』의 삽화도 그렸다.

THE CHILDREN OF HÚRIN
후린의 아이들

나른 이 킨 후린
후린의 아이들 이야기

NARN I CHÎN HÚRIN
The Tale of the Children of Húrin

J.R.R. 톨킨 지음

크리스토퍼 톨킨 엮음

앨런 리 그림

김보원 옮김

arte

차례

나른 이 킨 후린
후린의 아이들 이야기

부분삽화 차례

베일리 톨킨에게

역자 서문

결국 실패하고 말았지만『반지의 제왕』과『실마릴리온』의 동시 출간을 작가가 간절히 원했다는 사실은 J.R.R. 톨킨의 팬이라면 이제 누구에게나 익숙한 이야기가 되었다. 시간의 시작에서 시작하는『실마릴리온』의 장엄한 배경 막이 있을 때『반지의 제왕』의 의미와 위상이 한층 뚜렷해진다고 톨킨은 믿었던 것이다. 그 믿음은 "조국의 (신화적) 빈곤이 슬펐다"라는 작가의 고백에서 나온 진심이었다. 그런데 톨킨의 진심이 담긴 방대한『실마릴리온』신화 중에서도 그가 특히 아낀 세 편의 이야기가 있었는데, 이를 그는 '위대한 이야기들Great Tales'이라고 불렀다.『실마릴리온』의 신화는 대체로 요정들이 주역을 맡지만, 이 세 편은 모두 '둘째자손'인 인간이 주인공이라는 공통점을 지니는데, 투린 투람바르의 서사는 그중 가장 완성도가 높은 작품이다.

톨킨은 투린 투람바르의 서사를 일찍이 1920년대 초부터 운문과 산문 두 방향으로 작업을 시작했는데, 작가 생전에는 결국 어느 쪽도 완성본에 이르지 못하고 말았다. 이는 결국 성실한 편집자 크리스토퍼 톨킨의 몫으로 남았고, 그는 드디어 투린 투람바르와 니에노르 니니엘의 가슴 저린 사연을 『후린의 아이들』(2007)이란 아담한 산문 서사로 다듬어 냈다. 『실마릴리온』에 실린 압축형의 투린 이야기에 아쉬움이 없지 않았던 독자들은 이제 온전한 한 편의 작품을 만나는 기쁨을 누리게 된 것이다.

악의 화신인 용과 영웅의 대결에서 보듯이 『후린의 아이들』은 북구 신화의 전형적 면모를 드러내는 동시에, 다른 한편으로 장중한 그리스 비극의 정조와 울림 또한 함께 담고 있다. 그 속에는 운명에 맞서는 비극적 영웅의 몰락이 있고, 영웅의 필연적 몰락을 예고하는 '하마르티아(비극적 결함)'가 제시되어 있으며, 오랜 유랑 끝에 조우한 후린과 모르웬의 처연한 모습에서 독자들은 비극적 카타르시스를 어렵지 않게 맛볼 수 있을 것이다.

고유의 '신화체'라고 함직한 톨킨의 절제된 문체는 투린과 니에노르의 격정적 캐릭터와 선명한 대조를 이루며 비극적 정조를 구축하는 데 성공한 것으로 보인다. 『실마릴리온』에서 이미 확인한 바 있지만, 감정의 노출과 과잉 수사를 극도로 자제한 차분한 문체는 오만과 고결로 압축되는 주인공의 캐릭터 설정에 상당히 기여하고 있다. 일견 단조롭고 건조해 보이지만, 압축되고 절제된 문장은 이 작품을 읽는 또 하나의 즐거움이다.

다만 이야기의 배경을 설명한 '들어가는 글'의 방대한 서술은 독자를 위한 배려임이 분명하나 신입 독자들이 몰입하는 데는 작지 않은 장애물이다. 『반지의 제왕』과 『실마릴리온』을 거쳐 온 톨킨 애독자라면 복습 삼아 쉽게 넘어갈 수도 있겠지만, 그렇

지 않은 독자라면 곧바로 'Chapter 1 투린의 어린 시절'로 들어
가도 무방하겠다. 그런 다음, 혹시 후린과 모르웬의 마지막 묘비
장면에서 한 자락 비감이 짠하게 가슴을 스친다면, 그때 '들어가
는 글'로 돌아가도 늦지 않을 것이다.

  톨킨의 위대한 상상력과 아들 크리스토퍼의 공들인 편집이
함께 어우러져 빚어낸 원작의 성가가 졸역으로 훼손되지 않기
를 감히 바랄 뿐이다.

2024년 봄

김 보 원

서문

『반지의 제왕』 독자들 중에 (이전에 『실마릴리온』과 『끝나지 않은 이야기』, 『가운데땅의 역사』와 같이 다양한 형태로 출판된 바 있는) 상고대의 전설과 관련하여, 그 서술 양식과 기법이 낯설고 접근이 만만찮다는 세평 탓이 아니더라도, 이에 대해 전적으로 무지한 독자들이 아주 많다는 것은 엄연한 사실이다. 이에 따라 나는 아버지가 남긴 '후린의 아이들'에 관한 전설을 최소한의 편집을 붙여 길이가 긴 한 권의 독립적인 작품으로 펴낼 만한 충분한 이유가 있다고 오랫동안 생각했다. 아버지가 일부 대목을 미완성으로 남겨 두긴 했지만, 가능한 한 왜곡하거나 가감하지 않는 선에서 무엇보다도 이야기의 빈틈을 메우고 흐름을 연결하여 한 편의 완결된 서사로 만드는 것이 목표였다.

후린과 모르웬의 자식들인 투린과 니에노르의 운명에 관한 이야기를 이런 방식으로 만들어 볼 수 있다면, 미지의 가운데땅을 배경으로 펼쳐지는 한 편의 이야기, 하나의 장면으로 향하는 창이 열리게 될 것이라고 나는 생각했다. 그 이야기는 생생하면서도 실감 나는, 그러면서도 아득한 옛날부터 전해 내려오는 이야기로 받아들일 수 있을 것이다. 그곳은 젊은 시절의 나무수염이 거닐던 청색산맥 너머 바다에 잠긴 서부의 땅이며, 도르로민과 도리아스, 나르고스론드, 브레실숲에서 투린 투람바르의 생애가 펼쳐지는 곳이다.

따라서 일차적으로 이 책은 다음과 같은 이들을 독자로 염두에 두었다. 즉 쉴로브의 가죽이 끔찍하리만치 딱딱해서 "인간의 힘으로는 도저히 벨 수가 없고, 요정이나 난쟁이가 칼을 갈고 베렌이나 투린의 손으로 그 칼을 휘두른다 하더라도 불가능할 것"이라는 사실만 기억하고 있는 이들이거나, 아니면 깊은골의 엘론드가 프로도에게 "옛날의 저 위대한 요정의 친구 중의 하나"로 투린을 언급했던 사실만 기억할 뿐 더 이상 그에 대해서는 알지 못하는 이들이 바로 그들이다.

젊은 시절에 아버지는 『잃어버린 이야기들의 책The Book of Lost Tales』이라고 당신이 명명한 일련의 이야기 모음집을 쓰기 시작했는데, 이때는 제1차 세계 대전 중이었고 또 훗날 『호빗』과 『반지의 제왕』의 서사로 발전하는 이야기들에 관한 기미가 엿보이기 오래전이었다. 그것은 상상 문학으로는 아버지의 첫 작품이었는데, 비록 미완성으로 끝나긴 했지만 그 속에 열네 편의 완성된 이야기가 들어 있으므로 실질적으로 작품으로 명명해도 좋을 것이다. 발라들, 곧 신들이 이야기 속에 처음 등장한 것이 바로 『잃어버린 이야기들의 책』에서였다. 거기에 일루바

타르(창조자)의 자손인 요정들 및 인간들과 함께 대적 멜코르(모
르고스), 발로그와 오르크 들이 나오고, 이야기의 배경이 되는
땅, 곧 서쪽바다 너머 '신들의 땅' 발리노르와 (동쪽바다와 서쪽바
다 사이에 있으며, 훗날 '가운데땅'이라고 불리는) '큰땅'이 처음으로
등장한다.

『잃어버린 이야기들』 중에서 세 편이 길이와 깊이에 있어
서 상대적으로 훨씬 풍성하고, 세 편 모두 요정뿐만 아니라 인
간도 함께 다룬다. 그 첫 번째가 「티누비엘의 이야기The Tale of
Tinúviel」(베렌과 루시엔을 노래하는 이 이야기는 『반지의 제왕』에 축
약된 형태로 실려 있고, 아라고른이 바람마루에서 호빗들에게 들려
준 이야기인데, 아버지가 이 이야기를 집필한 것은 1917년이었다), 다
음이 「투람바르와 포알로케Turambar and the Foalókë」(투린 투람바
르와 용에 관한 이야기로 최소한 1919년경에는 완성되어 있었음이
틀림없다), 그리고 마지막이 「곤돌린의 몰락The Fall of Gondolin」
(1916~1917)이다. 『반지 원정대』가 출판되기 3년 전인 1951년,
아버지는 당신의 작품을 설명하는 장문의 편지를 쓴 바 있는데,
자주 인용되고 있는 이 편지의 한 구절에서 당신의 초기 구상을
이렇게 밝힌 바 있다. "아주 오래전에 (그 후로 나도 많이 기가 꺾였
네만) 서로 약간은 연결된 이야기들로 된 하나의 전설을 만들어
야겠다는 계획을 세운 바 있네. 광대하고 우주적인 차원에서부
터 낭만적인 옛날이야기에 이르기까지, 큰 이야기는 땅과 접촉
할 때 작은 이야기에 의존하고, 작은 이야기는 거대한 배경 막으
로부터 광휘를 끌어내고 […] 중요한 이야기 몇 편은 온전하게
그려 내겠지만, 대부분은 구도만 잡아 주고 밑그림만 그려 보일

참일세."

　이 회상으로 미루어 보건대, '실마릴리온'으로 불리게 된 전설을 구상하던 아득한 옛날부터 아버지는 '이야기들' 중의 몇 편을 좀 더 살을 붙여 풍성하게 만들어야겠다고 생각했던 것으로 보인다. 사실 1951년의 바로 그 편지에서 아버지는 위에서 언급한 세 편의 이야기를 『잃어버린 이야기들의 책』에서 가장 긴 이야기라고 분명히 언급한 바 있다. 여기서 아버지는 베렌과 루시엔의 이야기가 "『실마릴리온』에서 가장 중심적인 이야기"라고 하고는 이렇게 덧붙였다. "이 이야기는 (나로서는 아름답고 힘찬 이야기라고 생각하는데) 영웅담과 동화, 로맨스 양식이 결합한 형태로, 배경에 대한 매우 개괄적인 대강의 지식만 있어도 그 자체로 이해할 수 있는 이야기일세. 하지만 이것은 또한 전체 이야기의 흐름에서 필수적인 연결 고리 역할도 하고 있어서 그 틀을 벗어나서는 온전한 의미를 갖지 못하게 되지." 아버지는 계속해서 "거의 같은 수준으로 완성되어 있고, 아울러 똑같이 독립적이지만 전체 역사와 연결된 다른 이야기들이 있네"라는 언급을 덧붙이는데, 이는 바로 「후린의 아이들」과 「곤돌린의 몰락」을 가리킨다.

　따라서 아버지가 직접 하신 말씀에 비춰 볼 때, 당신이 원하는 규모로 완성된 최종의 서사를 이뤄낼 수 있다면, 아버지는 상고대를 다루는 세 편의 '위대한 이야기들'(「베렌과 루시엔」, 「후린의 아이들」, 「곤돌린의 몰락」)을 『실마릴리온』으로 알려진 거대한 전설의 얼개를 필요하지 않을 만큼 그 자체로 충분히 완성된 작품으로 여기고 있었다는 점은 의문의 여지가 없는 것 같다. 한편 아버지가 같은 지면에서 언급한 대로, 후린의 아이들에 관한 이야기는 상고대 요정과 인간의 역사에서는 필수 불가결한 내용이며, 그 때문에 보다 큰 서사 속에서 벌어지는 사건과 상황에 대한 언급도 무척 많을 수밖에 없다.

이 이야기와 직접적인 관계가 없는 인물과 사건에 관한 지식을 과도한 주석으로 제공하는 것은 책을 읽을 때 부담이 되므로 이 책의 취지와는 어긋난다. 하지만 이따금 그와 같은 도움이 있으면 이로울 수도 있으므로, '들어가는 글'에서는 투린과 니에노르가 태어난 상고대 말기의 벨레리안드와 그곳에 살던 종족들에 대한 매우 간략한 밑그림을 그려 놓았다. 또한 벨레리안드와 그 북부 지대를 그린 지도뿐만 아니라, 본문에 나오는 모든 고유명사의 목록을 간단한 설명과 함께 덧붙였고, 아울러 간략한 가계도도 포함시켰다.

이 책의 말미에는 두 부분으로 구성된 부록이 있는데, 하나는 앞서 이야기한 세 편의 이야기를 완성본으로 만들려고 했던 아버지의 노력에 관한 것이고, 또 하나는 『끝나지 않은 이야기』와는 여러 면에서 차이가 있는 이 책 본문의 구성에 관한 것이다.

'들어가는 글'과 부록 작성을 위한 자료를 정리하고 서술하는 데 없어서는 안 될 도움을 주고, 또 전자 전송이라는 (내게는) 위협적인 세계로 이 책을 서서히 이동시켜 준 아들 애덤 톨킨에게 깊은 감사의 마음을 전한다.

들어가는 글

상고대의 가운데땅

투린은 아버지에게 깊은 의미를 지닌 인물이었고, 그래서 소년 시절 투린의 초상을 군더더기 없는 생생한 대화체를 써서 강렬한 이미지로 그려 냈다. 엄격함과 과묵함, 정의감과 동정심으로 압축되는 그의 성격은 이 신화 전체에 없어서는 안 될 필수 요소이다. 투린의 부친 후린은 괄괄하고 활달하며 자신만만한 인물이었고, 모친 모르웬은 말이 없으면서도 용감하고 자존심이 강한 여인이었다. 아울러 모르고스가 '앙반드 공성攻城'을 물리친 뒤로 투린이 태어나기까지 여러 해 동안, 이미 공포 속에서 추운 땅 도르로민에 거주하던 이 집안의 생활상도 함께 담겨 있다.

하지만 이 모든 사건은 까마득히 먼 옛날 세상의 제1시대, 곧 '상고대'에 있었던 일이다. 이 이야기가 거슬러 오르는 시간의 깊이는 『반지의 제왕』 속의 한 대목에 생생하게 기록되어 있다.

깊은골에서 열린 큰 회의에서 엘론드는 제2시대 말, 곧 3천 년
도 더 지난 옛날에 있었던 '요정과 인간의 최후의 동맹'과 사우
론의 응징에 대해 이야기하고 있다.

거기서 엘론드는 이야기를 멈추고 한숨을 쉬었다.

"그 장엄하게 나부끼던 깃발들이 아직도 기억납니다. 그
것을 보고 나는 수많은 제왕과 장수들이 벨레리안드에 모
여들던 상고대의 영광을 떠올렸습니다. 하지만 상고로드
림이 무너지던 날만큼 웅장하거나 아름답지는 못했지요.
요정들은 상고로드림과 더불어 악의 무리가 영원히 멸망
했다고 생각했지만 실은 그게 아니었습니다."

"그걸 기억하세요?"

프로도는 놀란 나머지 큰 소리로 말하고 말았다. 그러나
엘론드가 그를 향해 고개를 돌리자 그는 당황해서 말을 더
듬었다.

"저, 저는 길갈라드가 돌아가신 것은 아주 먼 옛날이라
고 들었거든요."

엘론드는 진지한 표정으로 대답했다.

"맞습니다. 하지만 난 상고대의 일까지 기억할 수 있습
니다. 내 아버지는 에아렌딜이고 그분은 몰락하기 전의 곤
돌린에서 태어났습니다. 그리고 어머니는 디오르의 따님
엘윙으로, 디오르는 바로 도리아스 왕국의 공주 루시엔의
아드님이십니다. 나는 이 서부세계에서 세 시대를 살아오
면서 수많은 패배와 소용없는 승리를 보았습니다."

투린은 깊은골에서 엘론드의 회의가 열리기 약 6천5백 년 전에 도르로민에서 태어났고, 「벨레리안드 연대기Annals of Beleriand」에는 그가 '비탄의 징조를 안고 그해 겨울에' 태어난 것으로 기록되어 있다.

하지만 성격 묘사만으로는 투린의 비극적 생애를 온전히 그려 낼 수 없다. 왜냐하면 그의 운명은 불가사의한 엄청난 저주, 곧 모르고스가 후린과 모르웬 및 그들의 자식들에게 내린 증오의 저주에 걸려 있었기 때문이다. 이는 후린이 모르고스에게 반항하며 그의 뜻을 거부한 데서 비롯되었다. '검은 적敵'이라는 이름으로 불리게 된 모르고스는 자기 앞에 포로로 붙들려 온 후린에게 단언한 대로, 본디 "최초의 발라이자 최강의 발라이며, 세상 이전부터 있던 자, 멜코르"였다. 그는 이제 거대하고 장엄하면서도 무시무시한 형상의 영원한 육신을 취하고 가운데땅 서북부의 왕이 되어, 강철지옥 앙반드의 거대한 요새에 실제로 거하고 있었다. 그가 앙반드 위로 쌓아 올린 산맥, 상고로드림의 봉우리에서 분출한 시커먼 연기가 북부의 하늘을 더럽히는 광경은 멀리서도 보였다. "모르고스의 출입구에서 메네그로스의 다리까지는 720킬로미터에 불과했는데, 멀다면 멀지만 또한 너무나 가까운 거리였다"라고 「벨레리안드 연대기」에 기록되어 있다. 여기서 말하는 다리는 천千의 동굴 메네그로스로 불리는 요정 왕 싱골의 거처로 들어가는 다리로, 궁정은 도르로민에서 동남쪽으로 먼 곳에 있었다.

하지만 모르고스는 육신을 취하자 두려웠다. 아버지는 그에 대해 이렇게 기록하고 있다. "그가 점점 더 사악해지면서 거짓말로 수태한 악과 사악한 짐승들을 쏟아 내자, 그의 권능 또한 그들 속으로 전수되어 퍼져 나갔고, 그 자신은 더욱더 땅에 종속되어 자신의 암흑 요새로부터 빠져나올 의지를 상실하였다." 그리하여 놀도르 요정들의 대왕 핑골핀은 단기필마로 앙반드로 달려가 모르고스에게 결투를 신청하며 정문 앞에서 이렇게 소리쳤다. "겁쟁이 왕, 이리 나와 네 힘으로 직접 싸워 보라! 굴속에 처박힌 자, 노예들만 부리는 자, 거짓말쟁이, 숨어 있는 자, 신들과 요정들의 적, 나오라! 그대의 겁먹은 얼굴을 보고 싶구나!" 그러자 (전하는 바로는) "모르고스가 나왔다. 자신의 장수들이 보는 앞에서 그 같은 도전을 거부할 수는 없었기 때문이다." 그가 싸울 때 쓰는 무기는 그론드라는 거대한 쇠망치였다. 모르고스가 쇠망치를 한 번 휘두를 때마다 커다란 구덩이가 파였고 마침내 그는 핑골핀을 땅바닥에 때려눕혔다. 하지만 핑골핀은 죽으면서도 모르고스의 거대한 발을 땅바닥에 찍어 눌렀다. "그리하여 시커먼 피가 솟아 나와 그론드가 파 놓은 웅덩이들을 가득 메웠다. 그 후로 모르고스는 내내 절름발이가 되었다." 그리하여 늑대와 박쥐 형상을 한 베렌과 루시엔이 모르고스가 좌정한 앙반드의 가장 깊은 방으로 들어갔을 때 루시엔이 그에게 마법을 걸었고, "모르고스는 갑자기 산사태로 무너지는 산처럼 나동그라져 천둥이 치듯 자신의 권좌에서부터 지옥의 바닥 위로 고꾸라져 버렸다."

"내가 계획한 어둠의 그림자가 아르다[대지]를 뒤덮었고, 아르다의 만물은 서서히 그리고 어김없이 내 뜻에 굴복할 것"이라고 주장할 수 있는 이와 같은 존재의 저주는, 그보다 미약한 존재의 저주나 방자와는 다르다. 모르고스는 후린과 그의 자식들에게 재앙이나 해악이 내리기를 '염원'하지도 않고, 더 높은 힘을 가진 존재에게 집행을 '부탁'하지도 않는다. 그는 후린 앞에서 스스로를 "아르다의 운명의 주재자"로 칭하였고, 말 그대로 자신의 막강한 의지의 힘으로 적에게 파멸을 초래할 따름이다. 그리하여 그는 자신이 증오하는 자들의 미래를 '설계'하는데, 또한 후린에게도 이렇게 말한다. "'내 생각'이 '운명의 먹구름'이 되어 네가 사랑하는 모든 자들을 짓누르고 그들을 암흑과 절망 속으로 몰고 갈 것이다."

그가 후린에게 가한 고문은 '모르고스의 눈으로 보는 것'이었다. 아버지는 이 말이 무슨 뜻인지 설명했다. 만약 어떤 사람이 모르고스의 눈을 들여다보게 되면 그는 모르고스의 무한한 악의惡意로 왜곡된 사건들을 자기도 모르게 신뢰할 수 있는 것으로 '보게'(혹은 모르고스의 생각에서 비롯된 자신의 생각으로 받아들이게) 된다는 것이었다. 실제로 모르고스의 명령을 거부할 수 있는 자가 있을지 알 수 없으나, 후린은 그렇지 못했다. 아버지의 말씀에 따르면, 후린이 그렇게 한 것은 한편으로 가족에 대한 사랑과 그들에 대한 고통스러운 염려 때문에 그 연원이 어떠하든 간에 가족들에 대해 가능한 한 모든 것을 알고 싶어 했기 때문이었다. 다른 한편으로 그것은 오만 때문이었다. 그는 자신이 모르고스와의 논쟁에서 이겼다고 믿었고, 그래서 그를 '노려보아 압도하거나' 아니면 적어도 자신의 비판적 이성을 상실하지 않고 사실과 악의를 구별할 수 있을 것으로 믿었다.

도르로민을 떠나면서부터 펼쳐지는 투린의 역정과 아버지의
얼굴조차 본 적이 없는 그의 누이 니에노르의 운명에 이르기까
지, 상고로드림 꼭대기에 꼼짝도 할 수 없이 앉아 그를 고문하는
자에 대한 적개심이 점점 불타오르는 가운데 이 모든 것을 지켜
보는 것이 후린의 운명이었다.

스스로 투람바르, 곧 '운명의 주인'이라 칭한 투린의 이야기
에서 모르고스의 저주는 행악의 대상인 희생자를 찾아 나서는
고삐 풀린 힘으로 나타난다. 따라서 전하는 바에 의하면 타락한
발라 모르고스 자신도 투린이 "너무 큰 세력으로 성장하여 그에
게 내린 저주가 무효가 되고, 또 그가 예정된 운명을 벗어나거나
[…]"라고 두려워했다고 한다(184쪽). 훗날 나르고스론드에서
투린이 자신의 본명을 감추었을 때, 귄도르가 그것을 밝히자 그
는 화를 내며 말했다. "이제 자네는 내 정체를 밝히고 또 내가 피
하고자 하는 운명을 불러들여 친구인 나에게 잘못을 저지르는
가." 자신이 포로로 잡혀 있었던 앙반드에 떠돌던 소문, 곧 모르
고스가 후린과 그의 집안에 저주를 내렸다는 소문을 투린에게
전해 준 이는 바로 귄도르였다. 하지만 이제 그는 투린의 분노에
이렇게 답한다. "운명은 자네 이름이 아니라 자네 자신에게서
비롯되는 걸세."

이 복합적인 구상은 이야기 전개에 필수적이기 때문에 아버
지는 또 하나의 이름을 거기에 붙여 놓기까지 했다. '나른 에라
크 모르고스Narn e·'Rach Morgoth', 곧 「모르고스의 저주 이야기」
가 그것이다. 아버지는 다음과 같이 이야기를 정리하고 있다.
"이리하여 불운한 자 투린의 이야기가 끝났다. 그는 고대 세계

의 인간들 중에서 모르고스로부터 가장 격심한 고난을 당한 자
였다."

나무수염은 메리와 피핀을 양 팔꿈치에 낀 채 팡고른숲을 성
큼성큼 지나가면서 그들에게 아득한 옛날 그가 알았던 곳과 그
곳에서 자라던 나무 이야기를 노래로 들려주었다.

봄에 나는 타사리난의 버드나무 우거진 풀밭을 거닐었네.
아! 난타사리온의 봄 정경과 향기여!
그래, 나는 참 좋다고 말했지.
여름에 나는 옷시리안드의 느릅나무 숲을 떠돌았네.
아! 옷시르의 일곱 강가에서의 여름날의 빛과 음악이여!
그래, 나는 최고라고 말했지.
가을에 나는 넬도레스의 너도밤나무 숲에 갔었네.
아! 타우르-나-넬도르의 노랗고 빨갛게 물들어 한숨 짓
던 가을의 잎들이여!
더 바랄 게 없었지.
겨울에 나는 도르소니온고원의 소나무 숲을 올랐네.
아! 겨울날 오로드-나-손의 바람과 흰 눈과 검은 가지들
이여!
내 목소리는 솟구쳐 창공에 울려 퍼졌지.
하나 이제 저 모든 땅들은 파도 아래 잠기고,
나는 암바로나, 타우레모르나, 알달로메,
내 땅, 팡고른의 나라를 걷네.

거기엔 땅속 줄기들 길고

타우레모르날로메의 낙엽보다 두텁게

세월이 쌓여 있네.

'땅에서 태어난 엔트, 산만큼 오래된 엔트'인 나무수염의 기억은 사실 먼 옛날까지 거슬러 오른다. 상고대 말엽 '대전투'의 소용돌이 속에서 파괴된 거대한 땅 벨레리안드의 태곳적 숲을 그는 기억하는 것이다. 대해大海가 쏟아져 들어와 에레드 루인과 에레드 린돈이라 불린 청색산맥 서쪽의 온 땅을 삼켰다. 그리하여 『실마릴리온』에 붙은 지도에는 동쪽 끝에 그 산맥이 있지만, 『반지의 제왕』 지도에는 같은 산맥이 서쪽 끝에 자리 잡고 있다. 그래서 『반지의 제왕』 지도에서 포를린돈(북린돈), 하를린돈(남린돈)이라 표기된 산맥 서쪽의 해안 지대는 일곱 강의 땅 옷시리안드 또는 린돈이라 불린 옛 지역 중에서 제3시대에 남아 있는 유일한 곳이며, 나무수염은 그곳의 느릅나무 숲을 한때 거닐었던 것이다.

그는 또한 도르소니온(소나무의 땅)고원의 거대한 소나무 숲 속을 거닐었으며, 그곳은 훗날 모르고스에 의해 "공포와 암흑의 마법, 방랑과 절망의 땅"으로 변하면서 타우르누푸인, 곧 '밤그늘의 숲'으로 불리게 되었다(189쪽). 그의 발길은 또한 싱골의 땅 도리아스 북부의 넬도레스숲에까지 이르렀다.

투린의 비참한 운명이 전개된 곳은 벨레리안드와 그 북쪽 땅이었고, 나무수염이 걸어 다닌 도르소니온과 도리아스 모두 투린의 생애에서 무척 중요한 곳이었다. 그는 전쟁의 소용돌이 속에서 태어났는데, 아직 어린아이일 때 벨레리안드 전쟁의 마지막이자 가장 큰 전투가 벌어졌다. 이때까지의 내력에 관한 간략한 설명이 있으면, 앞으로 제기될 질문과 이야기 도중에 나올 관련 언급들에 관한 답변이 될 것이다.

벨레리안드 북부의 경계는 에레드 웨스린, 곧 '어둠산맥'이 맡았던 것으로 보이며, 그 너머에 후린의 영토이자 히슬룸 땅의 일부인 도르로민이 있었다. 동쪽으로 벨레리안드는 청색산맥 발치까지 뻗어 있었고, 동쪽으로 더 가면 상고대 역사에는 거의 등장하지 않는 땅이 존재했다. 하지만 그 역사의 주인공이었던 이들은 동쪽에서 청색산맥의 고개를 넘어온 자들이었다.

요정들이 지상에 처음 모습을 나타낸 곳은 아득한 동쪽의 쿠이비에넨, 곧 '눈뜸의 호수'로 명명된 호숫가 지역이었고, 거기서 그들은 발라들로부터 가운데땅을 떠나 대해를 건너 세상의 서쪽에 있는 '축복의 땅' 아만, 곧 신들의 땅으로 오라는 부름을 받았다. 이 부름을 수용한 이들은 '사냥꾼' 발라 오로메의 인도를 받아 쿠이비에넨호수에서부터 가운데땅을 가로지르는 대장정에 나섰고, 그들이 엘다르, 곧 '장정의 요정' 혹은 '높은요정'으로 불리는 이들이다. 이들과는 달리 부름을 거부하고 가운데땅을 자신의 땅이자 운명으로 선택한 이들이 있었으니, 이들이 '낮은요정', 곧 '거절한 이들'로 불리는 아바리였다.

그러나 청색산맥을 넘기는 했지만 모든 엘다르가 바다를 건너간 것은 아니었고, 이때 벨레리안드에 남은 이들은 신다르, 곧 '회색요정'으로 불린다. 이들의 대왕이 싱골('회색망토'를 뜻한다)인데, 그는 도리아스의 '천의 동굴' 메네그로스에서 왕국을 통치했다. 또한 대해를 건넌 모든 엘다르가 발라들의 땅에 남아 있었던 것은 아니다. 그들의 위대한 가문들 중 하나인 놀도르(지식의 대가들)는 가운데땅으로 돌아왔고, 그 때문에 그들은 '망명자들'이라고 불린다. 발라들에 대한 이 반역의 주동자는 페아노르, 곧 '불의 영'이라고 불리는 자였다. 그는 핀웨의 장자로, 핀웨는 쿠이비에넨에서 놀도르 무리를 이끌고 나온 요정이지만 이때는 죽은 뒤였다. 요정들의 역사에서 핵심적인 이 사건에 대해 아버지는『반지의 제왕』해설 A에 다음과 같은 간략한 설명을 남겼다.

　　페아노르는 엘다르 가운데 예술과 전승 지식에서 가장 뛰어났지만, 또한 가장 오만불손한 자이기도 했다. 그는 세 개의 '실마릴' 보석을 만들어 그 안에 발라의 땅을 밝혀 준 두 그루의 나무 텔페리온과 라우렐린의 광휘를 채웠다. 호시탐탐 그 보석들을 노리던 대적 모르고스는 그것들을 훔치고 두 나무를 파괴한 다음 가운데땅으로 가져가 상고로드림(앙반드 위에 있는 봉우리)의 거대한 요새 안에 엄중히 간직했다. 페아노르는 발라들의 뜻을 거역해 축복의 땅을 버리고 가운데땅으로 망명하면서 상당수의 동족을 이끌고 갔다. 그는 자존심이 강했기 때문에 무력으로 모르고스에게서 보석들을 되찾을 작정이었다. 그 결과 상고로드림에 맞선 엘다르와 에다인의 가망 없는 전쟁이 시작되었고, 거기서 그들은 끝내 완패하고 말았다.

놀도르가 가운데땅으로 돌아온 지 얼마 되지 않아 페아노르는 전사했고, 그의 일곱 아들들은 도르소니온(타우르누푸인)과 청색산맥 사이 동벨레리안드의 넓은 땅을 차지했다. 하지만 그들의 위세는 『후린의 아이들』에 묘사되는 참혹한 '한없는 눈물의 전투'에서 꺾이고 말았고, 이후로 "페아노르의 아들들은 바람 앞의 낙엽처럼 유랑의 길을 떠났다."(85쪽)

핀웨의 둘째 아들은 핑골핀(페아노르의 이복동생)으로, 그는 놀도르 전체의 군주로 인정받았다. 그는 아들 핑곤과 함께 어둠산맥, 즉 에레드 웨스린의 거대한 연봉의 북쪽과 서쪽에 자리한 히슬룸을 통치했다. 핑골핀은 미스림 땅의 큰 호수(역시 미스림으로 불림) 옆에 거했고, 핑곤은 히슬룸 남부 도르로민에 정착했다. 그들의 중심 요새는 에이셀 시리온(시리온의 샘)에 있는 바라드 에이셀(수원지의 탑)로, 시리온강이 이곳에서 발원하여 어둠산맥 동쪽으로 흘러 내려갔다. 후린과 모르웬의 늙은 절름발이 하인인 사도르는 투린에게 이야기한 대로 그곳에서 여러 해 동안 병사로 근무했다(62~63쪽). 핑골핀이 모르고스와의 결투에서 목숨을 잃은 뒤 핑곤이 그를 대신하여 놀도르의 대왕이 되었다. 투린은 그를 딱 한 번 본 적이 있는데, "그것은 핑곤 왕과 그의 많은 영주들이 말을 타고 은빛과 흰빛을 번득이며 도르로민 땅을 달려 넨 랄라이스 다리를 건너갈 때였다."(60쪽)

핑골핀의 둘째 아들은 투르곤이었다. 놀도르가 돌아왔을 때 그가 처음 거주한 곳은 도르로민 서쪽 네브라스트라는 지방의 바닷가에 있는 비냐마르궁정이었다. 하지만 그는 비밀리에 툼라덴이라 불리는 평원의 중앙에 있는 언덕 위에 곤돌린이라는 숨은 도시를 건설하는데, 이곳은 '에워두른산맥'에 완전히 둘러 싸인 시리온강 동쪽 땅이었다. 여러 해의 노역 끝에 곤돌린 건설 을 마치자, 투르곤은 놀도르와 신다르로 이루어진 자신의 백성 들을 이끌고 비냐마르를 떠나 곤돌린에 정착했다. 찬란한 아름 다움을 자랑하는 이 요정의 성채는 수백 년 동안 완벽한 비밀 속 에 유지되었고, 그 유일한 출입구가 발각되지 않도록 엄중하게 경비하여 외부인은 아무도 들어올 수가 없었다. 모르고스도 그 도시가 어디 있는지 알지 못했다. 비냐마르를 떠난 지 350년이 넘는 세월이 흐른 뒤 '한없는 눈물의 전투'가 벌어졌을 때에야 비로소 투르곤은 곤돌린의 대군을 이끌고 모습을 나타냈다.

핀웨의 셋째 아들인 피나르핀은 핑골핀의 아우이자 페아노 르에게는 이복동생이었다. 그는 가운데땅으로 돌아가지 않았 지만, 그의 아들들과 딸은 핑골핀 부자의 무리와 함께 가운데땅 으로 귀환했다. 피나르핀의 장자는 핀로드로, 도리아스의 메네 그로스궁정의 웅장함과 아름다움에 감명받아 지하 요새 도시 인 나르고스론드를 세웠다. 이로 인해 그는 펠라군드란 이름을 얻었는데, 이는 난쟁이들의 언어로 '동굴의 군주', '동굴을 파는 자'란 뜻이었다. 나르고스론드의 출입구는 서벨레리안드에 있 는 나로그강의 협곡에 나 있었고, 강은 이곳에서 타우르엔파로 스, 곧 '높은파로스'라 불리는 고원 지대를 통과하여 흘렀다. 하 지만 핀로드의 영토는 훨씬 넓고 광대하여 동쪽으로는 시리온 강까지, 서쪽으로는 에글라레스트항구에서 바다로 접어드는 넨 닝강까지 이어졌다. 하지만 핀로드는 모르고스의 심복인 사우 론의 지하 감옥에서 살해당했고, 피나르핀의 둘째 아들인 오로드레스가 나르고스론드의 왕좌를 차지했다. 그 일이 벌어진 것은 투린이 도르로민에서 태어나고 이듬해였다.

피나르핀의 다른 아들들로 형 핀로드 펠라군드의 봉신封臣이었던 앙그로드와 아에그노르는 도르소니온에 거하며 북쪽으로 아르드갈렌의 방대한 평원을 감시했다. 핀로드의 누이 갈라드리엘은 오랫동안 멜리안 여왕과 함께 도리아스에 거주했는데, 멜리안은 엄청난 힘을 지닌 영靈, 곧 마이아지만 인간의 형체를 취해 싱골 왕과 함께 벨레리안드 숲속에 살고 있었다. 멜리안은 루시엔의 어머니이자 엘론드의 윗대 할머니가 된다. 놀도르가 아만에서 돌아오기 얼마 전 앙반드의 대군이 벨레리안드로 쳐들어오자, 멜리안은 (『실마릴리온』의 표현을 그대로 빌리면) "자신의 힘으로 그 온 영토[넬도레스숲과 레기온숲]의 둘레에 보이지 않는 그림자 같은 마법의 울타리를 쳤다. '멜리안의 장막帳幕'이라 불리기도 하는 이 울타리는 마이아 멜리안보다 더 강한 힘을 가진 자가 나타나지 않는 한, 아무도 그녀와 싱골 왕의 뜻을 어기고 들어올 수 없었다." 이후로 그 땅은 도리아스, 곧 '장막의 땅'으로 불렸다.

놀도르의 귀환 후 60년이 되던 해에, 오르크 대군이 오랜 기간의 평화를 끝내고 앙반드에서 쏟아져 나왔으나 놀도르에 참패하여 궤멸당하는데, 이를 '다고르 아글라레브', 곧 '영광의 전투'라 한다. 하지만 요정 영주들은 이를 교훈으로 삼아 '앙반드 공성攻城'에 나섰고, 이는 거의 4백 년 동안이나 지속되었다.

인간(요정들은 이들을 '아타니', 곧 '둘째'로 부르거나, '힐도르', 곧 '뒤따르는 자들'로 불렸다)은 상고대가 끝날 무렵 가운데 땅 동쪽 너머 먼 곳에서 나타난 것으로 전해진다. 하지만 앙반드에 대한 공성이 전개되면서 그 출입구가 봉쇄된 '긴평화'의 시기에 벨레리안드에 들어온 인간들은 그들의 옛 역사에 대해 언급하는 것을 꺼렸다. 청색산맥을 넘어온 이 최초의 인간들의 지도자가 베오르 영감이었다. 그들을 처음 발견한 나르고스론드의 왕 핀로드 펠라군드에게 베오르는 이렇게 말했다. "우리 뒤에는 어둠이 있습니다. 우리는 그쪽에 등을 돌렸고, 그곳에 돌아가는 것은 생각도 하고 싶지 않습니다. 우리의 마음은 서쪽을 향해 왔고, 거기서 '빛'을 찾을 수 있으리라고 믿습니다." 후린의 옛날 하인인 사도르도 어린 시절의 투린에게 그와 같은 이야기를 들려준 적이 있다(65쪽). 하지만 훗날 전하는 이야기로는 인간이 나타났다는 소식을 들은 모르고스는 '마지막으로' 앙반드를 떠나 동부로 갔다고 한다. 벨레리안드에 들어온 최초의 인간들은 "어둠의 권능을 거부하고 그에게 저항한 이들로서 그의 추종자들과 하수인들에게 잔인하게 쫓기고 또 억압당했다"라고 한다.

이 인간들은 베오르 가와 하도르 가, 그리고 할레스 가의 세 가문으로 이뤄져 있었다. 후린의 아버지인 '장신長身의 갈도르'는 하도르 가문으로 바로 하도르의 아들이었고, 그의 어머니는 할레스 가문 출신이었다. 반면에 후린의 아내 모르웬은 베오르 가에서 왔고 베렌과 친척 간이었다.

이 세 가문의 인간들이 '에다인'('아타니'의 신다린 형태)으로, '요정의 친구들'로 불린 이들이었다. 하도르는 히슬룸에 살았고 핑골핀 왕으로부터 도르로민을 영지로 하사받았다. 베오르 가는 도르소니온에 정착했고, 할레스 가의 사람들은 이때 브레 실숲에 자리를 잡았다. 앙반드 공성이 끝난 뒤, 전혀 다른 유형 의 인간들이 산맥을 넘어왔다. 그들은 통칭 '동부인東部人'으로 불리며, 그들 중의 일부는 투린의 이야기에서 중요한 역할을 맡 는다.

앙반드 공성은 시작된 지 395년이 되던 해의 한겨울 어느 날 밤, 놀라울 만큼 급작스럽게 (비록 오랫동안 준비되긴 했지만) 끝나 고 말았다. 모르고스가 상고로드림에서 화염의 강물을 쏟아부 으면서 도르소니온고원 북쪽에 있던 방대한 아르드갈렌초원이 바싹 말라붙은 건조한 황무지로 변해 버렸고, 이후로 이름이 바 뀌어 '안파우글리스', 곧 '숨막히는먼지'로 불리게 되었다.

엄청난 재앙을 가져온 이 공격은 '다고르 브라골라크', 곧 '돌 발화염의 전투'로 불렸다. 용들의 아버지 글라우룽이 그때 처음 으로 절정의 힘을 뿜내며 앙반드에서 모습을 드러냈고, 엄청난 오르크 군대가 남쪽으로 쏟아져 내려왔다. 도르소니온의 요정 영주들이 목숨을 잃고, 베오르 가의 수많은 용사들 또한 같은 운 명을 맞았다. 핑골핀 왕과 그의 아들 핑곤은 히슬룸의 전사들과 함께 어둠산맥 동쪽 사면의 에이셀 시리온 요새로 밀려나고, '황 금머리' 하도르가 그곳을 방어하던 중 전사하면서 후린의 아버 지 갈도르가 도르로민의 영주가 되었다. 격류로 쏟아져 내리던 화염이 어둠산맥이란 장애물에 막히는 덕분에 히슬룸과 도르로 민은 정복을 면했다.

핑골핀이 절망의 격정에 휩싸여 앙반드로 말을 달려 모르고

스에게 결투를 신청한 것은 브라골라크 이듬해였다. 그로부터
2년 뒤 후린과 후오르가 곤돌린으로 갔다. 4년이 더 지난 뒤 히
슬룸에 대한 공격이 재개되었고, 후린의 아버지 갈도르가 에이
셀 시리온 요새에서 살해당했다. 사도르도 거기 있었는데, 투
린에게 이야기한 대로(63쪽) 그는 (당시 21세의 청년이던) 후린이
"영주의 직과 지휘권을 물려받으시는" 것을 지켜보았다.

　투린이 태어날 즈음 도르로민에는 이 모든 것들이 생생한 기
억으로 남아 있었다. '돌발화염의 전투'가 벌어진 지 9년이 되던
해였다.

나른 이 킨 후린

후린의 아이들 이야기

Chapter 1
투린의 어린 시절

'황금머리 하도르'는 에다인의 영주로, 엘다르의 많은 사랑을
받았다. 그는 평생 핑골핀 대왕을 섬겼고, 왕은 그에게 히슬룸에
있는 넓은 땅 도르로민을 하사하였다. 그의 딸 글로레델은 브레
실 사람들의 영주 할미르의 아들 할디르와 혼인하였고, 같은 날
잔치에서 아들인 '장신의 갈도르' 역시 할미르의 딸 하레스와
혼인하였다.

갈도르와 하레스는 후린과 후오르 두 아들을 두었다. 후린이
세 살 앞선 맏이였지만, 집안의 다른 남자들에 비해서 그는 키가
작았다. 키가 작은 것만 외탁했을 뿐 후린은 다른 점에서는 조부
인 하도르를 닮아 잘생긴 외모와 황금색 머리를 가졌으며, 강인
한 체격에 불같은 성격을 타고났다. 하지만 그의 내면에 잠재된
불꽃은 찬찬히 타올랐고, 의지를 조절할 수 있는 대단한 인내심
또한 갖추고 있었다. 북부의 인간들 중에서는 그가 놀도르의 뜻
을 가장 잘 이해했다. 동생 후오르는 자기 아들 투오르를 제외하

고는 에다인 모든 사람들 가운데서 가장 키가 크고, 걸음도 무척 빨랐다. 하지만 길고 힘든 경주에서는 후린이 먼저 집에 도착하곤 했는데, 마지막까지도 처음처럼 힘차게 달렸기 때문이다. 형제 사이에는 끈끈한 우애가 있었고 어린 시절에는 거의 떨어져 지낸 적이 없었다.

후린은 모르웬과 결혼했다. 그녀는 베오르 가 브레골라스의 아들 바라군드의 딸로서, '외손잡이 베렌'과는 가까운 친척 간이었다. 모르웬은 검은 머리에 큰 키의 여인으로, 반짝이는 눈빛과 아름다운 얼굴 때문에 사람들은 그녀를 엘레드웬, 곧 '요정의 광채'라고 불렀다. 하지만 그녀는 엄격한 데가 있었고 자존심이 강했다. 그녀는 브라골라크로 폐허가 된 도르소니온을 떠나 도르로민으로 망명한 이들 중 한 명이었고, 베오르 가에 닥친 불행을 가슴 아파했다.

투린은 후린과 모르웬의 맏아들로서, 베렌이 도리아스로 와서 싱골의 딸 루시엔 티누비엘을 만나던 해에 태어났다. 모르웬은 또 후린의 딸을 하나 낳았는데, 그녀의 이름은 우르웬이었다. 우르웬은 짧은 일생을 사는 동안, 그녀를 알고 지내던 모든 이들로부터 랄라이스, 곧 '웃음'이란 이름으로 불렸다.

후오르는 모르웬의 사촌 리안과 결혼했는데, 그녀는 브레골라스의 아들 벨레군드의 딸이었다. 가혹한 운명 탓에 그런 시절에 태어나긴 했지만, 그녀는 온순한 마음씨의 소유자로 사냥이나 전쟁을 모두 싫어했다. 그녀는 나무와 야생의 꽃을 사랑했고, 노래를 잘했으며, 노래를 짓기도 했다. 리안과 결혼한 지 겨우 두 달 만에 후오르는 형과 함께 니르나에스 아르노에디아드로 떠났고, 그녀는 남편의 얼굴을 다시는 보지 못했다.

　　이제 이야기는 후린과 후오르의 어린 시절로 되돌아간다. 갈도르의 두 아들은 당시 북부에 살던 인간들의 관습에 따라 외삼촌인 할디르의 양자로 잠시 브레실에서 살았다고 한다. 그들은 브레실 사람들과 함께 종종 오르크들에 맞서 싸우러 나서곤 했는데, 오르크들이 이제 브레실 땅 북부 변경까지 출몰하여 괴롭혔기 때문이다. 후린은 겨우 열일곱의 나이였지만 건장한 젊은 이였고, 동생인 후오르도 이미 자기 일족 대부분의 장성한 남자들만큼 큰 키를 자랑했다.

　　한번은 후린과 후오르가 한 무리의 정찰대와 함께 나갔다가 오르크들의 매복 공격을 받아 모두 흩어지게 되었는데, 형제는 브리시아크여울까지 추격당했고 시리온강에서 큰 힘을 발휘하던 울모의 권능이 없었더라면 붙잡히거나 죽임을 당했을 것이다. 전하는 바에 의하면 강에서 안개가 일어나더니 그들을 적으로부터 숨겨 주었고, 그들은 브리시아크를 건너 딤바르로 피신하였다. 혹독한 시련을 겪으며 가파른 크릿사에그림첨봉 아래의 언덕들 사이를 헤매던 그들은 혼란스러운 지형에 당황하여 앞으로 갈 수도 뒤로 돌아갈 수도 없었다. 거기서 소론도르가 그들을 발견하고 그들을 돕기 위해 휘하의 독수리 두 마리를 내려보냈다. 독수리들은 그들을 데리고 '에워두른산맥'을 넘어 비밀의 골짜기 툼라덴과 숨은 도시 곤돌린으로 날아갔다. 인간은 아직 아무도 가 보지 못한 곳이었다.

　　곤돌린의 투르곤 왕은 그들의 혈통에 관해 전해 듣고는 반가

이 맞이하였다. 하도르가 '요정의 친구'인 데다, 울모가 투르곤에게 어려운 시기에 그들로부터 도움을 받게 될 것이라고 하면서 하도르 가문의 아들들을 잘 대접하라고 권고한 적이 있었기 때문이다. 후린과 후오르는 왕의 저택에서 거의 한 해 동안 손님으로 지냈는데, 그동안 생각이 빠르고 열성적인 후린은 요정들의 지식을 많이 습득하고 또 왕의 계획과 목적에 관해서도 약간 이해할 수 있게 되었다고 한다. 투르곤이 갈도르의 아들들을 무척 좋아하여 그들과 많은 이야기를 나누었기 때문이다. 그는 정말로 그들을 사랑하였기에 그들을 곤돌린에 데리고 있고 싶었다. 그것은 요정이든 인간이든 비밀의 왕국으로 향하는 길을 발견하여 도시를 목격한 이방인은 누구든지, 왕이 방어망을 풀어 숨어 있던 자들을 내보낼 때까지는 다시 떠날 수 없다는 왕의 법률 때문만은 아니었다.

그러나 후린과 후오르는 자기 백성들에게로 돌아가 이제 그들을 에워싸고 있는 전쟁과 고난을 함께하고 싶었다. 그래서 후린은 투르곤에게 말했다. "폐하, 우리는 엘다르와 달리 유한한 생명의 인간에 불과합니다. 요정들은 먼 훗날에 있을 적과의 싸움을 기다리며 오랫동안 견딜 수 있지만, 우리에겐 시간이 짧고 우리의 희망과 힘도 곧 쇠약해집니다. 더욱이 우리는 곤돌린으로 들어오는 길을 발견하지도 못했고, 사실 이 도시가 어디 있는지도 정확하게 알지 못합니다. 우리는 두려움과 경이로움 속에서 높은 하늘길을 따라왔고, 자비롭게도 우리의 눈은 가려져 있었기 때문입니다." 그러자 투르곤은 그의 간청을 들어주며 이렇게 대답했다. "소론도르가 동의한다면 자네들이 왔던 그 길로 돌아가도록 허락하겠노라. 이 작별은 슬픈 일이지만 엘다르의 생각으로는 머지않아 우리는 다시 만나게 될 것이다."

한편 곤돌린의 유력자가 되어 있던 왕의 생질 마에글린은 그들이 떠나는 것을 전혀 슬퍼하지 않았다. 그는 인간들을 좋아하지 않았기 때문에 그들에 대한 왕의 총애를 못마땅하게 여겼고, 그래서 후린에게 말했다. "왕의 은총은 자네가 알고 있는 것보다 더 크네. 어째서 미천한 인간 어린아이 둘 때문에 왕의 법도가 무뎌졌는지 의아해하는 이들도 있을 걸세. 두 사람이 죽을 때까지 여기서 우리 종으로 살 수밖에 없다고 하더라도, 그게 더 안전할 걸세."

이에 후린이 대답하였다. "왕의 은총은 참으로 위대합니다. 혹시 저희가 드리는 말씀으로 충분하지 않다면, 당신께 맹세하도록 하겠습니다." 그리하여 형제는 투르곤의 계획을 아무에게도 발설하지 않을 것이며, 그의 왕국에서 본 모든 일을 비밀로 하겠다는 맹세를 하였다. 그런 다음 그들은 작별을 고하였고, 독수리들이 밤에 나타나 그들을 데리고 가서 새벽이 되기 전에 도르로민에 내려놓았다. 브레실에서 보낸 전령들로부터 그들이 실종되었다고 전해 들었던 형제의 친척들은 두 사람을 보고 기뻐하였다. 하지만 후린과 후오르는 황야에서 그들을 집으로 데려온 독수리들에게 구조되었다는 이야기 말고는, 그들이 어디 있었는지를 부친에게도 밝히지 않으려고 했다. 그러자 갈도르가 물었다. "그렇다면 황야에서 한 해를 보냈단 말이냐? 아니면 독수리들이 자기 둥지에 재워 주기라도 했다는 말이냐? 그런데도 음식과 좋은 옷을 잘 챙겨서, 숲속의 방랑자가 아니라 젊은 왕자처럼 돌아왔구나." 이에 후린이 대답했다. "저희가 돌아온 것에 만족하소서. 저희는 침묵을 지키겠다는 맹세를 하고 나서야 돌아올 수 있었습니다. 저희는 그 맹세를 지켜야 합니다." 그래서 갈도르는 더 이상 묻지 않았지만, 그와 다른 많은 이들은 진상을 여러 가지로 추측하곤 했다. 사람들은 침묵을 지키겠다는 맹세와 독수리가 투르곤 쪽과 관련이 있을 것이라고 생각했다.

세월이 흘러, 모르고스가 드리우는 공포의 그림자는 길어졌다. 그러나 놀도르가 가운데땅에 돌아온 지 469년이 되던 해, 요정과 인간 사이에는 희망의 기운이 싹터 올랐다. 그들 사이에 베렌과 루시엔의 행적에 관한 소문이 떠돌았기 때문이다. 특히 모르고스가 심지어 앙반드의 옥좌에 앉아 있다가 수모를 당했으며, 어떤 이들은 베렌과 루시엔이 아직 살아 있거나 혹은 사자死者의 세계에서 돌아왔다는 이야기까지 했다. 그해에는 또한 마에드로스의 웅대한 구상이 거의 완성되었고, 엘다르와 에다인의 힘이 되살아나면서 모르고스의 진출을 억제하였고 오르크들은 벨레리안드에서 물러나 있었다. 그리하여 다가올 승리에 대해서 얘기하며 브라골라크 전투의 앙갚음을 해야 한다고 말하는 이들이 나타났고, 그러자면 마에드로스가 연합군을 이끌고 나가서 모르고스를 지하로 몰아넣고 앙반드의 출입구를 폐쇄해야 한다고 말하기 시작했다.

하지만 그보다 지혜로운 이들은 여전히 불안해하면서, 마에드로스가 자신의 힘이 강성해지고 있다는 것을 너무 일찍 노출시켰기 때문에 모르고스가 그와 맞설 계책을 세울 시간을 충분히 얻게 될 것이라고 걱정했다. 그들은 "앙반드에서는 요정과 인간이 상상도 하지 못할 새로운 악이 계속해서 부화될 것"이라고 말했다. 그해 가을에는 그들의 말을 입증이라도 하듯 북쪽에서부터 납빛 하늘 아래로 유독한 바람이 불어왔다. 그 유독성 때문에 바람은 독풍毒風이라고 불렸고, 안파우글리스 경계에 있는 북부 지방에서는 그해 가을 많은 이들이 병을 앓다가 목숨을 잃었다. 그들은 대부분 인간들로, 어린아이거나 한창 자라나는 청년들이었다.

후린의 아들 투린은 그해 겨우 다섯 살이었고, 여동생 우르웬은 봄이 시작될 무렵에 세 살이 되었다. 우르웬이 들판을 달리면 아이의 머리는 풀밭에 피어나는 노란 백합 같았고, 그 웃음소리는 산속에서 흘러나와 아버지의 집 담장 밖으로 노래하듯 흘러가는 유쾌한 시냇물 소리와 같았다. 그 시냇물은 넨 랄라이스라 하였고, 그 이름을 따서 집안사람들은 모두 아이를 랄라이스라고 불렀다. 아이가 함께 있으면 그들의 마음은 환해졌다.

하지만 투린이 받는 사랑은 동생보다 못했다. 그는 어머니와 같은 검은 머리에다 성격 또한 어머니를 닮아 갈 기미가 보였다. 쾌활한 성격이 아닌 데다, 말을 일찍 배우기는 했지만 말수가 적고, 늘 나이보다 올되어 보이는 얼굴이었기 때문이다. 투린은 불의한 일이나 타인의 조롱을 쉽게 잊지 못했으며, 아버지의 불같은 성격을 물려받아 급작스럽고 격정적인 행동을 보였다. 하지만 연민의 정 또한 많아서 살아 있는 것이 다치거나 슬퍼하는 모습을 보면 눈물을 흘렸는데, 이 역시 아버지 성격을 물려받은 것이었다. 어머니 모르웬은 자신에 대해서와 마찬가지로 타인에 대해서도 엄격했다. 투린은 어머니를 사랑했는데, 그녀의 말이 솔직하고 꾸밈이 없었기 때문이다. 하지만 아버지는 자주 만나지 못했다. 후린이 오랫동안 집을 비우고 히슬룸 동쪽 경계를 지키는 핑곤의 군대와 함께하는 일이 잦았기 때문이다. 집에 돌아왔을 때도 낯선 말과 농담, 애매한 뜻으로 가득 찬 그의 빠른 말투에 투린은 당황스럽고 불편했다. 이 당시 그의 가슴에 담긴 온기는 온통 누이인 랄라이스를 향해 있었다. 하지만 그는 누이와 같이 노는 법은 거의 없었고, 보이지 않는 곳에서 그녀를 지켜주고 풀밭 위나 나무 아래로 그녀가 다니는 걸 지켜보기를 더 좋아했다. 그러면 랄라이스는 요정들의 언어가 아직 그들의 입술에 익지 않았던 먼 옛날 에다인 어린이들이 만든 노래들을 부르며 놀았다.

"랄라이스는 요정 아이처럼 아름답소." 후린이 모르웬에게 말했다. "하지만 애석하게도 그들보다 단명하오! 그래서 그만큼 너 아름답고, 어쩌면 더 고귀한 것이오." 이 말을 들은 투린은 곰곰이 생각해 보았지만 무슨 뜻인지 알 수가 없었다. 그는 아직 요정 아이들을 본 적이 없었던 것이다. 그 당시 그의 아버지의 땅에는 엘다르가 살지 않았고, 딱 한 번 그들을 본 적이 있었는데 그것은 핑곤 왕과 그의 많은 영주들이 말을 타고 은빛과 흰빛을 번득이며 도르로민 땅을 달려 낸 랄라이스 다리를 건너갈 때였다.

하지만 그해가 가기 전에 아버지가 한 말이 무슨 뜻인지 밝혀졌다. 도르로민에 독풍이 몰아닥쳤고, 투린은 병에 걸려 오랫동안 열병을 앓으면서 어두운 꿈속을 헤매며 누워 있었다. 그는 아직 죽을 운명이 아니었고 내면에 강한 생명력이 있었기에 병이 나았는데, 낫자마자 랄라이스에 대해 물었다. 그러자 유모는 이렇게 대답했다. "후린의 아드님, 랄라이스 얘기는 더 하지 마세요. 하지만 동생 우르웬의 소식이라면 어머니께 듣도록 하세요."

모르웬이 그에게 다가왔을 때 투린은 물었다. "이제 저는 병이 나았습니다. 우르웬이 보고 싶어요. 왜 랄라이스 얘기는 더 하지 말라는 거지요?"

"우르웬이 죽었기 때문이란다. 이제 이 집에선 웃음소리가 그치고 말았구나." 어머니가 대답했다. "하지만 모르웬의 아들아, 너는 살아 있고 또 우리에게 이런 못된 짓을 한 대적도 살아 있단다."

그녀는 스스로를 위로하지 않으려고 한 것과 마찬가지로 아들 또한 위로하려 들지 않았다. 침묵 속에서 냉정한 마음으로 그녀는 자신의 비탄을 감내했다. 하지만 후린은 슬픔을 밖으로 드러내어, 자신의 하프를 집어 들고 애도의 노래를 지으려 했다. 하지만 할 수가 없었다. 그는 하프를 부수고 밖으로 나가 북부를 향해 삿대질하며 고함을 질렀다. "가운데땅의 훼손자, 나의 대왕 핑골핀 왕처럼 이 몸이 정면으로 상대하여 네놈을 훼손하고 말겠다!"

투린은 모르웬 앞에서 다시 누이의 이름을 꺼내지는 않았지만, 밤중에 홀로 비통하게 울었다. 당시 그가 의지했던 유일한 친구에게 투린은 자신의 슬픔과 집 안의 공허감을 이야기했다. 사도르란 이름의 이 친구는 후린의 집에서 일하는 하인으로, 절름발이에다 그다지 눈에 띄지 않는 사람이었다. 옛날에 나무꾼이었던 그는 운 나쁘게 도끼를 잘못 휘둘러 자기 오른발을 찍었고, (그래서) 발이 없는 다리는 쪼그라들고 말았다. 그래서 투린은 그를 라바달, 곧 '깨금발이'라고 불렀다. 조롱이 아니라 연민에서 비롯된 별명이었기 때문에 사도르는 이를 불쾌하게 여기지 않았다. 사도르는 나무를 다루는 데 상당한 솜씨가 있었기에 집안에 필요한 소소한 것들을 만들거나 고치면서 바깥채에 기거했다. 투린은 그의 다리품을 덜어 주기 위해 그에게 부족한 것들을 날라 주었고, 때로는 친구가 쓸 것 같은 연장이나 목재 조각도 아무도 모르게 슬쩍 가져다 놓곤 했다. 그러면 사도르는 미소를 지으며 그 선물을 제자리에 갖다 놓도록 했다. "자유로운 판단에 따라 주되, 오직 자기가 가진 것만 주도록 하세요." 그는 힘닿는 대로 소년의 호의에 감사를 표하여 사람이나 짐승 형상을 조각해 그에게 주었지만, 투린이 제일 좋아한 것은 사도르가 들려주는 이야기였다. 사도르는 브라골라크 시절에 젊은 청년이었기 때문에, 발을 다치기 전 자신의 한창때였던 짧은 날들에 관해 얘기하기를 즐겼다.

"후린의 아드님, 그건 엄청난 전투였다고 합니다. 저는 그해 숲속에서 일하고 있었는데 위급할 때 소집되어 갔습니다. 하지만 브라골라크에 참전하지는 못했어요. 그랬더라면 제 상처도 더 영광스러운 것이었을 텐데 말입니다. 우린 너무 늦게 도착해서, 핑골핀 왕을 지키다 쓰러지신 선대 하도르 영주님의 시신을 수습해 나오는 일만 겨우 할 수 있었지요. 그 뒤에 저는 병사가 되어 요정 왕들의 막강한 성채인 에이셀 시리온에서 여러 해 동안 근무했습니다. 지금 보면 대단했던 시절인데, 그 후로 흘러간 따분한 세월에 대해서는 할 말이 별로 없네요. 제가 에이셀 시리온에 있었을 때 암흑의 왕이 쳐들어왔는데, 도련님 부친의 부친이신 갈도르 님께서 요정 왕을 대신해서 지휘를 맡고 계셨죠. 그 공격에서 그분은 목숨을 잃으셨고, 부친께선 갓 성년이 되신 나이였지만 영주의 직과 지휘권을 물려받으시는 것을 제가 지켜보았습니다. 부친의 몸속에는 '불'이 있어서 손으로 칼을 잡으면 칼이 뜨거워진다고 사람들은 얘기했어요. 부친의 뒤를 따라 우리는 오르크들을 사막으로 몰아붙였지요. 그날 이후로 그자들은 성벽이 보이는 곳에는 감히 모습을 나타내지 못했습니다. 하지만 애석하게도, 저는 흘러내리는 핏물과 상처를 너무 많이 목격했고, 그 바람에 전쟁이 지긋지긋해졌어요. 그래서 허락을 받고는 그리워하던 숲속으로 돌아올 수 있었습니다. 그러고 나서 거기서 그만 발을 다치고 말았던 거지요. 공포를 피해 달아나는 사람은 공포를 만나는 지름길로 들어설 뿐입니다."

이렇게 사도르는 자라나는 투린에게 이야기를 들려주곤 했다. 투린은 집안의 좀 더 가까운 누군가로부터 그런 가르침을 받았어야 했는데 그렇지 못했다는 생각에, 사도르가 답하기 어려운 많은 질문을 던지기 시작했다. 어느 날 투린이 그에게 물었다. "아버님 말씀대로 정말 랄라이스는 요정 아이처럼 생겼었나요? 아버님은 그 아이가 요정보다 단명한다고 했는데, 그게 무슨 뜻이죠?"

사도르가 대답했다. "아주 닮았었지요. 아주 어릴 때는 인간이나 요정이나 아이들은 가까운 혈족처럼 비슷해 보입니다. 하지만 인간의 아이들이 더 빨리 성장하고 젊음도 곧 사라지게 되지요. 그게 우리네 운명이랍니다."

"운명이 뭔데요?" 투린이 다시 물었다.

"인간의 운명에 대해서는 라바달보다 더 지혜로운 자에게 물어보셔야 합니다. 하지만 모두 알다시피 우리 인간은 일찍 쇠하여 일찍 죽는답니다. 운이 나쁜 사람은 훨씬 일찍 죽음을 맞이하기도 하지요. 하지만 요정은 쇠하지 않습니다. 그들은 큰 상처를 입은 경우가 아니라면 죽지 않아요. 인간에게는 치명적일 수 있는 부상이나 재난을 당하고도 요정은 살아날 수 있거든요. 심지어 그들은 육신을 못 쓰게 된 뒤에도 다시 돌아올 수 있다는 말도 있어요. 우린 그러지 못하지요."

"그럼 랄라이스는 돌아오지 못하겠네요?" 투린이 물었다. "어디로 갔는데요?"

"돌아오지 못할 겁니다. 어디로 갔는지 인간은 아무도 모르지요. 저도 모릅니다." 사도르가 대답했다.

"항상 그랬어요? 아니면 혹시 독풍처럼 우리가 사악한 왕의 저주를 받아 이렇게 고난을 당하고 있는 건가요?"

"저는 모릅니다. 우리 뒤에는 어둠이 있지요. 그리고 그 시절의 이야기에 관해서는 아는 게 별로 없습니다. 우리 아버지의 아버지들은 알고 있는 이야기가 있었겠지만 아무 말씀도 전해 주지 않았어요. 이젠 그분들의 이름조차 잊혔고, 우리가 사는 곳과 그분들이 살던 곳 사이에는 산맥이 가로막고 있어요. 그분들이 무엇이 무서워 도망쳤는지는 아무도 모릅니다."

"조상님들은 두려움에 사로잡혔던 건가요?" 투린이 물었다.

"그럴지도요." 사도르가 대답했다. "우리는 어둠에 대한 두려움 때문에 도망쳐 나왔지만, 결국 여기서 다시 어둠을 맞닥뜨린 것인지도 모르지요. 이제는 바다 말고는 더 이상 달아날 데도 없어요."

"우린 더 이상 두려워하지 않아요." 투린이 말했다. "전부는 아니에요. 우리 아버지도 그렇고 나도 두려워하지 않을 거예요. 아니 적어도 어머니처럼, 두려워하더라도 겉으로 드러내지는 않을 생각입니다."

그때 사도르가 보기에 투린의 두 눈은 어린아이의 눈이 아니었다. 그는 이런 생각이 들었다. '강인한 사람에게는 고난이 숫돌이 되는군.' 하지만 그는 큰 소리로 말했다. "후린과 모르웬의 아드님, 그대의 가슴속에 어떤 일이 벌어질지 라바달은 알 수 없습니다. 하지만 절대로 아무에게나 가슴속에 있는 것을 보여 주지는 마십시오."

그러자 투린이 대답했다. "가질 수 없는 것이라면, 무엇을 원하는지를 얘기하지 않는 게 낫겠지요. 하지만 라바달, 난 내가 엘다르면 좋겠어요. 그러면 랄라이스가 아무리 멀리 있어도 혹시 돌아온다면 난 아직 여기 있을 테니까요. 난 힘이 세어지면 라바달처럼 요정 왕의 병사가 될 거예요."

"그들에 대해 많은 것을 배우게 될 겁니다." 사도르가 그렇게 말하고 한숨을 지었다. "그들은 아름다운 종족이고 경이로운 자들이며, 인간의 마음을 움직이는 힘을 가지고 있어요. 저는 가끔 우리가 그들을 만나지 말고 '낮은' 길을 그대로 걸었더라면 좋았겠다는 생각도 합니다. 왜냐하면 그들은 지식도 유구한 데다,

자부심이 강하고 영원한 존재자들이거든요. 그들의 빛 속에 서면 우리는 희미해서 보이지 않거나, 아니면 너무 빠른 불꽃으로 타 버리고 맙니다. 우리 운명의 무게가 더 무겁게 우리를 짓누르지요."

투린이 대답했다. "하지만 아버지는 그들을 좋아하세요. 그들이 없으면 행복하지 않으실 거예요. 아버지는 우리가 알고 있는 거의 모든 것을 그들에게서 배웠고, 그래서 더 고결한 민족이 되었다고 말씀하셨어요. 최근에 산맥을 넘어온 인간들은 거의 오르크나 다를 바 없다고 하시거든요."

"그건 맞는 말입니다. 적어도 우리들 중의 일부에게는 맞는 말이지요. 하지만 오르막을 오르는 것은 고통스럽고, 높은 곳에 있으면 아래로 떨어지기도 쉽지요."

결코 잊을 수 없는 그해, 에다인의 책력으로는 과에론(3월―역자 주)에 투린은 막 여덟 살의 나이가 되어 가고 있었다. 투린보다 나이가 많은 이들 사이에서는 이미 엄청난 규모의 병력 소집과 병기 수합이 진행된다는 풍문이 떠돌았지만, 투린은 이에 대해 아무것도 몰랐다. 다만 아버지가 마치 애지중지하는 어떤 것과 이별을 앞둔 사람처럼 자주 자신의 얼굴을 찬찬히 들여다본다는 것을 알아차렸다.

한편 후린은 아내 모르웬이 입이 무겁고 담대하다는 것을 알았기 때문에, 요정 왕들의 계획에 대해, 그리고 만약 그들이 성공하거나 실패했을 경우 어떤 일이 벌어질지에 관해 아내와 자주 이야기를 나누었다. 그가 보기에 가운데땅의 어떤 세력도 엘다르의 힘과 영광을 쓰러뜨릴 수는 없었기에, 그의 가슴은 희망으로 부풀어 올랐고 전투의 결과에 대한 두려움은 거의 없었다. "그들은 서녘의 빛을 목격한 자들이오. 결국 어둠은 그들의 눈앞에서 달아나고 말 것이오." 모르웬은 그의 말에 이의를 달지 않았다. 후린과 함께 있으면 희망은 더욱더 가능한 현실로 보였기 때문이다. 하지만 그녀의 일족에게도 요정들로부터 전승된 지식이 있었기에, 그녀는 혼자 이렇게 중얼거렸다. "하지만 그들은 빛을 떠나왔고 빛으로부터 차단되어 있지 않은가? 서녘의 군주들은 그들을 머릿속에서 지워 버렸을지도 모르는데, 어떻게 첫째자손이 '권능들' 중의 하나를 이길 수 있지?"

그러나 그와 같은 의혹의 그림자는 후린 살리온에게는 드리워지지 않았다. 하지만 그해 봄 어느 날 아침 그는 어수선한 잠자리 끝에 머리가 묵직한 채 일어났고, 온종일 구름 한 점이 그의 밝은 얼굴을 가리고 있었다. 저녁이 되자 그가 불쑥 입을 열었다. "모르웬 엘레드웬, 내가 전쟁에 소집되면 하도르 가문의 후계자를 당신 손에 맡기오. 인간의 생명은 유한하고, 평화로운 시기에도 그들에게는 많은 불운이 찾아오니 말입니다."

"그건 늘 그랬소. 그런데 무슨 뜻으로 그런 말씀을 하시오?"

"신중함이오, 걱정하는 게 아니고." 그렇게 대답하긴 했지만, 그의 표정은 어두웠다. "다만 앞을 바라보는 자라면 이 점을 알아야 하오. 세상이 옛날 그대로는 아닐 거라는 사실 말이오. 이번 일은 엄청난 모험이라서 어느 한쪽은 지금보다 더 바닥으로 떨어져야 할 거요. 만약 떨어지는 것이 요정 왕들이라면 그것은 당연히 에다인에게도 좋지 않은 영향을 끼칠 것이오. 우리는 대적과 가장 가까운 거리에 살고 있으니, 이 땅은 적의 영토가 되고 말 거요. 하지만 일이 잘못되더라도 당신에게 '두려워하지 마시오!'라고 말하지는 않겠소. 당신은 두려워해야 할 것이 무엇인지 알고 있기 때문이오. 그리고 당신은 두려움에도 불구하고 낙담하지 않는 사람이오. 다만 이렇게 얘기하겠소. '기다리지 마시오!' 가능한 한 당신 앞에 살아서 돌아오겠지만, 기다리지는 마시오! 가급적 신속하게 남쪽으로 내려가시오. 살아남는다면 당신을 뒤따라갈 것이고, 벨레리안드 온 천지를 헤매서라도 당신을 찾아낼 것이오."

"벨레리안드는 넓고, 유랑자를 위한 집은 없소." 모르웬이 대답했다. "어디로 달아나야 하오? 일부만 가는 것이오, 모두 가는 것이오?"

그러자 후린은 한참 동안 침묵한 끝에 입을 열었다. "브레실에 가면 어머니 쪽 친척이 있소. 직선으로 145킬로미터가량 되는 거리요."

모르웬이 대답했다. "그런 흉측한 시대가 정말로 온다면 인간에게서 무슨 도움을 얻겠소? 베오르 가는 쓰러졌어요. 위대한 하도르 가문마저 쓰러진다면 할레스 가의 꼬마들은 어느 구멍으로 기어들어 가겠소?"

"힘닿는 대로 찾아낼 구멍이 있을 것이오. 수가 적고 배움이 모자란다고 해서 저들의 용기마저 의심하지는 마시오. 달리 어디서 희망을 찾겠소?" 후린이 말했다.

"곤돌린을 말씀하지는 않으시는구려."

"아니 되오, 내 입에서 그 이름을 말한 적이 없소." 후린이 대답했다. "하지만 당신이 들은 이야기는 사실이오. 난 거기에 갔다 왔소. 이제 당신한테 진실을 얘기하겠소. 누구한테도 말한 적이 없고, 또 앞으로도 그럴 것이오만, 난 곤돌린이 어디 있는지 알지 못하오."

"하지만 짐작은 할 수 있잖소, 대강이라도 말이오." 모르웬이 말했다.

"그럴 수도 있겠구려. 하지만 투르곤께서 나의 맹세로부터 나를 풀어 주지 않는 한, 난 그곳을 추측조차 할 수 없소. 당신한테조차 말이오. 그러니 당신이 찾아보아도 소용없을 것이오. 내가 수치를 무릅쓰고 말해 준다 하더라도 당신은 기껏해야 잠겨 있는 문 앞까지만 갈 수 있을 뿐이오. 투르곤께서 전쟁을 하러 나오시지 않는 한, (그럴 것이라는 소문은 아직 없고, 또 바랄 수도 없는 일이지만) 아무도 들어갈 수가 없소."

"그러면 당신의 친척들에게도 희망이 없고, 당신의 친구들도 모른 척한다면, 나 스스로 방도를 찾아야겠구려. 내 머릿속에는 도리아스가 떠오르고 있소."

"당신 꿈은 점점 거창해지는구려." 후린이 말했다.

"너무 거창하다고 말씀하시는 것이오?" 모르웬이 말했다. "하지만 모든 방어선 중에서 가장 마지막까지 견디는 것은 '멜리안의 장막'이 아닐까 하오. 베오르 가라면 도리아스에서도 무시당하지는 않을 것이오. 나도 이제는 싱골 왕의 친척이 아닌가요? 바라히르의 아들 베렌은 우리 아버지와 마찬가지로 브레고르의 손자이니 말이오."

"내 마음은 싱골 쪽으로 기울지는 않소. 그는 핑곤 왕에게 별

도움이 되지 못할 것 같소. 또한 도리아스란 이름만 나오면 알지 못할 어두운 그림자가 내 마음속에 스며들기 때문이오."

"브레실이란 이름을 들으면 나도 가슴이 답답해지오." 모르웬이 답했다.

그러자 갑자기 후린이 웃음을 터뜨리며 말했다. "우린 여기 앉아서 우리 능력 밖의 일을 놓고 따지고 있소. 꿈속에 나온 그림자 같은 것 말이오. 상황이 그렇게 악화되지는 않을 것이오. 혹시 그렇게 되더라도 당신의 용기와 사려 분별에 모든 것을 맡기겠소. 당신이 옳다고 생각하는 대로 행동하시오. 다만 신속하게 행하시오. 우리가 목표를 달성한다면, 요정 왕들은 베오르 가의 모든 봉토를 베오르의 후계자에게 회복시켜 주기로 결정해 두고 있소. 그 후계자가 바로 당신, 바라군드의 딸 모르웬이오. 그렇게 되면 우린 넓은 영지를 관장하게 될 것이고, 우리 아들은 엄청난 유산을 물려받을 거요. 북부의 위협만 없다면 아들은 막대한 재화를 쌓아 인간들 가운데서 왕이 되겠지."

"후린 살리온." 모르웬이 말했다. "이렇게 말하는 것이 더 맞는 말일 것이오. 당신은 높은 곳을 바라보고 있지만, 나는 떨어질 나락이 두렵소."

"최악의 경우가 온다면, 두려움 같은 건 필요 없을 거요."

그날 밤 투린은 반쯤 잠이 깨어 있었는데, 아버지와 어머니가 그의 침상 옆에 서서 촛불을 든 채 아들의 얼굴을 내려다보고 있는 것 같았다. 하지만 그는 그들의 얼굴을 볼 수는 없었다.

투린의 생일날 아침, 후린은 아들에게 요정이 만든 단도를 선물로 주었다. 칼자루와 칼집이 은색과 검은색으로 된 것이었다. "하도르 가의 후계자, 오늘 너의 생일 선물이 여기 있다. 하지만 주의하거라! 무섭도록 날카로운 칼이다. 날붙이는 휘두를 줄 아는 자만 섬기는 법. 이건 다른 것을 자를 때처럼 네 손도 얼마든지 벨 거다." 그리고 그는 투린을 탁자 위에 올려놓고 입을 맞춘 다음 말했다. "모르웬의 아들, 네가 벌써 내 머리 위에 오는구나. 너는 곧 네 두 발로도 이만큼 높이 서게 되겠지. 그날이 오면 만인이 너의 칼날을 두려워할 것이다."

그러자 투린은 방에서 뛰어나와 혼자 걸었다. 그의 가슴속에 차가운 대지에 생장의 기운을 불어넣는 태양의 온기 같은 따스함이 퍼져 나갔다. 그는 "하도르 가의 후계자"라고 한 아버지의 말을 입속으로 되풀이해 보았다. 하지만 다른 말 또한 그의 머릿속에 떠올랐다. "자유로운 판단에 따라 주되, 오직 자기가 가진 것만 주도록 하세요." 그래서 그는 사도르에게 가서 큰 소리로 말했다. "라바달, 오늘이 내 생일이에요. 하도르 가 후계자의 생일이라구요! 오늘을 기념할 선물을 가져왔어요. 이 칼 보세요, 라바달한테 딱 맞는 칼이에요. 마음만 먹으면 뭐든지, 머리카락같이 가는 것도 자를 수 있을 거예요."

사도르는 투린이 그날 칼을 선물로 직접 받았다는 것을 잘 알고 있었기에 마음이 불편했다. 누가 준 것이든 자유로운 판단에 따라 준 선물을 거절한다는 것은 당시의 인간들 사이에서는 가슴 아픈 일로 여겨졌기 때문이다. 그는 투린에게 진지한 얼굴로 말했다. "후린의 아들 투린, 도련님은 너그러운 마음씨를 타고났군요. 도련님의 선물에 견줄 만한 일을 저는 한 것이 없고, 앞으로 제게 남은 날들 동안 더 잘할 것이란 희망도 없습니다. 다만 제가 할 수 있는 일, 그건 하도록 하지요." 그리고 사도르는 칼집에서 칼을 빼어 보고는 말했다. "이건 정말 대단한 선물이군요. 요정의 강철로 만든 칼입니다. 저는 오랫동안 이 감촉을 그리워했습니다."

후린은 투린이 칼을 차고 있지 않은 것을 곧 알아차리고는, 혹시 자신의 경고 때문에 겁이 난 것이냐고 아들에게 물었다. 그러자 투린이 대답했다. "그건 아닙니다. 목공木工 사도르한테 칼을 주었어요."

"그렇다면 아버님의 선물을 무시한다는 말이냐?" 모르웬이 물었다. 투린이 다시 답했다. "아닙니다, 전 사도르를 사랑하거든요. 그 사람을 동정해요."

그러자 후린이 말했다. "투린, 네가 가진 세 가지 선물을 모두 그에게 주었구나. 사랑과 동정, 마지막으로 칼까지 말이다."

"하지만 시도르가 그럴 자격이 있는지 의심스럽구려." 모르웬이 말했다. "그 사람이 자기 발을 찍었던 것도 솜씨가 부족했기 때문이고, 시키지도 않은 일을 하는 데 시간을 너무 많이 쓰느라 집안일을 제때 못 해내고 있잖소."

"그래도 그 사람한테 동정심을 베푸시오." 후린이 말했다. "정직한 손과 진실한 마음씨를 가진 사람도 손이 빗나갈 수 있소. 그 상처는 적이 남긴 것보다 더 참기 힘든 법이오."

"하지만 너는 이제 다음 칼을 받을 때까지 기다려야 할 것이다." 모르웬이 말했다. "이렇게 해서 이 선물은 네 자신의 것을 나누어 준 진짜 선물이 되는구나."

그럼에도 불구하고 투린은 이후로 집안사람들이 사도르를 다정하게 대해 주고 있으며, 사도르는 이제 아버지가 연회장에서 앉을 큰 의자를 만드는 일에 착수했다는 사실을 알게 되었다.

로스론(5월—역자 주) 어느 맑은 날 아침, 투린은 갑작스러운 나팔 소리에 잠에서 깼다. 문간으로 달려간 그는 안뜰을 꽉 채운 수많은 장정들을 목격했는데, 말을 타고 있거나 두 발로 선 그들은 모두 전쟁을 대비하여 완전 무장을 하고 있었다. 후린 또한 그 속에 서서, 그들과 이야기하며 명령을 내리는 중이었다. 투린은 그들이 그날 바라드 에이셀로 떠날 예정이란 사실을 알았다. 이들은 후린의 호위병과 가문의 장정들이었는데, 그의 영지에 거주하는 여유 있는 장정들 모두에게 소집 명령이 떨어진 상태였다. 일부는 이미 후린의 동생인 후오르와 함께 떠났고, 많은 이들이 도중에 도르로민의 영주와 합류하여 그의 깃발을 따라 요정 왕의 대부대로 나아갈 참이었다.

모르웬은 그때 눈물 한 방울 흘리지 않고 후린에게 작별 인사를 했다. "당신이 내게 맡긴 것을, 지금 있는 것과 앞으로 있을 것까지 잘 지키겠소."

후린이 그녀에게 답했다. "도르로민의 여주인, 몸조심하시오. 이제 우리는 이전보다 더 큰 희망을 품고 말을 달려 나갑니다. 다가오는 동짓날에는 우리 생애에 가장 유쾌한 잔치가 벌어질 것이며, 앞으로의 봄에는 두려움이 없을 것이라고 생각합시다!"

그리고 그는 투린을 한쪽 어깨 위에 올리고 사람들을 향해 외쳤다. "하도르 가의 후계자가 그대들의 검광劍光을 보게 하라!"

날쌔게 치켜올린 오십 개의 칼날이 햇빛에 번쩍거리고, 후린의 안뜰에는 북부 에다인의 함성이 울려 퍼졌다. "라코 칼라드! 드레고 모른! 빛이여 불타오르라! 밤이여 달아나라!"

마침내 후린이 말안장에 올라앉자, 그의 황금 깃발이 휘날리면서 나팔 소리가 아침 속으로 다시 울려 퍼졌다. 후린 살리온은 니르나에스 아르노에디아드를 향해 길을 떠났다.

모르웬과 투린은 문간에 조용히 서 있었다. 마지막으로 저 멀리서 희미한 한 가닥 나팔 소리가 바람결에 들렸다. 산등성이를 넘어가자 후린은 더 이상 자기 집을 볼 수 없었다.

Chapter 2
한없는 눈물의 전투

니르나에스 아르노에디아드, 곧 핑곤이 쓰러지고 엘다르의 꽃이 시든 '한없는 눈물의 전투'를 소재로 요정들은 많은 노래를 부르고 많은 이야기를 지었다. 그 모든 이야기를 지금 다시 듣자면 평생을 들어도 시간이 부족할 것이다. 그래서 여기서는 하도르 가의 운명과 '불굴의 후린'의 자식들과 관련한 행적들만 차례로 이야기하기로 한다.

마침내 힘이 닿는 대로 모든 세력을 불러 모은 마에드로스는 하짓날 아침을 예정일로 택했다. 그날 엘다르의 나팔수들은 솟아오르는 태양을 반가이 맞이했다. 동부에서는 페아노르의 아들들의 군기가, 서부에서는 놀도르 왕 핑곤의 깃발이 솟아올랐다.

그때 핑곤은 에이셀 시리온의 성벽 위에서 내려다보았고, 그의 군대는 에레드 웨스린 동쪽 기슭의 숲과 골짜기에 정렬하여 적의 눈에 띄지 않도록 꼭꼭 숨어 있었다. 하지만 그의 군대가 막강하다는 것을 적은 이미 알았다. 그곳에는 팔라스의 요정들과 나르고스론드에서 올라온 귄도르의 군대를 비롯하여 히슬룸의 놀도르가 모두 모여 있었고, 인간들로 이루어진 대부대도 거기 있었기 때문이다. 그 오른쪽에는 후린과 그의 동생 후오르가 이끄는 용감한 도르로민의 군대가 대기 중이었고, 숲속의 많은 무리를 이끌고 온 그들의 친족 브레실의 할디르가 그들과 합세했다.

핑곤은 동쪽을 바라보고는 요정 특유의 시력으로 아득히 멀리서 먼지가 일어나고 안개 속의 별빛처럼 칼날이 번쩍이는 것을 목격했다. 그는 마에드로스가 출정한 것을 확인하고 기뻐했다. 그런 다음 상고로드림을 바라보았고, 상고로드림 주변에 검은 구름이 일면서 시커먼 연기가 피어올랐다. 그는 모르고스의 분노가 폭발하였고 그들의 도전이 받아들여졌다는 것을 알았다. 그런데 핑곤의 마음속에 의심이 일었다. 그러나 그 순간 남쪽에서부터 바람을 따라 한 줄기 함성이 일어나 이 골짝 저 골짝으로 전해졌고, 요정들과 인간들은 놀라움과 기쁨에 사로잡혀 큰 소리로 고함을 질러 댔다. 부르지도 않았고 기대하지도 않았던 투르곤이 곤돌린의 방어망을 풀고 1만에 이르는 병력을 이끌고 나타난 것이다. 그들은 모두 반짝이는 사슬갑옷을 입었고 수많은 장검과 창은 마치 숲을 방불케 했다. 멀리서 들려오는 투르곤의 웅장한 나팔 소리를 듣는 순간, 핑곤은 의심의 그림자를 버리고 격앙하여 큰 소리로 외쳤다. "우툴리엔 아우레! 아이야 엘달리에 아르 아타나타르니, 우툴리엔 아우레! 그날이 왔다. 보라, 엘다르 백성과 인간의 조상들이여, 그날이 왔다!" 그의 우렁

찬 고함이 산속에 울려 퍼지는 것을 들은 모든 이들이 큰 소리로 화답했다. "아우타 이 로메! 밤은 지나가고 있다!"

얼마 지나지 않아 치열한 교전이 시작되었다. 모르고스는 자신의 적이 그동안 어떤 준비를 했고 어떤 계획을 세워 두었는지 알았고, 그들의 공격 시간에 맞춰 대응책을 마련해 두고 있었다. 앙반드를 나온 엄청난 병력이 이미 히슬룸으로 진격하는 중이었고, 한편으로 다른 쪽에서는 더 많은 병력이 요정 왕들의 연합을 저지하기 위해 마에드로스를 상대하러 나섰다. 핑곤을 공격한 자들은 모두 회갈색 군복을 입고 칼은 모두 칼집에 넣어 두었기 때문에 안파우글리스의 모래 지대를 한참 넘어온 뒤에야 요정들은 그들이 접근하고 있다는 것을 알아차릴 수 있었다.

그러자 놀도르의 전의가 불타오르면서 지휘관들은 들판으로 나가 적을 공격하기를 원했다. 하지만 핑곤은 이를 반대했다.

"모르고스의 간계를 경계하시오! 모르고스의 힘은 항상 보기보다 강하고, 그의 목표는 밖으로 드러나지 않은 다른 곳에 있소. 자신의 병력을 노출하지 말고 적이 먼저 산으로 공격해 오도록 하시오." 요정 왕들의 전략은 마에드로스가 먼저 요정과 인간, 난쟁이의 군대를 연합하여 안파우글리스를 넘어 정면으로 공격하는 것이었다. 그리고 그의 희망대로 모르고스의 주력군을 끌어낼 수 있으면, 그때 핑곤이 서부에서 출정할 참이었다. 그렇게 되면 모르고스의 군대는 독 안에 든 쥐의 형국이 되어 궤멸할 것으로 그들은 생각했다. 이 작전의 신호는 도르소니온에 커다란 봉화烽火를 올리는 것이었다.

하지만 서부를 맡은 모르고스의 대장은 무슨 수를 써서라도 핑곤을 산 위에서 끌어내라는 명령을 받은 상태였다. 그래서 그는 계속 행군하여 바라드 에이셀에서부터 세레크습지에 이르기까지 시리온강 앞에 전선이 형성되도록 하였고, 핑곤의 전초 기지에서는 적군의 눈 속까지 들여다볼 수 있었다. 하지만 그의 도전에 대해 요정들은 아무런 반응도 보이지 않았고, 산속의 고요한 성벽과 감춰진 위험을 지켜보면서 오르크들의 조롱도 주춤해졌다.

그러자 모르고스의 대장은 협상 신호와 함께 기수騎手들을 내보내어 바라드 에이셀 외루外壘 앞에까지 올려 보냈다. 그들은 브라골라크에서 사로잡은 나르고스론드의 영주, 구일린의 아들 겔미르를 데리고 있었는데 그는 이미 그들에 의해 눈이 멀어 있었다. 앙반드의 전령은 그를 내보이면서 말했다. "우리 진지에 가면 이런 자들이 더 많이 있으니 그들이 보고 싶으면 너희들도 서둘러야 할 것이다. 우리가 돌아가면 그들을 바로 이렇게 처치할 것이다." 그러고 나서 그들은 겔미르의 두 팔과 두 다리를 자르고 그를 거기에 내버려 둔 채 떠났다.

불행하게도 바로 외루의 그 지점에 나르고스론드의 많은 요정들과 함께 구일린의 아들 귄도르가 있었다. 사실 그는 형이 붙잡힌 데 대한 슬픔 때문에 가능한 한 모든 병력을 동원하여 전쟁에 나온 것이다. 그는 분노에 사로잡혀 미친 듯이 말에 뛰어올라 뛰쳐나갔고 많은 기마병이 그를 뒤따랐다. 그들은 앙반드의 전령들을 쫓아가 그들을 도륙하였고, 나르고스론드 전군이 뒤를 따라 앙반드의 군대 깊숙이 뛰어들었다. 이를 본 놀도르 군대는 전의에 불타올랐고, 핑곤이 흰 투구를 쓰고 나팔을 불자 그의 전군은 돌발적으로 산속에서 뛰쳐나가 맹공격을 가했다.

놀도르가 휘두르는 검의 광채는 갈대밭의 불빛과 같고, 그들의 공격은 무척 신속하고 치명적이었기 때문에, 모르고스의 계획은 거의 실패하고 말았다. 그가 서부에 미끼로 내보낸 군대는 원군이 오기도 전에 궤멸당했고, 핑곤의 깃발이 안파우글리스를 넘어 앙반드의 성벽 앞에 높이 세워졌다.

이 전투의 선봉에는 늘 귄도르와 나르고스론드의 요정들이 섰고, 그들은 분노를 억제할 수 없었다. 그들은 바깥 성문을 돌파하여 앙반드의 문 안뜰을 지키던 경비병들을 죽였고, 모르고스는 자신의 깊숙한 옥좌에서 그들이 문을 부수는 소리를 듣고 몸을 떨었다. 하지만 귄도르는 거기서 함정에 빠져 생포되고 그의 군대는 살육당하고 말았다. 핑곤이 그를 지원하러 올 수 없었던 탓이다. 모르고스는 대기시켜 놓았던 자신의 본진을 상고로드림의 많은 비밀 출입구로 내보냈고, 핑곤은 엄청난 피해를 입고 앙반드 성벽에서 물러나고 말았다.

그리하여 전쟁 넷째 날, 안파우글리스의 들판 위에서 니르나에스 아르노에디아드가 시작되었다. 그 슬픔은 어떤 노래나 어떤 이야기로도 전할 수 없을 만큼 처참하였다. 동부 전선에서 일어난 일들, 특히 벨레고스트의 난쟁이들이 '용 글라우룽'을 물리친 일이나, 동부인 인간들의 배신과 마에드로스 군대의 궤멸, 페아노르의 아들들의 패주에 대해서는 여기서 더 언급하지 않는다. 서부의 핑곤의 군대는 모래 지대를 넘어 퇴각을 거듭했고, 할미르의 아들 할디르와 브레실의 인간들이 대부분 거기서 목숨을 잃었다. 다섯째 날 밤이 되었을 때, 그들은 여전히 에레드 웨스린과는 멀리 떨어져 있었고, 앙반드의 무리는 핑곤의 부대를 포위하고 날이 샐 때까지 점점 더 격렬하게 싸움을 걸어왔다. 그러나 아침이 되자 희망이 살아났다. 곤돌린의 본진을 이끌고 올라온 투르곤의 나팔 소리가 울려 퍼졌기 때문이다. 투르곤은 남쪽에 주둔한 채 시리온 통로를 지키면서 그의 모든 병사들에게 성급한 공격을 자제하도록 했으나 이제 그가 형을 돕기 위해 서둘러 나타난 것이다. 곤돌린의 놀도르는 막강했고 그들의 행렬은 강철로 된 강줄기처럼 햇빛 속에 빛을 발했다. 투르곤의 병졸 중에서 지극히 낮은 자라도 그 검과 마구는 여느 인간들의 왕의 몸값을 능가할 정도였다.

밀집한 투르곤 왕의 호위대는 오르크 군대를 돌파하였고, 투르곤은 적군 사이로 길을 내어 형의 옆으로 다가갔다. 전투하던 중에 투르곤은 핑곤 옆에 있던 후린을 만나 기뻐하였다는 이야기가 전해진다. 잠시 앙반드의 군대가 뒤로 물러서자, 핑곤은 다시 퇴각하기 시작했다. 하지만 동부에서 마에드로스를 물리친 모르고스는 이제 엄청난 여유 병력을 갖게 되었고, 핑곤과 투르곤은 산맥의 방어선에 당도하기도 전에 그들의 전체 잔존 병력보다 세 배나 많은 적군의 밀물 같은 공격을 받게 되었다. 앙반드의 대수령인 고스모그도 모습을 드러냈다. 그는 요정 군대 사이로 검은 쐐기형의 진을 몰아붙여 핑곤 왕을 에워싼 다음, 투르곤과 후린을 세레크습지 쪽으로 밀어냈다. 그리고 그는 핑곤에게 덤벼들었고, 그리하여 무시무시한 결투가 벌어졌다. 자신을 지키던 호위병이 모두 죽자 핑곤은 결국 홀로 고스모그와 싸움을 벌였으나, 다른 발로그가 뒤로 돌아와 그에게 강철 채찍을 휘둘렀다. 그러자 고스모그는 자신의 검은 도끼를 핑곤에게 휘둘렀고, 왕의 투구가 갈라지면서 하얀빛이 솟아 나왔다. 이렇게 놀도르의 왕은 쓰러졌다. 그들은 철퇴로 그의 시신을 내리쳐 진흙탕에 처박았고, 그의 청색과 은색 군기를 피로 범벅이 되도록 짓밟았다.

전쟁은 패배였다. 하지만 후린과 후오르 및 하도르 가의 잔여 병력이 여전히 곤돌린의 투르곤과 함께 용감하게 버티고 있었고, 모르고스의 군대는 아직 시리온 통로를 확보하지 못했다. 그때 후린이 투르곤에게 말했다. "폐하, 아직 시간이 있을 때 떠나십시오! 폐하는 핑골핀 가문의 마지막이시며, 폐하의 운명에 엘다르의 마지막 희망이 달려 있습니다. 곤돌린이 건재하는 한 모르고스는 언제나 마음속으로 두려워할 것입니다."

"이제 곤돌린은 그 비밀을 오랫동안 유지할 수가 없네. 드러난 이상 무너지게 되어 있어." 투르곤이 대답했다.

그러자 후오르가 입을 열어 말했다. "하지만 잠시라도 왕국이 유지된다면, 폐하의 가문에서 요정과 인간의 희망이 솟아날 것입니다. 폐하, 죽음을 앞두고 이 말씀을 드리고자 합니다. 우리는 여기서 영원히 헤어지고, 저는 다시 폐하의 흰 성을 보지 못하겠지만, 폐하와 저로부터 새로운 별이 솟아날 것입니다. 안녕히 가십시오!"

투르곤의 생질 마에글린이 옆에 서 있다가 이 말을 듣고는 잊지 않고 새겨 두었다.

그리하여 투르곤은 후린과 후오르의 충고를 받아들여 자신의 군대에게 시리온 통로 쪽으로 퇴각하라는 명령을 내렸다. 그의 지휘관 엑셀리온과 글로르핀델이 좌우 측면을 방어하고 있어서 적군은 아무도 그들 옆을 지나갈 수 없었다. 그 지역의 도로는 점점 넓어지는 시리온강 서안을 따라 난 좁은 길밖에 없었기 때문이다. 도르로민의 인간들은 후린과 후오르가 원한 대로 후위를 맡았다. 그들은 북부에서 탈출하기를 정말 원치 않았고, 승리하여 고향에 돌아갈 수 없다면 그곳에서 끝까지 저항할 작정이었다. 이렇게 하여 투르곤은 싸움을 벌이며 어렵사리 남쪽으로 퇴로를 찾았고, 마침내 후린과 후오르를 뒤에 남겨 두고 시리온강을 타고 탈출하였다. 그는 산맥 속으로 숨어들어 모르고스의 눈에 보이지 않게 종적을 감추었다. 두 형제는 하도르 가문의 남은 인간들을 그들 주변에 집결시켜 조금씩 후퇴하였고, 마침내 세레크습지 후방에 이르러 리빌강을 앞에 두게 되었다. 거기서 그들은 걸음을 멈추고 더 이상 물러서지 않았다.

그러자 앙반드의 전군全軍이 그들을 향해 몰려들었다. 적은 그들의 죽은 병사들을 이용하여 강에 다리를 놓았고, 밀물이 바위를 둘러싸듯 히슬룸 잔병을 에워쌌다. 해가 서쪽으로 기울고 에레드 웨스린의 그림자가 점점 어두워져 갈 즈음, 후오르는 독화살을 눈에 맞고 쓰러졌고, 하도르 가의 용맹스러운 인간들도 모두 그의 곁에서 함께 목숨을 잃었다. 오르크들은 그들의 목을 베었고, 쌓아 올린 머리는 석양 속 황금빛 언덕과 같았다.

마지막으로 홀로 남은 자는 후린이었다. 그는 방패를 집어 던지고 오르크 대장의 도끼를 집어 들고는 두 손으로 휘둘렀다. 전해 오는 노래에 의하면, 도끼는 날이 무디어질 때까지 고스모그를 호위하는 트롤들의 검은 피를 연기처럼 뿜어냈고, 적의 목을

베어 넘길 때마다 후린은 "아우레 엔툴루바! 날은 다시 밝아 올
것이다!"라고 소리쳤다고 한다. 그는 일흔 번이나 그 고함을 질
렀지만, 그에게 죽음보다 더한 고통을 주려고 하는 모르고스의
명령을 받은 적들에게 생포당하고 말았다. 오르크들이 그를 손
으로 붙잡으면 그는 그들의 팔을 잘랐는데, 그래도 손은 여전히
그를 붙잡고 있었다. 적들의 숫자는 끝없이 늘어났고 마침내 후
린은 그들의 발밑에 쓰러지고 말았다. 그러자 고스모그는 그를
결박하여 조롱하며 앙반드로 끌고 갔다.

　이렇게 하여 해가 바다 저쪽으로 가라앉을 때쯤 니르나에스
아르노에디아드는 끝이 났다. 히슬룸에 밤이 찾아들었고 서녘
에서부터 엄청난 폭풍이 불어왔다.

　모르고스의 승리는 대단한 것이었지만, 그의 사악한 목표는
아직 완성된 것이 아니었다. 한 가지 생각이 모르고스를 심히 괴
롭히면서 그의 승리에 흠집을 냈다. 모르고스의 모든 적들 중에
서 가장 사로잡고 싶고 가장 죽이고 싶은 투르곤이 그의 손아귀
를 빠져나갔기 때문이다. 위대한 핑골핀 가문 출신의 투르곤은
이제 당당하게 놀도르 전체의 대왕이 되어 있었다. 모르고스가
핑골핀 가를 두려워하고 증오한 것은 그들이 발리노르에서 그
를 조롱한 적이 있는 데다 그의 적 울모와 친교를 맺고 있었고,
또 전투 중에 핑골핀에게 부상을 입었기 때문이다. 모르고스는
그 누구보다 투르곤을 특히 두려워하였다. 왜냐하면 먼 옛날 발
리노르에서 우연히 투르곤과 마주친 적이 있었는데, 그가 가까
이 있을 때마다 마음속에 어두운 그림자가 스며들며 운명 속에

감춰져 아직 드러나지 않은 훗날, 투르곤을 통해 그에게 파멸이
닥쳐오리라는 불길한 예감이 들었기 때문이다.

Chapter 3
후린과 모르고스의 대화

모르고스의 명에 따라 이제 오르크들은 엄청난 노역 끝에 적군의 시체와 갑옷, 무기를 모두 모으고, 그것을 안파우글리스평원 한가운데에 둔덕처럼 쌓아 올렸다. 멀리서 보면 그것은 거대한 언덕처럼 보였고, 엘다르는 이를 하우드엔니르나에스로 불렀다. 하지만 그 넓은 사막에서 유일하게 그곳에만 풀이 싹을 틔워 오랫동안 푸르게 자라났다. 이후로 모르고스의 부하들은 누구도 엘다르와 에다인의 검이 스러져 녹슬어 있는 그 땅을 밟지 않았다. 핑곤의 나라는 사라졌고, 페아노르의 아들들은 바람 앞의 낙엽처럼 유랑의 길을 떠났다. 하도르 가의 인간들은 아무도 히슬룸에 돌아가지 못했고, 더욱이 전투와 영주들의 운명에 관한 기별도 그곳엔 전해지지 않았다. 모르고스는 휘하에 있던 인간들, 곧 검은 동부인들을 그곳으로 보냈다. 그는 그들이 그 안에서만 살고 다른 곳으로 떠나지 못하게 했다. 하도르 가의 노인들과 부녀자, 아이들을 약탈하고 괴롭히는 것, 그것이 마에드로스

를 배신한 그들에게 모르고스가 약속했던 엄청난 보상의 전부
였다. 히슬룸의 엘다르 중에서 살아남은 자들, 곧 야생의 숲이나
산속으로 달아나지 못한 이들은 모두 앙반드의 광산으로 끌려
가 그곳에서 노예가 되었다. 한편 오르크들은 북부 전역을 유유
히 활보하면서 점점 더 남쪽으로 벨레리안드 깊숙이 들어왔다.
그곳에는 도리아스가 아직 남아 있었고, 나르고스론드도 있었
다. 하지만 모르고스는 그들에 대해서는 그리 주목하지 않았다.
그들에 대해 잘 모르기도 하거니와, 자신의 흉측하고 사악한 목
표에서 아직 그들의 최후의 때가 이르지 않았기 때문이다. 다만
투르곤만은 늘 그의 뇌리를 떠나지 않았다.

　그리하여 후린이 모르고스 앞에 끌려 나왔다. 모르고스는 후
린이 투르곤 왕과 친교를 맺고 있다는 것을 자신의 사술邪術과
첩자들을 통해 알고 있었던 것이다. 그는 자신의 두 눈으로 후린
을 위협해 보았다. 하지만 후린은 전혀 기세가 꺾이지 않고 모르
고스에게 대항했다. 그래서 모르고스는 그를 쇠사슬로 묶고 서
서히 고통을 가하기 시작했다. 하지만 잠시 후 그는 다시 후린에
게 다가와 한 가지 제안을 했다. 투르곤의 성채가 어디에 있는
지, 그리고 그 요정 왕의 계획이 무엇인지 그가 알고 있는 것을
모두 털어놓는다면, 후린이 원하는 곳으로 마음대로 떠나갈 수
도 있고 또 모르고스 군대의 최고 대장이 되어 권력과 지위를 누
릴 수도 있다는 제안이었다. 하지만 '불굴의 후린'은 그의 말을
무시하고 조롱했다. "모르고스 바우글리르, 너는 장님이나 다
름없고 앞으로도 어둠밖에 볼 수 없는 장님 신세를 면할 수 없을
것이다. 인간의 마음을 움직이는 것이 무엇인지 너는 알지 못하

고, 또 안다고 하더라도 네가 줄 수 있는 것이 아니다. 바보들이나 모르고스가 내놓는 제안을 받아들이겠지. 원하는 것을 받고나면 너는 약속을 어길 것이고, 네가 원하는 것을 말해 주고 나면 내게 남는 것은 죽음뿐일 테니까."

그러자 모르고스가 웃음을 터뜨리며 말했다. "네놈은 자비를 베풀어 죽음을 달라고 간청하게 될 것이다." 그리고 그는 후린을 하우드엔니르나에스로 데리고 갔다. 그 둔덕은 그때 막 완성되었기 때문에 죽음의 악취가 그 위를 맴돌고 있었다. 모르고스는 후린을 그 꼭대기에 앉힌 다음, 서쪽으로 히슬룸을 바라보게 하고, 아내와 아들 그리고 다른 가족을 생각해 보라며 말했다. "그 사람들이 이제는 내 영토 안에 살고 있다. 그들의 앞날은 나의 자비심에 달렸다."

"너에게 자비심이 있을까?" 후린이 대답했다. "너는 그들에게서 투르곤 왕께 가는 길을 알아내지는 못할 것이다. 그들은 왕의 비밀을 알지 못하니까."

그러자 모르고스는 분노가 치밀어 올랐다. "그래도 네놈과 빌어먹을 네 식구들을 혼내는 데는 문제가 없지. 네놈들 몸이 모두 쇳덩어리로 되어 있다고 해도, 내가 마음만 먹으면 박살을 낼 수 있을 것이다." 모르고스가 거기 놓여 있던 긴 칼을 집어 들어 후린의 눈앞에서 부러뜨리자, 쪼개진 칼 조각이 후린의 얼굴에 상처를 냈다. 하지만 후린은 꼼짝도 하지 않았다. 그러자 모르고스는 도르로민을 향해 그의 긴 팔을 뻗으며 후린과 모르웬, 그리고 그의 자식들에게 저주를 퍼부었다. "보아라! 그들이 어딜 가든 내 생각의 그림자가 그들의 머리 위를 뒤덮을 것이며, 내 증오가

세상 끝까지 그들을 뒤쫓을 것이다."

하지만 후린이 대꾸했다. "그렇게 얘기해 봤자 소용없다. 너는 멀리서는 그들을 볼 수도 없고 지배할 수도 없으니까. 네가 이 형체 그대로, 눈에 보이는 지상의 왕이 되기를 계속 갈망하는 한 불가능한 일이다."

그러자 모르고스가 후린을 향해 돌아서며 말했다. "멍청한 놈, 인간 중에서도 별것 아닌 놈, 그렇게 말하는 놈들이야말로 가장 쓸모없는 놈들이지! 네가 발라들을 본 적이 있느냐? 만웨와 바르다의 힘을 재어 본 적이 있느냐? 그들의 생각이 어디까지 뻗치는지 안단 말이냐? 혹시 그들이 너를 생각하고 있고, 그래서 멀리서 지켜 줄지도 모른다고 생각하는 것이냐?"

"나는 알지 못한다. 그러나 그분들이 마음만 먹는다면 그건 가능한 일이다. 아르다가 건재하는 한, 아르다의 노왕께서는 왕좌에서 물러나지 않으실 것이다."

"말 한번 잘했군. 내가 바로 노왕 멜코르다. 최초의 발라이자 최강의 발라이며, 세상 이전부터 있었고 세상을 만든 자로다. 내가 계획한 어둠의 그림자가 아르다를 뒤덮었고, 아르다의 만물은 서서히 그리고 어김없이 내 뜻에 굴복할 것이다. 내 생각이 운명의 먹구름이 되어 네가 사랑하는 모든 자들을 짓누르고 그들을 암흑과 절망으로 몰고 갈 것이다. 그들이 어느 곳에 가든 악행이 일어날 것이며, 그들이 입을 열면 언제나 그 말은 악을 도모하는 일이 될 것이다. 그들이 행하는 모든 일이 그들에 대적하는 결과를 낳을 것이며, 그들은 삶과 죽음 모두를 저주하면서 절망 속에 죽어 갈 것이다."

후린이 이에 답했다. "네가 지금 누구와 이야기하고 있는지 잊은 건 아니겠지? 아득한 옛날에도 너는 우리 조상들에게 그렇게 말했지만, 우리는 너의 어둠의 그림자로부터 벗어났다. 이제 너의 정체를 알게 되었으니, 그것은 우리가 '빛'을 목격한 얼굴들을 보았고, 만웨와 이야기를 나눈 목소리를 들었기 때문이다. 너는 아르다 이전에 있었지만, 다른 이들 또한 그때 존재했다. 너는 아르다를 만들지 않았고, 최강의 발라도 아니다. 너는 자신의 힘을 스스로에게 소진하고, 스스로의 공허를 위해 낭비했잖은가. 너는 발라들에게는 이제 도망친 노예에 불과하며, 그들의 쇠사슬은 여전히 너를 기다리고 있다."

"네놈 주인들이 가르친 걸 달달 외웠군. 하지만 그자들은 모두 달아나고 말았으니 그 유치한 지식도 네겐 아무런 도움이 안 될 것이다." 모르고스가 말했다.

"노예 모르고스, 그렇다면 이걸 마지막으로 전해 주겠다. 이것은 엘다르의 지식에서 얻은 것이 아니라 이 순간 내 마음속에 들어온 말이다. 너는 인간의 왕이 아니며, 온 아르다와 메넬이 너의 손안에 들어간다 하더라도 인간의 왕이 될 수 없을 것이다. 너는 너를 거부하는 이들을 세상의 둘레를 넘어서까지 쫓아가지는 못할 것이다."

"세상의 둘레를 넘어서까지 그자들을 쫓아가지는 않을 것이다." 모르고스가 대답했다. "세상의 둘레 바깥에는 '무無'가 있을 뿐이니까. 하지만 '무'로 나가기 전, 세상 안에 있는 동안은 나를 피할 수 없을 것이다."

"거짓말을 하고 있군." 후린이 말했다.

"내가 거짓말하는 것이 아니라는 걸 너는 알게 될 것이고 또 인정하게 될 것이다." 모르고스는 이렇게 말한 다음 후린을 다시 앙반드로 데리고 가서 상고로드림 높은 봉우리의 돌의자 위에 앉혔다. 거기서 후린은 멀리 서쪽으로 히슬룸 땅과 남쪽으로 벨레리안드 대지를 볼 수 있었다. 그는 모르고스의 힘에 결박당해 꼼짝도 하지 못했고, 모르고스는 그의 옆에 서서 다시 저주를 퍼부으며 자신의 힘으로 그를 압도했다. 그래서 후린은 모르고스가 풀어 줄 때까지는 그곳을 벗어날 수도 없고 죽을 수도 없었다.

모르고스가 말했다. "이제 거기 앉아서 네가 내게 넘겨준 자들에게 절망과 악이 닥쳐오는 대지를 바라보라. 너는 감히 아르다의 운명의 주재자인 멜코르를 조롱하고 또 그 힘을 의심하였다. 그러니 너는 이제 나의 눈으로 보고 나의 귀로 들어야 할 것이며, 어느 것도 너의 눈앞에서 숨을 수 없을 것이다."

Chapter 4
투린의 출발

결국 세 명의 남자만이 겨우 타우르누푸인을 거쳐 브레실로 되돌아갔다. 힘든 길이었다. 하도르의 딸 글로레델은 할디르의 죽음을 전해 듣고는 슬퍼하다가 숨을 거두었다.

도르로민에는 아무 소식도 전해지지 않았다. 후오르의 아내 리안은 미칠 지경이 되어 황무지로 뛰쳐나갔다. 하지만 미스림의 회색요정들이 그녀를 도와주었고, 아들 투오르가 태어나자 그들은 아들을 키워 주었다. 하지만 리안은 하우드엔니르나에 스스로 갔다가 그곳에서 쓰러져 숨을 거두었다.

모르웬 엘레드웬은 슬픔에 잠긴 채 조용히 히슬룸에 남아 있었다. 아들 투린이 겨우 아홉 살이 되었고, 배 속에는 또 한 아이가 자라고 있었다. 그녀에게는 암울한 시절이었다. 동부인들이 엄청나게 떼를 지어 몰려들어 하도르 가의 사람들에게 무자비한 짓을 자행하면서 재산을 모두 강탈하고 그들을 종으로 삼았다. 후린의 고향에 살던 사람들 가운데 노동을 할 수 있거나 무엇에라도 쓸모 있어 보이는 사람은 모두 그들에게 붙잡혀 갔다. 심지어 어린아이들도 끌려갔고, 노인들은 죽임을 당하거나 집 밖으로 내쫓겨 굶어 죽었다. 하지만 도르로민 영주의 부인은 감히 손대거나 집에서 내쫓지 못했다. 동부인들 사이에 그녀가 위험인물이며, 하얀 악마들과 내통하는 마녀라는 소문이 돌았기 때문이다. 그들은 요정을 하얀 악마라고 부르면서 혐오했고, 또 혐오하는 것 이상으로 두려워했다. 그래서 그들은 많은 엘다르가 달아나 은신하고 있는 산맥 쪽을 두려워하고 기피했다. 요정들이 특히 히슬룸 남쪽 땅으로 달아났기 때문에, 동부인들은 침략과 약탈이 끝난 뒤 북쪽 땅으로 물러났다. 후린의 저택은 도르로민 동남쪽에 있었고 산맥과 가까운 곳이었다. 넨 랄라이스강은 사실 아몬 다르시르산의 그늘에 있는 샘에서 발원하였는데, 이 산의 등성이를 넘어가는 가파른 고갯길이 있었다. 이 길을 통해 용감한 이들은 에레드 웨스린을 넘어 글리수이 지류의 발원지를 지나 벨레리안드로 들어갈 수 있었다. 하지만 동부인들은 이 길을 몰랐고, 모르고스 또한 알지 못했다. 핑골핀 가문이 건재하는 동안 그곳의 온 땅은 모르고스로부터 안전했고, 그의 수하는 아무도 그곳까지 온 적이 없었다. 모르고스는 에레드 웨스린을 북쪽으로부터의 탈출이나 남쪽으로부터의 공격 모두를 막아 줄 수 있는 난공불락의 장벽으로 믿었다. 날아다니는 새가 아니라면, 사실상 세레크습지에서부터 도르로민과 네브라스트 땅이 나란히 마주하는 서쪽 멀리까지 가려면 이 고갯길 외에 다른 길이 없었다.

그리하여 동부인들이 처음 침략한 뒤에도 모르웬은 그대로 머무를 수 있게 되었는데, 다만 주변의 숲속에 인간들이 숨어 있었기 때문에 멀리까지 나돌아 다니는 것은 위험했다. 모르웬의 집에는 아직 목공 사도르와 남녀 노인 몇 명, 그리고 투린이 남아 있었다. 모르웬은 투린을 절대로 안뜰 밖으로 내보내지 않았다. 하지만 후린의 가옥은 곧 황폐해져 갔고, 모르웬이 열심히 일했지만 여전히 가난해서 후린의 친척인 아에린이 몰래 보내 주는 도움의 손길이 없었더라면 굶주릴 수밖에 없었을 것이다. 아에린은 브롯다라는 동부인에 의해 강제로 그의 아내가 되어 있는 처지였다. 남의 적선을 받는다는 것은 모르웬에게는 견디기 어려운 일이었다. 하지만 그녀가 도움을 받아들인 것은 투린과 아직 태어나지 않은 아이 때문이었고, 모르웬 자신이 말한 대로 원래 자기네 소유였기 때문이기도 했다. 왜냐하면 후린의 고향 마을에서 사람들과 재물, 가축까지 모두 빼앗아 자기 집으로 가져간 자가 바로 브롯다였던 것이다. 그는 대담한 성격의 소유자이긴 했지만, 히슬룸에 오기 전까지는 자기 동족들 사이에서 하찮은 인물이었다. 그랬기 때문에 재물을 쌓아 가는 과정에서 그와 같은 부류의 다른 인간들이 탐내지 않는 땅을 차지할 준비를 하고 있었다. 그는 노략질하러 모르웬의 집으로 말을 타고 오다가 그녀를 보고 그만 엄청난 두려움에 사로잡혔다. 그는 하얀 악마의 무서운 눈을 보았다는 생각이 들어, 악령 같은 것이 그를 찾아올지도 모른다는 끔찍한 공포에 떨었다. 그래서 그는 그녀의 집을 약탈하지 않았고 투린도 발견하지 못했다. 그렇지 않았더라면 도르로민 영주의 후계자는 생애가 더 짧아지고 말았을 것이다.

브롯다는 하도르 가 사람들을 '밀짚대가리'라고 부르며 노예로 삼고는, 후린의 집 북쪽에 있는 땅에 목재로 된 저택을 짓도록 하고, 집 방책防柵 안에 노예들을 마치 외양간의 소처럼 몰아넣었는데 경비가 삼엄하지는 않았다. 노예들 가운데는 아직 겁먹지 않은 이들도 있어 위험을 무릅쓰고 도르로민 영주의 부인을 도울 준비가 되어 있었다. 그들은 비밀리에 소식들을 모르웬에게 전해 주었지만, 그중에 크게 희망적인 이야기는 없었다. 브롯다는 아에린을 노예가 아니라 아내로 취했는데, 자기가 이끄는 무리 중에 여자가 매우 적은 데다 에다인의 딸들과 비교할 만한 여자가 없었기 때문이다. 그는 그 지방의 영주가 되어 자기 뒤를 이을 후사를 두고 싶어 했다.

모르웬은 어떤 일이 일어났는지, 또 어떤 일이 일어날 것인지 투린에게 거의 아무 말도 하지 않았고, 투린 또한 이런저런 질문으로 어머니의 침묵을 깨는 것을 두려워했다. 동부인이 처음 도르로민에 들어왔을 때 투린이 어머니에게 물었다. "아버지는 언제 돌아와서 이 못생긴 도둑놈들을 쫓아내실까요? 왜 안 오시는 거예요?"

모르웬이 대답했다. "나도 알지 못한다. 아버지는 돌아가셨을 수도 있고 포로로 붙잡혀 계실지도 모른다. 그게 아니면 멀리 쫓겨 가서 우릴 에워싸고 있는 적들 때문에 돌아오지 못하실 수도 있지."

"그렇다면 아버지는 돌아가셨을 거예요." 투린은 이렇게 말하고는 어머니 앞에서 눈물을 삼켰다. "아버지가 살아 계신다면 아무도 아버지가 우리를 도우러 돌아오시는 길을 가로막을 수 없었을 테니까요."

"아들아, 난 그 두 가지 다 사실이 아닐 거라는 생각이 드는구나." 모르웬이 대답했다.

세월이 흐를수록 모르웬의 가슴은 도르로민과 라드로스의 상속자인 아들 투린을 걱정하면서 더욱 답답해졌다. 아들은 나이가 더 들기 전에 동부인의 노예가 될 게 분명했고, 그 이상의 어떤 희망도 기대할 수 없었다. 그리하여 그녀는 후린이 남긴 부탁을 기억해 내고 다시 도리아스를 곰곰이 생각하게 되었다. 그녀는 결국 할 수만 있다면 투린을 비밀리에 내보내어 싱골 왕에게 아들을 보호해 달라는 청을 해야겠다고 마음먹었다. 이 일을 어떻게 처리할까 하고 자리에 앉아 깊은 생각에 잠겨 있을 때, 후린의 음성이 그녀의 마음속에 생생하게 들려왔다. "신속하게 떠나시오! 나를 기다리지 마시오!" 하지만 아이의 출산은 가까워지고 있었고 길은 험하고 위태로웠다. 날이 갈수록 탈출의 가능성은 더욱 적어 보였다. 더욱이 그녀의 마음속에는 여전히 기약 없는 미련이 남아 있었다. 마음속 깊은 곳에서 후린이 죽지 않았을지 모른다는 예감이 들었기 때문이다. 그래서 그녀는 뜬눈으로 밤을 새우며 그의 발소리가 나는지 귀를 기울였고, 후린의 말 아로크의 울음소리가 안뜰에서 들리는 것 같아 잠에서 깨어나곤 했다. 게다가 모르웬은 당시의 관습에 따라 아들을 다른 집에서 키워야겠다는 생각을 하긴 했지만, 구걸하듯이 다른 집에 가는 것은 아무리 그곳이 왕실이라 하더라도 자존심이 허락하지 않았다. 그리하여 후린의 음성이나 그 음성이 남긴 기억은 망각

되고, 투린의 운명은 이렇게 그 첫 가닥이 엮이게 되었다.

　모르웬이 결정을 내리지 못하고 머뭇거리는 사이에 '비탄의 해'의 가을이 다가오고 있었다. 그러자 비로소 그녀는 서두르기 시작했다. 여행을 떠나기엔 시간이 촉박했지만, 겨울을 넘기면 투린이 붙잡혀 갈지도 모른다는 두려움이 앞섰던 것이다. 동부인들이 안뜰 주변을 배회하면서 집 안을 염탐하고 있었다. 그리하여 모르웬은 갑자기 투린을 불렀다. "아버지는 돌아오시지 않는다. 그러니 너는 가야 한다, 당장. 이건 아버지가 원하신 일이기도 하다."

　"간다고요?" 투린이 소리를 질렀다. "우리가 어딜 가요? 산맥 너머로요?"

　"그래, 산맥 너머 멀리 남쪽으로. 남쪽에 가면, 희망이 있을지도 모른다. 그런데 아들아, 난 '우리'라고 하지 않았다. 너는 가고, 나는 남아 있어야 한다."

　"혼자 갈 수는 없어요! 어머니를 놔두고 떠나지는 않아요. 왜 같이 갈 수 없어요?"

　"난 갈 수가 없다. 하지만 너 혼자는 아니다. 게스론을 딸려 보낼 텐데, 그리스니르도 동행할 수 있다."

　"라바달은 안 되나요?" 투린이 물었다.

　"안 된다. 사도르는 다리가 불편한데, 험한 여정이 될 테니까 말이다. 너는 나의 아들이고 세월은 혹독하니, 네게 숨기지 않고 얘기하겠다. 너는 도중에 목숨을 잃을 수도 있다. 이 해도 저물어 가고 있고, 네가 여기 남아 있으면 더 나쁜 결과를 맞이하게 되어 결국엔 노예가 되겠지. 너도 성년이 되어 남자가 되고 싶으면 어머니가 시키는 대로 하거라, 용감하게!"

"그러면 사도르와 눈먼 라그니르, 늙은 여인들 몇 명만 남겨 두고 어머니를 떠나게 됩니다. 아버지는 저를 하도르 가의 후계자라고 하지 않으셨던가요? 하도르 가의 후계자는 남아서 집을 지켜야 합니다. 제 칼을 지금도 가지고 있으면 좋았을 텐데 말예요!"

"후계자는 남아 있어야 맞지만, 지금은 그럴 수가 없는 상황이다. 하지만 언젠가는 돌아오게 될 거야. 자, 마음을 굳게 먹거라! 상황이 악화되면 가능한 한 나도 너를 따라가마."

"그렇지만 야생으로 나가면 길을 잃고 말 텐데, 어떻게 저를 찾으시겠어요?" 투린은 이렇게 묻고는 갑자기 감정이 격해져 울음을 터뜨렸다.

"네가 소리 내어 울면 다른 것들이 먼저 너를 발견하게 된다." 모르웬이 말했다. "하지만 난 네가 어디로 가야 할지 알고 있다. 그곳에 가서 머물고 있으면, 내가 최선을 다해 너를 찾아가마. 내가 널 보내려는 곳은 싱골 왕이 계신 도리아스다. 노예가 되는 것보다 왕의 손님이 되는 것이 낫지 않느냐?"

"잘 모르겠습니다. 전 노예가 뭔지 몰라요."

"그런 걸 알 필요가 없도록 하려고 널 떠나보내는 거란다." 모르웬은 이렇게 말하고는 투린을 앞에 세우고, 무슨 해답을 찾아내기라도 하려는 듯 아들의 눈 속을 들여다보았다. "내 아들 투린, 이건 힘든 일이다." 그녀가 마침내 입을 열었다. "너만 힘든 것은 아니란다. 이렇게 어려운 시절에 무엇이 최선인지 결정하는 일이 감당하기 어렵구나. 하지만 난 옳다고 생각하는 대로 행하고자 한다. 그렇지 않다면 내가 왜 내게 남은 가장 소중한 것과 이별하려 하겠느냐?"

그들은 이 문제에 대해 더 이상 이야기를 나누지 않았고, 투린은 비통한 생각에 마음이 심란했다. 아침이 되어 사도르를 찾으러 나가자, 사도르는 땔감으로 쓸 나뭇가지를 자르고 있었다. 숲속을 돌아다닐 엄두를 내지 못했기 때문에 그들은 땔감이 부족한 처지였다. 사도르는 이제 목발에 기대어 서서 미완성인 채 구석에 처박혀 있는 후린의 큰 의자를 바라보았다. "저것도 쪼개야겠죠. 이런 시절에는 어떻게든 필요한 걸 충당해야 하니까요."

"아직은 부수지 말아요." 투린이 말했다. "아버지가 돌아오실지도 몰라요. 그렇게 되면 떠나 계신 동안 당신이 아버지를 위해 무슨 일을 했는지 알고 기뻐하실 거예요."

"헛된 희망은 두려움보다 더 무서운 법입니다. 희망이 이 겨울에 우리를 따뜻하게 해 주지는 않습니다." 사도르는 이렇게 말하고 의자의 조각 무늬를 손가락으로 더듬으며 한숨을 쉬었다. "시간만 낭비했네요. 그렇지만 이걸 만드는 동안은 즐거웠습니다. 하기야 이런 물건은 모두 수명이 짧지요. 만드는 동안의 기쁨이 유일하고도 진정한 목표인 것 같습니다. 그리고 이젠 도련님의 선물을 돌려드리는 것이 낫겠군요."

투린은 손을 내밀어 재빨리 그것을 밀어내면서 말했다. "인간은 한번 준 선물은 다시 돌려받지 않는 법이지요."

"하지만 이제 이것은 제 것이니 제 뜻대로 할 수 있지 않을까요?" 사도르가 말했다.

"맞아요. 하지만 나 말고 다른 누구에게 주어도 좋습니다. 그런데 왜 돌려주려고 하지요?"

"훌륭한 일에 이것을 쓸 가능성이 없어서랍니다. 앞으로 라바달에게는 노예 일 말고는 할 일이 없을 테니까요."

"노예가 뭔데요?" 투린이 물었다.

"과거에는 인간이었지만 현재는 짐승으로 취급받는 사람을 가리킵니다. 먹기는 하나 오로지 살기 위해서고, 살기는 하나 오로지 노역하기 위해서고, 노역을 하나 오로지 고통과 죽음이 두려워서 할 뿐이랍니다. 게다가 이 강도 같은 놈들은 그저 재미삼아 사람들에게 고통과 죽음을 가져다 안깁니다. 놈들은 발이 빠른 사람을 골라서 사냥개로 사람 사냥을 한다고 하더군요. 우리가 '아름다운 종족'에게서 가르침을 받던 것보다도 더 빠르게, 그놈들은 오르크들이 하는 짓을 배웠답니다."

"이제 좀 알겠군요."

"도련님이 그런 이야기를 너무 일찍 알게 되어서 참으로 안타깝습니다." 사도르는 이렇게 말하면서 투린의 얼굴에서 이상한 기색을 발견하고는 물었다. "이제 뭘 알게 되었다는 거지요?"

"어머니가 왜 나를 떠나보내려 하는지 그 이유를 말입니다." 이렇게 대답하는 투린의 두 눈에 눈물이 글썽거렸다.

사도르는 "아!" 하고 소리를 지르고 나서 혼잣말로 중얼거렸다. "그런데 왜 이렇게 늦어진 걸까?" 그는 투린을 향해 돌아서서 말했다. "그건 제가 눈물을 흘려야 할 소식인 것 같지는 않군요. 어머님의 계획을 이 라바달이나 다른 누구에게도 큰 소리로 말해서는 안 됩니다. 요즘에는 벽이나 울타리에도 모두 귀가 달려 있어요. 아름다운 사람의 머리에 달린 귀와는 다른 귀 말입니다."

"하지만 누구하고든 이야기는 해야겠어요! 항상 라바달하고는 뭐든지 얘기했잖아요. 라바달, 난 당신을 떠나고 싶지 않아요. 이 집에서도 어머니에게서도 떠나고 싶지 않단 말입니다."

"그러나 떠나지 않으시면, 하도르 가는 곧 영원히 최후를 맞이하고 말 겁니다. 이젠 그걸 아셔야지요. 이 라바달도 도련님이 떠나는 걸 원치 않습니다. 하지만 후린의 하인 사도르는 후린의 아들이 동부인들의 손아귀를 벗어난다면 더 행복해할 겁니다. 자, 자, 어쩔 수 없어요. 우린 작별 인사를 해야 합니다. 이제 이별의 선물로 저의 검을 가져가지 않으시겠습니까?"

"아니요! 나는 요정들한테 갑니다. 어머님 말씀대로 도리아스의 싱골 왕을 찾아가야 해요. 거기 가면 이런 것들을 가질 수 있을 거예요. 하지만 라바달, 당신에게는 아무런 선물도 보내지 못하잖아요. 난 멀리 떠나야 하고, 이제부턴 정말 혼자예요." 그러고 나서 투린은 울음을 터뜨렸다. 그러자 사도르가 말했다. "어, 이런! 후린의 아들은 어디 갔지요? 전 얼마 전에 도련님이 '힘이 세어지면 요정 왕의 병사가 될 거예요'라고 얘기하던 것도 들었답니다."

그러자 투린은 눈물을 그치고 말했다. "좋아요. 후린의 아들이 그런 말을 했다면, 약속을 지켜야지요. 그런데 난 왜 이렇게 혹은 저렇게 하겠다고 말할 때마다, 정작 그때가 되면 생각이 달라지는 걸까요? 지금은 그렇게 하고 싶지 않거든요. 다시는 그런 얘기를 하지 말아야겠어요."

"사실 그게 제일 좋겠지요. 그래서 가르치는 사람은 많지만 배우는 사람은 적다는 속담이 있는 모양입니다. 눈에 보이지 않는 날들은 내버려 두세요. 걱정은 오늘만으로 충분하답니다."

이내 여행 준비를 마친 투린은 어머니께 작별을 고한 뒤, 두 명의 동행을 데리고 은밀하게 길을 떠났다. 하지만 두 사람이 시키는 대로 돌아서서 아버지의 집을 바라보는 순간, 이별의 고통이 칼날처럼 엄습해서 투린은 큰 소리로 외쳤다. "어머니 모르웬이시여! 언제 다시 뵐 수 있을는지요?" 문지방을 밟고 서 있던 모르웬은 숲이 우거진 언덕 위로 울려 퍼지는 고성의 메아리를 들었고, 문기둥을 얼마나 꼭 부여잡았던지 손가락이 갈라질 지경이었다. 이것이 투린이 겪은 첫 번째 슬픔이었다.

투린이 떠난 이듬해 초에 모르웬은 여자아이를 낳았고, 이름을 니에노르라 지었다. '애도哀悼'라는 뜻이었다. 아이가 태어났을 때 투린은 이미 먼 곳에 있었다. 모르고스의 무리가 널리 활개를 치고 다녔기 때문에 여정은 멀고 험했다. 그러나 그에게는 게스론과 그리스니르 두 안내인이 있었다. 이들은 젊은 시절에 하도르 휘하에 있었고, 나이가 든 지금도 여전히 용맹스러웠다. 또한 이전에 종종 벨레리안드 곳곳을 여행한 적이 있어서 지리를 잘 알았다. 이렇게 그들은 운명에 따라 담대하게 어둠산맥을 넘고 시리온골짜기로 내려가 브레실숲 속으로 들어간 다음, 마침내 지치고 초췌한 모습으로 도리아스 경계에 이르렀다. 거기서 그들은 멜리안 여왕의 미로에 걸려들었고, 길도 없는 나무들 사이에서 방황하다가 식량마저 모두 떨어지고 말았다. 한겨울 북부에서 내려오는 차가운 기운 때문에 그들은 거의 사경을 헤매고 있었다. 하지만 투린의 운명은 그렇게 쉽게 끝나게 되어 있지 않았다. 절망 속에 누워 있던 그들은 울려 퍼지는 뿔나팔 소리를 들었다. 마침 '센활 벨레그'가 근처에서 사냥하고 있었던 것이다. 그는 늘 도리아스 변경에 머물렀고 그 당시 숲속 사정에 가장 정통한 인물이었다. 벨레그는 그들이 외치는 소리를 듣고 찾아와, 먹을 것과 마실 것을 준 뒤 그들의 이름이 무엇이며 어디서 왔는지를 확인하고는 놀라움과 동정심을 금치 못했다. 그는 우호적인 태도로 투린을 바라보았는데, 그것은 그가 어머니의 아름다움과 아버지의 눈매를 타고난 데다 억세고 건장한 체격을 지녔기 때문이었다.

"싱골 왕께 무슨 은혜를 입고 싶은가?" 벨레그가 소년에게 물었다.

"저는 왕의 기사가 되어 모르고스와 대적해 아버지의 원수를 갚고 싶습니다." 투린이 대답했다.

"장성하면 그럴 수도 있겠지. 아직 나이는 어리나 용사의 자질을 타고났군. 그 말이 사실이라면 '불굴의 후린'의 아들로 손색없네." 벨레그가 이렇게 말한 것은 후린의 이름이 요정들이 사는 모든 곳에서 칭송되었기 때문이다. 그리하여 벨레그는 흔쾌히 방랑자들의 안내자가 되어 사냥꾼들과 함께 거하고 있는 자신의 오두막으로 그들을 데려갔고, 그들은 사자使者가 메네그로스로 가는 동안 그곳에 머물렀다. 싱골과 멜리안이 후린의 아들과 그의 보호자들을 받아들이겠다는 전갈이 오자, 벨레그는 그들을 데리고 비밀 통로로 들어가 '은둔의 왕국'으로 향했다.

그리하여 투린은 에스갈두인강을 건너는 큰 다리를 지나 싱골의 왕궁으로 들어가는 문에 들어섰다. 소년 투린은 베렌 외에 유한한 생명의 인간은 어느 누구도 본 적이 없는 메네그로스의 경이로움을 응시했다. 게스론은 싱골과 멜리안 앞에서 모르웬의 간청을 전했고, 싱골은 그들을 따뜻하게 맞이하며 인간 중에 가장 위대한 자 후린과 자신의 사위인 베렌에 대한 예우로 투린을 자신의 무릎 위에 앉혔다. 이를 지켜본 모든 이들은 놀라워했다. 이는 싱골이 투린을 자신의 양자로 받아들인다는 뜻이었기 때문이다. 이것은 당시의 왕가에서는 관례에 어긋난 일이었고, 더욱이 요정 왕이 인간을 양자로 받아들이는 일은 다시 없을 일이었다. 싱골이 투린에게 말했다. "후린의 아들이여, 이 집을 너의 집으로 삼도록 하라. 비록 인간이지만 너는 평생 나의 아들로 인정받을 것이다. 유한한 인간의 한계를 넘어서는 지혜를 네게 줄 것이며, 너의 손에 요정의 무기 또한 쥐여 주겠다. 아마도 히슬룸에 있는 네 부친의 땅을 되찾는 날이 올 것이다. 하지만 지금은 이곳에서 사랑받으며 거하도록 하라."

이리하여 투린은 도리아스에 머물게 되었다. 그의 보호자인 게스론과 그리스니르는 도르로민에서 모시던 부인에게 돌아가기를 간절히 원했지만, 한동안 투린과 함께 그곳에 머물렀다. 그러다가 그리스니르는 나이가 들어 병들었는데, 죽을 때까지 투린의 곁을 지켰다. 하지만 게스론은 그곳을 떠났다. 싱골은 그를 인도하고 보호해 줄 안내인을 딸려 보냈는데, 그들은 모르웬에게 전하는 싱골의 전갈도 함께 지니고 있었다. 그들은 마침내 후린의 집에 당도했고, 싱골이 정성스럽게 투린을 받아들였다는 소식을 듣고 모르웬의 가슴에 쌓인 슬픔은 한결 가벼워졌다. 요정들은 멜리안이 준비한 풍성한 선물도 가져왔고, 또한 모르웬에게 싱골이 보낸 이들과 함께 도리아스로 들어오라는 초대의 뜻도 전했다. 멜리안은 지혜롭고 선견지명이 있었기에 이렇게 함으로써 모르고스가 머릿속으로 준비해 두고 있던 악행을 피하고자 했던 것이다. 하지만 모르웬은 집을 떠나려고 하지 않았다. 그녀의 마음은 여전히 변함없었고 자존심 또한 여전히 강했으며, 더욱이 니에노르는 아직 두 팔로 안고 다녀야 하는 아기였다. 그리하여 그녀는 감사의 인사와 함께 도리아스 요정들을 돌려보냈다. 더불어 자신의 가난을 감추기 위해, 남아 있던 마지막 금붙이 몇 점을 그들에게 선물로 주었다. 그리고 그들에게 '하도르의 투구'를 싱골에게 전해 주도록 부탁했다. 싱골의 사자들이 언제 돌아오는지 늘 지켜보고 있던 투린은 사자들만 돌아오자 숲속으로 달려가 슬피 울었다. 그는 멜리안의 제안을 알았고 모르웬이 도리아스로 들어오기를 고대하고 있었던 것이다. 이것이 투린의 두 번째 슬픔이었다. 사자들이 모르웬의 대답을 전하자 멜리안은 그녀의 마음을 이해하고 연민에 사로잡혔다. 자신이 예감한 운명이 결코 가볍게 물리칠 수 있는 것이 아님을 깨달았던 것이다.

하도르의 투구는 싱골의 손에 전해졌다. 투구는 금장식이 달린 잿빛 강철로 만들어졌고, 투구 겉에 승리를 기원하는 룬 문자가 새겨져 있었다. 투구는 그걸 쓴 사람이 누구든 다치지도 않고 죽지도 않도록 지켜 주는 힘을 가졌다. 투구를 내리치는 칼은 두 동강이 났고, 투구에 부딪친 화살은 옆으로 튕겨 나갔다. 투구를 만든 이는 노그로드의 장인匠人 텔카르로 그의 솜씨는 명성이 자자했다. 투구에는 얼굴을 가리는 면갑面甲이 붙어 있어서 (이것은 난쟁이들이 대장간에서 눈을 보호하기 위해 쓰던 것과 같은 모양이었다), 투구를 쓰는 사람의 얼굴은 그것을 바라보는 모든 사람의 마음속에 공포심을 불러일으키지만 투구는 화살과 불로부터 아무런 해를 입지 않았다. 투구 머리에는 도전의 표시로 금박을 입힌 글라우룽 용의 형상이 있는데, 용이 모르고스의 문 밖에 처음 나타난 직후 이 투구가 만들어졌기 때문이다. 하도르와 그의 뒤를 이은 갈도르까지도 자주 전쟁터에 이 투구를 쓰고 나갔고, 히슬룸 군대는 전투 중에 높이 솟은 그 투구를 보고 사기충천하여 고함을 질렀다. "도르로민의 용이 앙반드의 황금벌레보다 더 귀하도다!" 하지만 후린은 용 투구를 쉽게 쓰지 않았고, 가급적 사용하지 않으려고 하면서 이렇게 얘기했다. "나는 맨얼굴로 적을 상대하겠노라!" 그럼에도 불구하고 후린은 투구를 가보 중에서 최고로 여겼다.

싱골 왕은 메네그로스의 깊숙한 병기고 속에 엄청난 양의 무기를 보유하고 있었다. 물고기 비늘처럼 다듬어진 금속이 달빛 속의 냇물처럼 반짝거렸다. 칼과 도끼, 방패와 투구, 이 모든 것은 바로 텔카르와 그의 스승 가밀 지락 노인이 직접 만들었거나 아니면 이들보다 더 뛰어난 요정 장인들이 만든 것이었다. 일부는 선물로 받은 것도 있었는데, 그것들은 발리노르에서 온 것으로 세상의 역사에서 전무후무한 최고의 장인인 페아노르의 탁

월한 솜씨로 만들어진 것이었다. 하지만 싱골은 창고에 쌓아 둔 것이 빈약하기라도 하듯 하도르의 투구를 쓰다듬으며 정중하게 말했다. "이 투구를 머리에 썼던 자, 곧 후린의 조상들은 자랑할 만한 이들이로다."

그때 싱골은 어떤 생각이 떠올라, 투린을 불러 모르웬이 아들에게 조상의 가보로 내려온 대단한 물건을 보내왔다고 말했다. "이제 '북부의 용머리'를 가지고 가서, 때가 되면 잘 쓰도록 하라." 하지만 투린은 아직 너무 어려서 투구를 들 수도 없었고, 마음속 슬픔이 너무 깊어 투구에 대해서는 신경 쓰지 않았다.

Chapter 5
도리아스의 투린

도리아스 왕국에서 어린 시절을 보내는 동안 투린은 멜리안의 보살핌을 받았는데, 그녀를 직접 보지는 못했다. 대신에 숲속에는 넬라스라는 처녀가 살고 있어, 멜리안의 지시에 따라 투린을 따라다니며 숲속에서 길을 잃지 않도록 보살피면서 우연인 척 가장하고 종종 만나기도 하였다. 그들은 함께 놀거나 손에 손을 잡고 돌아다녔다. 그도 그럴 것이, 투린은 성장이 빨랐고 그녀는 투린 나이의 소녀처럼 보이는 데다가 요정으로서 살아가는 내내 마음은 소녀와 같았던 것이다. 투린은 도리아스의 풍습과 야생 동식물들에 관해 넬라스로부터 많은 것을 배우고, 신다르 요정들의 언어를 고대 방식대로 좀 더 예스럽고 정중하고 아름다운 단어들을 많이 넣어 말하는 법도 그녀를 통해 익혔다. 그러면서 투린은 마음의 안정을 되찾았지만 다시 어두운 그림자가 드리웠고, 그들의 우정은 어느 봄날 아침처럼 덧없이 흘러갔다. 넬라스는 메네그로스궁정으로 가지 않았을뿐더러 돌로 지붕을 만든 건물 밑에서는 걷는 것조차 무척 꺼렸다. 그렇게 투린은 소년 시절을 거쳐 생각이 어른들의 세계로 향하면서, 그녀를 만나는 일이 점점 줄어들다가 마침내 더 이상 그녀를 찾지 않게 되었다. 그러나 그녀는 보이지 않는 곳에서 여전히 그를 지켜보고 있었다.

투린이 메네그로스궁정에 머물기 시작한 지 9년이 흘렀다. 그의 마음과 생각은 늘 고향의 가족을 향했고, 이따금 그에게 위안이 되는 소식도 들을 수 있었다. 싱골 왕이 되도록 자주 모르웬에게 사자를 파견하여 어머니의 이야기를 아들에게 전해 주었기 때문이다. 이렇게 하여 투린은 어머니의 어려운 처지가 나아졌다는 것과, 누이 니에노르가 잿빛의 북부 땅에서 한 송이 꽃처럼 예쁘게 자라고 있다는 소식도 알게 되었다. 투린 또한 체격이 자라 인간들 중에서는 큰 키를 자랑하게 되었고, 도리아스 요정들의 체격도 능가하게 되어 그의 강한 힘과 담대한 성격이 싱골의 왕국에 널리 알려졌다. 이즈음 그는 고대의 역사와 위대한 행적들을 부지런히 들으면서 많은 지식을 쌓았고, 이에 따라 생각이 깊어지고 말수가 적어졌다. '센활 벨레그'가 자주 메네그로스로 찾아와 그를 데리고 멀리 나가 숲에 대한 지식과 궁술, 그리고 (그가 더 좋아했던) 검술을 가르쳤다. 하지만 그는 무엇을 만드는 데는 소질이 없었다. 자신의 힘이 얼마나 센지 잘 알지 못해서 종종 다 만들어 놓은 것을 갑자기 손을 잘못 놀려 망치는 일까지 있었다. 이 밖에 다른 쪽에도 전혀 재주가 없어서 계획한 일이 실패하거나 원하던 것을 얻지 못하곤 했다. 투린은 친구도 쉽게 사귀지 못했는데, 성격이 쾌활하지 않고 잘 웃지 않을 뿐만 아니라 어두운 그림자가 그의 어린 시절 위에 드리워져 있었기 때문이다. 그럼에도 불구하고 그는 그를 잘 아는 이들로부터 사랑과 존경을 받았고, 왕의 양자로서 영광을 누렸다.

하지만 도리아스에는 이 같은 모습의 투린을 못마땅하게 여기는 자가 하나 있었는데, 투린이 어른으로 성장해 가면서 시기심은 더욱 심해졌다. 사에로스란 자였다. 그는 오만한 성격의 인물로 자기보다 신분이나 능력이 못하다 싶은 이들에게 거만하게 굴었다. 그는 음유시인 다에론과 친구가 되었는데, 그 또한 노래에 소질이 있었기 때문이다. 인간을 좋아하지 않았던 그는 특히 '외손잡이 베렌'의 친족이면 누구든 싫어해서 이렇게 말했다. "이 불행을 몰고 오는 종족에게 또 이 땅의 문을 열어 준다는 것은 이상하지 않은가? 이미 다른 자가 도리아스에 입힌 피해로 충분하지 않단 말인가?" 그렇게 그는 투린과 그가 행한 모든 일을 비뚤어진 시선으로 바라보며 있는 대로 험담을 했다. 하지만 그의 말은 교활한 데다 악의를 감추고 있었다. 어쩌다 투린을 따로 만나게 되면, 오만한 투로 말하며 노골적으로 경멸감을 드러냈다. 투린은 점점 그에게 넌더리가 났지만 오랫동안 그의 험구 險口를 침묵으로 받아넘겼다. 사에로스는 도리아스 백성 가운데서 지체가 높은 데다 왕의 자문관이었기 때문이다. 하지만 투린의 침묵은 그의 말 못지않게 사에로스를 기분 나쁘게 했다.

투린이 열일곱 되던 해에 슬픔이 다시 그를 찾아왔다. 고향에서 전해오던 모든 소식이 중단되었기 때문이다. 모르고스의 위세가 해마다 더 커져 히슬룸 전역이 이제는 그의 세력권에 들어가 있었다. 후린의 백성과 가족의 행적에 대해 모르고스가 많은 것을 알고 있다는 것은 의심의 여지가 없었지만, 그는 자신의 구상이 성사될 수 있을 때까지 한참 동안 그들을 괴롭히지 않았다. 하지만 이제 자신의 목표에 따라 어둠산맥 인근의 모든 길목에 강력한 경계망을 설치하였고, 이에 따라 죽을 각오를 하지 않고는 아무도 히슬룸을 드나들 수 없었으며, 오르크들이 나로그강과 테이글린강 발원지 주변과 시리온강 상류로 몰려들었다. 그리하여 한번은 싱골의 사자들이 돌아오지 않는 일이 발생하였고, 이에 왕은 더 이상 사자를 보내지 않겠다고 했다. 싱골은 누구든지 변경의 장막 바깥에서 길을 잃고 헤매는 것을 몹시 싫어했는데, 그런 점에서 도르로민의 모르웬을 찾아가는 위험한 길에 자기 백성을 내보낸 것은 후린과 그의 가족에게 엄청난 호의를 베푼 것이었다.

이제 투린은 점점 마음이 무거워졌다. 어떤 새로운 재앙이 움직이기 시작했는지 알 수 없게 된 데다, 모르웬과 니에노르에게 닥쳐올 불행이 두려웠던 것이다. 그는 하도르 가문과 북부에 거주하고 있던 인간들의 몰락에 관해 곰곰이 생각하면서 며칠 동안 묵묵히 자리에 앉아 있었다. 그러고는 일어나 싱골을 찾아갔다. 싱골은 멜리안과 함께 메네그로스의 거대한 너도밤나무 히릴로른 밑에 앉아 있었다.

싱골은 경이로운 표정으로 투린을 바라보았다. 눈앞에 갑자기 나타난 투린의 모습에서 그는 자신의 양자가 아니라, 한 사람의 성인, 한 낯선 인간을 보았던 것이다. 큰 키에 검은 머리를 한 그 인간은 하얀 얼굴 속의 깊은 눈으로 그를 바라보았고 단호하면서도 당당한 모습이었다. 하지만 그는 말을 하지는 않았다.

"양아들아, 네가 원하는 것이 무엇이냐?" 그의 요구가 간단하지 않을 것이라고 짐작하며 싱골이 물었다.

"갑옷과 검, 그리고 제 몸에 맞는 방패를 주옵소서, 폐하. 아울러 폐하께서 허락하신 대로 이제 저의 조상들이 물려준 용 투구를 쓰고자 합니다."

"모든 것을 주겠노라. 그런데 그런 무기를 어디에 쓰려고 하는가?"

"남자에게 필요한 것입니다. 또한 가족을 기억해야 하는 아들에게도 필요한 것이지요. 무장한 용기 있는 동료들도 필요합니다." 투린이 대답했다.

"칼이 너의 평생 무기가 될 테니 나의 검사劍士 부대에 너의 자리를 하나 만들어 주겠다. 네가 원한다면 변경에 가서 그들과 함께 전쟁 연습을 할 수 있을 것이다."

"제 마음은 도리아스 변경 너머 저쪽에 있습니다. 저는 지키는 것이 아니라 적을 공격하기를 원합니다."

"그렇다면 너는 혼자 가야 할 것이다." 싱골이 대답했다. "후린의 아들 투린, 나는 앙반드와의 전쟁에서 내 백성이 맡은 역할을 내 스스로의 지혜에 따라 결정하고 있다. 도리아스 군대의 어느 누구도 이번에는 내보내지 않을 것이며, 내 지금 생각으로는 앞으로도 그런 일은 없을 것이다."

"하지만, 모르웬의 아들, 네 뜻대로 떠나는 것은 허락하겠다." 멜리안이 말했다. "멜리안의 장막은 우리의 허락을 받고 들어온 자가 나가는 것을 막지는 않으니까."

"현명한 충고에도 네가 발길을 돌리지 않는 한 그렇겠지." 싱골이 말했다.

"폐하께서는 어떠한 충고를 하시려는 것인지요?" 투린이 물었다.

"너는 체격으로는 어른처럼 보이고, 사실 다른 사람들보다 더 건장하구나." 싱골이 대답했다. "그래도 너는 아직 장차 네가 도달할 완전한 성숙에 이르지는 못했다. 너는 네 힘을 시험하고 단련하며 그날이 오기까지 참고 기다려야 할 것이다. 그런 후에야 아마도 가족 생각을 할 수 있겠지. 하지만 암흑의 군주와 싸울 때는 인간 한 사람의 힘으로 성공할 가망은 거의 없다. 요정들의 방어선이 계속되는 한 그 방어선을 지키고 있는 요정 군주들을 돕는 게 더 나을 것이다."

그러자 투린이 말했다. "저희 집안의 베렌은 그 이상의 일을 해냈습니다."

"베렌과 루시엔이 같이 해냈지." 멜리안이 말했다. "그런데 루시엔의 아버지 앞에서 그런 말을 하다니 너는 참으로 당돌하구나. 모르웬의 아들 투린, 네 비록 탁월한 데가 있으나 나는 네 운명이 그리 높은 데까지 이르리라 생각하지는 않는다. 좋든 나쁘든 네 운명은 요정들의 운명과 얽혀 있구나. 나쁜 쪽이 되지 않도록 스스로 경계하거라." 그리고 그녀는 잠시 입을 다물었다가 다시 그를 향해 말했다. "이제 가라, 양아들아. 그리고 왕의 권고를 받아들이도록 하라. 그것이 언제나 네 자신의 계획보다 현명한 길이 될 것이다. 하지만 나는 네가 성인이 되고 나서도 오랫동안 우리와 함께 도리아스에 머물 거라고는 생각하지 않는다. 장차 다가올 날에 멜리안이 한 말을 기억한다면 네게 유익할 것이다. 네 가슴속의 열기와 냉기 모두를 두려워하고, 있는 힘을 다해 인내하도록 애쓰거라."

투린은 그들 앞에서 절을 하고 작별을 고했다. 그리고 나서 곧 용 투구를 쓰고 무기를 취한 다음 북부의 변경으로 갔다. 그곳에서 그는 오르크들을 비롯하여 모르고스의 모든 피조물들과 하수인들에 맞서 끝없는 전쟁을 수행 중인 요정 전사들에 합류했다. 그리하여 아직 소년기를 막 벗어난 나이였음에도 불구하고 그의 힘과 용기를 입증했다. 투린은 가족이 당하고 있을 핍박을 기억하면서 늘 대담하고 적극적으로 행동했고, 오르크들의 창이나 화살, 혹은 둥근 칼날에 여러 번 부상당하기도 했다.

하지만 그의 운명이 죽음으로부터 그를 구했고, '도르로민의 용 투구'가 다시 나타났다는 소문이 숲속뿐만 아니라 도리아스 훨씬 너머까지 퍼져 나갔다. 그러자 많은 이들이 의아해했다. "인간의 영이 죽은 뒤에 다시 돌아올 수 있는가? 아니면 히슬룸의 후린이 지옥의 밑바닥에서 탈출한 것인가?"

그 당시 싱골의 변경 수비대 중에서 무공이 투린보다 뛰어난 자는 하나뿐이었으니 바로 '센활 벨레그'였다. 벨레그와 투린은 갖은 위험을 함께 겪은 동료가 되었고, 둘이 함께 야생의 숲속을 멀리까지 활보했다.

이렇게 3년이 흐르는 동안, 투린은 싱골의 궁정에 거의 나타나지 않았다. 그는 더 이상 외관이나 복장에 신경을 쓰지 않아 머리가 헝클어진 채 그대로였고, 사슬갑옷 위에는 야외 생활로

더러워진 회색 외투를 걸치고 있었다. 투린이 궁정을 떠나고 세
번째 여름, 곧 스무 살이 되던 해였다. 투린은 휴식도 취하고 무
기도 수리할 겸 어느 날 저녁 다른 사람들 눈에 띄지 않게 메네
그로스궁정으로 들어갔다. 싱골은 궁에 없었다. 멜리안과 함께
푸른 숲속을 돌아다니는 것이 한여름이면 가끔씩 누리는 왕의
즐거움 중의 하나였던 것이다. 투린은 여독으로 인해 피곤한 데
다 생각할 것이 많았기 때문에 주위를 살피지 않고 자리에 앉았
다. 불행히도 그가 앉은 식탁은 왕국의 원로들이 있는 자리였고,
그가 앉은 자리는 사에로스가 늘 앉는 자리였다. 늦게 도착한 사
에로스는 투린이 오만하게도 자신을 의도적으로 욕보이기 위해
그렇게 한 것으로 생각하고 화가 났다. 투린이 그 자리에 앉은
이들로부터 질책을 받기는커녕, 그들과 함께 앉을 자격이 있는
사람으로 환대받는 것을 보고 그는 더욱 분개했다.

　사에로스는 한참 동안 그들과 같은 생각인 듯이 가만히 있다
가, 식탁 너머로 투린을 마주 보는 자리에 앉아 말을 걸었다. "변
경 수비대장께서는 우리와 자주 자리를 함께하지 않으시니, 그
분과 대화를 나눌 수 있도록 내가 늘 앉는 자리를 기꺼이 내어
주겠소." 하지만 투린은 '사냥꾼 마블룽'과 대화를 나누던 중이
었기 때문에 일어나지도 않고 그저 간단히 "고맙소"라고만 대
답했다.

　그러자 사에로스는 변경에서 날아온 소식들과 투린이 야생지
대에서 이룬 공적에 대해 그에게 계속 질문을 던졌다. 하지만 점
잖은 말투에도 불구하고 그의 목소리에 담긴 냉소적인 어조는
감출 수가 없었다. 그래서 투린은 피곤한 표정으로 주변을 둘러

보면서 유랑자의 쓸쓸한 처지를 실감했다. 요정 궁정의 밝은 빛과 웃음소리에도 불구하고 그의 생각은 벨레그에게로, 또 숲속에서 그와 함께 지내던 생활로 되돌아갔다가 저 멀리 도르로민 땅 아버지의 집에 살고 있는 모르웬에게로 향했다. 우울한 생각에 잠겨 있던 까닭에 그는 얼굴을 찡그리고 사에로스의 물음에 대답하지 못했다. 사에로스는 그 찡그린 얼굴이 자신을 겨냥한 것으로 판단하고 더 이상 분노를 억누를 수 없었다. 그는 황금빛 빗을 꺼내 들고 투린이 앉은 식탁 위에 던지며 소리를 질렀다. "히슬룸의 인간, 자넨 급하게 식사 자리에 들어온 게 틀림없군. 그러니 누더기 같은 외투는 봐줄 수 있겠어. 하지만 머리까지 가시덤불처럼 그냥 내버려 둬서야 쓰겠나. 혹시 귀라도 가리지 않고 드러나 있으면 남이 하는 말에 좀 더 신경을 쓸 텐데 말이야."

투린이 말없이 사에로스를 향해 눈길을 돌리자, 그 어두운 눈길 속에 날카로운 불꽃이 일었다. 그러나 사에로스는 경고를 무시하고 그의 눈길에 냉소로 답하면서 모두가 들을 수 있도록 크게 소리를 질렀다. "히슬룸 남자들이 그렇게 거칠고 사나우면, 그곳 여자들은 어느 정도인가? 발가벗은 채 털만 날리며 사슴처럼 뛰어다니는가?"

그러자 투린이 술잔을 집어 들어 사에로스의 얼굴에 던졌고, 그는 큰 상처를 입고 뒤로 넘어졌다. 투린은 칼을 빼 들고 그에게 덤벼들었으나 마블룽이 가로막았다. 그러자 사에로스는 일어서서 식탁에 피를 뱉고는 입이 찢어진 채 간신히 말했다. "우리가 언제까지 이 야생인을 숨겨 줘야 하는가? 오늘 밤 이곳 책임자는 누구요? 왕궁에서 신하를 해치는 자에 대한 왕의 법도는 엄중하오. 여기서 칼을 빼는 자는 최소한 추방의 벌을 받도록 되어 있소. 야생인, 만약 궁 밖이라면 내가 가만히 있지 않았을 것이다!"

하지만 식탁에 뱉은 피를 보자 투린은 흥분이 가라앉아, 마블룽에게서 몸을 빼내어 아무 말 없이 자리를 떠났다.

그러자 마블룽이 사에로스에게 말했다. "오늘 저녁에 왜 그러시오? 나는 이 불상사의 책임이 당신한테 있다고 생각하오. 당신의 입이 찢어진 것은 남을 조롱한 데 대한 정당한 대가라고 왕의 법은 판결할 것이오."

"그 애송이가 불만이 있으면 폐하께 재판을 청하라고 하시오." 사에로스가 대답했다. "궁에서 칼을 빼 든 것은 어떤 이유로도 용납될 수 없소. 만약 궁 밖에서 그 야생인이 나한테 칼을 빼 든다면 죽여 버리고 말 거요."

"그 반대가 될 수도 있을 것이오." 마블룽이 말했다. "하지만 어느 쪽이 죽든 간에 그건 도리아스보다는 앙반드에나 있을 법한 나쁜 짓이고, 그 때문에 더 악한 일이 뒤따를 수도 있소. 솔직히 말해 나는 오늘 밤 북부의 어둠이 여기까지 손을 뻗어 접근하고 있다는 느낌이 들었소. 사에로스, 당신의 오만으로 인해 결국 모르고스가 원하는 일을 하게 되지 않도록 조심해야 하오. 당신이 엘다르의 일원이란 사실을 잊지 마시오."

"잊지 않고 있소." 사에로스가 대답했다. 하지만 그의 분노는 가라앉지 않았고, 밤새 상처를 치료하면서 앙심은 더욱더 깊어졌다.

아침이 되어 투린이 변경으로 돌아가기 위해 메네그로스를 일찍 출발했을 때, 사에로스가 숨어 있다가 투린을 공격했다. 길을 떠난 지 얼마 되지 않았을 때, 사에로스가 뒤에서 칼을 빼 들고 한 팔에는 방패를 든 채 덤벼든 것이다. 하지만 투린은 숲속 생활을 하며 경계에 익숙했기 때문에 곁눈으로 그를 알아차렸고, 옆으로 튀어 오르며 재빨리 비켜나 상대방을 공격하며 소리를 질렀다. "모르웬! 이제 당신을 조롱한 자에게 그 대가를 치르도록 하겠습니다!" 그가 사에로스의 방패를 박살 내자, 그들은 현란한 칼 솜씨로 싸움을 시작했다. 투린은 오랫동안 엄격한 훈련 과정을 거치면서 요정만큼 날렵하고 그들보다 더 강인해져 있었다. 투린이 곧 우위를 보이면서, 사에로스는 오른팔에 부상을 입고 제압당하고 말았다. 사에로스가 떨어뜨린 칼을 한쪽 발로 밟은 채 투린이 말했다. "사에로스, 네 앞에 길고 긴 경주가 기다리고 있다. 그러니 옷은 번거로울 테고, 털이면 충분할 것이다." 그러고 나서 그를 땅바닥에 내동댕이쳐 발가벗기자, 사에로스는 투린의 엄청난 완력을 실감하고 두려움에 떨었다. 그러자 투린은 그를 일으켜 세우고 소리를 질렀다. "뛰어라, 뛰어, 여인을 욕보인 자! 뛰어라! 만약 사슴처럼 빨리 뛰지 못하면 내가 뒤에서 널 찌르고 말 것이다." 그리고 칼끝을 사에로스의 엉덩이에 갖다 대자, 사에로스는 공포에 사로잡혀 미친 듯이 살려 달라고 비명을 지르며 숲속으로 달아났다. 하지만 투린은 사냥개처럼 그의 뒤를 쫓아, 사에로스가 아무리 달아나고 방향을 바꾸어도 칼끝은 여전히 등 뒤에서 그를 조종하고 있었다.

사에로스의 비명에 많은 이들이 추격전이 벌어지는 곳으로 몰려들어 뒤를 쫓았지만 걸음이 빠른 자들만이 두 명의 경주자를 겨우 따라갈 수 있었다. 마블룽이 이들의 선두에 있었는데 그의 마음속에 근심이 일었다. 전날 사에로스의 조롱으로 징조가 좋지 않기는 했지만, "아침에 눈을 뜨는 원한은 밤이 오기 전에 모르고스의 웃음이 되기" 때문이었다. 더욱이 다툼이 있을 때 이를 왕의 심판에 맡기지 않고 함부로 요정에게 수모를 주는 것은 우려할 만한 일로 간주되었다. 그 시점에는 아무도 사에로스가 먼저 투린을 공격했고, 그를 죽일 수도 있었다는 사실을 알지 못했다.

마블룽이 소리쳤다. "투린, 잠깐, 잠깐만! 이건 숲속에서 오르크나 하는 일일세!" 투린이 말을 되받았다. "오르크가 하는 일이란 게 있기는 했지요. 이건 오르크의 놀이에 불과하오." 투린은 마블룽이 말하기 직전에 사에로스를 놓아줄 참이었지만, 이제는 고함을 지르며 다시 그의 뒤를 쫓았다. 사에로스는 도움받을 가능성을 단념한 채 죽음이 바로 등 뒤에 쫓아오고 있다고 생각하고 미치광이처럼 계속 달리다가, 갑자기 에스갈두인강으로 흘러 들어가는 어느 지류의 강가에 이르렀다. 높은 암벽 사이에 깊숙하게 갈라진 틈으로 흘러가는 강의 폭은 사슴이 건너뛸 만한 거리였다. 공포에 사로잡힌 사에로스는 용기를 내어 강을 건너 뛰었지만 건너편에 발을 딛는 데 실패하였고, 결국 비명을 지르며 밑으로 떨어져 물속에 있는 큰 바위에 부딪히고 말았다. 이렇게 하여 도리아스에서의 사에로스의 삶은 끝났고, 만도스가 오랫동안 그를 데리고 있게 되었다.

투린은 물속에 누워 있는 그의 시신을 보고 생각에 잠겼다. "불쌍한 바보 같으니라고! 여기서 메네그로스까지 걸어가도록 놓아줄 수도 있었는데. 이젠 나한테 턱없이 죄를 뒤집어씌우는 군.” 그는 몸을 돌려 이제 낭떠러지 끝으로 다가와 옆에 서 있는 마블룽과 그의 동료들을 우울하게 바라보았다. 잠시 침묵이 흐른 뒤 마블룽이 침통한 어조로 말했다. “통탄스러운 일일세! 하지만 투린, 인제 우리와 함께 돌아가서 이번 일에 대한 폐하의 심판을 기다려야겠네.”

그러자 투린이 말했다. “왕께서 정의로우시다면 나를 무죄로 판단하실 것이오. 하지만 이자는 왕의 자문단에 들어 있지 않소? 어째서 정의로우신 왕께서 속이 흉측한 자를 친구로 삼으셨소? 나는 왕의 법과 왕의 심판을 거부하겠소.”

“자넨 말투가 너무 오만하군.” 마블룽은 젊은이에 대한 연민의 정이 있었지만, 이렇게 말하였다. “지혜를 배우게! 자넨 도피자가 되어서는 안 되네. 나와 함께 돌아가세, 내가 자네 친구 아닌가. 게다가 다른 목격자들도 있네. 폐하께서 진상을 파악하시면 용서하실 걸세.”

그러나 투린은 요정의 궁정에 싫증이 났고 체포될지도 모른다는 두려움이 앞섰다. 그가 마블룽에게 말했다. “당신의 권고를 받아들일 수 없소. 난 아무 죄도 없는데 싱골 왕의 용서를 구하지는 않을 것이며, 이젠 왕이 나를 심판할 수 없는 곳으로 떠날 참이오. 당신에겐 두 가지 길이 있소. 내 마음대로 떠나도록 허락하든지, 아니면 그게 당신들의 법도라면 나를 죽이든지 하시오. 나를 산 채로 끌고 가기에는 당신들 숫자가 너무 적어 보이기 때문에 하는 말이오.”

요정들은 그의 눈에 이는 불꽃을 보고 그의 말이 진담인 것을

알고는 길을 내주었다. "한 사람의 죽음만으로도 충분하네." 마
블룽이 말했다.

"그건 내가 의도했던 일이 아니오. 그렇다고 애도하지도 않겠
지만." 투린이 말했다. "만도스께서 공평하게 판단하시길. 그가
혹시 다시 산 자의 땅으로 돌아온다면 좀 더 현명해졌음을 증명
해야겠지. 잘 지내시오!"

마블룽이 대답했다. "그게 소원이라면, '마음대로' 가게! 이런
식으로 떠난다면 '잘' 가란 말은 소용없는 말이 되겠지. 어둠의
그림자가 자네의 마음속에 드리우고 있네. 다시 만날 때는 더 어
둡지 않길 바라네."

투린은 이 말에 아무 대답도 하지 않고 그들을 떠나 빠른 걸
음으로 홀로 길을 나섰고, 아무도 그가 어디로 가는지 알지 못
했다.

전히는 비에 의하면 투린이 도리아스의 북부 변경으로 놀아
오지 않고 아무 소식도 없자, 센활 벨레그가 직접 메네그로스로
그를 찾아왔다고 한다. 그는 무거운 마음으로 투린이 일으킨 사
건과 그가 달아난 이야기를 들었다. 여름이 끝나가고 있었기 때
문에, 얼마 지나지 않아 싱골과 멜리안이 궁으로 돌아왔다. 자초
지종을 보고받은 뒤에 왕은 이렇게 말했다. "중대한 사안이므로
전말을 모두 들어야겠소. 비록 자문관 사에로스는 죽고 양자 투
린은 달아났으나, 내일 판결을 내리기 전에 재판하는 자리에서
이 모든 일을 차례로 다시 듣겠소."

다음 날 왕이 왕궁의 옥좌에 앉자, 둘레에는 도리아스의 모든

족장과 원로 들이 도열했다. 그러자 여러 증인이 증언했고, 그중에서 마블룽이 가장 길고도 분명하게 이야기했다. 식탁에서 벌어진 싸움에 관한 이야기를 들으며 왕은 마블룽의 마음이 투린 쪽으로 기울어져 있다는 느낌을 받았다.

싱골이 말했다. "자네는 후린의 아들 투린의 친구로서 증언하고 있는가?"

"과거에는 친구였습니다. 하지만 소신은 진실을 더 많이, 더 오래 사랑해 왔습니다. 폐하, 제 말씀을 끝까지 들어 주옵소서." 마블룽이 대답했다.

투린이 떠나면서 남긴 말 한마디까지, 모든 증언이 끝나자 싱골은 한숨을 쉬었다. 그는 앞에 앉아 있는 이들을 바라보며 말했다. "오호! 어두운 그림자가 그대들의 얼굴을 덮고 있소. 그것이 어떻게 이 땅에 숨어 들어왔을까? 이곳에 악이 움직이고 있소. 난 사에로스를 충성스럽고 지혜로운 자로 여겨 왔소. 하지만 그의 조롱은 악한 것이었고, 그렇기에 사에로스가 살아 있다면 나의 분노를 느낄 수 있을 거요. 왕궁에서 일어난 모든 일은 그의 책임이오. 여기까지는 투린의 잘못은 없소. 하지만 그 뒤의 일은 투린의 분노가 너무 과했고, 그러기에 묵과할 수가 없소. 사에로스에게 수모를 주고 그를 뒤쫓아 가서 죽음에까지 이르게 한 것은 자신이 당한 조롱보다 훨씬 큰 잘못이오. 이는 투린의 마음이 얼마나 강퍅하고 오만한지를 보여 주는 것이오."

싱골은 한참 생각에 잠겨 앉아 있다가, 마침내 슬픈 목소리로 입을 열었다. "이자는 배은망덕한 양자이며, 실로 분수를 모르는 건방진 인간이로구나. 내가 어떻게 왕과 왕의 법도를 조롱하는 자를 내 집에 받아 주며, 참회할 줄 모르는 인간을 용서할 수 있단 말인가? 나의 심판은 다음과 같소. 투린을 도리아스에서 추방할 것이오. 만약 그가 들어오려고 한다면 내 앞에서 재판을 받아야 하오. 내 앞에서 무릎을 꿇고 용서를 구하지 않는 한 그는 더 이상 내 아들이 아니오. 이 판결이 정의롭지 못하다고 여기는 이가 있으면 지금 말할 수 있는 기회를 주겠소."

그러자 회의장 안은 침묵이 감돌고, 싱골은 자신의 판결을 선포하기 위해 손을 들어 올렸다. 그러나 바로 그 순간 벨레그가 황급히 들어오면서 소리쳤다. "폐하, 제가 말씀을 드려도 되겠습니까?"

"자넨 늦었군. 다른 이들과 함께 들어오라는 명을 받지 않았는가?" 싱골이 말했다.

"맞습니다, 폐하. 그런데 제가 알고 있는 어떤 이를 찾느라 지체하고 말았습니다. 폐하께서 판결을 내리시기 전에 이야기를 들어야 할 증인을 이제야 드디어 데려왔습니다."

"얘기할 것이 있는 자들은 모두 불러들였다. 지금까지 들은 것보다 더 중요한 증언이 있단 말인가?"

"듣고 나서 판단하옵소서. 제가 폐하의 은총을 누릴 자격이 있다면, 이번에 그 기회를 주시기를 청하나이다."

"허락하노라." 싱골이 이렇게 얘기하자 벨레그는 밖으로 나갔다. 그의 손에 이끌려 온 이는 숲속에 살면서 메네그로스에는 한 번도 와 본 적이 없는 처녀 넬라스였다. 그녀는 겁을 먹고 있었다. 열주(列柱)로 가득한 거대한 궁정과 바위 천장, 그리고 자신을 지켜보는 수많은 눈동자 모두가 두려웠던 것이다. 싱골이 말을 시키자 그녀가 입을 열었다. "폐하, 저는 나무 위에 앉아 있었습니다." 하지만 그 말을 하고는 왕에 대한 외경심 때문에 말을 더듬다가 더 이상 말을 잇지 못했다.

그러자 왕이 웃으며 말했다. "다른 요정들도 그렇게 앉아 있었지만, 그걸 내게 얘기할 필요를 느낀 자는 없었지."

왕의 미소에 용기를 얻은 넬라스가 말했다. "맞습니다. 다른 요정들도 그렇지요. 심지어 루시엔도요! 그날 아침 저는 루시엔을 생각하고 있었고, 또 인간 베렌에 관해서도 생각하고 있었습니다."

싱골은 이에 아무 말도 하지 않고, 웃음을 멈추고는 넬라스가 이야기를 계속할 때까지 기다렸다. 넬라스가 다시 말했다.

"투린 때문에 베렌이 생각났기 때문입니다. 제가 듣기로는 두 사람이 친척 간이라고 했거든요. 누구든지 보면 친척 간이라는 걸 알 수 있어요. 가까이서 보면 말이에요."

그러자 싱골이 짜증을 내면서 말했다. "그럴 수도 있겠지. 하지만 후린의 아들 투린은 나를 모욕하고 떠났으니, 다시는 그를 만나서 혈족을 확인할 일이 없을 것이다. 이제 내 판결을 내리겠노라."

"폐하!" 그때 그녀가 소리쳤다. "잠깐만요, 먼저 제 말을 들어주세요. 저는 나무에 앉아 있다가 그가 길을 떠나는 것을 보았습니다. 그런데 사에로스가 칼과 방패를 들고 숲속에서 나와 갑자기 투린을 공격했습니다."

이 말에 궁정 안이 웅성거리기 시작했다. 이에 왕이 한 손을 들어 올리고 말했다. "너는 있을 법하지 않은 무척 중대한 이야기를 내 귀에 들려주고 있구나. 네가 말하는 내용 하나하나를 조심하거라. 이곳은 심판의 법정이다.”

“벨레그한테서 그 얘기는 들었습니다.” 그녀가 대답했다. “그리고 바로 그 때문에 감히 여기까지 왔습니다. 투린이 부당한 재판을 받지 않게 하려고 말입니다. 그는 용맹스러운 인물이지만 또한 자비롭기도 합니다. 폐하, 그들은, 그러니까 그 둘은 싸움을 벌였고, 결국은 투린이 사에로스의 방패와 칼을 빼앗았습니다. 하지만 죽이지는 않았어요. 저는 정말로 투린이 끝까지 그를 죽일 생각이 있었다고 생각하지 않습니다. 사에로스가 수모를 당한 것이라면, 그건 그가 자초한 것입니다.”

“판결은 내가 내리는 것이다.” 싱골이 말했다. “하지만 네가 말한 것이 재판에 큰 영향을 주겠구나.”

그리고 그는 넬라스에게 꼬치꼬치 질문을 던지고, 마지막에는 마블룽을 향해 이렇게 말했다. “투린이 자네에게 이런 이야기를 전혀 하지 않았다는 것이 이상하군.”

“그렇습니다. 얘기하지 않았습니다. 만약 얘기했다면 제가 자세히 말씀드렸을 것입니다. 그리고 그랬다면 그와 헤어질 때 제가 그렇게 얘기하지도 않았을 것입니다.”

“그렇다면 이제 나의 판결도 달라져야겠군.” 싱골이 말했다. “내 말을 들으시오! 이제 나는 투린의 잘못이라고 볼 수 있는 일에 대해서는 용서하겠소. 그가 수모를 당하고 그 때문에 화를 낸 것으로 추측되기 때문이오. 투린이 얘기한 대로 자신을 그토록 학대한 자가 진정 나의 자문관 중 한 명이었다니, 그는 이 점에 대해서는 용서를 구할 필요가 없소. 투린이 어디에 있든 간에 나

의 용서를 그에게 전하겠소. 그리고 그를 나의 궁정 안에 영광스
럽게 다시 불러들일 것이오."

하지만 왕의 판결이 내려지자 넬라스가 갑자기 울음을 터뜨
렸다. "어디서 그를 찾을 수 있지요? 그 사람은 우리 땅을 떠났
고, 세상은 넓은데요."

"찾아낼 것이다." 싱골이 이렇게 얘기하고 일어서자, 벨레그
는 넬라스를 인도하여 메네그로스를 떠났다. 벨레그가 그녀에
게 말했다. "울지 마시오. 투린이 아직 바깥세상에 살아 있거나
걸어 다니고 있다면, 세상 모두가 실패하더라도 난 그를 찾아낼
것이오."

다음 날 싱골과 멜리안 앞에 벨레그가 나타나자, 왕이 그에게
물었다. "벨레그, 내 마음이 비통하니 내게 조언해 주게. 나는 후
린의 아들을 내 아들로 삼았고, 후린이 어둠 속에서 직접 돌아와
아들을 찾지만 않는다면, 영원히 이곳에 살게 할 참일세. 난 누
구의 입에서든 투린이 부당하게 야생의 들판으로 쫓겨났다는
말을 듣고 싶지 않고, 또 그가 돌아오기만 한다면 반가이 맞이하
겠네. 내가 그를 참으로 사랑하기 때문일세."

"폐하, 허락해 주신다면 제 힘이 닿는 대로 폐하를 위하여 이
번에 악이 저지른 행위를 시정하도록 하겠나이다. 그와 같이 훌
륭한 인물이 황야에서 하릴없이 헤매고 다녀서는 안 됩니다. 도
리아스에는 그가 필요하며, 그 필요성은 점점 커질 것입니다. 더
욱이 저 또한 그를 사랑하고 있습니다."

그러자 싱골이 벨레그에게 말했다. "이제 투린을 찾을 수 있
겠다는 희망이 생겼군! 나의 호의를 가지고 떠나게. 그를 찾으면

있는 힘을 다해 그를 지키고 인도하게. 벨레그 쿠살리온, 그대는 오랫동안 도리아스를 지키는 데 선봉에 서 왔고, 자네가 이룬 용감하고 지혜로운 많은 공적에 대해 내가 여러 번 고마움을 표한 바 있네. 투린을 찾아내는 것은 그 모든 일 중에서 가장 큰일일세. 이제 출발을 앞두고 원하는 선물이 있으면 말해 보게. 기꺼이 내어 주겠네."

"그렇다면 좋은 칼을 하나 내어 주십시오. 요즘은 오르크들이 떼를 지어 몰려오고 또 너무 가까이 접근해서 활만 가지고는 감당할 수 없는 데다, 소신이 가진 칼은 그들의 갑옷을 당해 낼 수가 없습니다."

"그럼 내가 쓰는 아란루스만 제외하고, 내가 가진 모든 것 중에서 무엇이든 골라 보게."

그러자 벨레그는 앙글라켈을 택했다. 그것은 대단히 귀한 검으로, 그런 이름이 붙은 것은 유성처럼 하늘에서 떨어진 쇠로 만들어졌기 때문이다. 그래서 그 검은 땅속에서 파낸 쇠로 만든 것은 무엇이든 베어 낼 수 있었다. 가운데땅에서 이에 필적할 만한 검은 오직 하나였다. 그 검은 같은 대장장이가 같은 광석을 써서 만든 것이지만, 이 이야기에는 나오지 않는다. 그 대장장이가 바로 투르곤의 누이 아레델을 아내로 맞은 '검은요정' 에올이었다. 그는 난 엘모스에 거주하는 것을 허락받기 위해 싱골에게 앙글라켈을 주었지만 몹시 아까워하였다. 그것과 짝을 이루는 앙구이렐은 자신이 가지고 있었으나 아들인 마에글린이 훔쳐 가고 말았다.

싱골이 앙글라켈의 칼자루를 벨레그를 향해 돌려놓으려 하자, 멜리안이 칼날을 내려다보고 말했다. "이 칼에는 악의가 깃들어 있습니다. 이것을 만든 요정의 마음이 그 속에 아직 남아 있는데, 그 마음이 어둡습니다. 이 칼은 주인의 손을 사랑하지 않을 것이며, 당신 수중에 오랫동안 있지도 않을 것입니다."

"그래도 제 수중에 있을 때까지는 써 보겠습니다." 벨레그가 말했다. 왕에게 감사 인사를 올린 다음 벨레그는 검을 들고 길을 떠났다. 벨레그는 메네그로스를 떠나 벨레리안드 구석구석을 다니며 숱한 위험을 무릅쓰고 투린의 소식을 찾아 헤맸지만 소용없었다. 그해 겨울이 지나고 이듬해 봄이 찾아왔다.

Chapter 6
무법자들 사이의 투린

이야기는 다시 투린으로 돌아간다. 자신이 왕이 찾고 있는 범죄
자가 되었다고 믿는 투린은 벨레그가 있는 도리아스 북부 변경
으로 돌아가지 않고 서쪽으로 향했고, '은둔의 왕국'을 몰래 빠
져나온 다음 테이글린강 남쪽 삼림 지대로 들어갔다. 니르나에
스 이전에는 그곳에 많은 인간들이 여기저기 흩어져 살고 있었
다. 그들은 거의가 할레스 일족으로, 영주 없이 사냥과 경작으로
생계를 유지했다. 도토리가 많이 나는 땅에는 돼지를 키우고, 숲
속 개간지에는 울타리를 쳐서 농사를 지었다. 하지만 이제 그들
대다수는 목숨을 잃거나 브레실로 달아났고, 이곳은 전역이 오
르크와 무법자 들에 대한 공포 속에 휩싸였다. 그와 같은 몰락의
시대에 집을 잃고 절망에 빠진 인간들은 타락의 길로 접어들었
다. 이들은 전투에 나갔다가 패한 낙오병으로, 대지가 황폐하게
방치되자 야생의 숲속으로 가서 못된 짓을 하게 되었던 것이다.
그들은 가능한 대로 사냥과 채집으로 배를 채웠지만, 굶주리거나 사정이 어려워지면 강도질을 일삼고 흉포해지는 이들이 많았다. 특히 겨울이 되면 그들은 늑대처럼 무서운 존재가 되었다. 여전히 고향을 지키는 사람들은 그들을 가우르와이스, 곧 '늑대사람들'이라 불렀다. 이런 인간 육십여 명이 한 무리를 이루어 도리아스 서부 변경 너머에 있는 삼림 지대를 배회하고 있었다. 그들은 오르크 못지않은 증오의 대상이었는데, 그들 가운데는 자기 동족에게도 원한을 품은 성질이 독한 부랑자들이 있었기 때문이다.

　그들 가운데 가장 독한 자가 안드로그라는 인물인데, 여인을 살해한 죄를 짓고 도르로민에서 쫓겨 온 자였다. 다른 자들 역시 그곳 출신이었다. 무리 중의 연장자는 알군드 영감으로 니르나에스에서 도망쳐 왔고, 스스로를 포르웨그라고 부르는 자는 금발에다 불안스럽게 반짝거리는 눈에 체격이 우람하고 성격이 대담했지만, 하도르 가 사람들이 지닌 에다인 고유의 관습으로부터 많이 타락한 자였다. 하지만 이따금 지혜롭고 관용적인 행동을 할 줄도 아는, 무리의 두목이었다. 싸움을 벌이다가 또는 혹독한 삶을 못 이기고 죽은 자들이 있어서, 이때쯤 그들의 숫자는 오십여 명으로 줄어들어 있었다. 그들은 조심성이 많아져서 움직일 때나 휴식을 취할 때는 경계를 게을리하지 않고 주변에 정탐꾼을 내보내거나 파수꾼을 세웠다. 그리하여 투린은 길을 잃고 그들의 구역에 들어섰을 때 금방 발각되고 말았다. 그들은 둥글게 원을 그리며 그의 뒤를 쫓아가, 마침내 투린이 시냇가에 있는 숲속의 빈터에 들어서자 갑자기 활시위를 메기고 칼을 뽑아 든 채 그를 사방에서 에워쌌다.

투린은 걸음을 멈추었지만 두려워하는 기색은 보이지 않았다. 투린이 물었다. "누구신가? 숨어 있다가 사람을 공격하는 건 오르크뿐인 줄 알았는데, 이제 보니 내가 잘못 알고 있었군."

"잘못 안 게 후회스럽겠지." 포르웨그가 말했다. "여긴 우리 본거지이고 내 부하들은 다른 인간이 여길 돌아다니는 걸 허용하지 않아. 몸값을 못 내면 목숨이라도 내놓아야지."

그러자 투린이 험상궂게 웃음을 터뜨리더니 말했다. "무법자이자 부랑자인 나 같은 인간한테서 몸값을 받을 수는 없을 것이오. 내가 죽고 나면 내 몸을 뒤져 보지그래. 하지만 내 말이 맞는지 확인하려면 비싼 대가를 치러야 할 것이오. 네놈들 중에 여럿은 나보다 먼저 죽어야 할 테니까."

그렇지만 이미 여러 사람이 화살을 시위에 메기고 두목의 명령을 기다리고 있었기 때문에 그의 목숨은 경각에 달려 있었다. 투린은 비록 회색 웃옷과 외투 차림 속에 요정 갑옷을 입고 있기는 했지만, 치명적인 부위에 맞을 수도 있었다. 그의 적들은 아무도 칼을 빼 들고 단번에 공격할 수 있는 거리 내에 있지 않았다. 투린이 갑자기 몸을 숙였다. 발밑 시냇가에서 돌멩이 몇 개를 발견한 것이다. 그 순간 투린의 오만한 어투에 화가 난 무법자 한 사람이 그의 얼굴을 겨냥해 활을 쏘았다. 그러나 화살은 투린의 머리 위로 날아갔고, 투린은 활시위처럼 벌떡 일어나 정확하게 활을 쏜 자를 향해 엄청난 힘으로 돌멩이를 던졌다. 사나이는 머리가 깨지면서 땅바닥에 쓰러졌다.

"저 운수 나쁜 인간 대신 내가 살아 있으면 당신한테 더 쓸모가 있을지 모르지." 투린이 포르웨그를 향해 돌아서며 말했다.

"당신이 이곳의 두령이라면 부하가 명령도 없이 활을 쏘게 해서
는 안 되오."

"물론이지. 그 친구는 무척이나 빠르게 징계를 받은 셈이오.
당신이 내 말을 좀 더 잘 듣는다면 그 친구 대신 당신을 쓰도록
하지."

"좋소. 당신이 두령인 한, 그리고 두령의 소유인 모든 것에 대
해서는 그렇게 하겠소. 하지만 무리에 새로운 동지를 받아들이
는 일은 두령 혼자서 결정할 일이 아니라고 알고 있소. 모든 사
람들의 의견을 들어 봐야 할 문제요. 여기서 내가 들어가는 걸
반대하는 사람 있소?"

무법자들 중에서 두 사람이 큰 소리로 반대를 표시했다. 한 사
람은 죽은 자의 친구로 울라드란 이름을 가진 자였다. "동지 하
나를 새로 들이는 방법치곤 희한하군. 우리 중에서 가장 뛰어난
사람을 죽여야 한다니!"

"시험을 안 치렀으니 안 되겠다는 말씀이군. 그렇다면 덤비시
오! 무기를 들고 하든 완력으로 하든 두 사람 다 한꺼번에 상대
해 주겠소. 그래야 당신네 중에서 가장 뛰어난 자를 대신할 만한
자격이 있는지 확인될 테니까. 이 시험에 활쏘기도 있으면 나도
활 하나 주시오." 그러고 나서 투린은 두 사람을 향해 성큼성큼
걸어갔다. 하지만 울라드는 뒷걸음질을 치며 싸움을 피했다. 다
른 한 사람은 활을 내던지고는 투린을 맞이하러 걸어 나왔다. 도
르로민 출신의 안드로그라는 자였다. 그는 투린 앞에 서서 그를
위아래로 훑어보았다.

"아니오." 마침내 고개를 저으며 그가 말했다. "모두 알다시

131

피 나는 겁쟁이가 아니오. 하지만 나는 당신 상대는 되지 못하고, 그건 여기 있는 누구도 마찬가지라고 생각하오. 우리하고 같이 갑시다. 나는 동의하오. 그런데 당신 눈빛에는 이상한 것이 있소. 당신은 위험한 인물이오. 이름이 뭡니까?"

"나는 스스로를 네이산, 곧 '박해받은 자'라고 부르오." 투린은 이렇게 대답했고, 이후로 무법자들 사이에서 그는 네이산이라고 불렸다. 투린은 과거에 부당한 박해를 당했다고 주장하긴 했지만 (그런 주장을 하는 다른 사람에게도 항상 기꺼이 귀를 기울여 주었다) 자신의 인생 역정이나 고향에 대해 더 이상 밝히려고 하지는 않았다. 하지만 그들은 그가 높은 신분에서 몰락했다는 것과, 지닌 것은 무기밖에 없지만 그 무기가 요정 장인들이 만든 것이라는 사실을 알아차렸다. 그는 강인한 체격에 용감하고 숲속 생활에서도 그들보다 뛰어났기 때문에 곧 칭송받았고, 욕심이 없어서 자신의 이익을 챙기지 않았기 때문에 모두 그를 신뢰했다. 하지만 도무지 이해할 수 없을 만큼 갑자기 화낼 때도 있었기 때문에 무법자들은 그를 두려워했다.

투린은 도리아스로 돌아갈 수 없었고, 자존심 때문에 그럴 생각도 없었다. 펠라군드가 죽은 뒤로는 아무도 나르고스론드에 들어갈 수 없었다. 또한 격이 좀 처지는 브레실의 할레스 가 사람들한테까지 낮추어 가기는 내키지가 않았다. 또한 도르로민은 촘촘히 봉쇄되었기 때문에 감히 돌아갈 엄두를 낼 수 없었고, 어둠산맥의 고갯길을 사람 혼자 넘는다는 것도 기대하기 어려웠다. 그리하여 투린은 야생에서 살더라도 다른 사람들과 함께 있는 것이 힘든 일을 견디는 데 더 쉽다고 판단하여 무법자들과 어울려 지냈다. 또한 그들과 어울려 살려고 하면서 늘 다툴 수도 없는 노릇이었기 때문에 그들의 행악을 제지하지 않았다. 그래서 그도 이내 마음이 무디어져 야비하고 때로는 무도한 행동까지 하게 되었지만, 이따금 동정심과 역겨운 마음이 들기도 했고 그럴 때면 분노를 주체하기가 힘들었다. 이렇게 위험하고 흉악한 일을 하며 투린은 그해가 끝날 때까지 그곳에 살면서 겨울의 굶주림과 궁핍을 견뎌 내야 했는데, 이윽고 활동기가 왔고 아름다운 봄이 찾아왔다.

앞서 이야기한 대로 테이글린강 근처 숲속에는 이때까지도 비록 숫자는 적지만 강인하고 조심성 많은 인간들이 아직도 몇 군데 농가에서 살고 있었다. 그들은 가우르와이스를 전혀 좋아하지 않았고 불쌍하게 여기지도 않았지만, 혹독한 겨울이 되면 여유분의 음식을 가우르와이스가 찾아 먹을 수 있도록 바깥에 내놓았다. 그렇게 하면 굶주린 무리의 공격을 피할 수 있다고 생각했던 것이다. 하지만 무법자들은 짐승이나 새만큼도 고마워할 줄 몰랐고, 차라리 이들을 지켜 주는 것은 그들의 개나 울타리였다. 농가는 개간지 주변에 높은 산울타리를 두르고, 집 둘레에는 도랑을 파고 방책을 세워 두었다. 또한 농가와 농가를 잇는 연결 통로가 나 있어서, 뿔나팔 소리로 지원과 구조를 요청할 수도 있었다.

봄이 오면 늑대사람들로서는 숲속 사람들의 집 근처를 배회하는 것은 위험했다. 주민들이 힘을 모아 그들을 쫓아올 수도 있기 때문이다. 그래서 투린은 포르웨그가 왜 무리를 이끌고 떠나지 않는지 궁금했다. 멀리 남쪽으로 인간이 아무도 살지 않는 곳에 가면 식량과 사냥감이 더 많고 위험도 덜했기 때문이다. 그러던 어느 날 투린은 포르웨그와 그의 친구 안드로그를 만나야겠다고 생각하고는 그들이 어디 있는지 물었다. 그러자 그의 동료들이 웃음을 터뜨렸고 울라드가 대답했다.

"그 양반들 자기 일 좀 보러 나간 것 같아. 머지않아 돌아올 텐데, 그러면 우리는 움직여야 할걸. 그것도 서둘러서. 그 양반들이 벌 떼를 뒤에 달고 오지 않으면 운이 좋은 거지."

해가 환히 빛나자 어린 나뭇잎들은 초록빛을 띠었고, 투린은 무법자들의 지저분한 야영지에 싫증이 나서 혼자 숲속 깊은 곳을 돌아다녔다. 자기도 모르게 '은둔의 왕국'을 떠올리자, 도리아스의 꽃 이름들이 마치 망각 속에 묻힌 옛말의 메아리처럼 그의 귀에 들려오는 것 같았다. 그런데 갑자기 비명 소리가 들리면서 개암나무 덤불에서 젊은 여자가 달려 나왔다. 옷이 가시에 걸려 찢어진 채 달려 나온 여인은 몹시 두려움에 떨고 있었는데, 비틀거리더니 결국 땅바닥에 쓰러져 가쁜 숨을 내쉬었다. 투린은 칼을 뽑아 들고 덤불 쪽으로 뛰어 들어가 여자를 쫓아 개암나무 밑에서 뛰쳐나오는 남자에게 칼을 휘둘렀다. 칼을 내려치는 순간에야 비로소 투린은 그가 포르웨그란 것을 알았다.

투린이 깜짝 놀라 풀밭 위에 흥건한 피를 내려다보며 서 있을 때, 안드로그가 나타나 역시 아연실색하여 걸음을 멈추었다. "네이산, 흉악한 짓을 했군!" 안드로그는 소리를 지르며 칼을 빼 들었다. 그러나 투린은 냉정을 되찾고 안드로그에게 물었다. "그런데 오르크들은 어디 있어? 여자를 도와주려고 오르크들을 앞질러 온 건가?"

"오르크라니?" 안드로그가 대답했다. "한심하긴! 그러고도 스스로 무법자라고 하는가? 무법자들은 필요한 게 있으면 그게 곧 법이야. 네이산, 자네 일이나 잘 챙겨. 우리 일은 간섭하지 말고."

"그렇게 하도록 하지. 다만 오늘은 우리가 가는 길이 어긋나는군. 여자를 나한테 넘기든지, 아니면 포르웨그를 따라가든지 결정하게."

안드로그가 웃음을 터뜨리며 말했다. "그렇게 해야 한다면 마음대로 하게. 난 혼자서 자네를 상대하고 싶지는 않아. 그렇지만 우리 동료들은 이번 살인을 좋게 생각지는 않을 걸세."

그러자 여자가 벌떡 일어나 투린의 팔을 손으로 잡았다. 피를 내려다보고 다시 투린의 얼굴을 바라보던 여자의 눈에 기뻐하는 표정이 나타났다. 여자가 말했다. "저 사람을 죽이세요, 나리! 저 사람도 죽여요! 그리고 저하고 같이 가요. 저 사람들 머리를 가져가면 우리 아버지 라르나크도 싫어하지 않으실 거예요. 아버지는 '늑대 머리' 두 개를 가져온 사람들에게 대가를 후히 쳐 주셨거든요."

하지만 투린은 안드로그에게 물었다. "저 여자 집까지는 먼가?"

"1킬로미터 반이 조금 넘지. 저쪽 울타리를 쳐 놓은 농가에 살아. 밖에서 돌아다니고 있더군." 안드로그의 대답에 투린이 여자를 돌아보며 말했다. "어서 가거라. 아버지에게 가서 딸을 잘 지키라고 말씀드리도록 하고. 나는 네 아버지 환심을 사려고 동료의 목을 베는 일 같은 건 하지 않는다."

그러고는 칼을 칼집에 꽂아 넣고 안드로그에게 말했다. "자!
돌아가지. 혹시 두령의 시신을 묻어 주고 싶으면 자네가 직접 하
게. 서둘러. 추격자들의 고함이 들려올지도 모르니까 말이야. 두
령의 무기는 가져오게!"

여자는 숲속으로 뛰어 들어가 나무 사이로 모습을 감출 때까
지 몇 번이나 뒤를 돌아보았다. 투린이 더 이상 아무 말도 하지
않고 길을 떠나자, 안드로그는 그가 떠나는 모습을 지켜보며 수
수께끼를 푸는 사람처럼 얼굴을 찡그렸다.

무법자들의 야영지로 돌아온 투린은 그들이 불안하고 초조한
기색을 보이고 있다는 것을 알아차렸다. 방비가 튼튼한 농가 근
처 한 곳에 이미 너무 오랫동안 머물렀던 것이다. 몇몇이 포르웨
그를 비난하였다. "두령이 너무 무모한 모험을 하고 있어. 두령
이 재미를 보느라 다른 사람이 피해를 봐야 할지 몰라."

"그럼 새 두령을 뽑도록 하지요!" 투린이 그들 앞으로 나서며
말했다. "포르웨그는 이제 더 이상 두령 노릇을 할 수가 없소, 죽
었거든."

"자네가 그걸 어떻게 아는가?" 올라드가 물었다. "자네도 같
은 벌통에서 꿀을 땄나? 포르웨그가 벌 떼에 쏘였단 말인가?"

"아니오, 독침 한 방에 끝났소. 내가 포르웨그를 죽였소. 하지
만 안드로그는 살려 두었으니 곧 돌아올 거요." 그가 그런 짓을
한 자들을 비난하며 자초지종을 설명하는 동안 안드로그가 포
르웨그의 무기를 들고 돌아왔다. 그가 소리쳤다. "이것 봐, 네이
산! 비상 신호는 전혀 울리지 않았어. 아마 여자가 자넬 다시 만

나고 싶어 하는 모양이야.”

투린이 대답했다. “나를 갖고 농담하면, 자네 머리를 여자한테 넘겨주지 않은 걸 후회하게 될 것 같군. 이제 자네가 간단하게 말해 보게.”

그러자 안드로그는 그동안 벌어진 일을 있는 그대로 모두 이야기했다. “지금 생각해 보니 네이산이 거기 무슨 일로 왔는지 궁금하군. 우리 일은 아니었던 것 같은데. 왜냐하면 내가 도착했을 때는 이미 투린이 포르웨그를 죽인 뒤였거든. 여자가 그걸 보고는 좋아서 투린에게 함께 가자고 하면서 우리 머리를 신붓값으로 갖다 바치라고 했거든. 하지만 투린은 그 여자를 원하지 않고, 빨리 돌려보냈지. 도대체 투린이 두령한테 무슨 원한이 있는지 알 수가 없어. 이해할 수 없긴 하지만, 내 머리는 그대로 목에 붙여 두었으니 고맙다고 해야겠지.”

“이제 난 자네가 하도르 가의 사람이란 말을 믿을 수가 없네.” 하고 투린이 말했다. “차라리 ‘저주받은 울도르 가’ 출신이라고 하는 게 맞겠어. 앙반드에나 가서 일하지그래. 하지만 지금은 내 말을 듣게!” 그는 그들 모두를 향해 큰 소리로 말했다. “여러분 앞에 두 가지 길이 있소. 나를 포르웨그 대신 두령으로 뽑든지, 아니면 그냥 떠나도록 내버려 두시오. 다시 말해서 이제 나는 여기 대장이 되거나 떠나거나 둘 중에 하나요. 만약 나를 죽이고 싶으면, 시작하시오! 난 당신들 모두를 상대해서 죽을 때까지 싸우겠소. 당신들이 죽을 수도 있겠지만.”

그러자 여러 사람이 무기를 집어 들었다. 하지만 안드로그가 소리쳤다. “안 돼! 이자가 살려 준 내 머리가 그리 멍청하지는 않

아. 우리가 싸우게 되면, '우리 중에서 가장 뛰어난 자'를 죽이기 전에 한 사람 이상은 쓸데없이 죽임을 당해야 할 거야." 그리고 그는 웃었다. "이자가 우리 무리에 들어올 때와 사정이 똑같아. 이 사람은 자기 자리를 만들기 위해 사람을 죽이는 거야. 이전에 충분히 증명되었으니 이번에도 마찬가지겠지. 어쩌면 이자가 다른 사람들 쓰레기 더미를 기웃거리는 것보다 나은 운명으로 우릴 인도할지도 몰라."

그러자 알군드 영감이 말했다. "우리 중에서 가장 뛰어난 자라! 예전에 우리가 용기를 내면, 같은 일을 할 수 있었던 때가 있었지. 하지만 우린 많은 걸 잊어버렸네. 그가 드디어 우리를 고향으로 인도해 줄지도 모르겠군."

그 말을 듣는 순간 투린은 이 작은 무리를 자신이 마음대로 거느릴 수 있는 무리로 키워야겠다는 생각이 들었다. 그는 알군드와 안드로그를 바라보며 말했다. "고향이라고 했소? 높고 차가운 어둠산맥이 우리를 가로막고 서 있소. 그 뒤에는 울도르 사람들이 있고, 그들 주변에는 앙반드 군대가 배치되어 있소. 당신들, 일곱 명의 일곱 배가 되는 당신들이 그런 것에 굴하지 않는다면, 내가 당신들을 고향으로 인도하리다. 하지만 죽기 전에 얼마나 멀리까지 갈 수 있을 것 같소?"

모두 묵묵부답이었다. 그래서 투린이 다시 입을 열었다. "나를 당신들의 두령으로 받아들이겠소? 그렇다면 먼저 인간들이 사는 곳에서 멀리 떨어진 야생 지대로 당신들을 인도하겠소. 거기서 우리는 더 나은 운명을 발견할 수 있을지도 모르오. 물론 그렇지 않을 수도 있겠지만, 적어도 우리와 동족인 인간들로부터는 미움을 덜 받게 될 것이오."

그러자 하도르 가 출신인 모든 이들이 그의 곁으로 모여들어 그를 두령으로 인정했고, 썩 내키지 않아 하던 다른 이들도 동의했다. 그는 즉시 무리를 이끌고 그 땅을 빠져나갔다.

싱골은 투린을 찾기 위해 많은 사자를 도리아스와 그 변경 근처에 내보냈지만, 그가 떠난 해에는 아무리 찾아보아도 소용없었다. 아무도 그가 무법자들, 곧 인간의 적들과 함께 있다는 사실을 알지 못했고, 그러리라고는 생각조차 못 했다. 겨울이 오자 벨레그를 제외한 사자들은 모두 왕에게 돌아갔다. 모두가 떠난 뒤에도 벨레그는 홀로 계속 길을 걸었다.

하지만 딤바르와 도리아스 북부 변경의 상황은 악화되어 가고 있었다. 전투에서 '용 투구'가 더 이상 보이지 않고 '센활'도 모습을 감추자, 모르고스의 부하들이 더욱 기세를 올리면서 날로 숫자도 늘고 더욱 대담해졌다. 겨울이 지나고 봄이 오면서 그들의 공격이 재개되었다. 딤바르가 유린되었고, 브레실 사람들은 공포에 떨었다. 이제 남쪽을 제외한 모든 변경에 악의 무리가 횡행했기 때문이다.

투린이 떠난 지 일 년이 가까워 오고, 벨레그는 희망이 점점 줄어드는 중에도 여전히 그를 찾고 있었다. 방랑하는 그의 걸음은 북쪽으로 테이글린 건널목에까지 이르렀는데, 거기서 그는 타우르누푸인을 빠져나온 오르크들이 새롭게 침입하기 시작했다는 불길한 소식을 듣고 다시 돌아섰다. 그러다가 투린이 떠나간 지 얼마 되지 않은 숲속 사람들의 마을을 우연히 지나가게 되었는데, 거기서 그들 사이에 떠돌던 이상한 이야기를 듣게 되었다. 키가 크고 군주의 풍모를 지닌, 요정 전사라고까지 불리는 이가 숲속에 나타났는데, 그가 가우르와이스 중의 한 사람을 죽이고 그들이 쫓고 있던 라르나크의 딸을 구해 주었다는 것이다. 라르나크의 딸이 벨레그에게 말했다. "그 사람은 무척 당당했고, 저 따위는 아예 내려다볼 생각조차 안 할 만큼 빛나는 눈을 가지고 있었어요. 그런데 그 늑대사람들을 동료라고 하면서 옆에 있던 다른 늑대사람을 죽이지 않으려고 했어요. 그자는 그의 이름까지 알고 있었죠. 이름이 네이산이라고 했어요."

"이 수수께끼를 풀 수 있겠습니까?" 라르나크가 요정에게 물었다.

"유감스럽게도, 풀리는 문제군요. 당신이 말하는 이가 바로 내가 찾고 있는 사람입니다." 벨레그는 이렇게만 대답하고 투린에 관해 숲속 사람들에게 더 이상 이야기하지 않았다. 다만 북쪽에 악의 무리가 모여들고 있다고 경고했다. "당신들은 막아 낼 수 없는 엄청난 무력으로 오르크들이 곧 이 지방을 강탈하러 내려올 겁니다. 금년 중에 당신들은 자유와 생명 둘 중에 하나를 포기해야 합니다. 아직 시간이 있을 때 브레실로 들어가십시오!"

그러고 나서 벨레그는 서둘러 길을 떠나, 무법자들의 소굴과 그들이 어디로 사라졌는지를 알려 주는 자취를 찾아 나섰고 이내 흔적을 발견했다. 하지만 투린은 며칠 정도 벨레그를 앞선 상태에서 숲속 사람들의 추격을 두려워하여 신속하게 이동하고 있었고, 뒤쫓는 자들을 물리치거나 속이기 위해 자신이 알고 있는 모든 기술을 이용하고 있었다. 그는 숲속 사람들과 도리아스 경계로부터 멀리 떨어진 서쪽으로 부하들을 인도하여, 드디어 시리온강 유역과 나로그강 유역 사이에 솟아 있는 거대한 고지대 북쪽 끝에 당도했다. 그곳은 훨씬 더 건조한 지역으로 고지대 산마루의 가장자리에서 숲이 갑자기 끝났다. 아래쪽으로는 오래된 남부대로가 보이는데, 테이글린 건널목에서 올라와 이 황무지의 서쪽 발치를 지나 나르고스론드까지 이어지는 길이었다. 그곳에서 무법자들은 한참 동안 경계를 강화한 채로 생활했다. 그들은 한 야영지에서 이틀 밤을 새우는 일이 거의 없었고, 떠나든 머물든 거의 흔적을 남기지 않았다. 따라서 벨레그조차도 그들을 찾는 것이 쉽지 않았다. 벨레그는 자신이 확인할 수 있는 흔적을 따라, 혹은 자신과 이야기를 나눌 수 있는 야생의 존재들로부터 인간들이 지나갔다는 소문을 듣고, 종종 무리에 근접하기도 했지만 다가가 보면 그들의 소굴은 늘 비어 있었다. 무리는 밤이든 낮이든 늘 파수꾼을 세워 두고 있었고, 접근하는 기미가 조금이라도 보이면 순식간에 일어나서 길을 떠났다. 벨레그는 탄식을 터뜨렸다. "아! 내가 이 인간의 아이에게 숲과 들의 지식을 너무 잘 가르쳤구나! 누구라도 이건 요정 무리라고 생각지 않을 수 없겠어." 하지만 이 인간들은 어떤 끈질긴 추격자가 그들의 뒤를 쫓아오고 있다는 것을 감지하고 있었다. 그를 볼 수 없었지만 떨쳐 버릴 수도 없었기 때문에 그들은 점점 불안해졌다.

　벨레그가 걱정했던 대로 얼마 지나지 않아 오르크들은 브리시아크여울을 건너왔고, 브레실의 영주 한디르를 통해 벨레그가 소집할 수 있었던 모든 병력의 저항에도 불구하고 오르크들은 테이글린 건널목을 지나 남쪽으로 약탈하러 내려갔다. 많은 숲속 사람들이 벨레그의 조언을 받아들여 여자들과 아이들을 브레실로 보내 피난을 요청했다. 이들과 이들을 호위하던 이들은 적시에 테이글린강을 건너 탈출했지만, 뒤에 오던 무장한 남자들은 오르크들을 만나 싸우다가 패하고 말았다. 그들 중에 전장을 탈출하여 브레실로 들어간 이들도 일부 있었지만, 대다수는 목숨을 잃거나 생포되고 말았다. 오르크들은 농가로 들어가 집을 약탈하고 불태웠다. 그런 다음 남부대로를 찾아 즉시 서쪽으로 향했는데, 획득한 전리품과 포로들을 데리고 가능한 한 빨리 북쪽으로 돌아가기 위해서였다.

무법자들이 세운 파수꾼들은 곧 오르크들의 움직임을 파악했다. 그들은 포로들에는 별로 관심이 없었지만 숲속 사람들에게서 약탈한 물건들이 탐욕을 불러일으켰다. 투린의 생각에 오르크들의 숫자를 파악하기 전에 오르크들에게 모습을 드러내는 것은 위험스러운 일이었다. 하지만 무법자들은 야생에서 살면서 필요한 것이 많았기 때문에 투린의 말을 듣지 않았고, 일부는 이미 그를 두령으로 뽑은 것을 후회하기 시작하고 있었다. 그래서 투린은 오르크들을 정탐하기 위해 오를레그라는 자만 동행으로 데리고 나섰다. 무리의 지휘권을 안드로그에게 넘긴 투린은 두 사람이 돌아올 때까지 한데 모여 잘 숨어 있으라는 지시를 내렸다.

오르크 군대는 무법자들 무리보다 훨씬 많았다. 그러나 그들

은 예전에는 감히 엄두도 내지 못한 땅에 자신들이 들어와 있다
는 사실과, 대로 너머에 탈라스 디르넨, 곧 '파수평원把守平原'이
있으며, 평원 위를 나르고스론드의 척후병과 정찰대가 파수하
고 있다는 사실을 알고 있었다. 위험한 곳이란 것을 알았기 때문
에 그들은 경계를 게을리하지 않았고, 오르크 척후병은 행군하
는 부대의 양쪽으로 숲속을 정탐했다. 그랬기에 투린과 오를레
그는 은신 중에 세 명의 척후병과 우연히 마주쳐 발각되고 말았
다. 그중 둘은 목을 베었지만 한 명은 살아서 달아났고, 달아나
면서 "골루그! 골루그!" 하고 고함을 질렀다. 그것은 그 당시에
오르크들이 놀도르를 가리키는 말이었다. 숲은 순식간에 오르
크들로 가득 찼고, 그들은 소리 없이 흩어져 넓은 지역에서 수색
을 개시했다. 투린은 탈출 가능성이 희박하다는 것을 감지하고,
최소한 그들을 기만해서 부하들의 은신처에서 멀어지도록 유인
해야겠다고 생각했다. "골루그!"라는 고함으로 미루어 보아 오
르크들이 그들을 나르고스론드의 정찰대로 오해하고 있다고 판
단한 투린은 오를레그와 함께 서쪽으로 달아났다. 그들의 뒤로
순식간에 추격자들이 따라붙었고, 몇 번이나 방향을 바꾸고 몸
을 피했음에도 불구하고 두 사람은 결국 숲 밖으로 내몰리게 되
었다. 그들은 곧 척후병에게 목격되었고, 대로를 건너가는 동안
오를레그가 여러 발의 화살을 맞고 쓰러졌다. 하지만 투린은 요
정 갑옷 덕분에 목숨을 건져 건너편 야생 지대로 홀로 도망쳤다.
빠른 걸음과 갖은 재간으로 그는 적을 따돌리고, 멀리 낯선 땅까
지 달아났다. 그러자 오르크들은 나르고스론드의 요정들을 자
극하는 것을 두려워하여 잡아 온 포로들의 목을 베고 서둘러 북

쪽으로 길을 떠났다.

한편 사흘이 지나도 투린과 오를레그가 돌아오지 않자, 몇몇 무법자들은 은신하고 있던 동굴을 떠나고 싶어 했다. 그러나 안드로그가 반대하며 나섰다. 그들이 한참 이렇게 설전을 벌이고 있을 때 갑자기 회색 옷을 입은 인물이 그들 앞에 나타났다. 벨레그가 드디어 그들을 찾아낸 것이다. 그는 손에 아무 무기도 들지 않고 앞으로 걸어 나와 두 손바닥을 그들을 향해 내밀었다. 그들은 공포에 사로잡혀 벌떡 일어났고, 안드로그가 뒤로 가서 그에게 올가미를 던지고는 줄을 당겨 두 팔을 꼼짝하지 못하도록 묶었다. 벨레그가 말했다.

"손님을 환영하지 않는다면 경계를 좀 더 잘 했어야지, 왜 이렇게 대접하는 거요? 나는 친구로서 찾아왔고, 오직 친구 하나를 찾고 있을 뿐이오. 여기서는 네이산이라 부른다고 했소."

"그는 여기 없소. 우릴 오랫동안 감시하지 않았다면 모를 텐데, 어떻게 그 이름을 아는 것이오?" 울라드가 물었다.

그러자 안드로그가 말했다. "이자는 오랫동안 우리를 감시해 왔소. 우리 뒤를 그림자처럼 미행하던 자요. 이제 이자의 진짜 목적이 뭔지 들어 볼 수 있겠군." 그러고 나서 그는 벨레그를 동굴 옆에 있는 나무에 묶게 하고는, 손발을 완전히 결박한 상태에서 심문하기 시작했다. 하지만 어느 질문에나 벨레그의 대답은 한 가지뿐이었다. "나는 네이산이란 인물과 숲속에서 처음 만난 뒤로 늘 친구로 지내왔소. 그때 그는 겨우 어린아이였소. 내가 그를 찾는 것은 그를 사랑하기 때문이고, 또 좋은 소식을 가져왔기 때문이오."

"이 요정을 죽여서 정탐을 못 하게 하지." 안드로그가 화를 내며 말했다. 그는 활 솜씨가 있었기 때문에 벨레그가 가지고 있는 큰 활을 보고 탐을 냈다. 하지만 좀 더 마음씨가 착한 이들이 그 의견에 반대했다. 알군드가 안드로그에게 말했다. "두령이 언제 돌아올지 알 수 없네. 두령이 친구와 좋은 소식을 동시에 잃어버렸다는 것을 알게 되면 자넨 후회하게 될지도 몰라."

"난 이 요정의 말을 믿을 수가 없어." 안드로그가 말했다. "이 자는 도리아스 왕의 첩자야. 정말로 무슨 소식을 가지고 왔다면 우리한테 말하시오. 살려 둘 만한 가치가 있는지 어떤지는 듣고 나서 판단하도록 하겠소."

"당신들 두령이 올 때까지 기다리겠소." 벨레그가 말했다.

"입을 안 열면 거기 계속 서 있어야 할 거요." 안드로그가 말했다.

그들은 안드로그가 시키는 대로 먹을 것이나 마실 것을 주지 않고 벨레그를 나무에 묶어 두고는, 자기들은 근처에 앉아 음식을 먹고 술을 마셨다. 하지만 그는 그들에게 더 이상 아무 말도 하지 않았다. 이렇게 이틀 밤낮이 지나자, 그들은 화가 치미는 데다 두려움에 사로잡혀 그곳을 떠나고 싶어 했다. 그리고 모두들 요정을 죽여 버려야겠다고 생각했다. 밤이 깊어지고 모두들 벨레그 옆으로 모여들자, 울라드가 동굴 입구에 피워 놓은 작은 모닥불에서 불붙은 나뭇가지 하나를 가져왔다. 바로 그때 투린이 돌아왔다. 늘 그렇듯이 소리 없이 다가온 그는 둘러선 사람들 바깥의 어둠 속에 서 있다가, 불붙은 나뭇가지 불빛 속에서 벨레그의 초췌한 얼굴을 목격했다.

투린은 창에 찔린 듯한 아픔을 느꼈고, 서리가 갑자기 녹듯 오랫동안 메말라 있던 그의 두 눈에서 눈물이 쏟아졌다. 그는 뛰쳐나가 나무 앞으로 달려갔다. "벨레그! 벨레그!" 그가 울부짖었다. "여긴 어떻게 왔소? 왜 이렇게 서 있는 거요?" 그가 즉시 친구를 묶어 놓은 줄을 잘라 내자, 벨레그는 투린의 품 안으로 쓰러졌다.

부하들이 들려준 이야기를 모두 듣고 난 투린은 분노와 함께 슬픔에 휩싸였다. 그렇지만 당장은 오로지 벨레그에게만 주의를 기울였다. 자신이 지닌 지식으로 벨레그를 간호하면서, 그는 숲속에서 살아온 자신의 삶을 돌아보았고 그의 분노는 자기 자신으로 향했다. 종종 무법자들은 자신들의 근거지 가까이 이방인들이 지나가면 그들을 사로잡거나 매복해 있다가 습격해서 목숨을 빼앗곤 했지만, 투린은 이를 가로막지 않았다. 종종 자신도 싱골 왕과 회색요정들을 비난하는 일에 가세했기 때문에, 이처럼 요정을 적으로 다룬 것에 자신도 일정한 책임을 져야 했다. 비통한 마음으로 부하들을 돌아보며 그는 말했다. "당신들은 잔인한 일을 저질렀소. 필요 이상으로 잔인하단 말이오. 우린 지금까지 사로잡은 자를 괴롭힌 적은 없소. 하지만 우리가 살아온 삶이 결국 우릴 이렇게 오르크 같은 짓거리나 하게 만들었군. 우리가 그간 행한 일은 무법하고도 무익한 일이었고, 우리 자신만 위한 일이었고, 우리 마음속에 증오심만 심어 주었을 뿐이오."

그러자 안드로그가 말했다. "우리 자신이 아니면 그럼 누굴 위해 일한단 말이오? 모두가 우릴 미워하는데, 우리가 누굴 사랑한단 말이오?"

"적어도 다시는 요정이나 인간에 맞서 싸우는 일에 내 손을 쓰지는 않을 거요. 앙반드의 하수인은 충분히 많소. 다른 사람들이 이 맹세를 나와 함께하지 않는다면, 나는 혼자 가겠소." 투린이 말했다.

그러자 벨레그가 눈을 뜨고 고개를 들며 말했다. "혼자는 아닐 걸세! 이제 드디어 내가 가져온 소식을 전할 수 있게 되었군. 자넨 무법자도 아니고 네이산이란 이름도 어울리지 않네. 자네한테 씌워진 잘못은 모두 용서받았네. 자네가 왕의 영광을 누리고 왕을 모실 수 있도록 일 년 동안이나 자네를 찾아다녔네. 용투구가 너무 오랫동안 그리웠단 말일세."

하지만 투린은 이 소식을 듣고도 기뻐하지 않고 오랫동안 침묵을 지키며 앉아 있었다. 벨레그의 말을 듣는 동안 다시 어둠의 그림자가 자신을 엄습하는 듯한 느낌이 들었던 것이다. 투린이 마침내 입을 열었다. "이 밤을 지내고 봅시다. 그때 결정하겠소. 그게 어떻게 되든 우린 내일 이 은신처를 떠나야 하오. 우리를 찾는 자들이 모두 우리가 잘되길 비는 건 아닐 테니까."

"맞소, 물론이지." 안드로그가 맞장구를 치며 벨레그에게 험상궂은 눈길을 던졌다.

아침이 되자 벨레그는 고대의 요정들이 으레 그렇듯 통증에서 신속히 회복되었고, 투린을 따로 불러 말했다.

"내가 전하는 소식에 자네가 좀 더 기뻐할 줄 알았네. 이젠 분명히 도리아스로 돌아가겠지?" 그는 가능한 모든 방법을 동원하여 투린을 간곡히 설득했다. 하지만 그가 재촉할수록 투린은 더욱더 뒤로 물러섰다. 그러면서도 투린은 벨레그에게 싱골의 심판에 관해 꼬치꼬치 캐물었다. 벨레그가 자신이 알고 있는 모든 이야기를 해 주자, 마지막으로 투린이 말했다. "그러면 마블룽도 예전처럼 나와 친구인 거요?"

"진실의 친구라고 하는 것이 맞겠지. 결국은 그게 최고의 친구일세. 하지만 넬라스의 증언이 없었다면 심판은 덜 공정했을 수도 있네. 투린, 어째서, 어째서 사에로스가 먼저 공격했다는 것을 마블룽에게 말하지 않았는가? 그랬더라면 상황이 완전히 달라졌을 텐데. 그리고……." 동굴 어귀 근처에 아무렇게나 널브러져 있는 인간들을 바라보며 그가 말했다. "이렇게까지 전락하지 않고, 자네 투구를 계속 높이 치켜세울 수 있었을 텐데."

"전락이라, 그렇게 말할 수도 있겠군." 투린이 대답했다. "전락일 수 있겠소. 하지만 일이 그렇게 됐소. 말이 나오다가 목에 걸려 버렸거든. 마블룽은 내가 하지도 않은 일을 두고 나를 나무라는 눈으로 바라보았소. 나한테는 물어보지도 않고 말이오. 요정 왕이 말한 대로 나는 인간으로서의 자부심을 지녔고, 그건 지금도 여전히 마찬가지요, 벨레그 쿠살리온. 아직은 회개한 고집쟁이 소년처럼 메네그로스로 돌아가 동정과 용서의 시선을 견딜 생각이 없소. 난 용서받을 사람이 아니라 용서해야 할 사람이거든. 게다가 난 이제 소년도 아니오. 우리 동족의 기준에 따르면 난 어른이고, 운명에 의하면 독한 사람이오."

벨레그는 고민에 사로잡혀 물었다. "그러면 어떻게 할 텐가?"

"마음대로 가겠소. 마블룽이 나와 헤어질 때 그렇게 빌어 주었소. 싱골 왕의 은총은 내가 타락한 처지에서 사귄 이 동료들까지 받아들일 만큼 넓지는 않을 것이오. 이자들이 나와 헤어지기를 원하지 않는 한 당분간은 함께 있을 생각이오. 난 내 방식으로 이들을 사랑하고 있고, 아주 심성이 못된 자도 조금은 사랑하고 있소. 이들은 나와 같은 종족이고, 각각 마음속에는 선량함이 조금씩 자라나고 있거든. 난 이들이 내 편에 설 것으로 생각하고 있소."

"보는 눈이 나와는 참 다르군. 그들에게 악행을 못 하게 해 보았자 실패할 걸세. 나는 저자들을 믿을 수가 없어. 특히 한 사람은 더 심하네."

"요정이 어떻게 인간을 판단하오?"

"누가 행한 일이든 간에 다른 일을 판단할 때와 마찬가지일세." 벨레그는 이렇게 대답하고 더 이상 이야기하지 않았다. 특히 자신을 겨냥하여 노골적으로 반감을 드러내는 안드로그의 악의에 관해서는 언급하지 않았다. 투린의 속마음을 감지한 벨레그는 그 말 때문에 투린이 자기를 믿지 않고 옛 우정이 깨어져 다시 악행의 길로 돌아갈까 봐 걱정스러웠다.

"투린, 나의 친구, '마음대로 간다'라고 했는데, 그건 무슨 뜻인가?"

"나는 내 부하들을 이끌고 내 방식으로 전쟁을 할 것이오. 하지만 내 생각 가운데 적어도 한 가지는 바뀌었소. 인간과 요정의 적, 즉 대적을 상대로 해서 무기를 휘둘렀던 것을 제외하고는 모든 싸움을 후회하고 있다는 것이오. 그리고 무엇보다도 당신이 나와 같이 있었으면 좋겠소. 나하고 같이 갑시다!"

"내가 자네하고 같이 있게 된다면, 그건 지혜가 아니라 사랑 때문일 걸세. 내 마음은 우리가 도리아스로 돌아가야 한다고 경고하고 있네. 다른 곳은 어디나 어둠의 그림자가 우리 앞에 놓여 있거든."

"그래도 난 가지 않겠소." 투린이 말했다.

"아! 하지만, 자신의 선견先見에 어긋나는 아들의 요구를 허락해야 하는 어리석은 아버지의 심경으로 난 자네의 뜻에 따르겠네. 자네가 원한다면 여기 있도록 하지."

"정말 잘 생각했소." 투린은 이렇게 말하고 갑자기 입을 닫았다. 문득 어둠의 그림자가 감지되는 것 같았기 때문이다. 그는 자신을 되돌아가지 못하게 막고 있는 자존심과 씨름을 벌였고, 앉은 채로 한참 동안 지난 세월을 돌아보며 생각에 잠겼다.

투린은 갑자기 생각에서 깨어나 벨레그를 바라보며 말했다. "이름은 잊어버렸지만, 당신이 말한 그 요정 처녀 말이오. 필요할 때 증언을 해 주어서 많은 빚을 졌소. 하지만 난 그녀가 기억나지 않소. 왜 그녀가 나를 지켜보고 있었던 거요?" 그러자 벨레그는 이상한 눈길로 그를 바라보았다. "정말 몰라서 그러는가? 투린, 자네는 지금까지 가슴 전부와 머리 절반을 멀리 딴 곳에 두고 살아왔는가? 자넨 어릴 때 넬라스와 함께 숲속을 걸어 다녔잖나."

"그건 먼 옛날 일이 틀림없겠소. 지금은 내 어린 시절조차 아득한 옛날 같은 느낌이 들고 마치 안개에 덮여 있는 듯하오. 겨우 도르로민의 아버지 집만 기억나거든. 내가 왜 요정 처녀와 같이 걸어 다녔겠소?"

"아마도 그녀가 가르치는 것을 배우기 위해서였겠지. 숲속의
꽃 이름 몇 가지라도 요정어로 배웠겠지. 적어도 그 이름들은 잊
지 않았을 걸세. 아아! 인간의 아들, 가운데땅에는 자네의 고통
과는 다른 종류의 고통도 있고, 무기를 쓰지 않고도 생기는 상처
가 있다네. 정말이지 요정과 인간은 서로 만나거나 참견하지 말
아야 한다는 생각이 들기 시작하는군."

투린은 아무 말도 하지 않고 벨레그의 말에 담긴 수수께끼를
풀기라도 하듯 그의 얼굴을 한참 들여다보았다. 도리아스의 넬
라스는 다시 투린을 보지 못했고, 그의 어두운 그림자는 그녀에
게서 사라졌다. 한편 벨레그와 투린은 다른 문제로 돌아가서 거
주지를 어디로 해야 할지 의논을 시작했다. 벨레그는 열심히 투
린을 설득했다. "북부 변경의 딤바르로 가세. 우리가 옛날 함께
돌아다니던 곳이 아닌가! 그곳에서 우릴 필요로 하네. 최근 들어
오르크들이 타우르누푸인을 내려오는 길을 발견했네. 아나크
고개를 넘는 도로를 만든 걸세."

"거긴 기억이 나지 않소." 투린이 대답했다.

"그렇겠지. 우린 변경에서 그렇게 멀리까지 나간 적이 없네.
하지만 자네도 크릿사에그림첨봉들을 멀리서 본 적은 있을 것
이고, 그 동쪽으로 어두컴컴한 고르고로스산맥을 봤을 걸세. 아
나크는 그 사이에 있네. 민데브강의 높은 수원지보다 더 위에 있
는 험하고 위험한 길이지. 하지만 요즘에는 그쪽으로 내려오는
자들이 많고, 전에는 평화로운 땅이던 딤바르가 '검은 손'의 수
중에 들어가면서, 브레실의 인간들도 고통받고 있지. 딤바르로

가세!"

"아니오, 내 인생길에 거꾸로 돌아가는 것은 없소. 또 지금은 딤바르로 쉽게 갈 수도 없소. 시리온강이 가로막고 있고, 북쪽 멀리 브리시아크까지 올라가기 전에는 다리도 여울도 없어서 강을 건너기엔 위험하거든. 도리아스를 통하는 길을 제외하고는 말이오. 하지만 도리아스로 들어가서 싱골 왕이 내릴 허락과 용서를 이용하는 일은 하지 않겠소."

"투린, 자네 스스로 독한 사람이라고 하였지. 그게 남의 말을 안 듣는다는 뜻이라면 참으로 맞는 말일세. 이젠 내 차례군. 미안하지만 난 가능한 한 일찍 자네와 작별하고 떠날 생각일세. 진심으로 '센활'을 옆에 두고 싶다면 딤바르에서 나를 찾게." 그러자 투린은 더 이상 아무 말도 하지 않았다.

다음 날 벨레그는 출발하였고, 투린은 야영지에서 화살이 미치는 거리만큼 그를 배웅하러 나갔다. 하지만 그는 아무 말도 하지 않았다. "후린의 아들, 그러면 이제 작별인가?" 벨레그가 말했다.

"정말로 약속을 지켜 내 곁에 있고 싶다면, 아몬 루드에서 나를 찾으시오!" 투린은 뭔가에 홀린 사람처럼, 앞날을 알지도 못하면서 그렇게 말했다. "그러지 않는다면 이건 우리의 마지막 인사가 될 거요."

"어쩌면 그게 최선일 수도 있겠군." 벨레그는 이렇게 대답하고 길을 떠났다.

전하는 바에 의하면 벨레그는 메네그로스로 돌아와 싱골과 멜리안 앞에 섰고, 투린의 부하들이 저지른 못된 짓만 제외하고 그간 있었던 모든 일을 그들에게 고했다고 한다. 그러자 싱골은 한숨을 쉬며 말했다. "나는 후린의 아들의 아버지 역을 자임했고, 그 일은 용맹스러운 후린이 돌아오지 않는 한 밉든 곱든 그만둘 수 없는 일이다. 투린은 내가 더 이상 어떻게 하기를 바라는 건가?"

그러자 멜리안이 말했다. "쿠살리온, 당신에게 도움이 되도록 또 당신의 명예를 위하여 내가 선물을 하나 드리도록 하지요. 내가 줄 선물로 이보다 더 귀한 것은 없답니다." 그러면서 그녀는 은빛 나뭇잎에 싸인 요정들의 여행식旅行食 렘바스 꾸러미를 그에게 주었다. 꾸러미를 묶은 줄 매듭은 여왕의 인장으로 봉인되어 있었는데, 그것은 흰색의 얇은 봉랍으로 된 한 송이 텔페리온 꽃의 형상이었다. 엘달리에의 관습에 따르면 렘바스를 소지하고 선사하는 것은 오로지 여왕의 권한이었다. 멜리안이 말했다. "벨레그, 이 여행식은 야생에 나가 한겨울을 지낼 때 당신에게 도움을 줄 것이고, 당신이 선택하는 사람에게도 도움이 될 겁니다. 지금 당신에게 맡기니, 나를 대신하여 원하는 대로 나눠 주도록 하세요." 다른 무엇보다도 바로 이 선물에서 멜리안이 투린을 얼마나 아끼는지가 나타난 셈이었다. 엘다르는 이전에는 인간이 이 여행식을 이용하도록 허용한 적이 없었고, 또한 이후로도 허용하는 일이 극히 드물었다.

그리하여 벨레그는 메네그로스를 떠나 자신의 숙영지와 많은 친구들이 있는 북부 변경으로 돌아갔다. 하지만 겨울이 오고 전

투가 소강상태에 빠지자, 벨레그는 별안간 동료들의 시야에서
사라져 다시 그들에게 돌아오지 않았다.

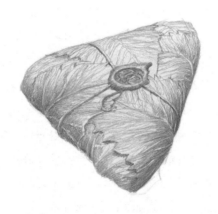

Chapter 7
난쟁이 밈에 대하여

이제 이야기는 '작은난쟁이' 밈으로 넘어간다. 밈이 마지막 생존자였기 때문에 작은난쟁이들은 오래전에 기억 속에서 사라졌다. 심지어 먼 옛날에도 그들에 관한 지식은 많지 않았다. 옛날 벨레리안드의 요정들은 그들을 니빈노그림이라고 불렀지만 그들을 좋아하지는 않았다. 작은난쟁이들은 자신들 외에는 아무도 사랑하지 않았다. 오르크들을 두려워하고 싫어했던 만큼이나 그들은 엘다르도 싫어했고, 특히 서녘에서 돌아온 망명자들을 싫어했다. 그들 말로는 놀도르가 자신들의 땅과 집을 빼앗았다는 것이다. 핀로드 펠라군드가 바다를 건너오기 훨씬 전에 그들은 나르고스론드의 동굴들을 발견하여 굴을 파기 시작했던 것이다.

일설에 의하면 그들은 아득한 옛날 동부의 난쟁이 도시에서 추방된 이들의 후예라고 한다. 모르고스가 돌아오기 훨씬 전에 그들은 서쪽으로 방랑길을 떠났다. 숙련된 장인도 없고 숫자도 적었기에 그들은 광석을 구하는 일이 쉽지 않다는 것을 깨달았고, 세공 기술과 함께 무기 재고까지 점점 줄어들었다. 그리하여 그들은 남의 눈에 띄지 않는 삶의 방식을 택했고, 구부정한 어깨와 민첩하고 은밀한 걸음으로 걸어 다니게 되면서 체격도 동부의 자기네 종족보다 더 작아졌다. 그럼에도 불구하고 난쟁이 종족이 모두 그렇듯이 그들은 겉으로 보는 체격보다 훨씬 더 강인했고, 역경 속에서도 대단한 생존력을 자랑했다. 하지만 결국 그들은 수가 점점 줄어들어, 이제는 밈과 두 아들 외에는 모두 가운데땅에서 사라지고 없었다. 밈은 난쟁이들의 계산으로도 늙었다고 할 만큼 나이가 많았고 또 망각된 존재였다.

벨레그가 떠난 뒤 (투린이 도리아스를 떠나고 두 번째 맞는 여름의 일이었는데) 무법자들의 상황은 악화되었다. 철 지난 비가 쏟아지고 이전보다 많은 엄청난 수의 오르크들이 북부에서부터 내려와 테이글린강을 넘어 옛 남부대로에 출몰하면서 도리아스 서쪽 경계에 있는 모든 삼림 지대가 소란스러워졌다. 휴식이나 평안은 거의 찾아볼 수 없게 되었고, 무법자들은 사냥은커녕 사냥을 당하는 처지가 되고 말았다.

어느 날 저녁 무리가 불도 피우지 않고 어둠 속에 은신해 있는 동안, 투린은 자신이 사는 것을 되돌아보는데, 지금보다 좀 더 잘 살 수 있는 길이 있을 것도 같았다. "어디 안전한 은신처를 찾아 겨울과 기근에 대비해야겠군." 하지만 그는 어느 쪽으로 방향을 잡아야 할지 알 수 없었다.

이튿날 그는 무리를 이끌고 남쪽으로 떠나, 그들이 테이글린강과 도리아스 변경을 떠나올 때보다 더 멀리 내려갔다. 사흘 뒤 그들은 시리온계곡 삼림 지대의 서쪽 끝에서 발길을 멈추었다. 높은 지대의 황무지 쪽으로 올라가기 시작하는 지점이어서 이곳의 지형은 더욱 건조하고 황량했다.

얼마 후, 빗속에 하루가 잿빛으로 저물어 가면서 투린과 그의 무리는 호랑가시나무 덤불 속에 은신하게 되었다. 덤불 너머로는 나무 한 그루 보이지 않는 휑한 지대가 있었고, 그곳에는 기울어지거나 서로 뒤엉킨 커다란 바위들이 여기저기 널려 있었다. 나뭇잎에서 떨어지는 빗방울 소리 외에 사위는 적막에 잠겨 있었다.

갑자기 파수꾼 한 사람이 신호를 해서 그들은 벌떡 일어났는데, 머리에 두건을 쓰고 회색 옷을 입은 세 개의 형체가 바위 사이로 은밀하게 이동하는 것이 보였다. 그들은 모두 큰 자루를 하나씩 메고 있었지만 그럼에도 불구하고 걸음이 빨랐다. 투린이 그들에게 멈추라고 소리치자, 부하들이 사냥개처럼 그들을 향해 뛰어나갔다. 하지만 그들은 가던 길을 계속 갔고, 안드로그가 그들을 향해 화살을 쏘았지만 둘은 어둠 속으로 사라졌다. 한 명은 걸음이 느린지 짐이 무거운지 뒤처지더니, 곧 생포되어 땅바닥에 내동댕이쳐졌다. 마치 맹수처럼 발악하고 물어뜯고 했지만 그는 여러 무법자들의 억센 손아귀에서 꼼짝도 하지 못했다. 투린이 다가가서 부하들을 꾸짖었다. "그게 뭐요? 그렇게 심하게 할 필요가 있는가? 나이도 많고 왜소해 보이는데. 누가 다치기라도 했소?"

안드로그가 피가 흐르는 손을 치료하며 대답했다. "물어뜯는군. 오르크거나 오르크 비슷한 놈이오. 죽이시오!"

"당연히 그래야지, 우리 희망을 무산시켰으니까. 자루 속에는 식물 뿌리하고 작은 돌밖에 없군." 자루를 빼앗은 다른 자가 말했다.

투린이 대답했다. "아니오. 수염이 있는 걸 보면, 아마도 난쟁이인 것 같소. 일으켜 세워 물어봅시다."

이리하여 밈이 '후린의 아이들의 이야기' 속에 들어오게 되었다. 밈은 투린의 발 앞에 곱드러진 채 살려 달라고 빌었다. "나는 나이도 많고 가진 것도 없습니다. 대장님 말씀대로 난쟁이지 오르크가 아닙니다. 내 이름은 밈이라고 합니다. 대장 나리, 오르크들처럼 아무 이유 없이 저 사람들이 날 죽이지 못하게 해 주십시오."

투린은 마음속에 그에 대한 동정심이 일었지만, 이렇게 말했다. "밈, 난쟁이치고 참 이상한 일이지만 너는 가난해 보이는구나. 하지만 내 생각에는 우리가 더 불쌍하다. 집도 없고 친구도 없는 인간들이거든. 우리 처지가 무척 딱한 까닭에 그저 동정심만으로 너를 살려 줄 수는 없다고 한다면, 네 몸값으로 뭘 내놓겠느냐?"

"대장님이 뭘 원하시는지 모르겠습니다." 밈이 경계하는 표정으로 말했다.

"지금 이런 때는 작은 거라도 충분하지." 투린은 두 눈으로 빗물을 받아 가며 밈을 보고 씁쓸하게 말했다. "이 축축한 숲을 빠져나가 잠을 잘 수 있는 안전한 곳이면 된다. 너한테는 분명히 그런 집이 있겠지."

"그렇습니다만, 집을 몸값으로 드릴 수는 없습니다. 나는 너무 늙어서 바깥에서 잘 수는 없거든요."

"더 늙을 필요가 없지." 안드로그가 이렇게 말하며 부상을 입지 않은 한쪽 손으로 칼을 빼 들고 성큼 다가섰다. "그 짐을 내가 덜어 주겠다."

"대장님!" 밈이 대경실색하여 소리를 지르며 투린의 무릎에 매달렸다. "내 목숨을 빼앗으면 내가 사는 곳도 못 찾습니다. 밈 없이는 거길 찾을 수 없을 테니까요. 집을 내줄 수는 없지만 같이 살 수는 있습니다. 돌아가신 분들이 많아서 옛날보다 빈방이 많거든요." 그리고 밈은 울기 시작했다.

"밈, 네 목숨을 살려 주마." 투린이 말했다.

"이자가 사는 굴에 갈 때까지만이겠죠." 안드로그가 말했다.

그러자 투린이 그를 향해 돌아서서 말했다. "만약 밈이 속임수를 쓰지 않고 자기 집으로 우리를 인도한다면, 그리고 그 집이 살 만한 곳이면, 그의 목숨을 살려 주도록 하겠다. 그리고 내 밑에 있는 누구도 그의 목숨을 빼앗아서는 안 된다. 이건 내가 맹세하지."

그러자 밈은 투린의 무릎에 입을 맞추고 말했다. "대장님, 밈은 대장님의 친구가 되겠습니다. 처음에 밈은 대장님의 말투나 목소리를 듣고 요정이라고 생각했습니다. 인간이라니까 다행이군요. 밈은 요정을 싫어하거든요."

"네 집이라는 데가 어디냐?" 안드로그가 물었다. "난쟁이하고 집을 같이 쓰면 정말이지 볼 만하겠군. 안드로그는 난쟁이들을 좋아하지 않아. 우리 일족이 동부에서 나올 때 가지고 나온 이야기 중에 난쟁이에 관한 것은 별로 좋은 것이 없었다."

밈이 대꾸했다. "인간들은 자기들 이야기는 더 나쁜 것도 남겼지요. 내 집을 보고 판단하십시오. 하지만 당신네 인간들은 곧잘 헛발을 딛기 때문에 가는 길에 등불이 필요할 겁니다. 내가 빨리 갔다 돌아와서 인도하도록 하지요." 그러더니 그는 일어나서 자기 자루를 둘러메었다.

"안 돼. 안 되지!" 안드로그가 말했다. "대장, 이걸 허락하자는 건 분명히 아니겠죠? 그러면 저 늙은 놈을 다시는 보지 못할 거요."

"날이 점점 어두워지고 있네. 이자가 우리한테 뭔가 담보물을 남겨 두고 가게끔 하지. 밈, 우리가 네 자루와 그 속의 물건을 맡아 두고 있겠다."

이 말에 밈이 다시 무릎을 꿇으며 대단히 곤혹스러운 표정을 지었다. "밈이 만약 돌아올 생각이 없다면, 뿌리가 든 낡은 자루 때문에 다시 돌아오지는 않을 겁니다. 나는 돌아옵니다. 보내 주십시오!"

"그렇게 할 수 없다." 투린이 말했다. "자루를 놔두지 않겠다면 자루와 함께 여기 있는 수밖에 없다. 너도 나무 밑에서 하룻밤을 보내고 나면 혹시 우리한테 동정심을 보일 수도 있겠지." 투린과 그의 동료들은 밈의 자루와 그 안에 든 물건이 겉으로 보이는 것 이상의 무엇이라는 것을 알아차렸던 것이다.

그들은 늙은 난쟁이를 그들의 우울한 야영지로 데리고 갔는데, 가는 동안 난쟁이는 묵은 증오심으로 거칠어진 듯 알아들을 수 없는 말로 웅얼거렸다. 하지만 두 다리에 결박을 짓자 그는 갑자기 조용해졌다. 망을 보는 자들은 그들이 어둠 속을 탐색하는 동안, 그가 밤새 바위처럼 꼼짝도 하지 않고 조용히 앉아서 잠들지 않은 두 눈동자만 반짝거리고 있는 것을 지켜볼 수 있었다.

아침이 오기 전에 비가 그치더니, 나뭇잎 사이로 바람이 살랑거렸다. 지난 며칠보다 더 환하게 동이 터 오고, 남쪽에서 불어온 가벼운 대기가 하늘을 열어 창백하고 맑은 공기 속으로 태양이 떠올랐다. 밈은 꼼짝도 하지 않고 앉아 있어서, 마치 죽은 것 같았다. 두 눈의 무거운 눈꺼풀은 닫혀 있고, 아침 햇살은 세월의 풍파에 시달린 왜소한 노인의 모습을 비춰 주었다. 투린이 옆에 서서 그를 내려다보며 말했다. "이젠 충분히 밝아졌군."

그러자 밈은 눈을 뜨더니 자신의 결박을 가리켰다. 결박을 풀어 주자 그는 사나운 말을 내뱉었다. "이걸 알아 두라고, 바보들아! 난쟁이를 묶지 말란 말이야. 용서하지 않을 테니까! 난 죽고 싶지 않아. 하지만 너희들이 한 짓 때문에 속이 타는 것 같아. 그런 약속을 한 게 후회된다."

"난 후회가 안 되는걸." 투린이 말했다. "우릴 너의 집까지 데려다줘야지. 그때까지는 죽인다는 얘긴 하지 않을 테니까. 그게 내 뜻일세." 투린이 난쟁이의 눈 속을 찬찬히 들여다보자, 밈은 그것을 감당해 낼 수 없었다. 단호한 의지건 분노이건 간에 투린의 눈길과 맞설 수 있는 이는 사실 별로 없었다. 그는 곧 고개를 돌리고 일어서서 말했다. "대장, 나를 따라오세요!"

"좋아! 이거 한마디 덧붙여 두지. 너의 자존심을 이제 알겠다. 네가 목숨을 잃을 수는 있겠지만, 다시 묶어 두지는 않겠다." 투린이 말했다.

"나도 가만 있지 않을 것입니다. 자 갑시다!" 밈은 이렇게 말하고는 그들을 이끌고 자신이 처음 붙잡힌 곳으로 돌아갔다. 그는 서쪽을 가리키면서 말했다. "저기 내 집이 있어요. 높으니까 아마 자주 본 적이 있을 겁니다. 요정들이 모든 것의 이름을 바꾸기 전에는 우리끼리 샤르브훈드라고 불렀어요." 그제야 그들은 밈이 아몬 루드, 곧 '대머리산'을 가리키고 있다는 것을 알았다. 그 민둥산 꼭대기에서는 야생 지대의 사방 몇십 킬로미터까지 조망이 가능했다.

안드로그가 말했다. "저 산을 본 적은 있지만 절대로 가까이 간 적은 없소. 저기에 어떻게 안전한 굴이나 물, 또 우리한테 필요한 것이 있겠소? 난 무슨 속임수가 있을 거라는 생각이 드는군. 언덕 꼭대기에 사람이 숨을 수 있겠소?"

"시야를 확보하면 웅크리고 숨어 있는 것보단 더 안전할 수도 있지." 투린이 대답했다. "아몬 루드는 전망이 좋소. 흐음, 밈, 가서 네가 무엇을 보여 줄 수 있는지 확인하도록 하지. 우리처럼 헛발을 잘 딛는 인간들은 저기까지 가는 데 얼마나 걸리는가?"

"지금 출발하면 해 지기 전까지 온종일 걸릴 겁니다." 밈이 대답했다.

무리는 곧 서쪽을 향해 길을 떠났고, 투린은 선두에서 밈과 나란히 걸었다. 숲을 빠져나올 때 그들은 경계를 게을리하지 않았지만, 대지는 온통 텅 비었고 고요하기만 했다. 그들은 널려 있는 바위들을 넘어 오르막길로 접어들었다. 아몬 루드는 시리온강과 나로그강 사이에 솟은 높은 황무지의 동쪽 끝자락에 솟아 있었고, 기슭의 바위투성이 황야에서 꼭대기까지는 3백 미터가넘었다. 동쪽에서 보면 울퉁불퉁한 대지가 서서히 높아지면서, 무리를 이룬 자작나무와 마가목, 그리고 바위 사이에 뿌리를 내린 오래된 가시나무들로 덮인 여러 개의 높은 등성이가 이어졌다. 저편 황무지 위와 아몬 루드 아래쪽 기슭에는 '아에글로스' 덤불이 자라고 있었다. 하지만 경사가 심한 잿빛 산꼭대기는 바위를 뒤덮은 붉은 '세레곤'을 제외하고는 온통 민둥산이었다.

날이 저물 무렵이 되어서야 무법자들은 산기슭 근처에 이를 수 있었다. 밈이 인도하는 방향에 따라 그들은 이제 북쪽에서 산에 접근했다. 석양빛이 아몬 루드 꼭대기를 비추었고, 세레곤 꽃이 만발해 있었다.

"저런! 산꼭대기가 피범벅이군." 안드로그가 말했다.

"아직은 아니지." 투린의 대답이었다.

해가 가라앉으면서 땅이 우묵한 곳에서는 빛도 희미해지고 있었다. 대머리산이 곧 그들 눈앞으로 머리 위에 불쑥 모습을 드러내자, 그들은 그렇게 평범하게 보이는 목표물에 무슨 안내자가 필요한지 의아스러웠다. 하지만 밈이 이끄는 대로 따라가면서 마지막 가파른 경사지를 오르기 시작할 때에야, 밈이 은밀한 표시나 오랜 습관에 따라 어떤 길을 따라가고 있다는 것을 알아차렸다. 이제 그가 이끄는 길은 이쪽저쪽으로 꼬부라지고 있었고, 옆을 돌아보면 양쪽으로 크고 작은 골짜기가 입을 벌리고 있거나, 혹은 커다란 돌무더기 위로 지형이 푹 꺼져서 검은딸기와 가시나무로 뒤덮인 구멍이나 폭포가 딸려 있었다. 안내자가 없으면 길을 찾아 올라가는 데 며칠이 걸릴지 알 수 없을 정도였다.

그들은 마침내 좀 더 가파르지만 비교적 평탄한 곳에 이르렀다. 오래된 마가목 나무 그늘을 지나고 다리가 긴 아에글로스 나무 회랑 속으로 들어가자, 어두운 그늘 속에 달콤한 향내가 가득했다. 그러자 갑자기 그들 눈앞에 암벽이 나타났다. 암벽은 평평한 표면에 수직으로 12미터가량 되어 보였는데, 땅거미가 지고 머리 위 하늘이 어두워지고 있어서 확실하게 알 수는 없었다. 투린이 물었다.

"이것이 네 집의 문인가? 난쟁이들이 돌을 사랑한다는 말은 들은 적이 있지." 밈이 마지막 순간에 무슨 술수를 부리지 않도록 투린이 그의 곁에 바짝 다가갔다.

"우리 집 문이 아니라 안뜰 출입구지요." 밈은 이렇게 대답하고 절벽 바닥을 따라 오른쪽으로 향했고, 스무 걸음을 걸은 뒤에 갑자기 멈춰 섰다. 투린은 사람의 손으로 만든 것인지 비바람의 풍화로 만들어진 것인지 알 수 없지만, 벽이 두 겹으로 포개져 그 사이에 틈이 나 있고, 그 틈새 속에는 왼쪽으로 트인 곳이 있다는 것을 알아차렸다. 위쪽의 절벽 틈에 뿌리를 박은 긴 덩굴 식물이 그 입구를 가리고 있었고, 어두컴컴한 안쪽에는 오르막 경사가 심한 길이 있었다. 돌바닥 위로 물이 떨어지는 소리가 나고, 내부가 몹시 축축했다.

그들은 한 사람씩 길을 따라 올라갔다. 꼭대기에서 길은 오른쪽, 즉 남쪽으로 꺾어져 있었는데, 가시나무 덤불을 지나 초록 평지에 이르자 길이 다시 어둠 속으로 이어졌다. 그들은 이렇게 밈의 집 바르엔니빈노에그에 당도했다. 오직 도리아스와 나르고스론드의 옛이야기에만 기록되어 있고, 인간은 아무도 본 적이 없는 곳이었다. 하지만 밤이 깊어가고 동쪽 하늘에 별빛이 반짝이고 있어서, 그들은 이 희한한 곳이 어떻게 생겼는지 아직 볼 수 없었다.

아본 루드의 꼭대기에는 아무것도 없이 평평하고, 옆면의 경사가 급한 모자 모양의 거대한 바윗덩어리인 정상부가 있었다. 정상부의 북쪽 면에는 사각형에 가까운 평탄한 바위 턱이 돌출해 있었지만, 아래쪽에서는 그것을 볼 수 없었다. 뒤로는 성벽처럼 정상부가 솟아 있었고, 서쪽과 동쪽으로는 그 가장자리로부터 깎아지른 낭떠러지가 뻗어 있었기 때문이다. 오직 북쪽 방향에서 그들이 지나온 대로 길을 아는 자들만이 어렵지 않게 꼭대기에 올라갈 수 있었다. 안뜰 '출입구'에서부터 시작된 길은 곧 생장이 부진한 자작나무들로 이뤄진 작은 숲으로 이어졌는데, 자작나무들 가운데에는 바위를 깎아 만든 맑고 작은 물웅덩이가 있었다. 웅덩이의 물은 뒤쪽의 절벽 발치에 있는 샘에서 나오고 있었고, 작은 수로를 통해 바위 턱의 서쪽 가장자리로 하얀 실처럼 넘쳐흘렀다. 나무들로 이뤄진 가림막 뒤 샘물 근처에, 두 개의 높은 버팀벽 사이로 동굴이 하나 있었다. 일그러진 나지막한 아치가 달려 있는 얕고 작은 석굴처럼 보였지만, 굴은 안쪽으로 산속 깊이 들어가 있었다. 작은난쟁이들이 그곳에 사는 오랜 세월 동안 회색요정들의 방해를 받지 않고 굼뜬 손으로 파내어 만든 것이었다.

밈은 짙은 박명 속에 무리를 이끌고 물웅덩이 옆을 지나갔고, 물웅덩이에는 자작나무 가지 그늘 사이로 빠져나온 희미한 별빛이 비치고 있었다. 동굴 입구에서 그는 투린에게 돌아서서 절을 하고 말했다. "들어가십시오, 대장님! 바르엔단웨드, 곧 '몸값의 집'입니다. 앞으로 이 집 이름을 그렇게 부르겠습니다."

"그렇군, 내가 먼저 들어가 보겠소." 이렇게 말하면서 투린은 밈과 함께 들어갔다. 다른 이들도 투린이 두려워하지 않는 것을 보고 뒤따랐는데, 난쟁이를 가장 신뢰하지 않는 안드로그까지 들어갔다. 그들은 곧 칠흑 같은 어둠 속에 휩싸였지만, 밈이 손뼉을 치자 작은 불빛이 모퉁이를 돌아오는 것이 보였다. 그러더니 바깥 석굴 뒤쪽에 있는 통로에서 난쟁이 하나가 작은 횃불을 들고 걸어왔다.

"아하! 역시 우려했던 대로 내가 제대로 맞히지 못했군!" 안드로그가 말했다. 하지만 밈은 그 난쟁이와 자기네 시끄러운 말로 재빨리 대화를 나누었고, 이야기하는 동안 고통스러워하며 때로는 화난 표정을 짓더니 쏜살같이 통로 안으로 사라졌다. 그러자 안드로그가 계속 들어가자고 우겼다. "먼저 공격합시다! 안쪽에는 난쟁이들이 벌 떼같이 많겠지만 이자들은 키가 작소."

"셋밖에 없는 것 같아." 투린이 이렇게 말하고 앞장서자, 그의 뒤를 따라 무법자들이 우둘투둘한 담벼락을 더듬어 가며 통로를 따라 들어갔다. 통로는 이쪽저쪽으로 여러 차례 심하게 꺾였는데, 그들은 마침내 희미한 불빛이 앞쪽에서 어른거리는, 천장이 높은 자그마한 거실에 들어서게 되었다. 천장의 어둠 속으로부터 가는 줄에 매달려 내려온 등불이 희미하게 거실을 밝히고 있었다. 밈은 거기 없었지만, 그의 목소리가 들려오자 투린은 소리를 따라 거실 뒤쪽에 열려 있는 방문 앞으로 다가갔다. 방 안을 들여다본 투린은 밈이 바닥에 무릎을 꿇고 있는 것을 발견했다. 그의 옆에는 횃불을 든 난쟁이가 말없이 서 있었고, 안쪽 돌침상 위에는 누워 있는 자가 하나 있었다. "크힘, 크힘, 크힘!" 늙은 난쟁이는 수염을 쥐어뜯으며 통곡하고 있었다.

"당신 화살이 모두 빗나간 것은 아니군!" 투린이 안드로그를 향해 말했다. "하지만 이건 잘못 쏜 화살이 될 거야. 당신은 활을 너무 쉽게 쏴. 죽기 전에 지혜를 터득하기는 어렵겠군."

일행을 남겨 두고 조심스럽게 안으로 들어간 투린은 밈의 뒤에 서서 말했다. "이보시오, 밈. 문제가 뭐요? 내게 치료하는 기술이 좀 있소. 내가 도움을 줄 수 있겠소?"

밈이 고개를 돌리자, 붉은빛이 그의 두 눈에 감돌았다. "당신이 시간을 거꾸로 돌리고, 부하들의 손목을 잘라 버리지 않는 한 불가능한 일이오. 이 아이는 내 아들인데, 화살이 가슴을 관통했소. 이제 아이는 말을 할 수 없소. 해 질 녘에 숨을 거두었다고 하오. 당신들이 날 묶어 놨기 때문에 내 아이를 치료할 수 없었소."

오랫동안 굳어 있던 연민의 정이 바위틈에서 흘러나오는 물처럼 다시 한번 투린의 가슴에서 솟구쳤다. "아아! 할 수만 있다면 그 화살을 되돌리고 싶구나. 이제 이 집을 진실로 바르엔단웨드, 곧 '몸값의 집'으로 부를 것이다. 우리가 이곳에 거하든 거하지 않든 난 네게 빚졌다. 혹시 내가 많은 재산을 모으게 되면, 이 슬픔의 징표로 많은 황금을 너의 아들을 위한 '단웨드'로 내놓을 것이다. 그런 것이 다시 너의 마음을 기쁘게 할 수는 없을지라도 말이다."

그러자 밈이 일어나 투린을 오랫동안 쳐다보더니 입을 열었다. "알겠습니다. 당신은 저 옛날의 난쟁이 왕처럼 말씀하시는군요. 참으로 놀라운 일입니다. 흡족하다고 할 수는 없으나 이제 마음이 진정되는군요. 그러니 저의 몸값을 갚도록 하지요. 원하신다면 이 집에 거하십시오. 하지만 이 한마디는 하겠습니다. 그 화살을 쏜 자는 자기 활과 화살을 부러뜨려 그것을 우리 아들 발 앞에 내려놓도록 하십시오. 그리고 다시는 화살을 들거나 활을 잡지 않아야 합니다. 만약 이를 어긴다면 그는 그것 때문에 목숨을 잃을 것이며, 이것이 그에게 내리는 나의 저주입니다."

이 저주를 듣고 안드로그는 두려움에 사로잡혔다. 무척 못마땅한 표정을 짓긴 했지만, 그는 활과 화살을 부러뜨려 죽은 난쟁이의 발 앞에 갖다 놓았다. 하지만 방을 나오면서, 그는 사나운 눈길로 밈을 바라보며 중얼거렸다. "난쟁이의 저주는 사라지지 않는다고 하지만, 인간도 그에게 저주를 되보낼 수 있지. 저 난쟁이가 목에 화살을 맞아 죽었으면 좋겠군!"

그날 밤 그들은 밈과 그의 다른 아들 이분의 곡성을 들으며 큰 방에서 불편한 잠을 청했다. 언제 곡성이 멈췄는지 알 수 없었지만, 그들이 마침내 깨어났을 땐 난쟁이들은 사라지고 없었고 그 방은 돌문으로 닫혀 있었다. 날은 다시 맑게 개어, 무법자들은 아침 햇살을 받으며 물웅덩이에서 몸을 씻고 가지고 있던 식량으로 식사를 준비했다. 그들이 식사하는 동안 밈이 앞에 나타났다. 그가 투린에게 인사하고 말했다.

"아들은 갔고 모든 것은 끝났습니다. 아들은 조상님들과 함께 누워 있습니다. 이제 우리 앞에 남은 날이 많지는 않지만 우리는 남아 있는 삶으로 돌아갑니다. 밈의 집이 마음에 드시는지요? 몸값 지불은 끝난 거죠?"

"그렇소." 투린이 대답했다.

"그렇다면 모든 것이 대장님 것입니다. 원하시는 대로 이곳의 모든 것을 마음대로 하셔도 좋습니다. 다만 저 방만은 닫아 두고, 나 외에는 아무도 열지 못하도록 하겠습니다."

"잘 알겠소. 우리가 여기서 안전하게 살 수는 있을 것 같지만, 여전히 먹을 것도 그렇고 다른 것도 부족한 게 많소. 어떻게 나갈 것이며, 특히 들어올 때는 어떻게 한단 말이오?"

그들의 불안감을 알아차리고 밈은 목구멍으로 끌끌 웃었다. "거미를 따라 거미줄 복판까지 온 것 같아 겁이 나시는군요? 걱정 마세요, 밈은 사람을 잡아먹지 않습니다. 게다가 거미 한 마리가 말벌 서른 마리를 한꺼번에 처치하는 것은 무리지요. 보세요, 당신들은 무장한 상태고 나는 아무것도 없습니다. 그럼요. 우리는, 바로 당신들과 나는, 함께 나누어야 합니다. 집이건, 식량이건, 불이건, 또 혹시 그 밖에 벌어올 것까지 말입니다. 잘 아시겠지만, 이 집은 당신들을 위해서라도 잘 지키고 비밀을 유지해야 합니다. 이곳을 드나드는 방법을 잘 알고 난 뒤에도 마찬가집니다. 드나드는 건 시간이 되면 아시게 될 겁니다. 당분간은 밈이나 아들 이분이 나갈 때 안내하도록 하지요. 당신들이 나갈 때 같이 나갔다가, 돌아올 때 같이 오도록 할 겁니다. 아니면 당신들이 안내 없이도 찾아올 수 있는 잘 아는 지점에서 기다리도록 하지요. 아마도 그 지점은 점점 더 집에 가까워질 겁니다."

투린은 그 말에 동의하면서 밈에게 감사를 표했고 부하들도 모두 기꺼이 받아들였다. 아직 여름이 한창이었지만 아침 햇살 속에서 그곳이 지내기에 괜찮은 곳으로 보였기 때문이다. 안드로그만이 불만이었다. "가급적 빨리 출입하는 데 익숙해져야겠군. 불만이 많은 포로를 작업 나갈 때 이리저리 데리고 다닌 적은 없었거든."

그날 그들은 휴식을 취한 다음, 무기를 깨끗이 정비하고 장비를 손질했다. 아직 하루 이틀 견딜 식량이 있었고, 또 밈이 그들이 가진 것에다 좀 더 보태 주었기 때문이다. 그는 세 개의 커다란 요리용 냄비와 함께 불도 빌려주고, 자루도 하나 꺼내 왔다. 밈이 말했다. "시시한 겁니다. 그저 훔칠 만한 가치도 없는 야생 뿌리지요."

하지만 깨끗이 씻어 내자 뿌리는 흰색에다 껍질과 함께 살집도 제법 있었고, 끓이자 약간은 빵 맛을 내면서 먹기도 좋았다. 무법자들은 훔친 것을 제외하고는 오랫동안 빵을 먹지 못했기 때문에 좋아했다. "야생의 요정들은 이걸 알지 못해요. 회색요정들은 보지도 못했고요. 바다를 건너온 건방진 요정들은 너무 오만해서 땅을 파 볼 생각도 하지 않아요." 밈이 말했다.

"이게 이름이 뭔가?" 투린이 물었다.

밈은 곁눈으로 그를 흘끗 보고 말했다. "난쟁이 말 외에는 이름이 없어요. 우린 난쟁이 말을 남에게 알려 주지 않습니다. 그리고 인간은 욕심이 많고 헤픈 데다 식물이 모두 없어질 때까지 아낄 줄 모르기 때문에, 우린 인간들에게 이걸 찾는 법을 가르쳐 주지 않아요. 그래서 인간은 야생 지대를 덜렁거리며 가듯이 지금도 이것들 옆을 그냥 지나치지요. 나한테서 이 이상은 알아낼 수 없을 겁니다. 하지만 옳은 말로 부탁하고 엿보거나 훔치지만 않는다면, 내가 가진 것을 충분히 나눠 줄 수는 있습니다." 그러고 나서 다시 목구멍으로 웃는 소리를 내면서 말을 계속했다. "이건 대단히 귀한 겁니다. 다람쥐들이 먹는 견과처럼 저장이 가능하기 때문에 먹을 게 없는 겨울에는 황금보다도 귀하지요. 우린 잘 여문 첫 수확물부터 이미 창고에 쌓아 두고 있습니다. 하지만 얼마 되지 않는 뿌리 한 덩어리 때문에 내가 목숨을 구하는 일도 포기했다고 생각한다면 그건 잘못 생각하는 거요."

"잘 알겠어." 밈이 잡혔을 때 자루 안을 들여다보았던 울라드가 말했다. "그래도 넌 자루를 내놓지 않으려고 할 거야. 그 말을 듣고 보니 더 수상해지는걸."

밈은 고개를 돌려 험악한 얼굴로 그를 보며 말했다. "당신은 겨울에 죽어도 봄이 슬퍼하지 않을 바보들 중 하나요. 나는 약속을 했고, 따라서 좋든 싫든 자루가 있든 없든 틀림없이 돌아왔을 거요. 법도 모르고 신의도 없는 인간이라면 마음대로 생각하도록 내버려 둘 수밖에! 하지만 난, 아무리 신발 끈에 불과한 미미한 것일지라도 악한 자가 강제로 내 것을 가로채는 것을 좋아하지 않소. 당신 손이 내 발을 결박하여 내 아들과 다시 이야기하지 못하게 나를 가로막았던 것들 중 하나라는 사실을 내가 기억하지 못할 것 같소? 내 창고에서 꺼낸 '흙빵'을 나눠 줄 때마다 당신은 제외하겠소. 먹고 싶으면 친구들 몫을 얻어먹으시오. 내 것은 안 되오."

그러고 나서 밈은 밖으로 나갔다. 하지만 밈의 분노에 위축되어 있던 울라드는 그의 등에 대고 말했다. "대단한 말씀이시군! 그렇지만 저 늙은 놈 자루 속에는 다른 뭐가 있었어. 모양은 비슷한데 더 단단하고 더 무거운 게 있었단 말이야. 혹시 들판에 나가면 '흙빵' 옆에, 요정도 찾지 못했고, 인간이 알아선 안 되는 다른 뭐가 있는 게 틀림없어!"

"그럴지도 모르지." 투린이 말했다. "그래도 난쟁이가 적어도 당신을 바보라고 한 것 하나는 제대로 말했네. 당신 생각을 꼭 말해야 직성이 풀리는가? 좋은 말이 목에 걸려 안 나오면 입을 다무는 게 우리한테 더 유익할 걸세."

그날 하루가 평화롭게 흘러가고 무법자들은 아무도 밖에 나가고 싶어 하지 않았다. 투린은 바위 턱 이쪽저쪽으로 푸른 잔디 위를 걸으면서 동쪽과 서쪽, 북쪽을 바라보며 맑은 날에는 시야가 얼마나 멀리까지 닿을지 궁금해했다. 북쪽 방향을 보던 그는 아몬 오벨 봉우리를 중심으로 짙푸르게 솟아 있는 브레실숲을 알아보았는데, 이상하게도 그곳이 가까운 듯한 느낌이 들었다. 그는 자신이 원하지도 않는데 눈길이 자꾸 그쪽으로 끌린다는 사실을 깨달았다. 알 수 없는 일이었다. 그의 마음은 오히려 서북쪽을 향하고 있었기 때문이다. 까마득히 멀리 그곳의 하늘 끝언저리에서 어둠산맥과 고향 마을의 경계가 보이는 것 같았다. 저녁이 되자 투린은 서쪽 하늘의 일몰을 응시했다. 태양이 먼 해안선 위의 대기를 새빨갛게 물들이자, 그 중간에 있는 나로그강 유역이 깊은 어둠 속에 잠겼다.

　이리하여 후린의 아들 투린은 밈의 집 바르엔단웨드, 곧 '몸값의 집'에 기거하기 시작했다.

　오랫동안 무법자들의 생활은 그들이 원하는 대로 잘 굴러갔다. 식량은 부족하지 않았고, 따뜻하고 건조한 훌륭한 은신처도 있었으며, 방도 충분히 여유가 있었다. 알고 보니 이 동굴에는 필요할 경우 백 명 이상도 숙박할 수 있었다. 좀 더 안쪽에는 또 하나의 작은 거실이 있었다. 거실 한쪽에는 벽난로가 있었고, 그 위로 연기가 나가는 통로가 바위 속에 뚫려 있어서 산 측면의 갈라진 틈에 교묘하게 숨겨진 배기구로 통했다. 다른 방도 많았는데, 거실이나 거실을 연결하는 통로에서 문을 열면 들어갈 수 있었고, 일부는 주거용, 다른 일부는 작업용이거나 창고용이었다. 밈은 저장 기술에 있어서 그들을 능가했고, 돌이나 나무로 만든 아주 오래된 것으로 보이는 그릇과 상자들 또한 많았다. 하지만 방은 대부분 비었고, 병기고에는 녹슬고 먼지 앉은 도끼와 무구武具 몇 점만 걸려 있었으며, 선반과 장식장은 텅 비어 있었다. 대장간 또한 무용지물이나 마찬가지였는데, 다만 방 하나는 예외였다. 이 방은 안쪽 거실에서 들어가는 방이었는데, 거실의 난로와 환기갱을 같이 사용하는 난로도 있었다. 밈은 이 방에서 가끔씩 작업을 했는데, 다른 사람이 함께 있는 것을 허락하지 않았다. 또한 그는 자기 집에서 아몬 루드의 평평한 꼭대기로 올라가는 비밀 층계에 대해서도 알려 주지 않았다. 안드로그는 배가 고파서 밈의 식량 저장고를 찾아다니다가 동굴에서 길을 잃고 이 통로를 우연히 발견했다. 하지만 그는 이 사실을 아무에게도 말하지 않았다.

그해 남은 나날 동안 그들은 더 이상 기습을 나가지 않았고, 사냥하거나 음식을 구하러 나갈 때면 대부분 소규모로 움직였다. 그렇지만 그들은 나갔던 길을 되돌아오는 데 오랫동안 어려움을 겪었고, 훗날까지도 투린 외에는 길을 확실히 아는 자가 여섯을 넘지 않았다. 그럼에도 불구하고 그들은 길을 찾는 데 능숙한 이라면 밈의 도움 없이 은신처로 돌아올 수 있다는 것을 깨닫고, 북쪽 벽의 갈라진 틈 근처에 밤낮으로 파수꾼을 세웠다. 남쪽에서 적이 쳐들어올 것으로는 예상되지 않았기 때문에, 그들은 남쪽에서 아몬 루드를 올라오는 것에 대해서는 걱정하지 않았다. 하지만 낮에는 거의 언제나 산꼭대기에 파수꾼을 세워 사방을 멀리까지 감시하였다. 꼭대기로 올라가는 벽면이 가파르기는 하지만, 동굴 입구 동쪽으로 울퉁불퉁한 층계가 만들어져 경사지까지 이어져 있고, 거기에서부터는 도움을 받지 않고도 기어 올라가 정상에 다다를 수 있었다.

그렇게 피해를 입거나 불안에 떠는 일 없이 그해가 흘러갔다. 하지만 날이 갈수록 웅덩이 물이 흐려지고 차가워지면서 자작나무 잎이 떨어지고 큰비가 내리자, 그들은 점점 더 많은 시간을 은신처에서 보내야 했다. 그러자 그들은 곧 땅속의 어둠이나 거실의 희미한 빛에 싫증이 났다. 또한 무리들 대다수는 밈과 같이 살지 않는 게 좀 더 나을 것이라고 생각하기도 했다. 밈이 다른 곳에 있을 것으로 생각하고 있을 때, 그가 어두컴컴한 모퉁이나 문간에서 불쑥 나타나는 일이 너무 잦았던 것이다. 밈이 가까이 있으면 대화에 불안감이 스며들었기 때문에, 그들끼리는 늘 낮은 소리로 소곤거리는 습관이 생겼다.

하지만 그들이 보기에 참 이상하게도, 투린의 경우는 그렇지 않았다. 그는 그 늙은 난쟁이와 점점 더 친한 사이가 되었고, 점점 더 난쟁이의 생각에 귀를 기울였다. 그해 겨울, 그는 몇 시간 동안이나 밈과 함께 앉아 그의 지식과 그가 살아온 이야기를 듣곤 했다. 그가 엘다르에 대해 험담할 때도 투린은 그를 전혀 나무라지 않았다. 밈은 흡족해했고 그 대가로 투린에게 많은 호의를 보였다. 그래서 유일하게 투린만이 이따금 그의 작업장에 들어갈 수 있게 되어, 거기서 나지막한 소리로 함께 이야기를 나누곤 했다.

하지만 가을이 지나고 겨울이 그들을 압박하고 있었다. 연말 명절인 '율'이 오기도 전에 강변 지역에서는 이제껏 경험해 보지 못한 폭설이 북쪽에서부터 밀려 내려왔다. 그때뿐만 아니라 앙반드의 세력이 커질수록 벨레리안드의 겨울은 더욱 혹독해졌다. 아몬 루드는 깊은 눈으로 뒤덮였고, 아주 강인한 이들만이 밖으로 나갈 엄두를 냈다. 일부는 병에 걸리기도 하고, 모두 굶주림으로 고통받았다.

한겨울 어느 날, 저녁 어스름 속으로 체격과 몸통이 엄청난, 인간으로 보이는 한 사람이 그들 사이에 불쑥 나타났다. 그는 흰

옷에 흰 두건을 눌러쓰고 있었다. 그는 파수꾼의 감시를 따돌리고 말 한마디 없이 모닥불 앞으로 성큼성큼 걸어왔다. 사나이들이 벌떡 일어서자 그는 웃음을 터뜨리며 두건을 벗어젖혔다. 그제야 그들은 그가 '센활 벨레그'라는 것을 알아차렸다. 그는 큼직한 외투 속에 커다란 꾸러미를 들고 있었는데, 이들을 도와주기 위해 가져온 물건들이었다.

이렇게 하여 벨레그는 자신의 지혜에 반하는 사랑에 굴복하여 다시 투린에게 돌아왔다. 투린은 자신의 옹고집을 자주 후회하고 있었기 때문에 무척 기뻐했다. 이제 그의 마음속 욕망은 자신을 낮추거나 혹은 자신의 의지를 꺾을 필요 없이 허용된 셈이었다. 투린은 기뻐했지만 안드로그를 비롯한 무리의 일부는 그렇지 않았다. 그들은 벨레그와 대장이 몰래 만났을 것으로 추측하고, 이를 대장이 비밀로 했다는 생각이 들었다. 안드로그는 둘이 함께 앉아 이야기를 나누기라도 하면 몹시 신경을 쓰며 그들을 지켜보았다.

벨레그는 오는 길에 '하도르의 투구'를 가져왔는데, 혹시라도 투린이 그것을 보고 작은 무리의 우두머리로 지내는 야생의 생활로부터 더 높은 곳으로 마음을 돌릴지도 모른다고 기대했기 때문이다. 그는 투구를 꺼내며 투린에게 말했다. "이건 자네 물건이니 돌려주겠네. 북부 변경에서는 내가 맡아 보관하고 있었는데, 혹시 잊어버리고 있었던 건 아니겠지?"

"거의 그럴 뻔했소. 하지만 다시는 그런 일이 없을 거요." 투린은 이렇게 대답하면서 침묵에 잠겼고, 그의 생각은 저 먼 곳으로 시선을 돌리고 있었다. 그러다가 투린은 갑자기 벨레그가 손에 들고 있는 물건에서 나는 희미한 빛을 발견했다. 멜리안이 준 선물이었다. 은빛 나뭇잎이 불빛 속에서 붉은빛을 띠었는데, 봉인을 바라보는 순간 투린의 안색이 흐려졌다. 그가 물었다. "그게 무엇이오?"

"자네를 사랑하는 분이 자네에게 줄 수 있는 가장 큰 선물일세. 이것은 '렘바스 인엘리드'라고 하는데, 인간은 아무도 맛보지 못한 엘다르의 여행식일세."

"조상들의 투구는 보관해 준 데 대한 고마운 마음까지 함께 받겠지만, 도리아스에서 준 선물은 받지 않겠소."

"그렇다면 자네 검과 자네 무기도 돌려주게. 자네 어린 시절의 가르침과 보살핌도 돌려주게. (자네 말로는) 자네 부하들이 충직하다고 하는데, 이 사람들이 황야에서 자네 비위를 맞추다 죽도록 내버려 두게나! 이 여행식은 자네가 아니라 내가 받은 선물일세. 그러니 내 마음대로 할 수 있지. 자네 목에 걸린다면 먹지 말게. 하지만 좀 더 굶주리고 덜 건방진 사람들도 있겠지."

투린의 눈에 불꽃이 일었다. 하지만 벨레그의 얼굴을 들여다보는 순간 불꽃은 사그라지고 희미해졌다. 그는 들릴 듯 말 듯 하게 입을 열었다. "친구여, 황송하게도 이 고집쟁이 인간에게 다시 돌아오다니 놀랍기 짝이 없소. 당신이 주는 것이면 무엇이든, 심지어 꾸지람까지 받겠소. 앞으로 모든 일에 조언을 주시오. 다만, 도리아스로 돌아가는 길만은 제외하고 말이오."

Chapter 8
활과 투구의 땅

그 후로 벨레그는 무리를 위해 많은 애를 썼다. 다치거나 아픈 사람들은 그가 돌봐 주면 금방 회복되었다. 그 당시 회색요정들은 여전히 대단한 능력을 갖춘 고귀한 종족으로서, 생명과 살아 있는 모든 것들에 관한 지혜를 갖추고 있었기 때문이다. 비록 발리노르에서 건너온 망명자들에 비해 기술과 지식에 있어서 부족한 점이 없지 않았으나, 그들은 인간들의 능력을 뛰어넘는 많은 기술을 지니고 있었다. 더욱이 궁수弓手 벨레그는 도리아스 요정들 가운데서도 뛰어난 자였다. 그는 강인하고 인내심이 많아서 눈뿐만 아니라 마음으로도 멀리까지 내다볼 수 있었으며, 어려울 때는 용맹스러운 전사로서 그의 긴 활에서 나오는 날렵한 화살뿐만 아니라 위대한 검 앙글라켈도 믿을 만했다. 하지만 앞서 얘기한 대로 모든 요정을 증오하는 밈의 마음속에는 증오심이 나날이 더 자라고 있었고, 벨레그를 대하는 투린의 사랑까지도 시기의 눈길로 지켜보았다.

겨울이 지나고 활동기가 되었다가 봄이 오자 무법자들은 곧 더 엄혹한 과제와 맞닥뜨려야 했다. 모르고스의 세력이 움직이기 시작한 것이다. 더듬어 오는 긴 손가락처럼 적군의 선발대는 벨레리안드로 들어가는 도로를 면밀히 정탐했다.

이제 누가 모르고스의 계략을 알 수 있겠는가? 저 '위대한 노래'를 부른 아이누 중에서도 강자였던 멜코르가 이제는 북부의 암흑의 권좌에 암흑의 군주로 앉아, 자신에게 전해 오는 모든 소식을 악의 저울로 재고 있었다. 첩자를 쓰든 반역자를 이용하든 여왕 멜리안을 제외하고는 가장 지혜로운 자가 염려했던 것보다 더 깊이 상대의 동태와 의중을 간파하는 그의 생각의 한계를 누가 측량할 수 있겠는가? 오로지 멜리안만이 모르고스의 의도를 종종 간파하고, 미연에 방지할 수 있었다.

이리하여 그해에 모르고스는 시리온강 서쪽 땅으로 자신의 야욕을 뻗치는데, 그곳에는 아직 그와 맞서는 세력이 있었다. 곤돌린은 여전히 건재했지만, 숨어 있었다. 도리아스에 대해서는 알고 있었지만 아직 들어갈 수는 없었다. 저쪽 더 멀리에는 나르고스론드가 있는데, 자신의 부하들은 아직 누구도 길을 발견하지 못했고, 그 이름 자체가 그들에게는 두려움의 대상이었다. 그곳에는 핀로드의 백성들이 무력을 감춘 채 머무르고 있었다. 남쪽 멀리 흰 자작나무 숲이 있는 님브레실 너머, 아르베르니엔 해안과 시리온하구로부터 선박들이 가득한 항구에 관한 소문도 들려왔다. 하지만 다른 곳을 모두 함락시키기 전에는 그쪽에 갈 수 없었다.

그리하여 이제 오르크들은 그 어느 때보다도 많은 병력으로 북부에서 쳐내려왔다. 그들은 아나크고개를 통해 남하했고, 딤바르를 차지한 다음 도리아스 북부 변경의 전역에 출몰했다. 그들은 '옛길'로도 내려왔다. 이 길은 시리온강의 좁고 긴 골짜기를 통과하여 핀로드의 미나스 티리스가 서 있던 작은 섬을 지난 다음, 말두인강과 시리온강 사이의 유역을 지나고 브레실숲의 외곽을 따라 테이글린 건널목까지 이어졌다. 옛날에는 그 길이 파수평원으로 이어져 있었고, 계속해서 아몬 루드에서 내려다보이는 고원 기슭을 따라 나로그강 유역으로 내려가 마침내 나르고스론드에 이르렀다. 하지만 오르크들은 아직 그 길로 그렇게 멀리까지 내려가지는 않았다. 야생 지대에 공포가 도사리고 있고, 붉은 언덕 위에 알 수 없는 감시의 눈이 있었기 때문이다.

그해 봄 투린이 다시 하도르의 투구를 쓰자 벨레그는 기뻤다. 처음부터 그들의 무리는 오십 명에 못 미쳤지만, 삼림에 대한 벨레그의 지식과 투린의 무용 때문에 적들에게는 한 무리의 군대처럼 보였다. 그들은 오르크 정탐꾼들을 색출하고 그들의 진지를 찾아냈으며, 오르크들이 떼를 지어 행군하기 위해 협소한 지형에 집결해 있으면, 바위 뒤나 나무 그늘에서 키가 크고 사나운 용 투구와 그의 부하들이 튀어나와 기습을 가했다. 그의 뿔나팔 소리가 언덕 위에 울려 퍼지면 적군의 대장은 몸을 움츠렸고, 오르크들은 화살을 날리거나 칼을 뽑기도 전에 달아나곤 했다.

앞에서 언급한 대로 밈이 아몬 루드 위에 있는 자신의 은신처를 투린과 그의 부하들에게 내줄 때, 그는 자기 아들의 목숨을 앗아간 화살을 날린 자에게 그의 활과 화살을 부러뜨려 그것을

크림의 앞에 내려놓도록 요구한 바 있었다. 그자가 안드로그였
다. 무척 못마땅하긴 했지만 안드로그는 밈이 시키는 대로 따랐
다. 게다가 밈은 안드로그가 다시는 활과 화살을 잡지 말아야 한
다고 언명했고, 그럼에도 불구하고 잡는다면 바로 그 때문에 목
숨을 잃을 것이라는 저주를 내렸다.

그런데 그해 봄 안드로그는 밈의 저주를 무시하고, 바르엔단
웨드를 내려가 습격할 때 다시 활을 잡았다. 싸움 도중에 그는
오르크의 독화살을 맞고 숨이 넘어갈 듯 고통스럽게 끌려 들어
왔다. 하지만 벨레그가 그의 상처를 치료해 주었다. 이렇게 벨레
그가 자신의 저주를 무산시켜 버리자, 이제 벨레그에 대한 밈의
증오는 더욱더 커졌다. 밈은 "다시 물어뜯길 때가 올 거야" 하고
말했다.

그해에 벨레리안드 곳곳에 소문이 퍼져 나갔다. 숲속으로, 강
물 위로, 산을 넘는 고개를 따라, 딤바르에서 쓰러진 (모두 그렇게
생각했다) 투구와 활이 절망 속에서 다시 일어났다는 소문이었
다. 그러자 전쟁에서 패해 지도자도 없이 영토에서 쫓겨났으면
서도 포기하지 않았던 많은 요정과 인간이 다시 용기를 내어 두
지도자를 찾아 나섰다. 하지만 아직은 아무도 그들의 요새가 어
디 있는지 알지 못했다. 투린은 그를 찾아오는 모든 이들을 기꺼
이 맞아들였지만, 벨레그의 조언에 따라 어떤 신참자에게도 아
몬 루드의 은신처를 알려 주지 않았다(아몬 루드는 이때 에카드 이
세드륀, 곧 '충성스러운 자들의 야영지'란 이름으로 불리고 있었다). 그
곳으로 가는 길은 예전부터 무리에 속해 있던 자들만이 알았고,

다른 이들은 들어갈 수 없었다. 하지만 주변에 다른 튼튼한 야영지와 요새가 건설되었다. 동쪽 숲속이나 고원 지대, 남쪽 습지를 비롯한 테이글린 건널목 남쪽에 있는 메세드엔글라드('숲의 끝')에서부터 나로그강과 시리온습지 사이의 한때 비옥했던 땅에 있는 바르에리브에 이르기까지 요새가 세워졌다. 바르에리브는 아몬 루드에서 남쪽으로 수 킬로미터 떨어진 곳이었다. 이 모든 곳에서 사람들은 아몬 루드 정상을 볼 수 있었고, 신호를 통해 소식과 명령을 전달받았다.

이렇게 하여 여름이 끝나기도 전에 투린의 무리는 막강한 세력으로 성장했고, 앙반드의 군대를 물리쳤다. 이 소문이 나르고스론드까지 전해지자, 그곳의 많은 이들은 무법자 한 사람이 적에게 그 같은 타격을 줄 수 있다면, 나로그의 군주는 무엇인들 못 하랴 하며 들떴다. 하지만 오로드레스는 자신의 계획을 바꿀 생각이 없었다. 모든 일에 있어서 그는 싱골의 사례를 따르면서 은밀한 방법으로 그와 사자를 교환했다. 백성을 먼저 생각하고, 북부의 야욕에 맞서 얼마나 오랫동안 백성들의 생명과 재산을 지킬 수 있을 것인가를 생각하는 사람들의 입장에서 보면, 그는 지혜로운 군주였다. 그리하여 그는 자기 백성 누구도 투린에게 가지 못하도록 했고, 투린에게 사자를 파견하여 그가 전쟁을 벌일 때 어떤 계획을 꾸미고 어떤 일을 하더라도 나르고스론드 땅에 발을 들여놓아서는 안 되며, 오르크들을 그쪽으로 몰고 와서도 안 된다고 분명하게 말했다. 하지만 병력 이외의 다른 도움은, 두 지도자가 필요할 때 제공했다(여기에는 싱골과 멜리안의 영향력이 작용했던 것으로 추정된다).

그리하여 모르고스는 발을 뺐다. 하지만 그는 공격하는 시늉을 자주 했는데, 이는 저항군들이 손쉬운 승리를 거두면서 자만하게 하기 위해서였다. 그리고 실제로 그렇게 되었다. 투린은 이제 도리아스 서부 변경과 테이글린강 사이의 모든 땅에 도르쿠 아르솔이란 이름을 붙였다. 아울러 그는 그 땅을 자신의 영지로 선언하고, 스스로를 고르솔, 곧 '공포의 투구'란 이름으로 부르면서 기세를 올렸다. 하지만 벨레그가 보기에 이제 '투구'는 그가 기대했던 것과는 다른 방향으로 투린에게 작용하고 있는 것 같았다. 앞으로 다가올 날들을 응시하며 그는 머릿속이 복잡해졌다.

여름이 물러나던 어느 날 벨레그와 투린은 긴 전투와 행군 끝에 휴식을 취하면서 에카드에 앉아 있었다. 투린이 벨레그에게 물었다. "왜 그렇게 슬픈 표정에 생각이 많은 것이오? 나한테 돌아온 뒤로 모든 일이 잘되어 가지 않소? 내 목표가 괜찮았던 것으로 보이는데?"

"지금은 모든 것이 좋네. 적은 아직도 놀라서 겁에 질려 있거든. 앞으로도 여전히 좋은 날이 우릴 기다리고 있네, 당분간은."

"그다음에는?" 투린이 물었다.

"겨울일세. 그다음에는 또 한 해가 기다리고 있지. 그때까지 살아남을 자들에게는 말이야."

"그다음에는?"

"앙반드의 분노일세. 우리는 '검은 손'의 손가락 끝에 불을 붙였을 뿐, 그게 전부일세. 그자는 손을 빼지 않을 걸세."

"하지만 앙반드의 분노야말로 우리의 목표이자 기쁨이 아니오? 내가 무슨 딴 일을 하길 바라오?"

"잘 알고 있을 텐데. 자넨 내게 그 길에 대해서는 언급하지 말라고 했네. 하지만 이젠 들어 보게. 큰 군대를 거느린 왕이나 군주는 필요한 것이 많아. 안전한 은신처도 있어야 하고, 재물도 갖추어야 하고, 또 전쟁에 가담하지 않는 많은 이들도 있어야 하네. 숫자가 많아지면 들판에서 사냥해서 얻는 것만으로는 식량이 부족하지. 기밀을 유지하는 문제도 간단치가 않고. 아몬 루드는 무리가 작을 때는 괜찮은 곳일세. 눈도 있고 귀도 달려 있거든. 하지만 외진 곳이고 멀리서도 시야에 들어온다는 문제가 있네. 산을 포위하는 데는 큰 병력이 필요하지도 않아. 지금 우리 수준이나 앞으로 늘어날 규모보다 훨씬 더 큰 군대가 지키지 않는 한 위험하네."

"그럼에도 불구하고 나는 우리 부대의 대장으로 남겠소. 죽을 수밖에 없다면 죽어야겠지. 난 여기서 모르고스가 가는 길을 가로막을 거요. 내가 이렇게 지키고 있는 한 모르고스는 남부로 가는 길을 이용할 수 없을 거요."

시리온강 서쪽 땅에 용 투구가 나타났다는 보고가 순식간에 모르고스의 귀에 전해지자, 오랫동안 어둠과 멜리안의 장막 속에 숨어 있던 투린이 다시 눈앞에 나타난 것을 알고 모르고스는 웃음을 터뜨렸다. 하지만 그는 투린이 너무 큰 세력으로 성장하여 그에게 내린 저주가 무효가 되고, 또 그가 예정된 운명을 벗어나거나 도리아스로 되돌아가 다시 시야에서 사라질까 봐 걱정하기 시작했다. 그래서 그는 투린을 사로잡아 그 아비처럼 고문하고 노예로 삼아야겠다고 마음먹었다.

벨레그가 투린에게, 자신들은 기껏 '검은 손'의 손가락만 그을렸을 뿐 그가 물러서지 않을 것이라고 했던 말이 맞았던 것이다. 하지만 모르고스는 자신의 계략을 감추고 한동안 아주 숙련된 염탐꾼을 내보내는 데 만족했다. 오래지 않아 아몬 루드는 황야에 보이지 않게 숨어 있는 적의 염탐꾼들로 둘러싸였고, 이들은 드나드는 인간들의 무리와는 전혀 부딪히지 않으면서 활동했다.

하지만 밈은 아몬 루드 주변에 오르크들이 숨어 있다는 사실을 알고 있었고, 벨레그에 대한 증오심은 그의 어두운 마음을 사악한 결심으로 몰고 갔다. 그해가 저물어 가던 어느 날, 그는 바르엔단웨드의 인간들에게 아들 이분과 함께 겨울나기용 뿌리를 구하러 나간다고 말했다. 하지만 그는 실상 모르고스의 하수인들을 찾아서 그들을 투린의 은신처로 데려오려는 속셈이었다.[1]

그런데 그가 몇 가지 조건을 제시하려 할 때 오르크들이 비웃자, 밈은 그들에게 작은난쟁이를 고문해서 무엇을 얻어 낼 수 있다고 믿는다면 그건 오산이라고 말했다. 그러자 그들은 조건이 무엇이냐고 물었고, 밈은 이렇게 요구 사항을 내놓았다. 그들이 생포하거나 죽인 인간 한 사람당 몸무게만큼의 쇠를 자기에게 주고 투린과 벨레그에 대해서는 황금으로 줄 것, 투린과 그 일당

---

1   하지만 다른 이야기에 따르면 밈이 분명한 목표를 가지고 오르크들을 만난 것은 아니라는 기록도 있다. 밈이 투린을 배반하게 된 것은 오르크들이 그의 아들을 붙잡아 고문하겠다고 협박했기 때문이라는 것이다.

을 제거하고 난 뒤에 밈의 집은 자기에게 넘기고 자기를 괴롭히지 말 것, 벨레그는 결박한 채 자기가 처치할 수 있도록 넘겨줄 것, 그리고 마지막으로 투린은 자유롭게 떠나도록 허락할 것 등이었다.

이 조건에 모르고스의 첩자들은 흔쾌히 동의했지만, 첫째 조건도 둘째 조건도 이행할 생각은 없었다. 오르크 대장은 벨레그의 운명은 밈에게 넘겨줄 수도 있다고 생각했지만, 투린을 풀어 주는 것과 관련해서는 '생포하여 앙반드로' 데려오라는 것이 그가 받은 명령이었다. 그는 조건에 동의하긴 하지만 아들 이분을 볼모로 잡아 두어야겠다고 말했다. 그러자 밈은 겁이 나서 이 일에서 발을 빼고 달아나려고 했다. 하지만 오르크들이 아들을 붙잡고 있기 때문에, 밈은 어쩔 수 없이 그들을 바르엔단웨드로 데리고 가야만 했다. 그렇게 하여 '몸값의 집'은 발각되고 말았다.

앞서 이야기한 대로, 아몬 루드의 정상 혹은 모자 부분을 이루는 바윗덩어리는 꼭대기에 아무것도 없이 평평한 모양이지만 옆면의 경사가 가팔라서, 사람들은 밈의 집 입구 앞 테라스 모양의 바위 턱에서부터 바위벽에 파인 층계를 타야 올라갈 수 있었다. 정상에 배치된 파수꾼들이 적이 접근한다는 경보를 알렸다. 하지만 오르크들은 밈의 안내에 따라 그의 집 문 앞에 있는 평평한 바위 턱에 올라섰고, 투린과 벨레그는 바르엔단웨드의 입구 쪽으로 밀려났다. 암벽에 파인 층계를 타고 위로 올라가려고 하던 이들 몇몇은 오르크들의 화살을 맞았다.

투린과 벨레그는 동굴 안으로 쫓겨 들어가 통로 속으로 커다란 바위를 굴려 내렸다. 이 위급한 순간에 안드로그는 앞서 얘기

한 대로 자신이 동굴에서 길을 잃었을 때 발견한 아몬 루드 정상
으로 가는 비밀 계단을 동료들에게 가르쳐 주었다. 그리하여 투
린과 벨레그는 무리를 이끌고 계단을 올라가서 정상으로 올라
갔다. 외부 계단을 통해 이미 올라와 있던 몇몇 오르크들이 깜짝
놀라는 틈에, 그들은 오르크들을 절벽 끝까지 밀어붙였다. 얼마
동안 그들은 바위를 기어오르는 오르크들을 밀어냈지만, 아무
것도 없는 꼭대기는 엄폐물이라 할 만한 것이 없어서 많은 이들
이 밑에서부터 날아온 화살을 맞고 쓰러졌다. 이들 중에서 가장
용맹스러웠던 자는 안드로그로, 그는 외부 계단 꼭대기에서 날
아온 화살을 맞아 중상을 입고 쓰러졌다.

　결국 투린과 벨레그는 그들에게 남은 열 명의 사람과 함께 정
상의 중심부로 물러서서, 그곳에 우뚝 서 있는 바위를 중심으로
원을 그리며 방어 자세를 취했다. 하지만 투린과 벨레그를 제외
하고는 모두 목숨을 잃었고, 둘은 오르크들이 던진 그물에 생포
되고 말았다. 투린은 결박당한 채 끌려갔고, 부상을 입은 벨레그
는 바위에 박아 넣은 쇠말뚝에 손목과 발목을 묶인 채 바닥에 버
려졌다.

　오르크들은 비밀 계단의 출입구를 발견하고 정상에서 바르엔
단웨드로 내려가 그곳을 훼손하고 약탈했다. 밈은 동굴 속에 숨
어 있다가 오르크들이 자신을 발견하지 못한 채 아몬 루드를 떠
나자, 정상에 나타났다. 엎드린 채 꼼짝도 하지 못하는 벨레그에
게 다가간 밈은 칼을 갈면서 흡족한 듯이 그를 바라보았다.

　하지만 바위산 꼭대기에서 살아남은 자는 밈과 벨레그만이
아니었다. 치명적인 부상에도 불구하고 안드로그가 그들을 향

해 시체 사이에서 기어 와서 칼을 움켜쥐고 난쟁이를 찔렀다. 밈
은 공포에 사로잡혀 비명을 지르며 절벽 끝으로 뛰어가 사라졌
다. 그는 자신만이 알고 있는 가파르고 험한 절벽 길을 따라 염
소처럼 잽싸게 사라졌다. 안드로그는 마지막으로 있는 힘을 다
해 벨레그의 손을 묶은 줄과 발에 차고 있는 족쇄를 잘라 그를
풀어 주었다. 죽어 가며 그가 말했다. "내 상처는 너무 깊어 당신
의 의술로도 어찌할 수 없소."

Chapter 9
벨레그의 죽음

벨레그는 투린의 시신을 장사 지내기 위해 죽은 자들 가운데서 그를 찾았지만, 시신을 찾을 수 없었다. 그는 그제야 후린의 아들이 아직 살아 있으며, 앙반드로 끌려갔다는 것을 알았다. 하지만 자신의 상처를 치료할 때까지 그는 어쩔 수 없이 바르엔단웨드에 머물러야 했다. 그런 다음 큰 기대는 하지 않았지만 그는 오르크들의 뒤를 추적하기 시작했고, 우연히 테이글린 건널목 부근에서 그들의 흔적을 발견했다. 그들은 거기서 갈라져 일부는 브레실숲 가장자리를 따라 브리시아크여울로 향했고, 나머지는 서쪽으로 방향을 바꾼 것으로 나타났다. 곧바로 앙반드로 가려고 하는 자들은 전속력으로 아나크고개를 향했는데, 벨레그는 당연히 이들의 뒤를 추적했다. 그렇게 하여 그는 딤바르를 관통하는 여행을 시작해서, 에레드 고르고로스, 곧 공포산맥에 있는 아나크고개를 올라 '밤그늘의 숲' 타우르누푸인고원으로 향했다. 공포와 암흑의 마법, 방랑과 절망의 땅이었다.

그 악의 땅에서 날이 저물었을 때 벨레그는 우연히 나무 사이에서 작은 불빛을 발견하는데, 옆으로 다가간 그는 죽어 있는 큰 나무 밑에서 한 요정이 누워 잠자고 있는 것을 발견했다. 그의 머리맡에 등불이 걸려 있었는데, 덮개가 벗겨져 내렸던 것이다. 벨레그는 잠든 이를 깨워 렘바스를 주고는 어떤 운명이 이 무시무시한 곳까지 오게 하였느냐고 물었다. 요정은 자신을 구일린의 아들 귄도르라고 했다.

벨레그는 슬픈 얼굴로 그를 바라보았다. '한없는 눈물의 전투'에서 바로 앙반드 문 앞까지 달려들었다가 사로잡힌 나르고스론드의 영주 귄도르가 과거의 웅자와 기백을 잃은 채 굽은 등에 겁먹은 몰골을 하고 있었던 것이다. 모르고스가 사로잡은 놀도르는 금속과 보석을 연마하고 채굴하는 기술 때문에 목숨을 잃은 자가 거의 없었다. 귄도르 역시 목숨을 건져 북부의 광산에서 중노동을 해야 했다. 이들 놀도르는 '페아노르의 등불'을 많이 소지하고 있었다. 이 등불은 수정을 가는 쇠그물 안에 달아 놓은 모양이었는데, 이 수정 속에서 나는 푸른빛으로 등불이 언제나 빛을 발하였기 때문에, 캄캄한 밤이나 토굴 속에서 길을 찾는 데는 놀랄 만큼 유용했다. 하지만 등불의 비밀에 대해서는 그들도 알지 못했다. 광산에서 일하던 많은 요정들은 이 등불로 출구를 확인해 캄캄한 광산에서 탈출했다. 귄도르는 대장간에서 일하던 동료로부터 작은 칼을 받아 숨겨 두고 있다가, 돌길에서 작업하던 중에 갑자기 경비병들을 공격했다. 그는 탈출에 성공했지만 한쪽 손을 잃고 말았고, 이제 타우르누푸인의 높은 소나무들 밑에 탈진한 채 몸을 누이고 있었던 것이다.

벨레그는 귄도르에게서 그의 앞으로 작은 오르크 부대가 지나가기에 몸을 숨겼고, 그들은 빠른 속도로 달려가고 있었지만 포로는 없었다는 이야기를 들었다. 아마도 앙반드로 보고하러 가는 선발대로 추정되었다. 이 소식을 듣고 벨레그는 절망에 빠졌다. 짐작건대 테이글린 건널목에서 서쪽으로 방향을 바꾼 쪽이 더 큰 부대이고, 그들은 오르크식으로 가는 곳마다 약탈로 먹을 것과 가재도구를 빼앗으면서 이제는 훨씬 서쪽에 있는 '좁은땅', 곧 길고 긴 시리온골짜기를 따라 앙반드로 돌아가고 있을 터였다. 이것이 사실이라면 그의 유일한 희망은 브리시아크여울로 돌아가서 다시 북쪽으로 톨 시리온까지 올라가는 수밖에 없었다. 그런데 벨레그가 이렇게 막 결심하는 순간, 두 요정은 남쪽에서부터 엄청난 무리가 숲을 통과하여 다가오는 소리를 들었다. 그들은 나뭇가지 사이에 숨어서 모르고스의 졸개들이 전리품과 포로들을 데리고 늑대들에 둘러싸인 채 천천히 지나가는 것을 지켜보았다. 투린이 두 손을 쇠사슬에 묶인 채 채찍질을 당하며 끌려가는 것이 보였다.

그리하여 벨레그는 자신이 타우르누푸인에 나타난 까닭을 귄도르에게 설명했다. 그러자 귄도르는 추격을 그만두라고 하면서, 따라가 봤자 투린을 기다리고 있는 고통을 함께 당할 뿐이라고 했다. 그러나 벨레그는 투린을 포기할 생각이 없었고, 절망속에서도 귄도르의 가슴속에 다시 희망을 불러일으켰다. 그들은 함께 오르크들을 쫓아 추격을 계속했고, 마침내 삼림 지대를 빠져나와 안파우글리스의 황량한 모래 언덕으로 내려가는 높은 경사지에 이르렀다. 상고로드림의 첨봉들이 보이는 그곳에서 오르크들은 주변이 노출된 골짜기에 야영지를 만들고, 둘레에 늑대들을 보초로 세웠다. 그런 다음 술판을 벌이고 약탈품으로 잔치를 벌였다. 그리고 포로들을 괴롭힌 뒤 대부분 술에 취해 곯아떨어졌다. 그때쯤 날은 저물고 사위는 무척 캄캄해졌다. 벨레그와 귄도르가 야영지를 향해 기어가고 있을 때, 서쪽에서부터 엄청난 폭풍우가 몰려오고 멀리서는 천둥소리가 요란했다.

야영하던 자들이 모두 잠에 빠져들자, 벨레그는 활을 잡아 어둠 속에서 남쪽에 있는 늑대 보초병 네 마리를 하나씩 소리 없이 쓰러뜨렸다. 그리고 그들은 엄청난 위험을 무릅쓰고 야영지에 잠입하였고, 투린이 손발에 차꼬를 찬 채 말라 죽은 나무에 묶여 있는 것을 발견했다. 투린의 주변에는 고문하던 자들이 던진 칼들이 나무 둥치에 박혀 있었지만, 그는 다치지는 않은 상태였다. 투린은 마치 약을 먹고 혼수상태에 빠졌거나 엄청난 피로에 기절한 듯 잠에 빠져 있었다. 벨레그와 귄도르는 그를 묶은 줄을 자른 다음 야영지 밖으로 데리고 나가려 했다. 하지만 투린을 메고 가기엔 너무 무거워서, 그들은 야영지 위쪽 비탈 꼭대기에 있는 가시나무 덤불까지밖에 갈 수가 없었다. 그들이 거기에 투린을 내려놓자, 이때쯤 폭풍우가 점점 가까이 다가오면서 상고로드림에 번개가 번쩍거렸다. 벨레그는 자신의 검 앙글라켈을 뽑아 들고 투린을 결박하고 있는 차꼬를 잘랐다. 하지만 운명은 그날 더욱 가혹했다. '검은요정' 에욜의 칼날이 그의 손에서 미끄러지면서 투린의 발을 찌르고 말았던 것이다.

그 순간 투린은 분노와 공포 속에 갑자기 잠을 깼고, 누군가가 어둠 속에서 칼을 빼 들고 자기 위에 웅크리고 있는 것을 보고는 벽력같이 소리를 지르며 뛰어올랐다. 오르크들이 다시 자신을 고문하러 온 것으로 생각했던 것이다. 어둠 속에서 벨레그 쿠살리온을 붙잡은 그는 앙글라켈을 집어 들었고, 그를 적으로 여기고 칼로 찔렀다.

그렇게 몸을 일으킨 투린은 몸이 자유로워진 것을 발견하였고, 그가 적이라고 상상한 이들에 맞서 제대로 한판 싸움을 해야겠다는 각오를 하는 찰나, 그들의 머리 위로 커다란 번갯불이 번쩍거렸다. 그 번갯불 속에서 투린은 벨레그의 얼굴을 내려다보았다. 그 끔찍스러운 죽음을 바라보며, 그제야 그는 자신이 무슨 짓을 저질렀는지 깨달았고, 망연자실하여 아무 말도 하지 못하고 서 있었다. 사방에서 번쩍거리는 번갯불에 비친 투린의 얼굴이 너무나 섬뜩했기 때문에 귄도르는 땅바닥에 엎드린 채 감히 눈을 들지도 못했다.

그러나 이때쯤 아래쪽 야영지에서는, 한편으로는 폭풍우 때문에 다른 한편으로는 투린의 고함 때문에 오르크들이 잠에서 깨어나 곧 투린이 사라진 것을 발견하였다. 하지만 그들은 서쪽에서 날아온 폭풍우를 바다 건너 그들의 막강한 적이 보낸 것으로 믿고 겁에 질려 있었다. 그때 일진광풍이 일어나 폭우가 쏟아졌고, 타우르누푸인 고지에서는 격류가 콸콸 흘러내렸다. 귄도르가 투린을 향해 소리를 지르며 자신들이 극도로 위험한 상태에 빠져 있다고 경고했지만, 그는 아무 대답도 하지 않았다. 투린은 눈물도 흘리지 않고 미동도 없이, 자신을 구속에서 풀어 주기 위해 차꼬를 자르던 바로 그 순간 자신의 손에 죽임을 당해 캄캄한 숲속에 누워 있는 벨레그 쿠살리온의 시신 옆에 앉아 있었다.

아침이 되자 폭풍우는 동쪽 멀리 로슬란평원 너머로 사라지고 가을의 태양이 뜨겁고 환하게 솟아올랐다. 하지만 오르크들은 천둥 못지않게 햇빛도 싫어하는 데다, 또 투린이 그곳에서 멀리 달아나 흔적조차 모두 씻겨 내려갔을 것으로 여기고는, 서둘러 앙반드 귀환길에 올랐다. 귄도르는 북쪽으로 김이 솟아오르는 모래땅 안파우글리스 위로 그들이 줄지어 사라지는 것을 지켜보았다. 오르크들은 그리하여 후린의 아들을 뒤에 내버려 둔 채 빈손으로 모르고스에게 돌아가게 되었다. 투린은 오르크들의 차꼬보다 더 무거운 짐을 진 채 아무 의식도 없이 넋이 나간 사람처럼 타우르누푸인의 비탈 위에 앉아 있었다.

그때 귄도르가 벨레그를 매장할 수 있도록 도와 달라고 투린을 흔들어 깨우자, 그는 마치 몽유병자처럼 몸을 일으켰다. 그들은 함께 야트막한 무덤 속에 벨레그를 눕히고 그 옆에 검은 주목으로 만든 그의 커다란 활 벨스론딩도 묻었다. 그러나 귄도르는 그 무서운 칼 앙글라켈을 집어 들면서, 칼을 흙 속에 버리기보다는 모르고스의 부하들에게 복수하도록 하는 것이 낫겠다고 말했다. 그리고 그는 야생 지대를 지나갈 때 원기를 회복할 수 있도록 멜리안의 렘바스도 집어넣었다.

이리하여 친구들에게 가장 신실했던 자, 상고대 벨레리안드의 숲속에 거했던 이들 중 가장 솜씨가 뛰어났던 인물인 '센활 벨레그'는 자신이 가장 사랑하는 자의 손에 생을 마감했다. 투린의 얼굴에는 그 비통함이 각인되어 다시는 사라지지 않았다.

하지만 나르고스론드의 요정은 다시 용기와 힘을 내어, 투린을 데리고 티우르누푸인을 내려와 먼 곳을 향해 떠났다. 참담한 심정의 투린은 멀고도 고통스러운 길을 유랑하는 동안 한마디도 하지 않았고, 마치 아무런 희망도 계획도 없는 사람처럼 길을 걸었다. 그러는 동안 그해가 저물고 북부에는 겨울이 찾아왔다. 하지만 귄도르가 항상 투린의 곁에서 그를 지켜 주고 인도하였으며, 이리하여 그들은 서쪽으로 시리온강을 넘어 마침내 어둠산맥 밑의 아름다운 호수이자 나로그강의 발원지인 에이셀 이브린에 당도하였다. 그곳에서 귄도르가 입을 열어 투린에게 말했다. "깨어나시오, 후린 살리온의 아들 투린이여! 이브린호수 위에는 한없는 웃음이 있소. 호수는 결코 고갈되지 않는 수정의 샘으로 채워져 있고, 먼 옛날 호수의 아름다움을 만든 물의 군주 울모께서 더럽혀지지 않도록 지키고 있소." 그러자 투린은 무릎을 꿇고 그 물을 마셨다. 그리고 갑자기 땅바닥에 쓰러지면서 마침내 그의 눈에서 눈물이 흘러내렸고, 그는 자신의 광기를 치유하였다.

그곳에서 투린은 벨레그를 위한 노래를 만들고 이를 '라에르 쿠 벨레그', 곧 '위대한 활의 노래'로 명명한 다음 위험에도 아랑곳하지 않고 큰 소리로 노래를 불렀다. 귄도르는 앙글라켈 검을 그의 손에 쥐여 주었고, 투린은 그 칼이 무겁고 강하며 엄청난 위력을 지니고 있다는 것을 알았다. 하지만 그 칼날은 광택 없는 검은색에 날 끝이 뭉툭했다. 그러자 귄도르가 말했다. "이건 이상한 칼이오. 내가 가운데땅에서 본 어느 칼과도 다르오. 당신과 마찬가지로 이 칼도 벨레그를 애도하고 있소. 하지만 힘을 내시오. 나는 지금 내가 태어나고 또 고난을 당하기 전에 살았던 피나르핀 가의 나르고스론드로 돌아가고 있으니 당신도 나와 함께 가서 치료받고 원기를 회복하도록 합시다."

"당신은 누구시오?" 투린이 물었다.

"방랑하는 요정이며 도망한 노예요. 벨레그를 만나 도움을 받고 위로받았소. 하지만 나도 옛날에는 나르고스론드의 영주였고 구일린의 아들 귄도르라고 했소. 니르나에스 아르노에디아드에 나갔다가 앙반드에 붙잡히기 전까지는 말이오."

"그러면 도르로민의 전사 갈도르의 아들 후린을 보셨소?

"그를 보지는 못했소. 하지만 앙반드에는 아직도 그가 모르고스를 대적하여 싸운다는 소문이 있소. 모르고스가 그와 그의 후손들에게 저주를 내렸다고 하더이다."

"나도 그렇게 생각하오." 투린이 대답했다.

그리고 그들은 일어나 에이셀 이브린을 떠나 나로그강의 강변을 따라 남쪽으로 여정을 시작하였고, 마침내 요정 척후대에 목격되어 비밀의 성채에 붙잡혀 가게 되었다.

그렇게 하여 투린은 나르고스론드에 들어갔다.

Chapter 10
나르고스론드의 투린

나르고스론드의 요정들은 처음에는 귄도르를 알아보지 못했다. 건장한 청년으로 떠났던 자가 고문과 노역으로 인해 이제 유한한 생명의 인간들에게나 볼 수 있는 노인 행색으로 돌아왔던 것이다. 게다가 이제 그는 장애를 지닌 몸이었다. 하지만 오로드레스 왕의 딸 핀두일라스는 그를 알아보고 반가이 맞이하였다. 그녀는 니르나에스 이전부터 그를 사랑했었고 사실 그들은 약혼한 상태였는데, 귄도르 역시 자신의 연인이 너무 사랑스러워 파엘리브린, 곧 '이브린호수에 반짝이는 햇빛'이란 이름을 지어 주었던 것이다.

이리하여 귄도르는 고향에 돌아왔고, 귄도르 덕분에 투린은 나르고스론드에 함께 들어갈 수 있었다. 귄도르가 그를 도리아스의 벨레그 쿠살리온과 막역한 친구 사이인 용맹스러운 인간이라고 소개했던 것이다. 그러나 귄도르가 그의 이름을 말하려 하자, 투린은 그를 가로막으며 이렇게 말했다. "나는 우마르스

의 아들 아가르와엔('불운의 아들, 피투성이')으로 숲속의 사냥꾼
이오." 하지만 요정들은 (다른 이유는 알지 못하고) 그가 친구를 죽
인 사실 때문에 이런 이름을 취한 것으로 짐작하고 더 이상 묻지
않았다.

나르고스론드의 솜씨 좋은 대장장이들이 그를 위해 앙글라켈
검을 다시 벼리자, 칼날은 온통 검은빛을 띠면서도 희미한 불빛
을 머금었다. 그리하여 앙글라켈로 얻은 무공이 널리 알려지면
서 투린은 나르고스론드에서 '검은검 모르메길'로 알려지게 되
었다. 하지만 그는 그 검을 구르상, 곧 '죽음의 쇠'로 명명하였다.

오르크들과의 전투에서 보인 무용과 솜씨 때문에 투린은 오
로드레스의 총애를 받아 왕의 자문 회의에 참석할 수도 있게 되
었다. 그런데 투린은 매복이나 잠행, 숨어서 활쏘기 같은 나르고
스론드 요정들의 전투 방식을 좋아하지 않았기 때문에, 그 전술
을 버리고 아군의 힘으로 대적의 하수인들을 공격하여 훤히 트
인 들판에서 전투를 벌이고 적을 추격하자는 주장을 폈다. 하지
만 귄도르는 이 문제에 관해서만큼은 왕의 자문 회의에서 늘 투
린에게 반대하면서, 자신이 앙반드에 있어 보았기 때문에 모르
고스의 위력을 조금은 알고 있으며, 그의 계략이 어떤지도 눈치
채고 있다고 말했다. "작은 승리는 결국 아무 소용이 없소. 이를
통해 모르고스는 최강의 적이 어디 있는지 알게 되고 그들을 제
압하기 위해 무력을 보강할 것이기 때문이오. 요정과 인간의 힘
을 모두 연합해도 겨우 모르고스를 제지하는 정도, 곧 포위 공격
을 통해 평화를 유지하는 것에 불과했소. 그것도 모르고스가 포
위망을 뚫지 않고 때를 기다리는 동안에만 가능했소. 이제 다시

그와 같은 연합은 이루어질 수 없소. 이제 생존의 유일한 희망은 은둔에 있소. 발라들이 오기까지는 말이오."

"발라들이라고요!" 투린이 소리쳤다. "그들은 당신들을 저버렸고 인간을 경멸하고 있소. 끝없는 바다 너머 저쪽 서녘에서 가물거리는 석양을 바라보았자 무슨 소용이 있소? 우리와 상관이 있는 발라는 하나밖에 없습니다. 바로 모르고스라는 자요. 우리가 끝내 그를 이길 수 없다 하더라도 그를 괴롭히고 방해할 수는 있소. 아무리 작은 것이라 하더라도 승리는 승리고, 승리의 가치는 뒷일로만 판단하는 게 아니오. 이는 또한 용이한 방책이기도 하오. 끝까지 비밀을 지키는 것은 불가능하기 때문이오. 무력이야말로 모르고스를 막아 내는 유일한 방벽이오. 모르고스의 진군을 막기 위한 행동을 아무것도 취하지 않는다면, 몇 년 지나지 않아 벨레리안드 온 땅은 그의 어둠 속에 떨어질 것이고, 그런 뒤에는 한 사람씩 숨어 있던 은신처에서 쫓겨나고 말 겁니다. 그 다음에는 어떻게 되오? 살아남은 불쌍한 자들은 남쪽과 서쪽으로 달아나 모르고스와 옷세 사이에 끼인 형국으로 바닷가에 웅크리고 있게 될 것이오. 아무리 짧은 시간이라 할지라도 영광의 순간을 누리는 것이 더 낫소. 그렇게 해도 결국엔 더 나빠질 일도 없기 때문이오. 당신은 은둔을 주장하고 유일한 희망은 거기 있다고 말하지만, 모르고스의 모든 첩자와 척후병을 끝까지 지극히 작은 자에 이르기까지 숨어서 기다리다가 잡아낼 수 있다고 해도, 아무도 앙반드에 정보를 갖고 돌아가지 않으면 바로 그것으로부터 모르고스는 당신이 어느 곳에 있는지 짐작할 수 있을 것이오. 이 점 또한 말씀드리겠소. 유한한 생명의 인간들은 요정에 비해 무척 짧은 생을 살지만, 그들은 달아나거나 항복하지 않고 싸움으로 저항하고 있소. 후린 살리온의 항거는 위대한 행동이오. 모르고스가 비록 그 행위자를 죽일 수 있을지는 몰라도 이미 일어난 행위는 돌이킬 수 없는 법. 서녘의 군주들께서도 이 점은 높이 평가하실 것이오. 아르다의 역사에는 모르고스나 만웨도 지울 수 없는 역사가 기록되어 있지 않소?"

권도르가 대답했다. "높은 분들의 이름을 거론하는 것을 보니 당신이 요정들과 함께 지낸 적이 있다는 것은 분명하오. 하지만 모르고스와 만웨의 이름을 함께 언급한다거나, 발라들을 요정과 인간의 적인 양 이야기한다면 당신에게 어둠이 찾아온 것이오. 발라들은 아무것도 경멸하지 않소. 특히 일루바타르의 자손들에 대해서는 더욱 그러하오. 또한 당신은 엘다르의 희망에 대해서도 모든 것을 알고 있지 못하오. 우리에게 전해 내려오는 예언에 따르면, 언젠가 가운데땅의 한 사자가 발리노르의 어둠을 뚫고 들어가면 만웨께서 그의 말에 귀를 기울일 것이며, 만도스께서 우리를 측은히 여기실 것이라고 하오. 그때를 위하여 우리는 놀도르의 씨앗을 지키도록 노력해야 하지 않겠소? 에다인의 씨앗도 마찬가지요. 그래서 키르단이 지금 남쪽에 머무르며 배를 만들고 있소. 당신은 배와 바다에 대해 무엇을 알고 있소? 당신은 자신과 자신의 영광만 생각하고 우리 모두에게도 그렇게 하자고 요구하고 있는 것이오. 하지만 우린 우리 말고 다른 이들도 생각해야 하오. 모두가 다 싸우다 죽을 수는 없기 때문이오. 우리는 있는 힘을 다해 전쟁과 멸망으로부터 그들을 지켜야 하오."

"그렇다면 아직 시간이 있을 때 그들을 배가 있는 데로 보내는 게 어떻소?"

"키르단이 그들을 부양할 수 있다고 해도 그들이 우리와 떨어져 지내게 해서는 안 되오. 우리는 가능한 한 오랫동안 함께 지내야지, 죽음을 자초해서는 안 되오."

투린이 대답했다. "이 모든 것에 대해 나는 답을 했소. 적이 결집하기 전에 변경에 강력한 방어선을 치고 강력한 타격을 하는 것이오. 그래야만 당신이 말하는 최선의 방책, 곧 오랫동안 함께 견디는 것도 가능하오. 당신이 말한 백성들은 늑대처럼 길 잃은 것들이나 사냥하면서 숲속에 몰래 숨어 있는 그런 자들을 좋아한단 말이오? 적이 우리 군대 전체보다 더 강하다 하더라도, 투구를 쓰고 문양을 새긴 방패를 들고 그들을 쫓아내는 것이 더 훌륭하지 않소? 적어도 에다인 여인들은 그렇게 생각하고 있소. 그들은 니르나에스 아르노에디아드에서 남자들을 불러들이지 않았단 말이오."

"하지만 그 전쟁을 벌이지 않았더라면 그들의 고통은 훨씬 덜했을 것이오." 귄도르가 대답했다.

하지만 투린에 대한 오로드레스의 신임이 엄청나게 커져, 그는 왕의 핵심 자문관이 되어 거의 모든 국사에 관해 자문하게 되었다. 그러는 동안 나르고스론드의 요정들은 자신들의 은밀한 방식을 버리고 막대한 양의 병기를 제작했다. 이제 전쟁은 주로 나로그강 동쪽의 파수평원에서 벌어졌기 때문에, 놀도르는 투린의 권고에 따라 무기를 신속하게 운반할 수 있도록 펠라군드의 문 앞에 나로그강을 건너가는 큰 다리를 건설했다. 이제 나르고스론드는 킹글리스강과 나로그강의 수원지 주변의 '분쟁 지역'과 누아스숲의 가장자리를 자신의 북부 변경으로 삼았다. 넨닝강과 나로그강 사이에서 오르크는 흔적도 찾아볼 수 없었고, 나로그강 동쪽으로 그들의 영토는 테이글린강과 니빈노에그의 황무지 경계까지 이르렀다.

권도르는 이제 더 이상 전쟁의 선봉에 서지도 못했고 또 그의 세력이 미미했기 때문에 궁정에서 신망을 잃고 있었다. 더욱이 장애를 입은 왼팔의 통증이 자주 그를 엄습했다. 하지만 투린은 나이가 젊고 이제 겨우 제대로 성년에 이르렀으며, 사실 그는 얼굴만 보아도 모르웬 엘레드웬의 아들임을 알 수 있었다. 검은 머리에 창백한 피부, 잿빛 눈동자의 소유자인 그는 상고대의 유한한 생명의 인간들 중에서 어느 누구보다 수려한 얼굴이었다. 그의 화술과 몸가짐은 유서 깊은 도리아스 왕국에서 물려받은 것이었고, 심지어 요정들도 그를 처음 본 순간부터 놀도르 명문가의 일원으로 간주할 정도였다. 투린이 그토록 용감무쌍하고 무기를 다루는 솜씨가 탁월했기 때문에(특히 칼과 방패의 사용이 그러했다), 요정들은 불운의 운명이거나 멀리서 날아온 악의 화살이 아닌 한 그가 죽임을 당하지 않을 것이라고 말했다. 그리고 그들은 그를 보호하기 위해 난쟁이들의 갑옷을 주었다. 투린 또한 비장한 자세로 병기고에서 완전히 금도금을 한 난쟁이 탈을 발견하여 전투에 나가서는 그것을 썼고, 적군은 그의 얼굴을 보기만 해도 달아났다.

이제 투린은 자기 뜻대로 할 수 있었고 모든 일이 잘 진행되었으며, 마음속 생각대로 추진할 일이 있었고 이를 통해 영예도 누렸다. 그런 까닭에 그는 모든 이들에게 예의 바른 태도로 대했고 표정도 전보다 덜 엄격해져서 거의 모든 요정들의 마음이 그를 향하게 되었다. 많은 이들이 투린을 아다네델, 곧 '요정인간'이라 불렀다. 그런데 그 누구보다 오로드레스의 딸 핀두일라스는 투린이 가까이 오거나 궁정 안에 들어올 때면 언제나 자신의 마음이 흔들리는 것을 깨달았다. 그녀는 피나르핀 가문의 내림에 따라 금발이었는데, 투린은 그녀를 바라볼 때나 그녀와 함께 있으면 즐거웠다. 그녀를 보면 도르로민의 아버지 집에 있는 여인들과 가족들이 떠올랐기 때문이다.

그는 처음에는 귄도르가 옆에 있을 때만 그녀를 만났다. 하지만 얼마 후 그녀가 그를 찾아왔고, 일견 우연인 듯했지만 가끔 따로 만났다. 그녀는 자신이 거의 본 적이 없는 에다인에 대해서, 또 투린이 살던 고장과 그의 가문에 대해 물었다.

투린은 자신이 어디서 태어났는지, 자신의 친척들이 어떤 사람들인지 밝히지 않았지만, 다른 질문에 대해서는 그녀에게 거리낌 없이 이야기해 주었다. 한번은 이런 얘기를 했다. "내겐 랄라이스라는 여동생이 있었소. 아니 내가 이름을 그렇게 붙였지. 당신을 보니 그 아이 생각이 나오. 하지만 랄라이스는 어린아이였고, 봄날의 푸른 풀밭에 피어나는 한 송이 노란 꽃과 같았소. 살아 있었다면, 아마도 지금쯤 깊은 슬픔에 잠겨 있을 것이오. 하지만 당신은 여왕의 품위에 황금빛 나무를 닮았소. 내게 이렇게 아름다운 누이가 있었으면 좋겠소."

그녀가 말했다. "당신은 제왕의 풍모를 갖추고 있고, 핑골핀 가문의 영주들을 닮았어요. 내게 당신처럼 용맹스러운 오라버니가 있었으면 좋겠습니다. 아다네델, 난 아가르와엔이 당신 이름이라고 생각지 않아요. 그건 당신한테 어울리지 않기 때문이죠. 난 당신을 '수린', 곧 '비밀'이라고 부르겠어요."

이 말에 투린은 몸을 움찔하고 대답했다. "그것은 내 이름이 아니오. 우리의 왕은 엘다르에서 나오고, 나는 엘다르가 아니기 때문에 왕도 아니오."

이때쯤 투린은 자신에 대한 귄도르의 우정이 점점 차가워지는 것을 알아차렸다. 투린은 귄도르가 처음에는 앙반드의 고통과 공포에서 벗어나기 시작했지만, 이제는 다시 근심과 걱정 속으로 끌려 들어가는 것 같아서 불안했다. 그래서 그는 귄도르가 슬픔에 잠긴 것이 자기가 그의 생각에 반대하고 또 그보다 뛰어났기 때문일 것으로 짐작하고, 제발 그것이 사실이 아니기를 기원했다. 왜냐하면 그는 귄도르를 자신의 안내자이자 치유자로서 사랑했고, 그에 대한 연민의 정이 가득했기 때문이다. 하지만 그때쯤 핀두일라스의 광채 또한 어두워지고, 그녀의 발걸음이 느려졌으며, 얼굴 또한 수심이 가득해지면서 점점 창백하고 여위어 갔다. 이를 감지한 투린은 귄도르의 이야기 때문에 그녀의 마음속에 앞으로 일어날 사건에 대한 공포심이 생겨나서 그런 것이라고 추측했다.

사실 핀두일라스는 가슴이 찢어질 듯 괴로워하고 있었다. 그녀는 귄도르에 대한 존중과 연민의 정이 있었고, 그래서 그의 고통에 또 하나의 생채기를 더하고 싶지 않았다. 하지만 자신의 의

지와는 달리 투린에 대한 그녀의 사랑은 날이 갈수록 커졌고, 그래서 그녀는 베렌과 루시엔을 생각했다. 하지만 투린은 베렌과 같지 않았다! 그는 그녀를 멸시하지 않았고 그녀와 함께 있는 것을 기뻐했다. 그렇지만 그녀는 투린이 자신이 바라는 식의 사랑을 원치 않는다는 것을 알았다. 그의 생각과 마음은 다른 곳에, 즉 오래전에 지나간 봄날의 어느 강변에 머물러 있었다.

그래서 투린은 핀두일라스에게 말했다. "귄도르가 하는 말에 놀라지 마시오. 그는 앙반드의 어둠 속에서 고통을 받았소. 그토록 용맹스러운 이가 이렇게 장애를 입고 어쩔 수 없이 뒤로 물러나야만 한다는 것은 참으로 힘든 일이오. 그는 많은 위로가 필요하고 치유에 오랜 시간이 걸릴 것이오."

"잘 알고 있습니다." 그녀가 대답했다.

"우린 그를 위해 시간을 벌어 주어야 하오. 나르고스론드는 견뎌 낼 거요! '겁쟁이' 모르고스는 다시는 앙반드에서 나오지 않을 것이고, 그가 의지하는 것이라고는 오로지 부하들밖에 없소. 도리아스의 멜리안이 그렇게 말했소. 모르고스의 부하들은 그의 손에 달린 손가락이나 마찬가지라서, 그가 마수魔手를 뒤로 빼기 전에 그 손가락을 쳐부수고 잘라 내야 하오. 나르고스론드는 살아남을 것이오!"

"혹시 당신이 그걸 해낼 수 있다면 나르고스론드는 살아남을 겁니다. 하지만 조심하세요, 수린. 당신이 싸움터로 나갈 때면, 나르고스론드가 당신을 잃게 될까 봐 가슴이 무거워집니다."

투린은 나중에 귄도르를 찾아가 말했다. "사랑하는 친구 귄도르, 그대는 다시 슬픔 속으로 빠져들고 있소. 그러지 마시오! 그대의 병은 가족들과 함께하는 그대의 집에서, 또 핀두일라스의 빛 속에서 치유될 것이오."

그러자 귄도르는 투린을 노려보면서 아무 말도 하지 않았고, 얼굴이 어두워졌다.

투린이 물었다. "왜 그런 얼굴로 나를 보오? 최근 들어 그대는 나를 이상한 눈으로 볼 때가 많소. 내가 잘못한 게 무엇이오? 그대의 계획을 반대하긴 했지만, 사람은 자기가 생각하는 대로 말해야 하오. 아무리 개인적인 이유가 있다 하더라도 자신이 믿고 있는 진실을 감추는 게 아니오. 나는 우리 생각이 같으면 좋겠소. 그대한테 큰 빚을 졌고 그것을 잊을 수 없기 때문이오."

"잊을 수 없다고?" 귄도르가 말했다. "하지만 자네의 행동과 조언이 내 고향과 내 동족의 삶을 바꾸어 버렸네. 자네의 어두운 그림자가 그들의 머리 위에 있단 말일세. 모든 것을 자네에게 잃어버린 내가 어떻게 마음 편하게 있을 수 있겠는가?"

그러나 투린은 이 말뜻을 이해하지 못했고, 다만 왕의 심중心中과 자문 회의에서 자신이 차지하는 자리를 그가 시기하고 있는 게 아닌가 추측할 뿐이었다.

하지만 귄도르는 투린이 가고 난 뒤에도 음울한 생각에 잠겨 홀로 앉아 있었고, 적이 어디로 도망가더라도 이렇게 집요하게 재앙과 함께 뒤쫓는 모르고스를 저주했다. "이제야 모르고스가 후린과 그의 가족 모두를 저주했다는 앙반드의 소문을 이해하겠군." 그리고 그는 핀두일라스를 찾아가서 이렇게 말했다. "슬

픔과 의심의 그림자가 당신을 에워싸고 있소. 나는 당신이 너무
나 보고 싶지만, 당신이 나를 피한다는 것을 이제 깨닫기 시작했
소. 낭신이 이유를 말해 주지 않으니 추측할 수밖에 없구려. 피
나르핀 가문의 딸이여, 우리 사이에 슬픔을 만들지 맙시다. 모르
고스가 내 삶을 엉망으로 만들었지만 난 아직도 당신을 사랑하
오. 그러나 당신의 사랑이 인도하는 대로 따르시오. 나는 당신과
혼인하기엔 어울리지 않게 되었고, 나의 무용이나 충고는 더 이
상 쓸모없게 되었구려."

그러자 핀두일라스가 슬피 울었고, 귄도르가 말했다. "울지
마시오! 그리고 그럴 이유를 만들지 않도록 조심하시오. 일루바
타르의 첫째자손이 둘째자손과 혼인하는 것은 합당하지 않소.
그들은 생명이 유한하여 곧 떠나갈 것이므로 세상 끝날 때까지
당신은 홀몸으로 지내야 할 것이고, 이는 현명하지 못한 일이오.
한두 번이라면 우리가 알지 못하는 어떤 높은 대의를 위해 그런
일이 가능할지 모르지만, 운명이 이를 허용하지 않을 것이오.

아무리 수려하고 용감한 인물이라 하더라도 이 인간은 베렌
이 아니오. 어떤 운명이 그를 기다리고 있소, 어두운 운명이오.
그 속으로 들어가지 마시오! 그래도 들어간다면 당신의 사랑은
당신을 비탄과 죽음으로 몰고 갈 것이오. 내 말에 귀를 기울이시
오! 비록 그가 '우마르스'의 아들 '아가르와엔'이라는 이름에 사
실 걸맞기는 하나, 그의 진짜 이름은 투린, 곧 후린의 아들이오.
모르고스가 그의 부친을 앙반드에 잡아 두고 그의 일가에 저주
를 내렸소. 모르고스 바우글리르의 위력을 의심하지 마시오! 내
얼굴에 씌어 있지 않소?"

그 말에 핀두일라스가 일어섰고, 그녀의 모습은 진실로 여왕의 풍모였다. "귄도르, 당신의 눈이 흐려졌군요. 당신은 지금까지 이곳에서 벌어진 일들을 보지도 못하고 이해하지도 못하고 있습니다. 지금 당신에게 진실을 고백하여 내 부끄러움이 두 배가 되어야겠습니까? 귄도르, 당신을 사랑하고 있고 또 더 많이 사랑하지 못해서 미안하지만 난 더 큰 사랑에 사로잡혀 있고 거기서 빠져나갈 수가 없습니다. 내가 원한 것이 아니었기에 난 그것을 오랫동안 외면하고 있었죠. 하지만 내가 당신의 아픔에 연민을 보인다면 당신도 내 상처에 연민을 보여 주어야 합니다. 투린은 나를 사랑하지 않아요. 앞으로도 그럴 테고요."

귄도르가 말했다. "당신이 이렇게 말하는 것은 당신이 사랑하는 그 사람의 책임을 면해 주기 위한 것이오. 왜 그가 당신을 찾아와서 오랫동안 함께 앉아 있고 늘 더욱 기쁜 얼굴로 돌아가는 것이오?"

"그 사람 역시 위로가 필요하기 때문이죠. 그는 자기 가족을 잃은 사람입니다. 당신들 둘 모두 결핍을 느끼고 있어요. 그런데 핀두일라스의 결핍은요? 내가 사랑받지 못하고 있다고 털어놓은 것만으로 충분하지 않습니까? 그런데도 당신은 내가 거짓으로 그런 말을 한다고 믿고 있어요."

"아니오, 여자는 그런 경우에 쉽게 속지 않소. 게다가 사랑받는 것이 사실이라면 그것을 부인할 수 있는 사람은 많지 않을 것이오."

"우리 셋 중에서 정직하지 못한 이가 있다면 그건 나일 거예요. 하지만 일부러 그런 건 아닙니다. 그런데 당신의 운명과 앙반드의 소문은 어떡합니까? 죽음과 멸망의 이야기는? 세상 사람들은 아다네델을 대단한 인물이라고 얘기하고 있고, 먼 훗날 언젠가 그는 모르고스에 맞설 만큼 장성할지도 모르는 일이지요."

"그는 오만한 자요."

귄도르의 말에 핀두일라스가 대답했다. "하지만 자비롭기도 하죠. 아직 깨어나지 않은 상태지만 언젠가는 그의 가슴속에 연민이 뚫고 들어갈 수 있을 겁니다. 그도 그걸 부인하지 않을 텐데, 어쩌면 그 속에 들어갈 수 있는 것은 연민밖에 없을 겁니다. 하지만 나에 대한 연민은 없어요. 그는 마치 자기 어머니나 여왕 대하듯 나를 경외하고 있을 뿐입니다."

엘다르의 예리한 눈으로 응시하는 핀두일라스의 이야기가 어쩌면 진실에 가까웠을 것이다. 귄도르와 핀두일라스 사이에 어떤 이야기가 오갔는지 알지 못하는 투린은 그녀가 슬퍼 보일수록 더욱 다정한 태도로 그녀에게 다가갔다. 하지만 어느 날 핀두일라스가 말했다. "수린 아다네델, 왜 당신의 이름을 내게 감추었습니까? 당신이 누군지 알았다고 해도 당신에 대한 흠모는 덜하지 않았을 것이며, 오히려 당신의 슬픔을 더 잘 이해했을 거예요."

"그게 무슨 말이오? 나를 다른 누구로 바꿔 놓으려는 것이오?"

"투린, 북부의 대장 후린 살리온의 아들."

핀두일라스로부터 그 이야기를 모두 전해 들은 투린은 크게 화내며 귄도르를 찾아가 말했다. "나의 목숨을 구해 주고 안전하게 보호해 준 그대를 나는 사랑으로 대해 왔소. 그런데 이제 그대는 내 정체를 밝히고 또 내가 피하고자 하는 운명을 불러들여 친구인 나에게 잘못을 저지르는가."

그러자 귄도르가 대답했다. "운명은 자네 이름이 아니라 자네 자신에게서 비롯되는 걸세."

모르메길의 무공으로 인해 모르고스의 세력이 시리온강 서쪽에서 저지당하면서, 모든 숲에 평화가 찾아들던 그 휴식과 희망의 시기에, 모르웬은 마침내 딸 니에노르와 함께 도르로민을 빠져나와 싱골의 궁정을 향해 긴 여정을 감행하였다. 그러나 그곳에는 새로운 슬픔이 그녀를 기다리고 있었다. 투린은 사라지고 없었고, 용 투구가 시리온강 서쪽 땅에서 종적을 감춘 뒤로 도리아스에는 아무 소식도 전해지지 않았기 때문이다. 하지만 모르웬은 니에노르와 함께 싱골과 멜리안의 손님으로 그곳에 머물면서 후한 대접을 받았다.

Chapter 11
나르고스론드의 몰락

투린이 나르고스론드에 온 지 5년이 되던 해 봄, 겔미르와 아르미나스라고 하는 피나르핀 가문 출신의 요정 두 명이 그곳을 찾아왔다. 그들은 나르고스론드의 왕께 심부름을 왔다고 했다. 당시 투린은 나르고스론드에서 모든 병력을 지휘할 뿐만 아니라 전쟁과 관련한 모든 명령권을 가지고 있었다. 사실 그는 고집스럽고 더 오만해져서 모든 일을 자기가 원하는 대로 하거나 자신이 옳다고 생각하는 대로 명령을 내렸다. 투린 앞으로 인도된 두 요정 가운데 겔미르가 말했다. "이 말씀은 피나르핀의 아들 오로드레스 왕께 드려야 하는 전언입니다."

오로드레스가 나타나자 겔미르가 말했다. "전하, 우리는 앙그로드의 백성이었고 니르나에스 이후 먼 곳을 방랑하며 지냈습니다. 그러다가 최근에는 시리온강 하구에서 키르단 공을 따르는 무리들 속에 있었습니다. 어느 날 키르단 공께서 우리를 부르시더니 전하께 심부름을 보내셨습니다. 키르단 공 앞에 '물의 군

211

주' 울모께서 직접 나타나 나르고스론드에 커다란 위험이 닥쳐 올 것이라는 경고를 했다고 하셨습니다."

하지만 신중한 오로드레스는 이렇게 대답했다. "그런데 어째서 너희들은 북부에서 이쪽으로 온 것이냐? 다른 심부름도 있었던 것이냐?"

그러자 아르미나스가 대답했다. "그렇습니다. 니르나에스 이후 저는 투르곤 왕의 '숨은왕국'을 찾아다녔지만 발견하지 못했습니다. 그렇게 다니다 보니 이제 이곳에 전해야 할 전갈이 너무 늦어진 것 같아 두렵습니다. 키르단 공께서는 비밀리에 우리를 신속하게 배에 태워 해안선을 따라가게 했고 그 배는 드렝기스트하구에 닿았습니다. 그곳의 주민 가운데 옛날 투르곤의 사자로 남쪽에 왔던 이들이 있었는데, 그들의 조심스러운 이야기로 짐작해 보건대 투르곤 왕은 많은 이들이 생각하는 대로 남쪽에 있는 것이 아니라 여전히 북쪽에 머무르고 있다는 것을 알 수 있었습니다. 하지만 우리가 찾던 목표물에 대한 어떤 표시나 소문도 발견하지 못했습니다."

"투르곤을 왜 찾는가?" 오로드레스가 물었다.

"투르곤 왕의 왕국이 모르고스와 맞서 가장 오래 지탱할 수 있을 거라는 얘기가 있기 때문입니다." 아르미나스가 대답했다. 오로드레스는 이 말이 불길한 예감으로 들려 기분이 불쾌해졌다.

"그렇다면 나르고스론드에서 지체하지 말라. 여기선 투르곤의 소식을 전혀 들을 수 없을 테니까. 그리고 나는 나르고스론드가 위험에 처해 있다고 훈계해 줄 사람은 필요치 않네."

겔미르가 말했다. "전하의 질문에 사실 그대로 답한다 하더라
도 노여워하지 마십시오. 우리가 곧바로 이곳에 오지 않고 이리
저리 돌아다닌 것이 무익했던 것은 아니었습니다. 우리는 전하
의 최전방 척후병보다 훨씬 바깥 지역을 통과해 왔습니다. 도르
로민과 에레드 웨스린 기슭에 있는 모든 땅의 구석구석을 돌아
보았고, 적의 동태를 살피기 위해 시리온 통로도 답사했습니다.
그곳에는 엄청난 규모의 오르크와 사악한 짐승들이 모여 있었
으며 사우론의 섬 주변에도 군대가 소집되고 있었습니다."

"그건 알고 있소." 투린이 말했다. "당신들이 전한 소식은 새
로울 게 없소. 키르단 공의 전언이 효력이 있으려면 좀 더 일찍
왔어야 했소."

"전하, 적어도 이젠 그 전언을 들으셔야 합니다!" 겔미르가 오
로드레스에게 말했다. "'물의 군주'의 말씀을 전하겠습니다. 그
분은 키르단 공께 이렇게 말했습니다. '북부의 악이 시리온의 샘
물들을 더럽혔고, 나의 힘은 흐르는 강물의 손가락들로부터 떠
나고 있노라. 하지만 더 끔찍한 일이 기다리고 있도다. 그러니
나르고스론드의 왕을 찾아가서, 요새의 문을 걸어 잠그고 밖으
로 나가지 말라고 전하라. 오만으로 세운 돌다리를 요란한 강물
속에 집어 던지고, 은밀히 다가오는 악의 무리가 입구를 발견하
지 못하게 하라.'"

그들의 전언에 오로드레스는 음산한 기분을 느꼈고, 여느 때
와 마찬가지로 그는 투린에게 조언을 구했다. 하지만 투린은 사
자들을 믿지 않았으므로 냉소적으로 말했다. "키르단 공이 우
리 전쟁에 대해서 무엇을 알며, 누가 더 적과 가까이 있습니까?

조선공께서는 배나 돌보시는 게 좋겠군요! 다만 물의 군주께서
정말로 우리에게 조언하시겠다면, 좀 더 알아듣기 쉽게 말씀하
셨으면 합니다. 그게 아니라면 전쟁에 익숙해진 자의 눈으로 볼
때, 우리의 경우는 적이 너무 가까이 다가오기 전에 힘을 모아
용감하게 맞서는 것이 더 나은 방책입니다."

그러자 겔미르는 오로드레스 앞에 고개를 숙이고 말했다. "전
하, 저는 지시받은 사항을 그대로 전해 드렸습니다." 그리고 그
는 돌아섰다. 하지만 아르미나스는 투린을 향해 말했다. "당신
이 하도르 가의 사람이란 말을 들었는데 그게 사실이오?"

"이곳에서 나는 나르고스론드의 검은검, 아가르와엔이라고
불리고 있소. 친구 아르미나스, 당신은 은밀한 이야기를 너무 많
이 하고 있소. 그러니 당신이 투르곤 왕의 비밀을 모르고 있는
것이 다행이오. 안 그랬다면 벌써 앙반드에 알려졌을 테니까. 사
람의 이름은 각자 나름대로 소중한 것이오. 후린의 아들은 스스
로 몸을 숨기고 싶어 하는데 당신이 그의 비밀을 폭로한다는 것
을 알게 되면, 모르고스가 당신을 잡아가 혀를 태워 버리기를 기
원할 것이오!"

아르미나스는 투린의 불같은 분노에 당황했다. 하지만 겔미
르가 말했다. "아가르와엔, 우리 때문에 그의 정체가 드러나지
는 않을 것이오. 우린 지금 터놓고 얘기할 수 있는 비공개 회의
를 하고 있지 않소? 그리고 내가 보기에 아르미나스가 이를 여
쭌 것은, 해안 지방에 사는 주민들은 모두 울모가 하도르 가를
무척 사랑한다는 사실을 알고 있기 때문이오. 어떤 이들은 후린
과 동생 후오르가 '숨은왕국'에 들어간 적이 있다고도 말하고

있소."

투린이 대답했다. "그게 사실이라면 후린은 지위 고하를 막론하고 누구에게도 그 이야기를 하지 않을 것이오. 특히 어린 나이의 아들에게는 더욱 그럴 것이오. 따라서 아르미나스가 투르곤왕에 대해 무언가를 알아낼 기대를 갖고 내게 이 질문을 했다고믿지 않소. 나는 말썽거리를 가져오는 사자는 불신하오."

"불신은 아껴 두시오!" 아르미나스가 화가 나서 소리쳤다. "겔미르가 나를 오해한 거요. 내가 그 질문을 했던 것은 이곳에서 모두들 믿고 있는 듯한 사실이 의심스러워 보여 그렇소. 즉당신 이름이 무엇이든 간에 당신은 사실 하도르 가 사람들과는닮은 데가 거의 없기 때문이오."

"당신이 그들을 어떻게 아시오?" 투린이 물었다.

"후린을 만난 적이 있소." 아르미나스가 대답했다. "그전에는그의 선대도 만났고, 도르로민의 폐허에서는 후린의 동생인 후오르의 아들 투오르도 만났소. 그는 당신과 달리 선대를 닮았더구려."

"투오르에 대해서는 한마디 들은 적이 없지만 그럴 수도 있겠소. 하지만 내 머리카락이 황금색이 아니고 검은색이라고 해서부끄러워하지는 않소. 나 말고도 모친을 닮은 아들들은 많기 때문이오. 나의 모친은 베오르 가의 모르웬 엘레드웬으로, 베렌 캄로스트의 친척 되는 분이오."

아르미나스가 말했다. "내가 말하는 것은 머리색이 황금색이냐 검은색이냐 하는 문제가 아니오. 투오르도 그렇지만 하도르가의 다른 사람들은 처신하는 법이 다르오. 그들은 예의를 알고,

좋은 충고에 귀를 기울이며, 서녘의 군주들을 외경심으로 대하는 사람들이오. 하지만 당신은 자신의 지혜만 믿거나 자신의 칼만 믿는 사람인 듯하오. 말투 또한 오만하오. 아가르와엔 모르메길, 분명히 말해 두는데, 당신이 그렇게 행동한다면 당신의 운명은 하도르 가와 베오르 가 사람들이 기대하는 것과는 다른 모습이 될 것이오."

"이미 다른 모습이었소." 투린이 대답했다. "내가 아버지의 기개 때문에 모르고스의 증오를 참고 견뎌야 하는 것 같긴 하나, 그렇다고 전장에서 도망친 자의 조롱과 불길한 예언까지 참아야 하오? 그가 아무리 제왕의 친족이라고 하더라도 말이오. 당신네들의 그 안락한 바닷가로 돌아가시오!"

그리하여 겔미르와 아르미나스는 그곳을 떠나 남부로 돌아갔다. 그들은 투린의 조롱에도 불구하고 옆에서 기꺼이 함께 전쟁을 기다려 줄 수 있었지만, 키르단이 울모의 명에 따라 나르고스론드의 소식과 그들이 전한 전언이 신속하게 처리되었는지를 보고하라고 했기 때문에 돌아갈 수밖에 없었다. 오로드레스는 사자들의 전언이 무척 당혹스러웠다. 그럴수록 투린은 심사가 더욱더 사나워져 그들의 충고를 도무지 받아들일 생각조차 하지 않았고, 적어도 펠라군드 문 앞의 큰 다리를 허문다는 것은 용납할 수 없었다. 어쨌거나, 최소한 울모의 조언만큼은 제대로 이해한 셈이었다.

사자들이 떠난 직후 브레실의 영주 한디르가 목숨을 잃었다. 오르크들이 진군을 계속하기 위해 테이글린 건널목 장악을 노리며 그의 땅에 쳐들어왔던 것이다. 한디르는 그들과 싸움을 벌였지만 브레실의 인간들은 싸움에 패해 숲속으로 쫓겨나고 말았다. 오르크들은 일단 목표를 달성했기 때문에 추격을 멈추고 시리온 통로에서 무력을 결집하는 일에 매진했다.

그해 가을, 때를 기다리던 모르고스는 오랫동안 준비해 둔 대군을 나로그강 유역의 거주민들을 향해 쏟아부었다. 용들의 아버지 글라우룽이 안파우글리스를 넘어 시리온강 북부 계곡으로 들어와 만행을 저질렀다. 용은 에레드 웨스린 그늘에서 대규모의 오르크 군대를 이끌고 에이셀 이브린에 가서 그곳을 더럽혔고, 나르고스론드 땅으로 내려와 나로그강과 테이글린강 사이에 있는 탈라스 디르넨, 곧 파수평원을 불태웠다.

그리하여 나르고스론드의 전사들도 출전하게 되었고, 그날 투린이 큰 키에 사나운 얼굴을 하고 오로드레스 오른쪽에서 말을 타고 달리자, 용사들의 가슴은 한껏 부풀어 올랐다. 하지만 모르고스의 군대는 척후병들이 보고했던 것보다 훨씬 규모가 컸고, 난쟁이 탈로 무장한 투린 외에는 아무도 글라우룽의 공격을 견뎌 낼 수 없었다.

요정들은 툼할라드들판에서 뒤로 밀리다가 패배했고, 그곳에서 나르고스론드의 군대와 그들의 긍지는 모두 무너지고 말았다. 오로드레스 왕은 최전선에서 죽음을 맞았고, 구일린의 아들 귄도르는 치명상을 입었다. 그러나 투린이 귄도르를 구하러 다가가자 적들은 모두 달아나고 말았다. 그는 아비규환 속에서 귄도르를 데리고 나와 숲속의 풀밭에 내려놓았다.

그러자 귄도르가 투린에게 말했다. "이것으로 은혜를 갚은 걸로 하세! 하지만 내가 자네를 구해 준 것이 불행의 시작이 되었고, 자네가 나를 구해 준 것은 소용없는 일이 되었네. 난 치유가 불가능한 중상을 입었고, 가운데땅을 떠날 수밖에 없네. 후린의 아들, 자네를 사랑하지만 오르크들 가운데서 자네를 구해 준 그날이 통탄스럽네. 자네의 무용과 오만이 없었더라면 난 여전히 연인과 함께 있을 것이고 목숨도 건졌을 걸세. 나르고스론드도 좀 더 지탱할 수 있었겠지. 자, 나를 사랑한다면 떠나게! 급히 나르고스론드로 달려가 핀두일라스를 구하게! 이게 마지막 부탁일세. 오로지 그녀만이 자네와 자네의 운명 사이를 막아설 수 있네. 그녀를 놓친다면 운명은 기필코 자네를 찾아갈 걸세. 잘 가게!"

그리하여 투린은 도중에 만난 패잔병들을 모아 황급히 나르고스론드로 되돌아갔다. 계절은 가을에서 혹독한 겨울로 접어들었기 때문에, 그들이 돌아가는 동안 세찬 바람이 불어 나무들마다 낙엽이 떨어졌다. 투린이 귄도르를 구출하느라 지체하는 바람에 글라우룽과 그의 오르크 군대가 앞서가고 있었으므로, 나르고스론드에 남아 수비하고 있던 이들은 툼할라드들판의 소식을 듣기도 전에 적군의 기습 공격을 받았다. 투린의 의도대로 만들어진 나로그강을 건너는 다리는 그날에야 비로소 재앙이었음이 밝혀졌다. 거대하고 튼튼한 다리는 쉽게 허물 수가 없었고, 적은 다리를 이용해 순식간에 깊은 강을 건너올 수 있었다. 글라우룽은 전력을 다해 펠라군드의 문에 화염을 토해 냈고 정문이 무너지자 안으로 진입했다.

투린이 나르고스론드에 막 도착했을 때는 그 소름 끼치는 약탈이 거의 끝나 있었다. 오르크들은 무장하고 기다리던 병력을 모두 쫓아내거나 살해했고, 거대한 건물과 석실 들을 샅샅이 돌아다니며 약탈하고 파괴하였다. 그리고 불에 타 죽거나 살해되지 않은 부녀자들을 정문 앞뜰에 모아 앙반드에 노예로 데려갈 참이었다. 이 파멸과 비탄의 순간에 투린이 나타났고, 적들은 아무도 그를 제지할 수 없었고 또 그럴 엄두도 내지 못했다. 그는 앞길을 막는 자들을 모두 물리치고 다리를 건너 포로들이 있는 곳으로 길을 헤쳐 나갔다.

그러나 이제 그를 따르던 몇 안 되는 자들은 모두 달아나고 투린 홀로 우뚝 서게 되었다. 바로 그 순간 펠라군드의 문 안쪽에서 무시무시한 글라우룽이 나타나 투린과 다리 사이에 자리를 잡았다. 그러자 글라우룽 속에 있던 악의 영이 입을 열었다. "어서 오라, 후린의 아들. 잘 만났군!"

그러자 투린이 뛰쳐나가 그를 향해 성큼성큼 걸어갔다. 그의 두 눈에는 불꽃이 일었고, 구르상의 칼날이 불꽃처럼 빛을 발했다. 그러나 글라우룽은 화염을 멈춘 다음 뱀 같은 눈을 크게 뜨고 투린을 노려보았다. 투린은 두려워하지 않고 칼을 높이 쳐든 채 용의 눈 속을 들여다보았다. 하지만 그는 곧 용의 무시무시한 마법에 걸려 사람이 돌로 변한 것처럼 꼼짝도 못 한 채 굳어 버리고 말았다. 그들은 거대한 펠라군드의 문 앞에서 아무 소리 없이 꼼짝도 하지 않고 한참 서 있었다. 글라우룽이 다시 투린을 조롱하며 말했다. "후린의 아들, 네가 가는 모든 길은 사악함뿐이로구나. 너는 배은망덕한 양아들이며, 무법자이며, 친구를 죽인 자이며, 사랑을 도둑질한 자이며, 나르고스론드의 찬탈자이며, 무모한 지휘관이며, 일족을 버린 자로다. 너의 모친과 누이는 지금 도르로민에서 노예로 궁핍하고 비참하게 살고 있다. 너는 왕자처럼 차려입고 있으나 그들은 누더기를 걸치고 있고, 그들은 너를 애타게 찾으나 너는 전혀 상관치 않는구나. 그런 아들을 둔 것을 네 부친이 알면 참으로 기뻐하겠구나. 곧 알게 될 테지만 말이다." 투린은 글라우룽의 마법에 걸려 있었기 때문에 고스란히 그의 말을 들을 수밖에 없었고, 그는 거울 속을 보듯 악의로 인해 일그러진 자신의 모습을 보았는데, 그 모습이 몹시 역겨웠다.

그렇게 용의 눈길에 사로잡힌 투린이 마음속으로 고통스러워하며 꼼짝도 못 하는 동안, 오르크들은 용의 지시에 따라 포로 무리를 끌고 나갔고 투린 옆을 지나 다리를 건너갔다. 포로들 중에는 핀두일라스가 있었고, 그녀는 두 팔을 내밀고 투린의 이름을 소리쳐 불렀다. 북쪽으로 향하는 길 위에서 그녀의 외침과 포로들의 통곡이 사라질 때까지 글라우룽은 투린을 풀어 주지 않았고, 포로들이 떠난 뒤에도 그의 귓가에는 그 소리가 그치지 않고 맴돌았다.

그때 갑자기 글라우룽이 눈길을 거두고 기다렸고, 투린은 소름 끼치는 꿈에서 깨어난 사람처럼 서서히 몸을 움직였다. 제정신이 들자 그는 고함을 지르며 용을 향하여 덤벼들었다. 그러나 글라우룽은 웃으며 말했다. "네가 죽기를 원한다면 기꺼이 죽여 주겠다. 하지만 너를 죽이는 것은 모르웬이나 니에노르에게 조금도 도움이 되지 않을 것이다. 너는 그 요정 여인이 외치는 소리도 모른 척하였다. 혈연마저 부인할 셈이냐?"

그러나 투린은 칼을 빼 들고 용의 눈을 향해 찔러 들어갔다. 용은 재빨리 몸을 뒤로 뺐다가 그의 머리 위로 높이 솟구치면서 말했다. "안 되지! 적어도 네가 용감하다는 것은 인정해 주겠다. 내가 상대했던 그 누구보다도 낫군. 우리 편이 적의 용기를 제대로 평가하지 못한다고 하는 자들이 있지만 그건 거짓말이야. 잘 듣거라! 이제 네게 자유를 주겠다. 가능하다면 가족에게로 돌아가라. 사라지란 말이다! 네가 이 선물을 거절한다면, 혹시 요정이나 인간이 살아남아 오늘의 이야기를 전할 때면 어김없이 너의 이름을 조롱할 것이다."

투린은 여전히 용의 눈길에 미혹되어 마치 연민을 이해하는 적을 상대하듯 글라우룽의 말을 믿었고, 몸을 돌려 재빨리 다리를 건넜다. 사라지는 그의 등에 대고 글라우룽이 사나운 목소리로 말했다. "후린의 아들, 이제 서둘러 도르로민으로 가라! 그러지 않으면 아마도 오르크들이 또다시 너를 앞서갈 것이다. 네가 핀두일라스 때문에 늑장을 부린다면 다시는 모르웬이나 니에노르를 보지 못하게 될 것이며, 그들은 너를 저주할 것이다."

투린은 북쪽으로 향하는 길로 황급히 떠나갔고, 글라우룽은 주군이 맡긴 임무를 완수하였기 때문에 다시 한번 웃음을 터뜨렸다. 이제 용은 자신만의 쾌락을 위해 화염 돌풍을 뿜어 주변의 모든 것들을 불태워 버렸다. 그리고 약탈하느라 분주하던 오르크들을 모두 끌어내어 쫓아버리고, 쓸 만한 것은 마지막 하나까지 약탈하려는 그들의 요구를 들어주지 않았다. 그런 다음 그는 다리를 파괴하여 나로그강의 물거품 속으로 집어 던졌다. 그제야 안심이 된 글라우룽은 펠라군드 왕의 재물과 보물을 모두 끌어모은 다음, 그것을 가장 안쪽 방에 쌓아 두고 그 위에 누워 오랫동안 휴식을 취했다.

한편 투린은 북쪽을 향해 계속 길을 달렸다. 그는 이제 황량해진 나로그강과 테이글린강 사이 지역을 지났고, '혹한의 겨울'이 그를 맞이하러 내려왔다. 그해는 가을이 끝나기도 전에 눈이 내렸으며, 봄은 늦게야 찾아왔고 춥기까지 했다. 달리는 동안 그는 숲속이나 언덕 위에서 항상 그를 부르는 핀두일라스의 비명이 들리는 것 같아 무척 괴로웠다. 하지만 그의 가슴은 글라우룽의 감언이설로 달아올라 있었고, 머릿속에는 줄곧 오르크들이 후린의 집을 불태우고 모르웬과 니에노르를 고문하는 모습이 떠올랐기 때문에 옆도 돌아보지 않고 계속 달렸다.

Chapter 12
투린의 도르로민 귀환

성급하게 먼 길(그는 거의 2백 킬로미터를 쉬지 않고 달렸다)을 달려오느라 온몸이 녹초가 된 투린은 마침내 겨울의 첫얼음이 얼 때쯤 이브린호수에 도착했다. 그곳은 이전에 그가 광기를 치유한 곳이었다. 하지만 이제 호수는 얼어붙은 수렁에 불과하여 그는 그 물을 마실 수 없었다.

투린은 거기서 도르로민 고개로 올라섰는데, 북쪽에서 폭설이 밀려와 길은 춥고 험했다. 그 길을 걸어 내려온 지 스무 해 하고도 삼 년이 흘렀지만, 그곳은 지금도 가슴속에 또렷이 새겨져 있었고, 어머니 모르웬으로부터 한 걸음씩 멀어질 때마다 쌓이던 슬픔은 아직도 생생했다. 그는 마침내 고향으로 돌아왔다. 고향은 황량하고 쓸쓸했다. 사는 사람들은 거의 없었고 사람들의 성품도 거칠게 변해 있었다. 그들은 귀에 거슬리는 동부인들의 말을 썼고, 예전에 쓰던 말은 노예나 적의 언어가 되어 있었다. 투린은 두건을 덮어쓴 채 아무 말 없이 조심스럽게 걸음을 옮겨 드디어 찾고 있던 집을 발견했다. 집은 텅 빈 채 캄캄했고 근처에는 살아 있는 것이라고는 아무것도 없었다. 모르웬은 사라졌고, 이주민 브롯다(후린의 친척인 아에린을 강제로 아내로 취한 자)가 집을 약탈하여 물건이든 하인이든 모르웬의 남은 재산을 모두 빼앗아 갔던 것이다. 브롯다의 집은 후린의 옛집과 아주 가까운 곳에 있어서, 긴 여행과 슬픔으로 기진맥진한 투린은 잠자리를 찾아 그 집으로 갔다. 그 집에는 아에린 덕분에 그 옛날의 따뜻한 인심이 여전히 남아 있었고, 그래서 투린도 집 안으로 들어갈 수 있었다. 그가 얻은 난로 옆자리 주변에는 하인들을 비롯해 자기만큼이나 여행에 지친 험상궂은 유랑인 두세 명이 있었다. 그는 그곳 소식을 물었다.

   그의 질문에 그들은 입을 다물었고 어떤 이는 이방인을 곁눈질하며 몸을 뒤로 뺐다. 그런데 목발을 짚은 나이 많은 유랑인 한 사람이 그의 말에 대답했다. "젊은이, 옛말을 꼭 써야 한다면 좀 더 작은 소리로 하시게. 뭘 묻지도 말고. 불량분자로 매를 맞거나 첩자로 몰려 목을 매달리고 싶은가? 자네 행색을 보아하니 그 둘 다에 충분히 해당되는구먼. 그러고 다니면 금방……." 노인은 가까이 다가와 투린의 귀에 대고 나지막이 속삭였다. "늑대 같은 놈들이 들어오기 전 황금 시절에 하도르와 함께 들어왔던 선량한 옛날 사람들 중의 하나라고 밝히는 것이나 마찬가지일세. 여기 있는 몇 사람도 그쪽 출신이고. 이젠 거지나 노예가 되고 말았지만 말이야. 아에린 부인이 없었다면 이 난롯불이나 국물은 꿈도 못 꿀 걸세. 어디서 왔는가, 자넨? 무슨 소식이라도 있는가?"

투린이 대답했다. "모르웬이라는 이름의 부인이 있었습니다. 오래전에 제가 그 집에 살았지요. 오랜 방랑 끝에 그 집을 반가운 마음으로 찾아갔습니다만, 이제 거긴 불빛도 없고 사람도 없군요."

노인이 대답했다. "그렇게 된 지는 길고 길었던 올해 하고도 조금 더 됐지. 사실 그 끔찍한 전쟁 이후부터 그 집에서 난롯불도 보기 힘들어지고 사람도 드물어졌다네. 부인은 핏줄이 옛날 사람 아닌가. 자네도 당연히 알겠지만, 갈도르의 아들이자 우리 영주였던 후린의 미망인이니까 말이야. 그런데도 그자들은 부인을 감히 건드리려고 하지 않았어. 부인을 두려워했거든. 비탄으로 인해 초췌해지기 전에는 여왕처럼 당당하고 아름다운 분이었지. 그자들은 부인을 마술부인이라고 부르며 피했어. 마술부인, 그건 그자들이 쓰는 요즘 말로 '요정의 친구'를 부르는 이름에 불과하네. 그렇지만 그자들이 부인의 재산을 빼앗았으니까, 아에린 부인이 없었더라면 모르웬 부인과 딸은 굶주렸을 걸세. 아에린 부인이 두 사람을 몰래 도왔다고 하는데, 그 때문에 무지막지한 브롯다한테 여러 번 매를 맞기도 했다는군. 억지로 결혼한 남편 말일세."

투린이 물었다. "올해 하고도 좀 더 됐다는 게 무슨 말입니까? 그분들은 죽었습니까, 아니면 노예가 되었습니까? 혹시 오르크들이 부인을 습격했나요?"

"확실히는 모르겠네. 다만 딸하고 함께 사라진 건 분명해. 그후에 브롯다 이자가 그 집을 약탈해 남은 것을 모두 빼앗아 갔지. 개 한 마리 남은 게 없고, 남아 있던 몇 사람은 그의 노예가 되었지. 나 같은 구걸꾼은 제외하고 말이야. 나는 여러 해 동안 부인을 모셔 왔고, 전에는 대단한 장인이었네, '외발이 사도르'라고 말이야. 먼 옛날에 숲속에서 저주받은 도끼에 다쳤지. 안 그랬다면 지금쯤은 '위대한 무덤'에 누워 있었을 텐데 말이야. 후린의 아들이 길을 떠나던 날이 또렷이 기억나네. 얼마나 울던지 말이야. 아들이 가고 나자 부인도 마찬가지였네. 들리는 말로 아들은 '은둔의 왕국'으로 갔다고 하더군."

이 말을 한 다음 그는 입을 다물고 투린을 미심쩍은 눈으로 바라보았다. "젊은이, 난 늙어서 말이 많아졌으니 내 말에는 신경 쓰지 말게. 옛날 말을 지나간 옛날처럼 아름답게 쓸 줄 아는 사람하고 이야기를 나누는 것은 기분 좋은 일이긴 하지만, 시절이 흉흉하다 보니 조심해야겠지. 입으로 아름다운 말을 한다고 마음까지 다 고운 건 아니니까."

"과연 맞는 말씀입니다." 투린이 대답했다. "제 마음은 그리 곱지 못합니다. 하지만 제가 북부나 동부의 첩자일지 모른다고 두려워하다니, 먼 옛날보다 지혜가 더 늘어난 것 같지는 않군요, 사도르 라바달."

노인은 입을 벌린 채 그를 바라보다가 몸을 부르르 떨며 말했다. "밖으로 나가세! 좀 춥긴 하겠지만 더 안전할 걸세. 동부인 집인데 자네 목소리는 너무 크고, 난 너무 많은 말을 하고 있네."

마당으로 나오자 그는 투린의 외투를 움켜잡았다. "분명히 오래전에 그 집에 살았다고 했지요. 투린 공, 왜 돌아오셨습니까? 이제야 제 눈이 뜨이고 귀가 열리는군요. 도련님은 부친과 똑같은 목소리를 가지고 있어요. 어린 투린만이 저를 라바달이라 불렀습니다. 나쁜 뜻으로 그런 건 아니지요. 그 옛날 우린 좋은 친구였거든요. 이제 여기 뭘 찾으러 왔습니까? 우린 남은 사람이 거의 없어요. 또 나이도 먹었고 무기도 없습니다. '위대한 무덤'에 누워 있는 이들이 더 행복하지요."

"난 싸울 생각으로 여기 온 것이 아니오, 라바달. 그런데 이제 말을 듣고 보니 싸워야겠단 생각이 드는군. 하지만 일단은 참아야겠소. 어머니와 니에노르를 찾으러 왔거든. 얘길 좀 해 보오, 빨리 말이오."

"별로 말씀드릴 게 없습니다. 두 분이 몰래 길을 떠나셨거든요. 이곳에 떠도는 소문으로는 투린 공이 불러서 갔다고 합니다. 우린 그가 그동안 훌륭한 인물로 장성했으리라는 것을 의심하지 않았거든요. 어느 남쪽 나라에서 왕이 되었거나 영주가 되었을 거라고 생각했지요. 그런데 아마도 아닌 것 같군요."

"맞소." 투린이 대답했다. "한때는 남쪽 나라에서 높은 자리에 있었지만, 지금은 유랑자에 불과하오. 그런데 난 모친과 누이를 부르지는 않았소."

"그렇다면 무슨 이야기를 해 줘야 할지 모르겠습니다. 아에린 부인은 분명히 알고 있을 겁니다. 어머니의 계획을 모두 알고 있었거든요."

"어떻게 하면 그녀를 만날 수 있소?"

"그건 잘 모르겠습니다. 혹시 부인에게 전갈을 넣어 불러낸다 해도 비천한 유랑자와 문간에서 이야기하다 걸리기라도 하면 엄청나게 혼날 테니까요. 게다가 도련님처럼 거지나 다름없는 행색으로는 거실 안쪽에 있는 높은 식탁 앞까지도 다가갈 수 없을 겁니다. 동부인들이 붙잡아 매질하거나 더 심하게 혼쭐을 내 거든요."

그러자 화가 난 투린은 큰 소리로 고함을 질렀다. "내가 브롯다의 집에 못 들어간다고? 그자들이 나를 매질을 해? 가서 한번 봅시다!"

이 말과 함께 그는 거실 안으로 들어갔다. 두건을 머리 뒤로 젖힌 채 앞길을 가로막는 자들을 모두 밀어제치고, 투린은 집주인과 그의 아내, 그리고 다른 동부인 족장들이 앉아 있는 식탁 앞으로 성큼성큼 다가갔다. 몇 사람이 그를 붙잡기 위해 일어났지만 그들을 바닥에 내동댕이치고 소리쳤다. "이 집에는 주인도 없는가, 아니면 오르크 소굴인가? 주인은 어디 있어?"

그러자 브롯다가 격노하여 일어섰다. "내가 이 집 주인이다." 하지만 그가 더 말을 잇기도 전에 투린이 다시 말했다. "그렇다면 너는 네가 오기 전에 이 땅에 살아 있던 예의범절을 아직 배우지 못했구나. 이젠 하인들이 주인마님 친척을 함부로 대하도록 내버려 두는 것이 남자들의 법도가 되었는가? 나는 아에린 부인의 친척이고, 부인께 볼일이 있다. 들어가도 되겠나? 아니면 내 마음대로 들어갈까?"

"들어오시오." 브롯다가 험악한 얼굴로 말했고, 아에린은 안색이 창백해졌다.

투린은 높은 식탁 앞으로 성큼성큼 걸어가 그 앞에 서서 인사를 했다. "용서하십시오, 아에린 부인. 제가 너무 시끄럽게 들어왔군요. 저는 무척 먼 길을 달려왔고 볼일이 급합니다. 저는 '도르로민의 여주인' 모르웬과 그분의 딸 니에노르를 찾고 있습니다. 그런데 집은 비어 있고 약탈당했더군요. 제게 해 주실 말씀이 없는지요?"

"없습니다." 아에린이 엄청난 공포에 사로잡혀 말했다. 브롯다가 그녀를 노려보고 있었기 때문이다.

"그 말을 믿을 수는 없소." 투린이 말했다.

그러자 브롯다가 앞으로 뛰어나오더니, 술기운에 화가 치밀어 올라 얼굴이 시뻘게진 채 고함을 질렀다. "그만! 종들의 말을 쓰는 거지가 내 앞에서 내 마누라한테 따지는 것이냐? '도르로민의 여주인'은 없어. 하지만 모르웬이라면 알지. 노예들 중 하나였는데 다른 노예들처럼 도망갔어. 너도 그렇게 해 봐, 어서. 안 그러면 네놈을 나무에 매달아 버리겠다!"

그러자 투린이 브롯다를 향해 뛰어나가 검은 칼을 빼 들고는 그의 머리를 움켜잡고 고개를 뒤로 젖혔다. "아무도 움직이지 못하게 하라. 아니면 머리통이 어깨 위에서 사라질 것이다! 아에린 부인, 나는 이 무도한 자가 부인께 결코 못된 짓을 하지 않았다는 생각이 들면 그때 다시 한번 사과할 것이오. 하지만 이젠 내 말을 모른 척하지 말고 대답해 보시오! 내가 도르로민의 영주 투린이 맞소? 내가 당신에게 명을 내려도 되겠소?"

"명하십시오." 그녀가 말했다.

"모르웬의 집을 누가 약탈하였소?"

"브롯다입니다."

"모친은 언제, 어디로 갔소?"

"일 년 하고도 석 달이 되었습니다. 브롯다 대장과 동부에서 이곳으로 들어온 자들이 부인을 몹시 괴롭혔습니다. 부인은 오래전에 '은둔의 왕국'으로 초청을 받았었는데, 결국엔 그곳으로 떠나신 것입니다. 그곳까지 가는 길이 그때 한동안은 위험이 덜했지요. 들리는 소문으로는 남쪽 나라에 있는 용맹스러운 '검은검' 때문이었다고 하던데, 이젠 그것도 끝났습니다. 부인은 거기서 자신을 기다리고 있는 아들을 찾는다고 했습니다. 하지만 당신이 그 아들이라면, 유감스럽게도 모든 것이 어긋나 버렸군요."

그러자 투린은 쓴웃음을 짓고는 소리를 질렀다. "어긋나, 어긋났다고? 맞소, 늘 어긋났지. 모르고스만큼이나 꼬였던 거요!" 그러고 나서 갑자기 암울한 분노가 투린의 온몸을 엄습했다. 그의 두 눈이 열리고 글라우룽이 건 마법의 마지막 실가닥이 풀리자, 투린은 자신이 글라우룽의 거짓말에 속았다는 것을 깨달았다. "적어도 나르고스론드에 있었더라면 장렬하게 최후를 맞이할 수 있었을 텐데, 이렇게 속아 여기까지 와서 치욕스럽게 죽음을 맞아야 한단 말인가?" 집 주변의 어둠 속으로부터 핀두일라스의 비명이 들려오는 것 같았다.

"그렇다고 여기서 나부터 죽을 수는 없지!" 그는 고함을 치며 브롯다를 움켜잡고는, 엄청난 고뇌와 분노의 힘으로 그를 높이 들어 올린 채 강아지를 다루듯 흔들어 댔다. "모르웬이 노예들 중의 하나라고 했던가? 이 비겁한 놈, 도둑놈, 노예의 노예 같은 놈!" 이 말과 함께 브롯다의 머리를 앞으로 향하게 하고 식탁 너머 투린을 공격하기 위해 일어서는 동부인의 면상에 정면으로 던졌다. 떨어지면서 브롯다의 목이 부러졌다. 투린은 브롯다를 던지고는 곧바로 뛰어올라, 무기도 없이 그곳에 웅크리고 있는 세 명을 더 죽였다. 집 안에 소동이 일었다. 그곳에 앉아 있던 동부인들이 투린을 상대하러 나서자, 옛날 도르로민의 백성이었던 많은 사람들이 그곳에 모여들었다. 그들은 오랫동안 비굴하게 종노릇을 해 왔지만, 이제는 반란의 함성을 지르며 일어선 것이다. 집 안에서 곧 큰 싸움이 벌어졌고, 노예들은 단검과 칼에 맞서 겨우 고기 써는 칼이라도 손에 닥치는 대로 집어 들고 맞섰는데, 그 결과 양쪽 모두 많은 이들이 순식간에 목숨을 잃었다. 마침내 투린이 그들 가운데로 뛰어들어 집 안에 마지막으로 남아 있는 동부인의 목을 베었다.

그리고 그는 기둥에 기대어 휴식을 취했는데, 불같은 분노가 재처럼 사그라졌다. 치명적인 부상을 입은 사도르 영감이 그에게 기어와 무릎을 꼭 껴안고 말했다. "일곱 해씩 세 번 하고도 더 오래, 너무나 오랫동안 이 시간을 기다려 왔습니다. 하지만 이젠 가세요, 가세요, 주인님! 가서 더 큰 힘을 기를 때까지는 돌아오지 마세요. 이놈들이 주인님을 잡으러 온 천지를 뒤질 겁니다. 많은 놈들이 이 집을 빠져나갔어요. 가세요. 안 그러면 여기서 끝장입니다. 잘 가십시오!" 그리고 그는 스르르 미끄러져 숨을 거두었다.

아에린이 말했다. "그는 죽음을 앞둔 사람답게 옳은 말을 남겼어요. 어떻게 해야 할지 아셨지요? 이제 어서 가세요! 하지만 먼저 모르웬에게 가서 그분을 위로하세요. 안 그러면 이곳을 이렇게 파괴해 놓은 걸 용서하기 힘들 거예요. 내 인생이 비록 불행하긴 했지만, 그 불행을 막기 위한 당신의 폭력이 나를 죽음으로 몰고 가는군요. '이민자들'은 오늘 밤 여기 있던 모든 사람들

에게 복수할 겁니다. 후린의 아들, 당신은 그 옛날 내가 알고 있
던 그 어린아이처럼 여전히 성질이 급하시군요."

투린이 말했다. "인도르의 딸 아에린, 내가 아주머니라고 불
렀던 옛날처럼 마음이 약하시군요. 들개처럼 사나운 한 인간 때
문에 놀라시다니. 아주머니는 더 좋은 세상에서 살 자격이 있어
요. 자, 갑시다! 내가 어머니께 데려다드리지요."

"눈이 온 땅에 덮여 있고, 내 머리 위에는 더 수북하게 덮여 있
습니다." 그녀가 대답했다. "당신과 함께 나가더라도 산속에서
곧 숨을 거둘 테니, 저 짐승 같은 동부인들 손에 죽는 거나 마찬
가지지요. 당신이 이미 저지른 일은 돌이킬 수 없게 되었습니다.
가세요! 남아 있으면 모든 게 더 악화될 뿐이고 모르웬에게도 아
무 도움이 안 됩니다. 가세요, 제발!"

그리하여 투린은 그녀에게 허리 숙여 인사하고는 돌아서서
브롯다의 집을 떠났고, 힘이 남아 있는 반란자들은 모두 그의 뒤
를 따랐다. 반란자들 중에 야생 지대의 길을 잘 아는 이들이 있
었기에 산맥 쪽으로 달아날 수 있었고, 다행스럽게도 그들이 떠
나간 흔적을 눈이 내려 말끔히 감춰 주었다. 곧 많은 인원과 사
냥개, 히힝거리는 말을 동원하여 수색이 시작됐지만, 그들은 남
쪽의 산속으로 피신할 수 있었다. 그들은 등 뒤를 돌아보다가 자
신들이 떠나온 땅 멀리에서 시뻘건 불빛을 발견했다.

투린이 말했다. "그놈들이 집을 불태웠군. 무슨 소용이 있다
고 그랬을까?"

"그놈들이라고요? 아닙니다, 영주님. 제 짐작에는 부인입니
다." 아스곤이란 이름을 가진 자가 말했다. "무용이 뛰어난 분들

은 인내와 침묵을 잘못 읽는 경우가 많지요. 부인은 우리와 함께 있으면서 많은 희생을 치르고 좋은 일을 많이 했습니다. 마음이 약한 게 아니었어요. 인내심이 마침내 폭발한 겁니다."

이제 겨울을 견딜 수 있을 만큼 강인한 자들 몇몇이 투린 곁에 남아 은밀한 통로를 따라 산속의 은신처로 그를 안내했다. 그곳 은 무법자나 부랑자들만 알고 있는 동굴이었는데, 약간의 식량 도 비축되어 있었다. 그들은 그곳에서 눈이 멈출 때까지 기다린 다음, 투린에게 식량을 주고 남쪽의 시리온강 골짜기로 이어지 는 통행이 드문 고개 위로 인도하였다. 그곳에는 눈이 내린 흔적 이 없었다. 내리막길 위에서 그들은 작별을 고했다.

아스곤이 말했다. "도르로민 영주님, 잘 가십시오. 하지만 우 릴 잊지 마세요. 이제부터 우린 쫓기는 몸입니다. 당신이 왔다 갔기 때문에 저 늑대 같은 놈들은 더욱 잔인해질 것입니다. 그러 니, 가십시오. 우릴 구할 만한 힘을 갖추지 못하면 돌아오지 마 세요. 안녕히 가십시오!"

Chapter 13
투린, 브레실로 들어가다

시리온강을 향해 내려가는 투린의 가슴은 찢어질 듯 아팠다. 이전까지는 고통스러운 선택이 두 가지였으나 이제는 세 가지로 늘어난 것 같았기 때문이다. 핍박받는 백성들이 그를 부르고 있었지만, 그들의 고통만 더 키워 놓은 셈이었다. 다만 한 가지 위안은 있었다. 모르웬과 니에노르는 나르고스론드의 '검은검'의 무용 덕분에 안전하게 도리아스로 들어갔을 것이라는 확신이었다. 그는 마음속으로 생각했다. '내가 좀 더 일찍 찾아왔다고 하면 어머니와 누이를 그보다 더 좋은 데로 모실 수 있었을까? 멜리안의 장막이 무너지면 모든 게 끝장날 터. 그래, 그냥 이대로가 낫다. 쉽게 화를 내고 성급한 내 행동 때문에 가는 곳마다 어둠의 그림자가 따라오지 않는가. 어머니와 누이는 멜리안의 손에 맡겨 둬야겠어! 한동안 어둠의 흔적 없이 평화롭게 살도록 해 드려야지.'

투린은 에레드 웨스린 기슭의 숲속을 한 마리 짐승처럼 거칠지만 주의 깊게 잘 살피며 돌아다녔으나, 핀두일라스의 흔적을 찾기에는 너무 늦었다. 시리온 통로를 향해 북쪽으로 가는 모든 길목을 감시하기도 했지만, 역시 너무 늦은 터였다. 핀두일라스의 모든 흔적이 비와 눈에 씻겨 내려가 버렸기 때문이다. 투린은 테이글린강을 따라 내려가다가 브레실숲에서 나온 몇 명의 할레스 일족 사람들을 만나게 되었다. 그들은 전쟁으로 인해 부족의 규모가 줄어들었고, 대개는 숲속 중심부에 있는 아몬 오벨의 방책防柵 속에 숨어 살고 있었다. 한디르의 아들 브란디르가 부친의 전사 이후 그들의 영주가 되었기 때문에, 그곳은 그의 이름을 따서 에펠 브란디르라고 불렸다. 브란디르는 어린 시절, 장난을 치다 다리를 다쳐 절름발이가 되었기 때문에 용사라고 할 만한 인물은 아니었다. 게다가 성격도 온순했고, 쇠붙이보다는 나무를 더 사랑했으며, 다른 어떤 지식보다도 대지에서 자라나는 것들로부터 얻는 지혜를 사랑했다.

하지만 숲속 사람들 중의 일부는 여전히 변경 지역에서 오르크들을 쫓고 있었다. 그래서 그쪽으로 향하던 투린은 싸움이 벌어지고 있는 소리를 듣게 되었다. 서둘러 그곳으로 향한 그는 나무 사이를 조심스럽게 빠져나가다가 작은 무리의 인간들이 오르크들에게 둘러싸여 있는 것을 보았다. 인간들은 숲속의 빈터에 외따로 서 있는 몇 그루의 나무에 등을 기댄 채 필사적으로 자신을 방어하고 있었다. 하지만 오르크들의 숫자가 대단히 많아서 외부의 도움 없이 탈출하는 것은 어림없는 일이었다. 그는 눈에 띄지 않게 덤불 속에 몸을 숨긴 채 크게 발을 구르고 부딪치는 요란한 소리를 내면서 마치 큰 무리를 이끌고 있는 것처럼 우렁차게 고함을 질렀다. "아하! 드디어 여기서 찾았군! 모두 나를 따르라! 자, 나가자, 죽여라!"

그 소리에 많은 오르크들이 당황하여 뒤를 돌아보았다. 그때 투린은 앞으로 뛰쳐나가면서 뒤를 따르는 부하들에게 지시하듯 팔을 휘둘렀고, 그의 손에 있는 구르상의 날 가장자리가 불길처럼 번쩍거렸다. 오르크들은 그 칼날을 너무도 잘 알고 있어서, 투린이 그들 사이로 뛰어들기도 전에 많은 자들이 흩어져 달아나기 시작했다. 그러자 숲속 사람들이 그에게 달려와서는 힘을 모아 강변까지 적을 몰아쳤다. 그중 강을 건널 수 있는 자들은 많지 않았다. 그들은 결국 강둑에서 추격을 멈추었고, 숲속 사람들의 우두머리인 도를라스가 물었다. "공께서는 재빠르게 적을 사냥하는데, 공의 부하들은 너무 느리군요."

"아니오, 우린 모두 한 사람처럼 함께 달리고 있고, 흩어지지도 않을 것이오."

그러자 브레실 사람들은 웃음을 터뜨리며 말했다. "흠, 그런 사람 하나야말로 일당백이죠. 저희가 공께 큰 은혜를 입었습니다. 그런데 공은 뉘시며 여긴 어떻게 오시게 되었는지요?"

"그저 내 일을 하고 있소. 오르크 사냥 말이오. 내가 사는 곳이 내가 일하는 곳이외다. '숲속의 야생인'이라고 하지요."

그들이 말했다. "그렇다면 우리와 함께합시다. 우리도 숲속에 살고 있고, 이렇게 재주 많은 분이 필요하기 때문이오. 공께서는 환영받으실 것이오."

투린은 이상한 눈빛으로 그들을 바라보며 말했다. "내가 그대들의 문간을 어둡게 해도 참고 견딜 수 있단 말이오? 친구들, 나에게는 비통한 볼일이 하나 남아 있소. 나르고스론드의 왕 오로 드레스의 딸 핀두일라스를 찾는 것이오. 아니면 적어도 그녀의 소식이라도 알아야 하오. 아! 그녀가 나르고스론드에서 붙잡혀 간 지 벌써 몇 주가 지났는데도 아직 그녀를 못 찾았소."

그러자 그들은 동정의 눈길로 그를 돌아보았고, 도를라스가 말했다. "더 이상 찾지 마십시오. 오르크 부대가 나르고스론드 에서 테이글린 건널목 쪽으로 올라온 적이 있습니다. 우린 오랫 동안 그들을 예의 주시하고 있었는데, 끌고 가는 포로들의 수 가 너무 많아서 행군 속도가 무척 느리더군요. 그래서 작은 싸움 을 한판 벌여야겠다고 생각하고는 가능한 한 궁수들을 모두 불 러 모아 매복 공격을 했습니다. 포로들도 좀 구할 수 있으면 좋 겠다고 생각했지요. 그런데 유감스럽게도 그 간악한 오르크들 은 공격을 받자마자 포로들 중에서 여자들을 먼저 살해해 버렸 습니다. 오로드레스의 딸은 나무 앞에 세워 창으로 찔러 죽였습 니다."

투린은 숨이 멎는 듯한 충격을 받았다. "당신이 어떻게 그것 을 아시오?"

도를라스가 대답했다. "죽기 전에 그녀가 말했습니다. 기다리 던 어떤 사람을 찾기라도 하듯 우리를 바라보면서 이렇게 말했 습니다. '모르메길! 모르메길에게 핀두일라스가 여기 있다고 전 해 주세요.' 그리고 나서 아무 말도 하지 못했습니다. 하지만 우 린 그녀의 마지막 말 때문에 숨을 거둔 그 자리에 장사를 지내 주었습니다. 테이글린강 가에 있는 작은 둔덕 위에 그녀가 누워 있습니다. 맞습니다, 벌써 한 달 전 일이군요."

"나를 그곳에 데려다주시오." 투린의 요청에 따라 그들은 테이글린 건널목 옆에 있는 작은 둔덕으로 그를 인도했다. 그는 무덤 앞에 무릎을 꿇었고 어둠이 그 위에 내려앉았다. 그래서 그들은 그가 죽었다고 생각했다. 하지만 엎드려 있는 그의 모습을 내려다보던 도를라스는 부하들을 향해 돌아서서 말했다. "너무 늦었군! 참 가슴 아픈 순간일세. 하지만 잘 보게. 여기 쓰러져 있는 이 사람은 나르고스론드의 위대한 대장인 바로 그 모르메길일세. 오르크들처럼 우리도 그의 검을 보는 순간 알아차렸어야 했어." 남부의 '검은검'의 명성은 온 사방으로 퍼져 나가 있었고, 깊은 숲속도 예외가 아니었다.

이제 그들은 경외하는 마음으로 그를 들어 올려 에펠 브란디르로 운반해 갔다. 그들을 마중 나온 브란디르는 그들이 들것을 메고 오는 것을 보고 의아하게 여겼다. 덮개를 걷어 내려 후린의 아들 투린의 얼굴을 본 브란디르의 마음속으로 어두운 그림자가 스며들었다. 그가 소리쳤다. "아, 몹쓸 할레스 사람들 같으니! 어째서 이 사람에게 죽음을 유보시켰는가? 자네들이 무척 공들여 여기까지 데려온 사람은 다름 아닌 우리 종족의 마지막 재앙의 씨앗일세."

하지만 숲속 사람들이 말했다. "아닙니다. 이 사람은 막강한 오르크 사냥꾼인 나르고스론드의 모르메길입니다. 살아나면 우리에게도 큰 도움이 될 것입니다. 설령 그렇지 않다 하더라도, 그토록 비통하게 쓰러진 사람을 썩은 고기 내버리듯 버려둘 수야 없지 않겠습니까?"

"당연히 그래서야 안 되겠지. 운명이 그렇게 되도록 내버려 두지는 않았을 걸세." 그리고 그는 투린을 집 안으로 데리고 들어가 정성을 다해 돌보았다.

투린이 마침내 어둠을 떨치고 일어났을 때 봄이 돌아오고 있었다. 그는 의식을 회복하고 푸른 새싹 위에 비치는 햇빛을 바라보았다. 하도르 가문의 용기가 되살아난 그는 일어나서 마음속으로 생각했다. '지난날 나의 모든 행적은 어둡고 악으로 가득 찬 것이었다. 하지만 이제 새날이 왔구나. 이곳에서 조용히 지내면서 내 이름도 가족도 버려야겠다. 그러면 내 어둠의 그림자를 등 뒤에 남겨 둘 수 있을 테고, 적어도 그것이 내가 사랑하는 이들을 덮치지는 않겠지.'

그는 스스로 높은요정의 말로 '운명의 주인'이란 뜻의 투람바르란 새 이름을 짓고 숲속 사람들과 어울려 살며 그들로부터 사랑도 받았다. 그리고 숲속 사람들에게 자신의 옛 이름을 잊어버리고 브레실에서 새로 태어난 사람처럼 대해 달라는 부탁도 했다. 하지만 이름을 바꾼다고 해서 그의 기질까지 통째로 바꿀 수는 없었고, 모르고스의 하수인들에 대한 그의 오랜 적개심도 지울 수 없었다. 그래서 그는 같은 생각을 하는 몇몇 사람들과 어울려 오르크 사냥을 나가곤 했는데, 브란디르는 이를 못마땅하게 여겼다. 그는 자기 백성을 조용하고 은밀하게 보호하기를 원했던 것이다.

그가 말했다. "모르메길은 더 이상 없소. 투람바르의 기개 때문에 브레실에도 똑같은 복수가 찾아오지 않도록 조심하시오!"

그리하여 투람바르는 자신의 검은검을 보관해 두고 더 이상 전장에 가져가지 않았으며, 대신 활과 창을 휘둘렀다. 하지만 오르크들이 테이글린 건널목을 이용하거나 핀두일라스가 누워 있는 작은 둔덕 근처에 다가오는 것만큼은 참을 수가 없었다. 그 둔덕이 하우드엔엘레스, 곧 '요정 처녀의 무덤'이라는 이름을 얻게 되자, 오르크들은 그곳을 두려워하며 옆으로 피해 다녔다. 도를라스가 투람바르에게 말했다. "공은 옛 이름을 버리기는 했으나, 여전히 검은검이오. 소문에 따르면, 모르메길은 하도르 가문의 영주인 도르로민의 후린의 아들이라고 하던데, 맞는 말이오?"

투람바르가 대답했다. "나도 그렇게 들었소. 하지만 당신이 내 친구라면, 제발 그 사실을 공공연히 알리지는 마시오."

Chapter 14
모르웬과 니에노르의 나르고스론드행

'혹한의 겨울'이 물러나자 나르고스론드의 소식이 도리아스에 전해졌다. 약탈을 피해 야생으로 달아나 겨울을 보낸 이들이 결국 피난처를 찾아 싱골에게 오자, 변경 수비대는 그들을 왕에게 데리고 갔다. 이들 중 어떤 이는 적이 모두 북쪽으로 물러갔다고 하고, 또 일부는 글라우룽이 아직 펠라군드의 궁정에 살고 있다고 했다. 또 모르메길이 죽었다고 하는 이들이 있는가 하면, 용의 마법에 걸려 돌처럼 굳어 아직 그곳에 붙박여 있다는 이들도 있었다. 하지만 모두가 확실하게 대답하는 것은, 나르고스론드가 멸망하기 전에 모든 주민들은 '검은검'이 바로 투린, 곧 도르로민의 영주 후린의 아들이라는 것을 알고 있었다는 것이다.

이 소식에 모르웬과 니에노르의 두려움과 슬픔은 이루 말로 다할 수 없었다. 모르웬이 말했다. "이 같은 의혹 자체가 바로 모르고스의 짓이다! 진실을 알 수 없을까? 우리가 참고 견뎌야 할 최악의 상황이 무엇인지 알 수는 없을까?"

한편 싱골 또한 나르고스론드의 운명이 어떻게 되었는지 자
세히 알고 싶은 생각이 무척 컸고, 그래서 이미 마음속으로는 그
쪽으로 조심스럽게 들어갈 수 있는 자를 파견할 계획을 하고 있
었다. 하지만 그는 투린이 죽었거나 구출이 불가능한 상태라고
생각했기에, 모르웬이 이 사실을 분명하게 확인하는 순간을 보
고 싶지 않았다. 그는 모르웬에게 말했다. "도르로민의 여주인
이여, 이 일은 위험한 문제이기 때문에 심사숙고해야 하오. 그
같은 의혹은 사실 우리를 성급히 움직이게 하려는 모르고스의
간계가 아닌가 생각되오."

그러나 모르웬은 미칠 듯한 심정으로 소리쳤다. "폐하, 성급
하다니요! 제 아들이 숲속에 숨어서 굶고 있고, 온몸을 결박당해
잡혀 있고, 시신이 되어 매장도 못 한 채 버려져 있다면, 어미는
당연히 성급해야지요. 아들을 찾기 위해서는 한시가 급합니다."

싱골이 말했다. "도르로민의 여주인이여, 그것은 틀림없이 후
린의 아들이 원하는 바가 아닐 것이오. 아들은 당신이 이 세상
어느 곳에서보다 이곳에서 풍족하게 살고 있을 걸로 생각할 것
이오. 멜리안의 보호하에 말이오. 후린을 위해서나 또 투린을 위
해서라도, 지금처럼 엄혹한 시절에 당신이 바깥세상에 돌아다
니도록 놓아둘 수는 없소."

"투린을 위험에 빠지지 않도록 지키지도 못하셨으면서, 폐하
께서는 저를 아들과 떼어 놓으려 하시는군요." 모르웬이 울며
말했다. "멜리안의 보호라고요! 맞습니다, 장막 속의 수인囚人이
지요! 저는 이곳에 들어오기 오래전부터 이곳이 내키지 않았고,
지금은 들어온 것을 후회하고 있습니다."

"그렇지 않소, 도르로민의 여주인. 그렇게 말한다면 이렇게 말씀드리겠소. 장막은 열려 있소. 이곳에 자유롭게 온 그대로, 자유롭게 머물든지 아니면 떠나도 좋소."

그러자 잠자코 말이 없던 멜리안이 입을 열었다. "모르웬, 그러니 가지 마시게. 이 의혹이 모르고스에게서 비롯되었다는 당신의 말, 그건 옳은 말일세. 그래도 떠난다면 그건 모르고스의 뜻을 따르는 걸세."

"모르고스에 대한 두려움 때문에 제가 혈육이 부르는 소리에 귀를 막을 수야 없지요. 폐하, 제가 걱정되신다면 폐하의 신하 중에서 몇 사람을 제게 빌려주실 수는 없는지요?"

"내가 당신에게는 명령을 내릴 수 없지만 내 신하들에게는 그렇게 할 수 있소. 다만 내 스스로의 판단으로 보낼 것이오."

그러자 모르웬은 더 이상 아무 말도 하지 않고 슬피 울며 왕의 면전을 떠났다. 싱골은 마음이 무거웠다. 모르웬의 상태가 제정신이 아닌 것처럼 보였기 때문이다. 그는 멜리안에게 모르웬을 나가지 못하게 붙잡아 둘 수 있는 비책이 없는지 물었다. 그러자 그녀가 대답했다. "밀려오는 악의 물결을 막을 때는 많은 일을 할 수 있지만, 떠나려고 하는 자를 막기 위해서는 아무것도 할 수가 없소. 이것은 당신의 몫이오. 그녀를 여기 잡아 두려면 완력을 쓰는 수밖에 없소. 하지만 그렇게 했다가는 그녀의 정신이 온전치 못하게 될 수도 있소."

모르웬은 이제 니에노르를 찾아가서 말했다. "잘 있거라, 후린의 딸. 나는 아들을 찾아, 아니 아들이 정말로 어떻게 되었는지 확인하러 나갈 참이다. 여기에서는 아무도 무슨 일을 하려고 하지 않으니 늑장을 부리다가는 너무 늦겠구나. 여기서 나를 기다리거라. 어쩌면 돌아올 수도 있을 것이다." 니에노르는 불안과 두려움에 떨며 어머니를 제지하려 했지만, 모르웬은 대답도 하지 않고 자기 방으로 돌아갔고, 아침이 되자 말을 타고 길을 떠났다.

한편 싱골은 누구도 모르웬을 제지하거나 앞길을 가로막는 시늉이라도 하지 말 것을 명령해 놓고 있었다. 하지만 그녀가 길을 나서자마자, 왕은 자신의 변경 수비대 중에서 가장 강인하고 숙련된 병사들을 소집하여 마블룽에게 지휘를 맡겼다.

싱골이 말했다. "이제 신속하게 모르웬의 뒤를 쫓되, 절대로 그녀가 눈치채지 못하도록 하라. 다만 그녀가 야생 지대로 들어가 위험에 부닥치면 그때 앞에 나서거라. 돌아오지 않겠다고 고집을 부리면 힘닿는 데까지 그녀를 보호하도록. 하지만 적어도 몇몇은 끝까지 따라가서 가능한 한 모든 상황을 파악하도록 하라."

싱골은 처음 생각했던 것보다 많은 병사들을 보냈는데, 그중에는 열 명의 기병과 함께 여분의 말도 있었다. 그들은 모르웬의 뒤를 따라갔다. 그녀는 레기온숲을 통과한 다음 남쪽으로 내려가 '황혼의 호수' 위쪽에 있는 시리온강의 물가에 이르러 걸음을 멈추었다. 시리온강은 폭이 넓고 물살이 빠르기 때문에 그녀로서는 건널 방법을 찾지 못하고 있었다. 그제야 경비병들은 모습을 드러낼 수밖에 없었다. 모르웬이 물었다. "싱골 왕이 길을 막으라고 하던가요? 아니면 못 주겠다던 도움을 이제야 주시는 건가요?"

"두 가지 다입니다." 마블룽이 대답했다. "돌아가지 않으시겠습니까?"

"안 됩니다."

"그렇다면 제 뜻과는 어긋나지만 도와드리지요. 이 지점의 시리온강은 폭도 넓고 깊이도 깊어서 짐승이든 사람이든 헤엄쳐 건너기에는 위험합니다."

"무슨 방법이든 좋으니 요정들이 건너가는 방법을 가르쳐 주세요. 안 그러면 헤엄쳐 건너갈 거예요."

그리하여 마블룽은 그녀를 황혼의 호수로 데리고 갔다. 호수 동쪽의 후미진 구석의 갈대 사이에 나룻배가 은밀하게 숨겨져 있었고, 바로 이곳에서 싱골과 나르고스론드에 사는 그의 친족은 사자를 주고받았던 것이다. 그들은 별이 빛나는 밤이 깊어질 때까지 기다렸다가, 새벽이 되기 전에 하얀 안개 속에서 호수를 건넜다. 청색산맥 위로 태양이 붉게 떠오르고 세찬 아침 바람에 안개가 사방으로 흩어질 즈음, 경비병들은 서쪽 호반에 올라가 멜리안의 장막을 벗어났다. 그들은 키가 큰 도리아스의 요정들로 회색 옷을 입고 갑옷 위로는 외투를 걸치고 있었다. 모르웬은 나룻배에서 그들이 소리 없이 지나가는 것을 지켜보다가 갑자기 비명을 지르며 요정들 중 마지막으로 지나가는 자를 가리켰다.

"저자는 어디서 왔지요? 나를 쫓아올 때는 모두 서른 명이었는데, 물가에 올라선 인원은 서른 하고도 한 명이 더 있어요."

그러자 모두들 고개를 돌렸고, 햇빛에 반짝이는 황금빛 머리를 볼 수 있었다. 그는 니에노르였고, 그녀의 두건이 바람에 날려 뒤로 젖혀져 있었다. 니에노르가 군사들을 뒤쫓아 오다가 강을 건너기 전 어둠 속에서 그들 사이에 끼어들었던 것이다. 그들은 몹시 당황했고, 모르웬의 놀라움은 이루 말할 수 없었다. "돌아가! 돌아가! 명령이다!" 모르웬이 고함을 질렀다.

"후린의 아내가 모두의 충고에도 불구하고 가족을 찾아 나설 수 있다면, 후린의 딸도 그럴 자격이 있어요. 어머니는 제게 '애도'란 이름을 지어 주셨지만, 전 아버지와 오빠, 어머니 세 분을 애도하러 저 혼자 남는 일은 하지 않을 거예요. 하지만 세 분 중에서 전 어머니만 알고 있고, 누구보다도 어머니를 사랑해요. 어머니가 두려워하지 않는 것은 저도 두렵지 않아요."

과연 그녀의 얼굴이나 태도에 두려움의 기미는 전혀 보이지 않았다. 그녀는 큰 키에 강인한 느낌을 주었다. 건장한 체격은 하도르 가문의 유산이었기 때문에 요정의 복장을 하고 있는 그녀는 경비병들과 구별하기가 쉽지 않았고, 그녀보다 키가 큰 경비병은 한 명밖에 없었다.

"어떻게 할 참이냐?" 모르웬이 물었다.

"어디든 어머니를 따라갈 거예요. 사실 저는 이런 생각을 했어요. 다시 멜리안의 보호를 받도록 어머니가 저를 데리고 안전하게 돌아가 주시면 좋겠다고요. 그분의 충고를 거절하는 것은 현명하지 못하거든요. 그래도 어머니가 계속 가신다면 저도 위험을 불사할 거라는 걸 아셔야 해요." 사실 니에노르는 어머니에 대한 걱정과 사랑으로, 어머니가 돌아갔으면 하는 바람이 무엇보다도 컸다. 모르웬은 가슴이 찢어지는 듯했다.

모르웬이 말했다. "충고를 거절하는 것과 어머니의 명령을 기절하는 것은 다른 문제다. 이제 돌아가거라!"

"싫어요. 저도 이젠 어린아이가 아니에요. 지금까지 어머니를 거역한 적은 없지만, 저도 제 의지와 지혜를 가지고 있어요. 어머니와 함께 가겠어요. 도리아스를 다스리는 분들을 존경한다면 도리아스로 돌아가는 것이 맞아요. 하지만 그게 아니라면 서쪽으로 가야지요. 사실 둘 중의 한 사람이 가야 한다면 차라리 한창 나이인 제가 더 적임이에요."

그때 모르웬은 니에노르의 회색 눈동자 속에서 후린의 완고함을 읽었다. 모르웬은 잠시 망설이긴 했지만 자신의 자존심을 굽힐 수 없었으며, 이렇게 늙고 노망든 사람처럼 딸에게 설득당해 돌아가는 모양새는 (비록 그 말이 온당하다 해도) 있을 수 없는 일이었다. 모르웬이 말했다. "나는 원래 계획대로 계속 가겠다. 너도 동행해도 좋다만, 내 뜻과는 어긋나는 일이다."

"그러면 그렇게 하세요."

그러자 마블룽이 부하들을 돌아보며 말했다. "후린의 가족이 다른 사람들에게 재앙을 초래하는 것은 실로 용기가 부족해서가 아니라 생각이 부족한 까닭이군! 투린의 경우도 꼭 그랬지. 하지만 그의 조상들은 그렇지 않았네. 이제 이 사람들은 모두 제정신이 아닌 것 같아서 정말 걱정스럽네. 폐하의 이번 분부는 늑대 사냥보다도 더 두려운 일이 되었어. 어떻게 해야겠는가?"

모르웬은 물가로 내려와 그들 가까이에 다가와 있었기에 마블룽의 마지막 말을 들을 수 있었다. "왕께서 분부하신 대로 하세요." 그녀가 말했다. "나르고스론드의 근황과 투린의 소식을 찾아보세요. 우리 모두가 이 일을 하기 위해 함께 온 겁니다."

마블룽이 대답했다. "아직 멀고도 험한 길이 남아 있습니다. 더 가야겠다면 두 사람 모두 말을 타고 기병들과 함께 움직이도록 하고, 한 걸음도 멀리 떨어지지 마십시오."

그들은 날이 환히 밝아 오자 여행을 시작했다. 갈대와 키 작은 버드나무 들로 빼곡한 지대를 천천히 조심스럽게 빠져나와, 나르고스론드 앞 남쪽 평원을 덮고 있는 회색 숲에 이르렀다. 그들은 하루 종일 정서正西 방향으로 걸어가면서 황량한 풍경 외엔 아무것도 보지 못했고, 아무 소리도 듣지 못했다. 대지가 온통 적막에 잠겨 있었고, 마블룽은 알지 못할 공포가 그들을 에워싸고 있다는 예감이 들었다. 그 길은 먼 옛날 베렌이 걸어간 바로 그 길이었는데, 그때는 숲속에 사냥꾼들의 보이지 않는 눈이 가득 숨어 있었다. 하지만 이젠 나로그 요정들이 사라졌고, 오르크들도 아직은 그렇게 멀리 남쪽으로까지는 출몰하지 않는 듯했다. 그날 밤 그들은 불을 피우거나 빛을 밝히지 않고 회색의 숲에서 야영을 했다.

그 후 이틀 동안 그들은 계속 걸었고, 시리온강을 떠난 지 사흘째 저녁이 되어서야 평원을 지나 나로그강의 동쪽 강변에 다다르고 있었다. 마블룽은 그때 엄청난 불안감을 감지하고 모르웬에게 더 이상 앞으로 가지 말 것을 청했다. 하지만 그녀는 웃으며 말했다. "당신은 우리를 떼어 놓게 된 걸 좋아하시게 될 거예요, 틀림없어요. 하지만 조금만 더 함께 가요. 이젠 너무 가까이 왔기 때문에 무섭다고 돌아갈 수도 없어요."

그러자 마블룽이 소리를 질렀다. "두 사람 다 제정신이 아닌데다 참 무모하군요. 당신들은 내가 소식을 정탐하는 데 도움을 주기는커녕 방해만 하고 있소. 이제 내 말 좀 들어 보시오! 내가 받은 명령은 두 사람이 가는 길을 억지로 막지 말고 가능한 한 지켜 주라는 것이었소. 이 상황에서 내가 할 수 있는 것은 한 가지밖에 없소. 당신들을 지켜 주는 일이오. 내일 당신들을 아몬 에시르, 곧 '첩자들의 언덕'까지 데려다주겠소. 여기서 가까운 곳이오. 당신들은 그곳에서 경호를 받으며 앉아 있되, 내가 여기서 명령할 때까지는 앞으로 나아가지 마시오." 아몬 에시르는 펠라군드가 나르고스론드 정문 앞 평원에 엄청난 공을 들여 축조한 언덕으로, 작은 산이라고 할 만큼 규모가 크고 나로그강 동쪽으로 약 5킬로미터 거리에 있었다. 그곳은 정상을 제외하고는 곳곳에 나무가 자라났고, 정상에 올라서면 나르고스론드 대교로 들어가는 모든 도로와 주변의 대지를 한눈에 볼 수 있을 만큼 시야가 탁 틔어 있었다. 그들은 아침 늦게 이 언덕에 당도하여 동쪽 방향에서부터 올라갔다.

마블룽은 강 건너 나무 한 그루 없는 갈색의 '높은파로스' 쪽을 바라보았는데, 요정 특유의 예리한 눈으로 가파른 서쪽 강변 위에 세워진 나르고스론드의 층계와, 언덕이면서 성벽처럼 보이는 곳에 작고 새까만 구멍, 곧 마치 쩍 벌어진 입 속을 연상케 하는 펠라군드의 문을 발견했다. 하지만 그는 아무 소리도 듣지 못했고, 적의 동태라고 할 만한 것과 용이 있다는 징후 같은 것은 전혀 찾아볼 수 없었다. 다만 약탈이 있던 날 용이 정문 주변에 일으킨 화재의 흔적만 남아 있을 뿐, 온 천지가 희미한 햇빛을 받으며 적막에 잠겨 있었다.

마블룽은 자신이 말했던 대로 이제 열 명의 기병들에게 언덕 꼭대기에서 모르웬과 니에노르를 지키도록 하였고, 특별한 위험이 없는 한 자신이 돌아올 때까지 그곳에서 꼼짝도 하지 말라는 엄명을 내렸다. 위험한 상황이 발생할 때는 모르웬과 니에노르를 데리고 최대한 빠른 속도로 도리아스를 향해 동쪽으로 달아나도록 하고, 기병 중 한 명은 먼저 가서 소식을 전하고 구원을 요청하도록 지시했다.

그런 다음 마블룽은 남은 스무 명을 이끌고 언덕을 기어 내려갔다. 나무가 듬성듬성하게 난 언덕 서쪽의 들판에 들어선 그들은 각자 흩어져서 대담하고도 은밀하게 나로그강 기슭을 향해 길을 헤쳐 나갔다. 마블룽은 가운데 길을 택해 다리가 있는 곳으로 전진하였는데, 다리 한쪽 끝에 도착해서야 다리가 완전히 파괴되었다는 것을 알아차렸다. 계곡 속으로 깊숙하게 파인 강은 멀리 북쪽에서 내린 폭우로 인해 사납게 흐르면서 부서져 떨어진 바위들 사이로 거품을 일으키며 요란한 굉음을 냈다.

하지만 글라우룽은 거기 있었다. 허물어진 정문에서 안으로 들어가는 넓은 통로 바로 안쪽 어둠 속에 웅크리고 있던 용은, 가운데땅 그 누구의 눈으로도 쉽게 발견할 수 없는 요정 정탐병들의 접근을 한참 전부터 파악하고 있었다. 용의 사나운 눈초리는 독수리보다 날카로웠고, 요정들의 천리안보다 뛰어났다. 심지어 마블룽의 무리 중 일부가 뒤에 남아 아몬 에시르의 휑한 꼭대기에 앉아 있다는 것도 알고 있었다.

마블룽이 무너져 내린 다리의 판석들 위로 어떻게 하면 거친 강물을 건너갈 수 있을지를 궁리하며 바위 사이로 기어가고 있을 때, 갑자기 글라우룽이 엄청난 화염 돌풍을 뿜으며 앞으로 뛰쳐나와 강물 속으로 기어들어 왔다. 그러자 금방 엄청나게 큰 쉭쉭 하는 소리와 함께 거대한 증기가 솟아올라, 근처에 숨어 있던 마블룽과 부하들은 눈앞을 가리는 증기와 고약한 악취 속에 갇히고 말았다. 그들은 모두 '첩자들의 언덕'으로 짐작되는 방향을 향해 있는 힘을 다해 달아났다. 하지만 마블룽은 글라우룽이 나로그강을 건너고 있었기 때문에 옆으로 비켜나서 바위 밑에 들어가 기다렸다. 자신에게는 아직 처리해야 할 다른 임무가 있었던 것이다. 그는 이제 나르고스론드에 글라우룽이 살고 있다는 사실을 분명히 확인했으나, 가능하다면 후린의 아들에 관한 진실을 파악하는 것 또한 그의 임무였다. 그래서 강심장의 소유자 마블룽은 글라우룽이 지나가고 나면 즉시 강을 건너가서 펠라군드의 궁정을 살펴봐야겠다고 마음먹었다. 모르웬과 니에노르를 지키기 위한 만반의 조치를 취해 놓았기 때문에, 글라우룽이 다가오는 것이 확인된 지금쯤은 기병들이 도리아스를 향해 달려가고 있을 것이라고 생각했던 것이다.

글라우룽은 안개 속으로 거대한 몸체를 이끌고 마블룽 옆을 지나갔다. 장대한 파충류였지만 몸이 유연하여 움직임이 빨랐다. 마블룽은 그 순간 엄청난 위험을 무릅쓰고 나로그강을 건넜다. 하지만 아몬 에시르에서 지켜보던 이들은 용이 밖으로 나오는 것을 보고 당황했다. 그들은 명령받은 대로 의논할 것도 없이 곧바로 모르웬과 니에노르를 말에 태우고 동쪽으로 달아날 준비를 했다. 하지만 언덕에서 평지로 막 내려서는 순간, 불운하게도 때마침 바람에 실려 온 엄청난 증기가 그들을 덮쳤고, 이와 함께 몰려온 악취를 말들이 견뎌 내지 못했다. 안개로 인해 시야가 가려지고 용의 악취로 미칠 듯한 공포에 사로잡힌 말들은, 곧 통제가 불가능해져 이쪽저쪽으로 마구 날뛰기 시작했다. 경비병들은 대오를 이탈하여 나무에 부딪쳐 큰 상처를 입거나, 동료를 애타게 찾았으나 소용없었다. 글라우룽은 히힝거리는 말들의 울음소리와 기병들의 비명을 들었고, 그 소리가 그의 마음에 흡족했다.

요정 기병 중의 한 명이 자신의 말과 함께 안개 속에서 고군분투하다가 갑자기 모르웬이 옆을 지나가는 것을 목격했다. 그녀는 마치 미치광이 말에 올라탄 회색의 유령 같았고, '니에노르'를 부르며 안개 속으로 사라져 더 이상 보이지 않았다.

그런데 한 치 앞을 내다볼 수 없는 공포가 말에 탄 자들을 엄습했을 때, 니에노르의 말은 미친 듯이 내달리다 고꾸라졌고, 니에노르는 말에서 떨어졌다. 풀밭에 가볍게 떨어진 그녀는 상처를 입지는 않았지만, 땅 위에서 몸을 일으켰을 때는 혼자밖에 없었다. 같이 있던 기병도 없고 말도 사라져 안개 속에서 혼자 길을 잃고 말았다. 하지만 그녀는 용기를 잃지 않고 생각에 잠겼다. 사방에서 고함이 들렸지만 점점 희미해졌고, 이쪽저쪽 소리를 따라 움직이는 건 소용없어 보였다. 이럴 경우에는 다시 언덕위로 올라가는 것이 더 나은 길이라는 생각이 들었다. 마블룽이 자기 일행 중에 남아 있는 자가 있는지 확인하기 위해서라도 틀림없이 떠나기 전에 그곳으로 올 것만 같았다.

그녀는 어림짐작으로 걸어가다가 언덕을 발견했다. 사실 언덕은 바로 근처에 있었고, 발에 느껴지는 땅바닥의 융기로 알 수 있었다. 천천히 동쪽에서 시작되는 길을 따라 언덕을 오를수록 안개는 점점 더 옅어졌고, 마침내 니에노르는 풀 한 포기 없는 정상의 햇빛 속으로 올라섰다. 그리고 앞으로 걸어 나가 서쪽을 바라보았을 때, 바로 눈앞에 반대쪽에서 막 기어 올라온 글라우룽의 머리가 보였다. 상황을 파악하기도 전에 그녀의 눈은 용의 눈 속에 담긴 사나운 영靈과 만나고 말았다. 자신의 주인인 모르고스의 사나운 영으로 가득 찬 용의 두 눈은 끔찍스러웠다.

니에노르는 강인한 의지와 담력의 소유자였기에 글라우룽과 맞서 버텼다. 하지만 용은 그녀에게 자신의 힘을 쏟아부으며 물었다. "여기서 무엇을 찾는가?"

대답을 할 수밖에 없게 된 니에노르가 말했다. "나는 한때 여기 살았던 투린이라는 사람을 찾고 있을 뿐이다. 하지만 그는 죽었을지도 모른다."

글라우룽이 말했다. "나는 모른다. 그자는 여자와 병약자를 지키도록 여기 남아 있었으나, 내가 나타나자 그들을 버리고 달아나고 말았다. 허풍이 심한 자였으나 겁쟁이였던 것 같군. 왜 그런 자를 찾느냐?"

"당신은 거짓말을 하고 있다. 후린의 아이들은 적어도 겁쟁이는 아니다. 우리는 당신을 두려워하지 않는다."

이렇게 하여 후린의 딸은 용의 사악함 앞에 정체를 드러내고 말았고, 글라우룽은 웃음을 터뜨렸다. "그렇다면 너와 네 오라버니는 둘 다 바보로군. 너의 허풍은 소용없을 것이다. 나는 글라우룽이니까!"

용이 그녀의 눈을 자신의 눈 속으로 끌어당기자, 그녀의 의지력은 차츰 마비되어 갔다. 태양이 시름에 잠기고 주변의 만물이 흐릿해지는 듯한 느낌이 들었다. 서서히 거대한 어둠이 그녀 위에 내려앉았고, 그 어둠 속은 텅 비어 있었다. 그녀는 아무것도 알지 못했고, 아무것도 듣지 못했고, 아무것도 기억하지 못했다.

마블룽은 칠흑 같은 어둠과 악취에도 불구하고 오랫동안 전력을 다해 나르고스론드의 궁정을 샅샅이 뒤졌다. 하지만 그곳에서 살아 있는 것이라고는 아무것도 발견할 수 없었다. 쌓인 뼈들 사이에서는 아무것도 움직이지 않았고, 누구도 그의 외침에 답하지 않았다. 그는 결국 그곳의 공포스러움에 압도당하고 글라우룽의 귀환이 두려워져 정문으로 돌아 나오고 말았다. 태양은 서쪽으로 넘어가고 있었고, 궁정 뒤쪽 파로스의 그림자가 층계와 그 아래로 흐르는 거친 강물 위로 어둡게 내려앉았다. 멀리 아몬 에시르 기슭에 사악한 용의 형체가 보이는 것 같았다. 공포 속에 서둘러 나로그강을 건너오는 일은 더욱 힘들고 위태로웠다. 마블룽이 동쪽 강변에 도착하여 강둑 아래로 살그머니 내려가는 바로 그때, 글라우룽이 가까이 다가오고 있었다. 용은 몸 안의 모든 화염을 거의 소진한 상태여서 느릿느릿 조용히 움직였다. 엄청난 힘이 그에게서 빠져나간 뒤여서 어둠 속에서 휴식을 취하며 잠을 청할 참이었다. 온몸을 비틀며 강물을 빠져나온 용은 잿빛의 거대한 뱀처럼 자신의 배로 땅바닥에 미끄러지며 정문을 향해 기어 올라갔다.

글라우룽은 문으로 들어가기 전에 동쪽을 향해 돌아섰는데,

이내 그에게서 모르고스의 웃음이 터져 나왔다. 아득히 멀리 시
커먼 심연에서 울려 나오는 사악한 메아리와도 같은 흐릿하면
서도 소름이 끼치는 소리였다. 그리고 저음의 차가운 목소리가
뒤를 이었다. "막강한 마블룽께서 들쥐같이 강둑 밑에 숨어 계
시다니! 싱골의 분부를 제대로 따르지 못하고 있군. 이제 어서
언덕으로 달려가 네가 책임졌던 것이 어떻게 되었는지 확인하
여라!"

글라우룽은 자신의 잠자리로 들어갔고, 해가 지자 회색의 저
녁이 쌀쌀하게 대지를 덮었다. 마블룽이 아몬 에시르로 급하게
달려가 정상을 향해 오를 때 동쪽 하늘에서는 별이 반짝거렸다.
그는 별빛 속에서 석상처럼 꼼짝도 않고 서 있는 검은 형체를 발
견했다. 니에노르는 그렇게 서 있었고, 그가 하는 말을 듣지도
못하고 대답하지도 못했다. 하지만 마블룽이 마침내 그녀의 손
을 잡아 주자 움직임을 보이더니 그가 이끄는 대로 따랐다. 그녀
는 그가 손을 잡고 있는 동안은 따라왔지만, 손을 놓으면 그 자
리에 그대로 서 버렸다.

마블룽은 이루 형용할 수 없을 만큼 비통하고 당혹스러웠다.
하지만 달리 어찌할 도리가 없었다. 누구의 도움도 받지 못하고
일행도 없이 니에노르를 데리고 동쪽을 향해 먼 길을 가야만 했
다. 그들은 마치 꿈꾸는 사람 같은 걸음걸이로 어둠 속의 평원에
들어섰다. 아침이 밝아오자 니에노르는 발을 헛디뎌 쓰러져서
는 꼼짝도 하지 않고 누워 버렸다. 마블룽은 절망감에 휩싸인 채
그녀 옆에 앉아 중얼거렸다.

"내가 이 임무를 두려워했던 것도 다 이유가 있었군. 어쩌면

이것이 내 마지막 임무가 될지도 모르겠다. 이 불운한 인간의 아이와 함께 나는 야생의 들판에서 최후를 맞이하게 되고, 혹시라도 우리의 운명이 도리아스에 전해진다면 내 이름은 조롱거리로 남겠지. 다른 군사들은 모두 죽은 것이 확실하고 이 여자 혼자만 살아남았는데, 그건 자비를 베풀어 살려 준 것은 아닐 터."

글라우룽이 나타났을 때 나로그강에서 달아났던 세 명의 군사가 그들을 발견하였다. 군사들은 한동안 우왕좌왕하다가 안개가 걷힌 뒤 언덕으로 돌아갔다가, 거기에 아무도 없는 것을 확인하고는 집을 향해 동쪽으로 가던 길이었다. 마블룽은 희망을 되찾았고, 그들과 함께 동북쪽으로 방향을 잡았다. 남부에는 도리아스로 되돌아가는 길이 없었고, 나르고스론드가 함락된 이후 도리아스에서 나올 때를 제외하면 나룻배의 사용은 금지되어 있었다.

지친 아이를 데리고 다니는 것처럼 그들의 행군은 지지부진했다. 하지만 나르고스론드를 벗어나 점점 도리아스와 가까워지면서 니에노르는 조금씩 기력을 회복했고, 한 손을 잡은 채로 계속 고분고분 걸었다. 하지만 그녀의 큰 눈은 아무것도 보지 못했고, 두 귀는 아무 말도 듣지 못했으며, 입에서는 아무 소리도 흘러나오지 않았다.

여러 날이 흐른 뒤에 마침내 그들은 도리아스 서쪽 변경에 이르렀다. 테이글린강에서 남쪽으로 약간 떨어진 곳이었다. 그들의 계획은 시리온강 서쪽에 있는 싱골의 작은 땅의 방벽을 통과하여 에스갈두인강이 합류하는 지점 근처의 안전한 다리까지 가는 것이었다. 그들은 그곳에서 잠시 걸음을 멈추었다. 그리고 니에노르를 풀밭에 눕히자, 그녀는 여태껏 뜨고 있던 두 눈을 감았다. 그녀는 잠든 것처럼 보였고, 요정들 역시 휴식을 취했다. 하지만 그들은 너무도 피곤한 탓에 주변 경계를 게을리하였고, 그 틈을 탄 한 무리의 오르크들로부터 불의의 습격을 받게 되었다. 대담하게도 도리아스 변경까지 내려와 그 근처를 배회하던 무리였다. 이 소란 중에, 니에노르가 한밤중에 울린 경보를 듣고 잠을 깬 사람처럼 잠자리에서 벌떡 일어나더니 비명을 지르며 쏜살같이 숲속으로 달아났다. 그러자 오르크들이 돌아서서 추격을 시작했고, 요정들이 그 뒤를 쫓았다. 그런데 니에노르에게 이상한 변화가 일어나 이제 그녀는 그들보다 더 빨리 달렸다. 그녀는 나무 사이로 뛰노는 사슴처럼 달아났는데, 얼마나 걸음이 빠른지 머리털이 바람결에 휘날리고 있었다. 마블룽과 동료들은 오르크들을 순식간에 따라잡아, 그들의 목을 벤 다음 계속 그녀의 뒤를 쫓았다. 하지만 그때쯤 니에노르는 유령처럼 사라지고 없었다. 그들은 북쪽 멀리까지 찾아보고 여러 날 동안 수색을 계속했지만, 그녀의 모습도 발자국도 찾을 수가 없었다.

마블룽은 비탄과 수치심에 고개를 떨군 채 도리아스로 돌아왔다. 그가 왕에게 말했다. "폐하, 사냥꾼들의 새로운 대장을 임명하여 주십시오. 소신은 명예를 잃었습니다."

그러자 멜리안이 말했다. "그건 그렇지 않소, 마블룽. 당신은 있는 힘을 다해 임무를 수행했고, 왕의 신하 누구도 그렇게 많은 일을 할 수는 없었을 것이오. 다만 불운하게도 당신이 감당하기 힘든 거대한 힘과 맞서야 했던 것뿐이오. 사실 가운데땅에 살고 있는 어느 누구도 대적할 수 없는 힘이오."

싱골이 입을 열었다. "내가 자네를 내보낸 것은 상황을 파악해 오라는 것이었고, 자네는 그 임무를 완수하였네. 자네 소식을 가장 간절히 기다린 사람들이 이제 자네 이야기를 들을 수 없게 된 것은 자네 잘못이 아닐세. 후린의 가족들에게 닥친 이 결말이 참으로 비통하긴 하지만, 자네 잘못은 아닐세."

니에노르는 이제 아무것도 모르는 채 야생의 들판을 뛰어다니고 있었고, 모르웬 역시 종적을 알 수 없었다. 모르웬의 운명은 그때나 그 후로나 도리아스와 도르로민에 확실하게 전해진 것이 아무것도 없었다. 그럼에도 불구하고 마블룽은 휴식을 취하려 하지 않았다. 그는 작은 무리를 이끌고 야생 지대로 나가, 멀리 에레드 웨스린에서부터 시리온하구에 이르기까지 실종자의 흔적이나 소식을 찾기 위해 3년 동안이나 산지사방을 헤매고 다녔다.

Chapter 15
브레실의 니에노르

한편 니에노르는 등 뒤에서 들려오는 추격자들의 소리를 들으며 숲속으로 계속 달렸다. 달려가는 동안 그녀는 자신의 옷을 찢기 시작하여 하나씩 던져 버리다가, 마침내 발가벗게 되었다. 사냥꾼에게 쫓기는 짐승처럼 그녀는 그렇게 온종일 달렸는데, 가슴이 터질 듯이 아팠지만 멈추거나 숨을 고를 생각조차 하지 못했다. 그러나 저녁이 되자 갑자기 광기가 사라졌다. 니에노르는 한순간 무엇에 놀라기라도 한 듯 꼼짝도 하지 않고 서 있다가, 탈진한 것처럼 의식을 잃고는 마치 한 대 맞은 사람처럼 수북한 고사리 덤불 속으로 쓰러졌다. 오래된 고사리와 봄에 난 날렵한 양치류 식물들의 잎 속에 누워 세상 모르게 잠에 빠져들었다.

아침이 되어 잠에서 깨어난 니에노르는 마치 처음 생명을 얻은 사람처럼 햇빛 속에서 환희를 느꼈다. 바라보는 모든 것이 새롭고 신기했으나, 그녀는 그 어느 것도 이름을 알 수 없었다. 지나간 삶에는 오직 텅 빈 어둠만이 남아 있었고, 그 어둠 속에서

과거의 어떤 사물에 대한 기억도 어떤 말의 흔적도 끌어낼 수 없
었다. 어두운 공포의 그림자만 뇌리에 남아 있어서 계속 경계의
눈초리로 숨을 곳을 찾았다. 그래서 무슨 소리나 그림자에 놀라
다람쥐나 여우처럼 날렵하게 나무 위로 올라가거나 수풀 속으
로 기어들어 가곤 했는데, 겁에 질린 눈으로 오랫동안 나뭇잎 사
이로 내다보다가 다시 길을 걸어갔다.

처음 달리기 시작하던 때처럼 계속해서 앞으로 달려간 끝에,
그녀는 테이글린강에 이르렀고 거기서 갈증을 풀었다. 하지만
먹을 것도 없고 또 어떻게 구하는지도 알 수 없어서 굶주림과 추
위에 떨어야만 했다. 강 건너 나무숲이 더 빽빽하고 어두컴컴해
보였기 때문에(브레실숲 기슭이었으므로 실제로 그랬다), 결국 강
을 건너 어느 푸른 둔덕에 올라가 몸을 뉘었다. 기진맥진한 데다
등 뒤로 어둠이 다시 그녀를 쫓아오는 것 같았고, 해가 지고 있
다는 느낌이 들었다.

그런데 사실 그것은 번개와 폭우를 싣고 남쪽에서 올라오는
시커먼 폭풍우였다. 천둥소리에 겁먹은 니에노르가 그 자리에
그대로 웅크리고 있자 시커먼 폭우가 그녀의 벗은 몸에 휘몰아
쳤고, 그녀는 덫에 걸린 야생의 짐승처럼 말 한마디 없이 지켜보
았다.

그때 우연하게도 브레실의 숲속 사람들 한 무리가 그 시간에
오르크들을 공격한 뒤 테이글린 건널목을 건너 근처에 있는 은
신처로 서둘러 돌아가고 있었다. 엄청난 번개가 내려치자, 하우
드엔엘레스가 하얀 불꽃을 맞은 듯 환하게 밝아졌다. 그러자 무
리를 이끌던 투람바르는 깜짝 놀라 뒷걸음질을 치며 두 눈을 가

리고 몸을 떨었다. 핀두일라스의 무덤 위에서, 살해당한 그녀의 유령을 본 것 같았기 때문이다.

부하 중의 한 사람이 둔덕으로 달려가 그를 불렀다. "이리 오세요, 대장님! 젊은 여자가 누워 있습니다. 살아 있는데요!" 투람바르가 다가가서 여자를 일으키자, 여자의 젖은 머리에서 물이 뚝뚝 떨어졌다. 하지만 그녀는 눈을 감고 몸을 떨더니 더 이상 저항하지 않았다. 여자가 이렇게 발가벗은 채 누워 있다는 사실에 깜짝 놀란 투람바르는 그녀를 자신의 외투로 감싸고 숲속에 있는 사냥꾼들의 숙소로 데려갔다. 그들이 숙소에 불을 지피고 이불로 그녀를 감싸자, 그녀는 눈을 뜨고 그들을 바라보았다. 눈길이 투람바르에게 멎자, 그녀의 얼굴이 환하게 밝아지면서 그를 향해 손을 내밀었다. 자신이 어둠 속에서 찾고 있던 무언가를 드디어 찾아내고 위로받는 듯한 느낌이 들었기 때문이다. 투람바르가 그녀의 손을 잡고 웃으며 말했다. "자, 아가씨의 이름과 가족에 관해 말해 주지 않겠소? 어떤 재앙이 당신을 찾아온 것이오?"

그러자 그녀는 고개를 저으며 아무 말도 하지 않은 채 울기 시작했다. 그래서 그들은 더 이상 아무것도 묻지 않았고, 그녀는 굶주린 듯 그들이 주는 음식을 무엇이든 먹어 치웠다. 그녀는 음식을 다 먹고 나서 한숨을 내쉬고는, 다시 한 손을 투람바르의 손 위에 올려놓았다. 투린이 말했다. "우리와 함께 있으면 안심해도 되오. 오늘 밤은 여기서 쉬고 아침이 되면 높은 숲속에 있는 우리 집으로 데려가겠소. 그런데 당신 이름이 무엇이고 가족은 누군지 알아야 그 사람들을 찾든지 아니면 소식이라도 알아볼 수 있지 않겠소. 말해 주지 않겠소?" 하지만 그녀는 아무 대답도 하지 않고 울기만 했다.

투람바르가 말했다. "걱정하지 마시오! 너무 슬픈 사연이라 말하기 힘든 모양이오. 대신 당신한테 이름을 하나 지어 주어야겠소. 이제부터는 당신을 니니엘이란 이름으로 부르겠소. '눈물의 여인'이란 뜻이오." 그 이름을 듣고 그녀는 그를 쳐다보며 고개를 가로저었지만, "니니엘" 하고 따라 말했다. 그것이 어둠을 경험한 뒤 그녀가 처음으로 한 말이었고, 그 이후로 숲속 사람들 사이에서 그녀의 이름이 되었다.

이튿날 아침 그들은 니니엘을 데리고 에펠 브란디르로 향했는데, 가파른 오르막길을 오르던 도로는 요란한 켈레브로스하천을 건너가야 하는 지점에 이르렀다. 그곳에는 나무다리가 놓여 있었고, 다리 밑으로는 닳아빠진 길쭉한 바위를 넘은 냇물이 거품을 일으키는 여러 층의 층계를 거쳐 훨씬 아래쪽에 있는 우묵한 바위 암반으로 떨어졌다. 그래서 그곳은 비가 내리듯 공중에 온통 물보라가 가득했다. 폭포 꼭대기에는 넓고 푸른 잔디밭이 있어서 그 주변에 자작나무가 자랐고, 다리 위에서는 서쪽으로 약 3킬로미터 거리에 있는 테이글린협곡의 전경을 조망할 수 있었다. 그곳은 공기가 늘 차가워서, 여름에는 나그네들이 휴식을 취하며 차가운 물을 마시곤 했다. 폭포의 이름은 딤로스트, 곧 '비 내리는 층계'라고 불려 왔는데, 그날 이후로는 넨 기리스, 곧 '몸서리치는 물'로 바뀌었다. 투람바르와 부하들이 거기서 걸음을 멈추었는데, 니니엘이 그곳에 오자마자 한기를 느끼며

후들후들 떨기 시작했기 때문이다. 그들은 그녀를 따뜻하게 해 줄 수도 없었고 편안하게 해 주지도 못했다. 그리하여 그들은 행군을 서둘렀지만, 에펠 브란디르에 도착하기 전에 이미 니니엘은 고열에 시달리고 있었다.

그녀는 오랫동안 앓아누웠다. 브란디르는 그녀를 치유하기 위해 자신의 모든 치료술을 동원했고, 숲속 사람들의 부인들이 밤낮으로 그녀를 간호했다. 하지만 투람바르가 곁에 가까이 갈 때만 그녀는 편안하게 누워 있거나 신음 없이 잠들었고, 그녀를 간호하던 모든 이들은 이 사실을 알아차렸다. 열병을 앓는 내내 그녀는 자주 심한 고통에 시달렸음에도 불구하고 요정의 말이나 인간의 말을 한마디도 하지 않았다. 서서히 건강이 돌아오면서 그녀가 걸음을 걷고 다시 음식을 먹기 시작하자, 브레실의 여인들은 마치 어린아이 가르치듯 한마디 한마디 그녀에게 말을 가르쳐야 했다. 그런데 그녀는 크든 작든 잃어버린 보물을 다시 찾는 사람처럼 말을 배우는 일에 무척 빨랐으며 큰 즐거움을 느꼈다. 드디어 친구들과 의사소통할 만큼 말을 배우자, 그녀는 이렇게 묻곤 했다. "이건 이름이 무엇이에요? 어둠 속에 있으면서 잊어버렸거든요." 다시 외출할 수 있을 만큼 되자, 그녀는 브란디르의 집을 방문하곤 했다. 그녀는 살아 있는 모든 것들의 이름을 무척 알고 싶어 했고, 브란디르는 그런 분야에 조예가 깊었다. 두 사람은 정원과 숲속을 함께 거닐곤 했다.

그러던 중에 브란디르는 그녀를 사랑하게 되었다. 건강을 되찾은 그녀는 다리를 저는 그를 자신의 팔로 부축해 주곤 했고, 그를 오라버니라고 불렀다. 하지만 그녀의 마음은 투람바르를 향해 있어서 그가 다가오기만 해도 미소를 지었고, 그가 쾌활하게 말하기만 해도 웃음을 터뜨렸다.

황금빛 가을날 어느 저녁에 두 사람이 함께 앉아 있는데, 언덕 중턱과 에펠 브란디르의 집들이 석양에 붉게 물들고 사위는 깊은 적막에 잠겨 있었다. 니니엘이 그에게 말했다. "세상 만물의 이름을 죄다 물어보았습니다만, 당신 이름은 빠져 있었어요. 당신의 이름은 무엇인가요?"

"투람바르라고 하오." 그가 대답했다.

그러자 그녀는 메아리라도 듣는 사람처럼 가만히 있다가 다시 물었다. "그건 무슨 뜻이 있는 건가요, 아니면 그저 이름일 뿐인가요?"

"그건 '어두운 그림자의 주인'이란 뜻이오. 니니엘, 나에게도 어둠이 있었고, 그때 사랑하는 것들을 잃어버렸소. 하지만 이젠 극복한 것 같소."

"당신도 이 아름다운 숲으로 오기까지 어둠에 쫓겨 달려왔나요? 그런데 투람바르, 당신은 언제 달아났어요?"

"그렇소." 투린이 대답했다. "나는 여러 해 동안 쫓겨 다녔소. 당신이 달아났을 때 나도 달아났소. 니니엘, 당신이 나타나기 전까지 이곳은 어둠이었지만 이제 이곳은 내게 빛이 되었소. 난 기약 없이 오랫동안 찾고 있던 것을 드디어 발견한 것 같소." 황혼 속에 집으로 돌아가며 투람바르는 혼자 중얼거렸다. "하우드엔 엘레스! 그녀는 푸른 둔덕에서 나타났다. 이것은 무슨 징조인가, 그렇다면 어떻게 해석해야 할까?"

이제 황금빛 가을이 저물고 고요한 겨울로 접어들었고, 또다시 빛나는 한 해가 시작되었다. 브레실은 평화로웠다. 숲속 사람들은 밖으로 나돌아 다니지 않고 조용히 지냈으며, 인근 지역의 소식도 듣지 못했다. 그즈음에는 글라우룽의 사악한 통치를 좇아 남쪽으로 내려왔거나 도리아스 변경에 첩자로 파견된 오르크들이 테이글린 건널목을 피해 강 건너 서쪽으로 멀리 돌아다녔기 때문이다.

한편 니니엘이 완전히 치유되어 아름답고 건강한 모습을 되찾자, 투람바르는 더 이상 참을 수가 없어서 그녀에게 혼인을 청했다. 니니엘은 기뻐했지만, 이 소식을 전해 들은 브란디르는 너무나 가슴이 아파서 그녀에게 말했다. "서두르지 마시오! 기다리라는 충고를 한다고 해서 나를 매정하게 여기지는 마시오."

"당신이 한 일은 하나도 매정한 일이 없었어요. 그런데, 지혜로운 오라버니, 왜 제게 그런 충고를 하는 건가요?"

그가 대답했다. "지혜로운 오라버니라고? 차라리 절름발이 오라버니겠지, 사랑을 받지도 못하고 사랑스럽지도 않은. 그런데 왜 그런지는 도무지 나도 모르겠소. 하지만 이 사람에겐 어둠의 그림자가 씌어 있고, 난 그게 두렵소."

"자신이 어둠에 싸여 있었다고 그가 말한 적이 있어요. 하지만 저처럼 거기서 빠져나왔다고 하더군요. 그 사람은 사랑받을 만한 자격이 있지 않은가요? 지금은 조용히 쉬고 있지만, 전에는 그를 보기만 해도 적이 모두 달아나 버리는 대단히 뛰어난 대장이었다고 하던데요."

"누가 그런 얘기를 했소?" 브란디르가 물었다.

"도를라스였어요. 그가 진실을 말한 것이 아닌가요?"

"진실이오." 브란디르는 이렇게 말했지만 심사는 불편했다. 도를라스는 오르크들과 전쟁을 벌여야 한다고 주장하는 무리의 우두머리였던 것이다. 하지만 그는 여전히 니니엘을 머뭇거리게 만들 이유를 찾아야 했기 때문에 이렇게 말했다. "사실이긴 한데, 몇 가지 덧붙일 게 있소. 투람바르는 나르고스론드의 대장이었고, 그전에는 북부에서 내려왔소. (들리는 소문에 의하면) 도르로민에 있는 호전적인 하도르 가문 후린의 아들이라고 하오." 그 이름을 듣고 그녀의 얼굴에 스쳐 가는 어두운 그림자를 발견한 브란디르는 그녀의 표정을 잘못 읽고는 이렇게 덧붙였다. "니니엘, 사실 그런 사람이라면 머지않아 전쟁터로 나갈 거란 생각이 들지 않소? 아마도 아주 먼 곳까지 말이오. 만약 그렇게 되면 당신이 그걸 어떻게 견디겠소? 조심하시오. 내 예감에 투람바르가 다시 전투에 나가면, 승리를 거두는 쪽은 그가 아니라 어둠이 될 것이오."

그녀가 대답했다. "견디기 힘들겠죠. 하지만 결혼하지 않는다고 해서 결혼한 것보다 나을 것도 없습니다. 어쩌면 그 사람을 말리고, 또 어둠을 쫓아내는 데는 아내의 자리가 더 나을지도 모릅니다." 그럼에도 불구하고 그녀는 브란디르의 말이 마음에 걸려 투람바르에게는 좀 더 기다리라고 했다. 투람바르는 의아스러워하며 낙심했으나, 브란디르가 기다리라는 충고를 했다는 말을 니니엘로부터 듣고 나서는 기분이 몹시 나빴다.

이듬해 봄이 되자 그는 니니엘에게 말했다. "세월이 흐르오. 우리는 그동안 줄곧 기다려 왔고, 이제 나는 더 이상 기다릴 수가 없소. 사랑하는 니니엘, 당신의 마음이 시키는 대로 하시오. 하지만 알아 두어야 할 것은 내 앞에 이런 선택이 기다리고 있다는 것이오. 지금 야생 지대로 전쟁하러 나가든지, 아니면 당신과 혼인하여 다시는 전쟁터로 나가지 않는 것이오. 다만 우리 집에 어떤 재앙이 닥쳐 당신을 보호하기 위해서라면 예외가 될 것이오."

그녀는 진심으로 기뻐하며 부부의 연을 맺을 것을 약속하였고, 그들은 한여름에 결혼식을 올렸다. 숲속 사람들은 성대한 잔치를 열어 주었을 뿐만 아니라, 그들을 위해 아몬 오벨 위에 지은 예쁜 집을 선사했다. 그곳에서 그들은 행복하게 살았지만, 브란디르는 시름에 잠긴 채 마음속으로는 어둠이 더욱 깊어 갔다.

Chapter 16
글라우룽의 출현

한편 글라우룽은 힘과 악성惡性이 빠르게 불어나며 몸집이 더 비대해져 오르크들을 휘하에 끌어모아 제왕처럼 군림했고, 옛날 나르고스론드에 속해 있던 영토를 모두 장악해 버렸다. 투람바르가 숲속 사람들과 함께 살기 시작한 지 3년째, 그해가 저물기 전에 용은 한동안 평화를 누리고 있던 브레실을 공격하기 시작했다. 사실 글라우룽과 그의 주인은 북부의 권위에 도전하는 인간의 세 가문 중에서 마지막 남은 자들, 곧 살아남은 자유민들이 브레실에 거하고 있다는 것을 잘 알고 있었다. 그들은 이 사실을 용납할 수 없었다. 모르고스의 목표는 벨레리안드 전역을 장악하고 방방곡곡을 뒤져, 어느 구멍 어느 은신처라도 자신의 노예가 아닌 자가 있으면 살아남지 못하게 하는 것이었다. 그런 까닭에 투린이 은신한 곳을 글라우룽이 어림짐작으로 맞힌 것인지, 아니면 (누군가의 주장대로) 투린이 그동안 자신의 뒤를 쫓는 악의 눈을 정말로 피해 다닌 것인지 하는 문제는 중요하지 않았다. 결국 브란디르의 충고는 소용없는 것으로 밝혀졌고, 투람 바르에게는 마지막으로 두 가지 선택만이 남게 되었다. 발각될 때까지 독 안에 든 쥐처럼 쫓겨 다니며 가만히 앉아 있거나, 아니면 곧 전쟁터로 나아가 모습을 드러내는 것이었다.

하지만 오르크들이 나타났다는 소식이 에펠 브란디르에 처음 전해졌을 때, 그는 나가지 말라는 니니엘의 간청에 무릎을 꿇고 말았다. 그녀는 이렇게 말했다. "당신 말씀대로 우리 집은 아직 공격당하지 않았어요. 오르크들의 수도 많지는 않다고 하네요. 도를라스의 말에 따르면 당신이 오기 전에도 그런 전투는 드물 지 않았고, 숲속 사람들이 적을 모두 물리쳤다고 하더군요."

그러나 이 오르크들은 사납고 교활한 데다 잔인한 종족이어 서 숲속 사람들은 전투에서 패퇴하고 말았다. 사실 오르크들은 예전에는 다른 임무를 수행하러 가는 길에 브레실숲의 기슭을 지나가거나 소규모로 사냥하는 정도였지만, 이제는 바로 브레 실숲을 공격하겠다는 목표를 가지고 나타난 것이었다. 도를라 스와 부하들은 피해를 입은 채 물러섰고, 오르크들은 테이글린 강을 넘어 숲속 깊은 곳까지 드나들었다. 도를라스가 투람바르 를 찾아와서 자신이 입은 상처를 내보이며 말했다. "우려했던 대로 위장된 평화가 끝나고 나니 이제 어려운 시간이 우리에게 찾아왔습니다. 대장님께서는 이방인이 아니라 우리 백성 중의 한 사람으로 인정받기를 원하지 않았습니까? 이 위기 역시 대장 님의 위기가 아닌가요? 오르크들이 우리 땅으로 더 깊이 들어온 다면 우리들의 집도 계속 안전할 수는 없습니다."

그리하여 투람바르는 몸을 일으켜 다시 자신의 검 구르상을

잡고 전쟁터로 나아갔다. 이 소식을 들은 숲속 사람들은 사기충
천하여 그에게 모여들었고, 그는 수백 명의 군사들을 거느리게
되었다. 그들은 숲을 샅샅이 뒤지며 그 속에 숨어 있는 오르크들
을 모두 잡아 죽이고, 그 시체를 테이글린 건널목 근방의 나무에
매달았다. 새 부대가 공격해 왔으나 숲속 사람들은 그들을 함정
에 빠뜨렸다. 오르크들은 숲속 사람들의 늘어난 위세뿐만 아니
라 돌아온 검은검에 대한 두려움으로 전투에 패해 달아나 버렸
고, 엄청난 숫자가 목숨을 잃었다. 숲속 사람들은 거대한 장작단
을 마련하여 산더미처럼 쌓인 모르고스 군사의 시체를 태웠는
데, 그들의 복수를 담은 연기는 하늘 높이 시커멓게 솟아올라 바
람을 타고 서쪽으로 날아갔다. 그러나 몇몇 오르크들은 이 소식
을 가지고 나르고스론드까지 살아서 돌아갔다.

　글라우룽의 분노는 실로 엄청났다. 하지만 그는 한참을 꼼짝
도 하지 않고 엎드린 채, 자신이 들은 이야기를 곰곰이 생각하고
있었다. 겨울이 무사히 지나가자 사람들은 말했다. "적을 모두
물리쳤으니 브레실의 검은검은 위대하도다." 니니엘은 마음을
놓았고 투람바르의 높아진 명성에 기뻐했다. 하지만 투람바르
는 앉은 채 생각에 잠겨 마음속으로 여러 가지를 궁리했다. '주
사위는 던져졌다. 이제 내가 큰소리쳐 놓은 것이 증명되든지 아
니면 처참하게 실패하든지 시험할 때가 왔군. 더는 달아나지 않
겠다. 이름 그대로 나는 투람바르가 될 것이며, 나 자신의 의지
와 용기로 운명을 극복해 낼 것이다. 실패할 수도 있겠지. 하지
만 실패하든 성공하든 적어도 글라우룽을 죽이고 말 것이다.'

　그럼에도 불구하고 그는 불안감을 감추지 못해 담대한 자 몇

명을 뽑아 정찰대를 구성해 평원 멀리까지 내보냈다. 아무도 불평은 하지 않았지만, 이제 그는 브레실의 영주가 된 것처럼 마음대로 명령을 내렸고 모두들 브란디르를 무시했다.

희망의 봄이 오고 사람들은 자신들의 일터에서 노래를 불렀다. 그런데 그해 봄에 니니엘이 임신하여 얼굴이 창백하고 수척해지자, 그녀의 행복은 모두 흐릿한 어둠에 잠겼다. 얼마 되지 않아 테이글린강 건너편에 나가 있던 사람들로부터 이상한 소식이 도착했는데, 나르고스론드 방면 평원의 숲속 먼 곳에 엄청난 화재가 발생했다는 것이었다. 도대체 어떻게 된 일인지 사람들은 모두 의아해했다.

오래지 않아 또 다른 보고가 들어왔다. 불길이 점점 북쪽으로 다가오고 있으며, 사실 글라우룽이 직접 불을 일으키고 있다는 것이었다. 용이 나르고스론드를 떠나 다시 임무 수행에 들어간 것을 알 수 있었다. 그러자 좀 더 어리석거나 희망적인 이들은 "용의 군대가 궤멸되었고, 이 사태를 파악한 용이 원래 있던 곳으로 되돌아가고 있다"라고 말했으며, 다른 이들은 "용이 우릴 지나가기를 기대해 보자"라고 이야기했다. 하지만 투람바르는 그런 기대를 하지 않았고, 글라우룽이 자기를 찾아오고 있다는 것을 알았다. 그는 니니엘 때문에 속마음을 감추긴 했지만, 어떤 계책을 세워야 할지 밤낮으로 고심했다. 봄이 여름으로 넘어가고 있었다.

어느 날 두 사람이 공포에 사로잡힌 채 에펠 브란디르로 돌아와서 바로 그 '거대한 파충류'를 보았다고 했다. "분명한 것은 그거대한 파충류가 지금 바로 테이글린 쪽으로 다가오고 있다는 사실입니다. 용은 거대한 불길 한가운데 자리 잡고 있는데, 주변의 나무에서 연기가 날 뿐만 아니라 악취가 너무 심해 참을 수 없을 지경입니다. 용이 지금 있는 곳에서부터 저 멀리 나르고스론드까지 지나온 자취가 선명한데, 우리가 보기에 그 길은 옆으로 휘어지지도 않고 곧바로 우리를 겨냥하고 있습니다. 어떻게 해야 합니까?"

투람바르가 대답했다. "방도가 없지만, 딱 한 가지 생각해 둔 건 있소. 당신들이 가져온 소식은 공포보다 희망을 주는군. 당신들 말대로 용이 정말로 옆으로 휘어지지도 않고 직선 경로로 달려오고 있다면, 담대한 용사들이 써 볼 수 있는 방책이 있소."

그가 더 이상 아무 말도 하지 않았기 때문에 사람들은 고개를 갸우뚱했다. 하지만 그들은 그의 확고부동한 태도에서 용기를 얻었다.

테이글린강이 흘러가는 지형은 다음과 같았다. 나로그강처럼 에레드 웨스린에서부터 빠르게 흘러 내려온 테이글린강은, 처음에는 야트막한 강둑 사이로 흐르다가, 테이글린 건널목을 지나면 다른 지류들과 합류하면서 얻은 힘으로 브레실숲이 위치한 고산 지대의 기슭을 따라 깊은 물길을 만들었다. 그런 다음에 강물은 양쪽이 암벽처럼 높고 깊은 협곡 속으로 흘러 들어가는데, 바닥의 강물은 엄청난 위세로 굉음을 내며 몰아쳤다. 이 협곡은 글라우룽이 접근하고 있는 바로 그 전방에 있었다. 가장 깊은 곳은 아니었지만 폭이 가장 좁은 지점으로, 켈레브로스하천이 유입되는 지점의 바로 북쪽이었다. 투람바르는 용감한 장정

셋을 내보내어 벼랑 끝에서 용의 움직임을 감시하도록 하고, 자신은 말을 타고 넨 기리스의 높은 폭포로 달려가 신속하게 정보를 수집한 뒤, 건너편 대지까지 살펴볼 참이었다.

하지만 그는 먼저 에펠 브란디르에 사는 숲속 사람들을 불러 모아 말했다. "브레실 거민 여러분, 절체절명의 위기가 우리 앞에 닥쳐와 있고, 지극히 강인한 자만이 이를 막아 낼 수 있소. 이번 일은 숫자가 많다고 해서 해결될 일이 아니오. 교묘한 술수도 이용해야 하고 또한 행운도 기대해야 합니다. 오르크 군대를 대적하듯 전력을 다해 용과 맞서 싸우러 나가는 것은 우리 자신을 사지에 몰아넣는 일이고, 우리 아내와 가족을 허허벌판에 내모는 꼴이 되오. 따라서 나는 여러분들이 여기 남아 있다가 피신할 준비를 하도록 부탁하겠소. 만약 글라우룽이 오면 여러분들은 이곳을 버리고 사방으로 흩어져야 하오. 그래야 누구라도 빠져나가 목숨을 건질 수 있을 테니 말이오. 분명히 용은 있는 힘을 다해 여기를 파괴할 것이고, 그 밖에 눈에 띄는 것도 모조리 박살 낼 거요. 하지만 이곳에 머물러 살지는 않을 것이오. 그의 보물은 모두 나르고스론드에 있고, 그곳에는 그가 안전하게 쉬면서 덩치를 불릴 수 있는 깊은 방이 있기 때문이오."

그에게서 좀 더 희망적인 말을 기대하고 있던 브레실 사람들은 이 말을 듣자 당황해하며 무척 낙담했다. 하지만 투린이 말했다. "아, 그건 최악의 상황을 가정한 것이오. 나의 계획과 운이 괜찮다면 그런 사태는 벌어지지 않을 수도 있소. 나는 용이 시간이 흐를수록 힘과 악성이 커지기는 하지만 이길 수 없는 상대라고는 생각하지 않소. 그자를 조금은 알고 있는데, 몸집이 거대하

긴 하나 그의 힘은 몸에서 나오는 것이라기보다는 안에 깃든 악
한 영혼에서 나오는 것이오. 니르나에스 전쟁에 참전했던 이들
이 내게 해 준 이야기를 들려주겠소. 나나 여러분이나 모두 어린
아이였을 때 일어난 일이오. 니르나에스 전쟁이 났을 때 난쟁이
들이 용을 가로막았고, 그때 벨레고스트의 아자그할이 용의 몸
깊숙이 칼을 찔러 넣자 용이 금세 앙반드로 달아나고 말았다는
것이오. 아자그할의 칼보다 더 예리하고 긴 가시가 바로 여기에
있소."

투람바르가 구르상을 칼집에서 빼내어 머리 위로 높이 찌르
는 시늉을 하자, 지켜보는 사람들의 눈에는 그 모습이 마치 투람
바르의 손에서 불꽃이 나와 허공 위로 솟아오르는 것처럼 보였
다. 그들은 큰 소리로 환호성을 질렀다. "브레실의 검은 가시!"

투람바르가 말했다. "브레실의 검은 가시, 용은 당연히 이 가
시를 두려워하고 있소. 여러분이 알아야 할 것은, 갑옷 같은 용
의 각질이 강철보다 단단하다고 할 만큼 대단하지만, 그놈은 뱀
처럼 배 바닥으로 기어 다녀야 하는 운명을 타고났소(이들 부류
가 모두 그렇다고 하오). 브레실 거민 여러분, 나는 이제 무슨 수를
써서라도 글라우룽의 배를 찾아갈 계획이오. 누가 나와 함께 가
겠소? 강한 팔과 그보다 더 강한 심장을 가진 사람 한두 명만 있
으면 됩니다."

그러자 도를라스가 앞으로 나서며 말했다. "내가 함께 가지
요. 적을 기다리기보다 늘 앞서 나가는 게 내 적성에 맞습니다."

그러나 글라우룽에 대한 두려움과 용을 목격한 정찰대의 이
야기가 입소문을 타고 과장되어 있던 탓에, 사람들은 그의 요청

에 쉽게 응하지 않았다. 그때 도를라스가 소리쳤다. "브레실 주민 여러분, 들어 보십시오. 우리 시대의 악과 맞서 싸우는 데는 브란디르의 계획이 아무 소용이 없다는 것이 확실히 밝혀졌습니다. 숨어서는 피할 수가 없어요. 할레스 가문이 수모를 당하지 않도록, 한디르의 아들 대신에 나설 사람 누구 없습니까?" 그리하여 브란디르는 회의장의 상석인 영주의 자리에 앉은 채 고스란히 무시와 조롱을 당하면서 가슴이 한없이 쓰라렸다. 투람바르가 도를라스를 나무라지 않았기 때문이다. 그러자 브란디르의 친족인 훈소르가 일어나 말했다. "도를라스, 이렇게 당신의 영주에게 창피를 주다니 바르지 못한 행동이오. 영주는 불의의 사고로 인해 다리를 마음대로 움직일 수 없지 않소. 언젠가 당신한테도 그런 일이 벌어질지 모르니 조심하시오. 또 브란디르의 계획은 받아들여진 적이 없는데, 어떻게 소용없었다고 말할 수 있소? 당신은 영주의 신하이면서도 늘 영주를 무시해 왔소. 분명히 얘기하지만, 이전에 나르고스론드의 경우와 마찬가지로 글라우룽이 우리 쪽으로 온 것은 영주가 염려했던 대로 우리의 행동이 우리를 드러냈기 때문이오. 하지만 재앙이 이미 우릴 덮쳤으니, 한디르의 아들, 당신의 허락을 얻어 제가 할레스 가를 대신해 나가도록 해 주십시오."

그러자 투람바르가 말했다. "셋이면 충분하오! 당신 둘을 데려가겠소. 하지만 브란디르 공, 저는 당신을 경멸하지 않습니다. 아시겠습니까? 우린 대단히 서둘러야 하고, 또 우리 임무를 완수하자면 대단한 완력이 필요합니다. 영주의 자리는 백성들과 함께 있는 것이라고 생각합니다. 영주께선 지혜로운 분이며 치유의 능력을 지니고 있습니다. 머지않아 지혜와 치유가 대단히 필요할 때가 올 것입니다." 사심 없이 한 말이었으나 이 말은 브란디르의 가슴을 더욱 아프게 만들었다. 영주는 훈소르에게 말했다. "그렇다면 가시오. 하지만 내가 허락한 것은 아니오. 이자에게는 어둠의 그림자가 있어 당신을 사악한 존재 앞으로 이끌 것이기 때문이오."

투람바르는 출발을 서둘렀다. 그러나 작별 인사를 하기 위해 니니엘을 찾아갔을 때, 그녀는 슬피 울며 그에게 매달렸다. "가지 말아요, 투람바르, 제발 가지 말아요! 당신이 도망쳐 나온 그 어둠과 맞서지 마세요! 아니, 안 돼요, 계속 달아나요. 나를 데리고 멀리 떠나가요!"

투람바르가 대답했다. "사랑하는 니니엘, 당신과 나는 더 이상 달아날 수 없소. 우리는 이 땅에 갇혀 있소. 우리의 친구가 되어 준 이 사람들을 버리고 떠난다 하더라도, 당신과 내가 갈 곳은 인간의 흔적이라곤 없는 야생 지대밖에 없기 때문에, 당신과 우리 아이는 죽게 될 것이오. 어둠의 영역 바깥에 있는 땅은 어디든 여기서 5백 킬로미터는 떨어져 있소. 하지만 용기를 내시오, 니니엘. 분명히 이야기하지만, 당신도 나도 절대로 용이나 북부의 어느 적에 의해 죽음을 맞게 되지는 않을 것이오." 니니엘은 울음을 멈추고 조용해졌지만, 이별의 입맞춤을 하는 그녀의 입술은 차가웠다.

투람바르는 도를라스와 훈소르를 데리고 급히 넨 기리스로 향했는데, 그곳에 도착했을 때는 해가 서쪽으로 기울어 그림자가 길어졌다. 마지막 두 명의 정찰대원이 그들을 기다리고 있었다.

"대장님, 때마침 잘 오셨습니다. 용이 와 있습니다. 우리가 떠났을 때, 이미 용은 테이글린강 벼랑 끝에 도착해서 강 이쪽 편을 노려보고 있었습니다. 밤에는 조금씩 움직이고 있는데, 내일 새벽 동트기 전에 꿈틀거리는 모습을 볼 수 있을 것입니다."

켈레브로스폭포 위로 건너편을 바라보던 투람바르는 석양이 모습을 감추고 검은 첨탑 같은 연기가 강가에 솟아오르는 것을 발견했다. "시간이 급하긴 하지만 이 소식은 희소식이군. 나는 용이 여기저기 찾아다니고 있을까 봐 걱정했네. 만약 용이 북쪽으로 가서 테이글린 건널목을 건너 저지대에 있는 옛길로 들어섰다면 희망은 사라졌을 걸세. 그런데 뭔가 분기탱천한 오만과 악의가 그를 직선 경로로 몰아붙이고 있군." 그런데 막 그렇게 이야기하는 순간, 그는 의아한 느낌이 들어 마음속으로 생각했다. '그렇게 사악하고 잔인한 자가 오르크들처럼 건널목을 피해 다닐 수도 있을까? 하우드엔엘레스! 핀두일라스가 여전히 나와 내 운명 사이에 개입되어 있는가?'

그는 동료들을 향해 돌아서서 말했다. "이제 우리가 수행해야 할 임무는 이렇네. 이번 일은 너무 일찍 시작해도 너무 늦는 것만큼이나 좋지 않으니 조금 더 기다리도록 하세. 땅거미가 지면 최대한 은밀하게 테이글린까지 가는 거요. 정신 바짝 차리게! 글라우룽의 귀는 그의 눈만큼이나 예민하고, 그건 아주 치명적일세. 들키지 않고 강가에 도착한다면, 협곡을 내려가서 강을 건넌 다음 용이 움직일 것으로 예상되는 길목을 지킬 걸세."

도를라스가 물었다. "그런데 용은 어떻게 강을 건널까요? 몸이 유연하긴 하지만 덩치가 엄청나지 않습니까? 절벽을 내려와서 반대편으로 올라가자면 뒤쪽이 아직 내려오고 있을 때 앞쪽이 올라가야 하는데, 그러면 어떻게 하는 건가요? 만약 그렇게 된다면 우리가 내려가 요란한 강물 옆에서 기다린들 무슨 소용이 있습니까?"

투람바르가 대답했다. "아마도 그럴지도 모르고, 정말로 그렇게 된다면 우리한테는 불리하네. 하지만 이제까지 얻은 정보와 용이 지금 엎드려 있는 위치로 판단해 보건대, 용이 다른 생각을 하고 있을 것이라는 게 내 희망일세. 용은 지금 카베드엔아라스 벼랑 끝에 와 있는데, 알다시피 언젠가 할레스 사냥꾼들에게 쫓긴 사슴 한 마리가 벼랑 위를 건너뛴 적이 있네. 용은 지금 몸집이 엄청나게 커졌기 때문에 그 위를 건너뛸 방도를 찾고 있는 것 같네. 그것만이 우리의 희망이고 거기에 기대를 걸어 보세."

이 말을 듣고 도를라스는 가슴이 철렁했다. 그는 브레실 땅 곳곳을 어느 누구보다도 잘 알았지만, 카베드엔아라스는 정말로 소름 끼치는 곳이었기 때문이다. 그곳의 동쪽 기슭은 약 12미터 높이의 가파른 절벽이 살풍경하게 솟아 있고, 꼭대기에는 나무가 자라고 있었다. 건너편은 상대적으로 낮고 덜 가파른 데다 굽은 나무와 덤불로 덮여 있지만, 그 가운데에는 강물이 바위들 사이로 요란하게 흘렀다. 용감하고 다리 힘이 좋은 남자라면 낮에는 강물을 건너갈 수도 있지만, 밤에 도강을 시도하는 것은 위험한 일이었다. 하지만 그것이 바로 투람바르의 계획이었고 이를 반대하는 것은 소용없는 일이었다.

그들은 어둑어둑할 즈음 길을 출발해서 곧바로 용이 있는 쪽이 아닌 테이글린 건널목으로 가는 길로 향했다. 그리고 얼마 가지 않아 남쪽으로 가는 소로로 방향을 바꾸어 테이글린강이 내려다보이는 숲의 황혼 속으로 들어갔다. 한 걸음 한 걸음 카베드엔아라스에 가까워지면서 그들은 이따금 걸음을 멈추고 귀를 기울였는데, 화재로 인한 연기와 악취에 구역질이 날 지경이었다. 하지만 사위는 쥐 죽은 듯 고요했고, 대기는 조금의 미동도 없었다. 그들 앞으로 저녁 첫 별이 동쪽 하늘에 깜빡거렸고, 희미한 첨탑 같은 연기가 서쪽 하늘의 마지막 잔광을 배경으로 꼿꼿이 솟아올랐다.

한편 투람바르가 사라지고 나자, 니니엘은 돌처럼 꼼짝도 하지 않고 서 있었다. 브란디르가 그녀에게 다가와 말했다. "아직 최악의 상황은 아니니 두려워 마시오. 그렇게 내가 진작에 기다리라고 충고하지 않았소?"

"그렇게 말씀하셨지요. 하지만 지금 그게 무슨 소용이 있습니까? 결혼을 하지 않고 사랑만 남아 있었다면 고통만 커졌을 테니까요."

"그건 나도 잘 알고 있소. 하지만 결혼도 대가를 치르지 않는 것은 아니오."

니니엘이 대답했다. "그렇습니다. 지금 난 그의 아기를 가진 지 두 달이 되었거든요. 내겐 상실의 공포가 견딜 수 없을 만큼 힘든 것 같지는 않습니다. 당신을 이해할 수가 없군요."

"나도 그렇소. 하지만 그래도 두렵소." 그가 말했다.

"당신은 대단한 위로를 주시는군요!" 니니엘이 소리쳤다. "하지만 나의 친구 브란디르, 결혼을 했든 안 했든, 어머니가 되었든 처녀든, 나는 두려움을 견딜 수 없습니다. '운명의 주인'은 운명과 맞서 싸우기 위해 멀리 나가 있는데, 나는 여기서 좋은 소식이든 나쁜 소식이든 하릴없이 소식이 오기만을 기다려야 합니까? 오늘 밤 아마도 그는 용과 마주할 텐데, 도대체 서서 기다려야 하는지 아니면 앉아서 기다려야 하는지 나는 그 끔찍한 시간을 어떻게 보내야 할지 알 수 없습니다."

"나도 알 수 없소. 하지만 당신에게나 또 그와 함께 떠난 두 사람의 아내들에게나 어찌 됐든 시간은 흘러가게 되어 있소."

그러자 그녀가 고함을 질렀다. "그 사람들은 자기 마음대로 하라고 하세요! 나는 갈 겁니다. 남편은 위험에 처해 있는데, 나만 멀리서 이렇게 있을 수는 없어요. 소식을 확인하러 가겠습니다!"

브란디르는 그녀의 말을 듣고 더욱 공포에 사로잡혀 소리를 질렀다. "막을 수만 있다면 나는 당신을 가지 못하게 막겠소! 당신이 가면 계획이 다 틀어지고 말기 때문이오. 만약 불행한 사태가 닥쳐도, 이렇게 멀리 있으면 달아날 기회라도 있소."

그녀가 말했다. "불행한 사태가 닥친다 하더라도 난 달아나고 싶은 생각이 없습니다. 이제 당신의 지혜는 소용없으니 내가 가는 길을 막지 마십시오." 그녀는 아직도 에펠의 공터에 모여 있는 사람들 앞으로 나서면서 크게 소리쳤다. "브레실 주민 여러분! 나는 여기서 기다리지 않겠습니다. 만약 나의 남편이 실패한다면 희망은 모두 물거품이 되고 맙니다. 여러분들의 땅과 숲은 불타고 집은 모두 잿더미가 될 것이며, 그 누구도 달아날 수 없

을 것입니다. 그러니 여기서 지체할 필요가 어디 있습니까? 이
제 나는 운명이 내게 무엇을 준비해 두었든 소식을 확인하러 갑
니다. 같은 생각을 가진 사람이면 모두 함께 갑시다!"

그러자 많은 사람들이 함께 가겠다고 나섰다. 투람바르와 함
께 떠난 도를라스와 훈소르의 아내가 나섰다. 또 니니엘을 동정
하여 그녀의 편을 들어주고 싶어 한 이들도 있었고, 그보다 더
많은 사람들이 용의 소문에 홀려, 겁이 없거나 아니면 (악을 잘 모
르기 때문에) 어리석은 생각에, 신기하고 놀라운 무공武功을 구경
하겠다고 나섰다. 사실 그들의 마음속에서 검은검은 너무도 위
대한 존재였기 때문에 글라우룽조차 그를 쉽게 이기지는 못할
것으로 생각하고 있었다. 그들은 곧 엄청난 무리를 지어 알 수
없는 위험을 향해 서둘러 출발했다. 거의 휴식을 취하지 않고 걸
음을 재촉한 그들은 해 질 녘이 되자 피곤한 몸으로 넨 기리스에
이르렀다. 투람바르가 그곳을 떠난 지 얼마 되지 않은 때였다.
하지만 밤은 냉철한 조언자인 법이다. 이제는 많은 이들이 자신
들의 경솔함에 놀라고 있었다. 남아 있던 정찰대원들로부터 글
라우룽이 얼마나 가까이 있는지, 투람바르의 무모한 계획이 무
엇인지 전해 들은 그들은 심장이 얼어붙은 듯 감히 앞으로 더 나
아갈 생각을 하지 못했다. 몇몇은 걱정스러운 눈으로 카베드엔
아라스 쪽을 바라보았지만 거기서 아무것도 발견할 수 없었고,
차가운 폭포 소리 말고는 아무 소리도 들리지 않았다. 니니엘은
한쪽에 따로 앉아 있었는데, 몸이 심하게 떨리기 시작했다.

니니엘과 그녀의 무리가 사라지자, 브란디르는 남아 있는 이

들에게 말했다. "내가 얼마나 조롱당하는지, 나의 모든 조언이 얼마나 무시당하는지 보시오! 나는 이제 영주로서의 권한과 백성들까지 모두 포기할 테니, 여러분을 인도할 다른 사람을 뽑으시오. 이미 투람바르가 나의 모든 권위를 빼앗아 갔으니 그를 공식적으로 여러분의 영주로 선택하시오. 이제 다시는 누구도 조언이나 치료를 위해 나를 찾지 마시오." 그는 지팡이를 부러뜨렸다. 그리고 혼자 마음속으로 생각했다. '이제 내겐 오로지 니니엘에 대한 사랑 말고는 아무것도 남은 게 없다. 따라서 지혜롭든 어리석든 간에 그녀가 가는 곳에 나도 가야 한다. 이 어둠의 시간에는 아무것도 예측할 수가 없구나. 하지만 혹시 그녀의 근처에 있다면 나라도 그녀에게 닥칠 어떤 악행을 막아 줄 수 있을지도 모른다.'

전에는 거의 해 본 적이 없었지만, 브란디르는 단검을 허리띠에 꽂았고, 그런 다음 목발을 짚고 자신의 힘으로는 가장 빠른 속도로 에펠의 출입구를 나서서 절뚝거리며 다른 이들을 따라 브레실의 서쪽 경계로 향하는 긴 도로를 내려갔다.

Chapter 17
글라우룽의 죽음

대지가 막 캄캄한 어둠에 잠겼을 때, 투람바르와 그의 동료들은 드디어 카베드엔아라스에 당도했고, 엄청나게 요란한 물소리에 안도감을 느꼈다. 물소리는 그들의 밑에 위험이 도사리고 있다는 경고이기도 했지만, 다른 모든 소리를 감춰 주기도 했기 때문이다. 도를라스가 약간 옆으로 방향을 틀어 남쪽으로 그들을 이끌었고, 그들은 갈라진 틈을 따라 절벽 바닥까지 내려갔다. 하지만 거기서 도를라스는 겁이 났다. 강물 속에는 많은 바위와 큰 돌들이 놓여 있었고, 강물이 마치 이를 갈 듯 요란하게 바위 주변을 휘돌아 내려가고 있었다. 도를라스가 말했다. "이건 확실히 죽는 길입니다."

투람바르가 말을 받았다. "죽든 살든, 이 길뿐일세. 지체한다고 해서 희망이 더 생길 것 같지는 않네. 그러니 나를 따라오게!" 그는 앞장서서 능숙한 솜씨와 강인한 인내심으로 혹은 운명의 힘에 이끌려 강을 건너는 데 성공했고, 칠흑 같은 어둠 속에서 뒤를 따라오는 사람이 있는지 돌아보았다. 검은 형체가 그의 옆에 서 있었다. "도를라스?" 그가 물었다.

"아닙니다, 접니다." 훈소르가 말했다. "도를라스는 강을 건너는 데 실패한 것 같습니다. 전쟁을 좋아해도 두려움이 많은 사람이 있지요. 덜덜 떨며 강가에 앉아 있는 것 같은데, 주민들 앞에서 했던 말 때문에 수치스러워하는 듯합니다."

투람바르와 훈소르는 잠깐 휴식을 취했지만, 온몸이 물에 흠뻑 젖었기 때문에 밤공기에 한기를 느꼈고, 몸을 움직여 글라우룽이 엎드려 있는 쪽을 향해 강물을 따라 북쪽으로 길을 찾아갔다. 협곡은 더 어둡고 좁아졌다. 그들은 길을 더듬어 가며 전진을 계속한 끝에 위쪽에서 연기가 피어오르는 불처럼 깜빡거리는 불빛을 볼 수 있었고, 경계를 풀지 않고 잠들어 있는 '거대한 파충류'의 그르렁거리는 소리도 들을 수 있었다. 벼랑 끝에 가까이 접근하기 위하여 그들은 올라가는 길을 손으로 더듬기 시작했다. 철통 같은 방비를 하고 있는 그들의 적을 공격하려면 오로지 그 길밖에 없었다. 그러나 용의 악취는 너무 고약해서 머리가 어질어질했고, 기어오르다가 미끄러져 나무줄기에 매달리고 구역질까지 했다. 고통이 너무 심해 머릿속에는 끔찍한 테이글린강 물속으로 떨어질지 모른다는 공포 외에 다른 두려움은 다 사라지고 없었다.

그때 투람바르가 훈소르에게 말했다. "기운이 점점 빠지는데 쓸데없이 힘을 낭비하고 있군. 용이 지나가는 길목을 확인하기 전에는 올라가 봐야 소용없네."

"하지만 확인하고 나면, 절벽 틈에서 올라가는 길을 찾을 시간이 없을 겁니다."

"맞는 말일세. 하지만 모든 것이 운에 달려 있을 때는 운을 믿을 수밖에 없겠지." 그들은 동작을 멈추고 기다렸다. 캄캄한 협곡 위쪽으로 아득히 높이 뜬 흰 별이, 띠처럼 보이는 부연 하늘을 가로질러 가는 것이 보였다. 투람바르는 서서히 꿈속에 빠져들었고, 꿈속에서 검은 파도가 그의 사지를 할퀴고 물어뜯었지만 그의 의지는 오로지 매달리는 데 집중하고 있었다.

갑자기 커다란 꿍음이 울리고, 협곡의 절벽이 요동치며 반향을 일으켰다. 투람바르가 꿈에서 깨어나며 훈소르에게 말했다. "놈이 움직이고 있군. 이제 때가 왔네. 깊숙하게 찌르게. 이젠 둘이서 세 사람 몫을 해야 하니까!"

이를 신호로 글라우룽은 브레실에 대한 공격을 개시했고, 모든 일이 투람바르가 희망했던 대로 전개되었다. 용은 이제 느릿느릿 몸을 끌면서 낭떠러지 끝까지 기어 와, 몸을 돌리지 않고 거대한 앞다리로 절벽을 건너뛴 다음 몸통을 끌어당길 참이었다. 용의 모습은 공포심도 함께 몰고 왔다. 용이 그들의 머리 바로 위가 아닌 약간 북쪽에서 움직이고 있어서 밑에서 지켜보던 두 사람은 별빛을 배경으로 거대한 용의 시커먼 머리를 볼 수 있었기 때문이다. 용은 턱을 벌려 일곱 가닥의 불꽃을 날름거리고 있었다. 그 순간 용이 화염 돌풍을 뿜어내자, 계곡이 온통 붉은 빛으로 채워지면서 바위 사이로 검은 그림자들이 휘날렸다. 용의 앞에 있던 나무들은 그대로 사그라져 연기가 되어 날아가고, 강물 위로 돌들이 무너져 내렸다. 용은 전방으로 몸을 던져 자신의 강력한 발톱으로 건너편 절벽을 움켜잡은 다음 몸을 끌어당

기기 시작했다.

이제 과감하고 신속하게 행동할 순간이었다. 투람바르와 훈소르는 화염 돌풍을 피하긴 했으나, 그들은 바로 글라우룽이 지나가는 길에 있지는 않아서 용이 건너가기 전에 공격해야 했기 때문이다. 그러지 않으면 모든 것이 수포로 돌아가게 될 상황이었다. 그리하여 투람바르는 용의 밑으로 다가가기 위해 위험을 무릅쓰고 절벽을 기어올랐다. 열기와 악취가 얼마나 지독한지 몸이 기우뚱했고, 용감하게 뒤를 따르던 훈소르가 그의 팔을 붙잡아 지탱해 주지 않았더라면 떨어질 뻔했다.

투람바르는 "대단한 용사로군! 자네를 조력자로 선택한 것은 정말 다행스러운 일일세"라고 말했다. 바로 그 순간 커다란 바위가 위에서 떨어져 훈소르의 머리에 부딪치자 그는 강물 위로 떨어져 그만 목숨을 잃고 말았다. 할레스 가문에서는 꽤 용맹스러운 인물이었다. 투람바르가 소리쳤다. "오호! 내 그림자를 밟고 뒤를 따르는 것이 재앙의 길인가? 내가 왜 도움을 청했던가? 아, '운명의 주인'이여, 진작 이렇게 되리라고 생각했어야 했잖은가. 이제 그대는 홀로 남았다. 자, 홀로 공격하라!"

그는 용과 용의 주인에 대한 증오심과 함께 자신의 의지력을 최대한으로 끌어올렸고, 문득 예전에는 감지하지 못한 몸과 마음의 힘이 느껴지는 것 같았다. 이 돌에서 저 돌로, 이 뿌리에서 저 뿌리로 옮겨 잡으며 절벽을 기어오른 투람바르는 마침내 낭떠러지 턱 끝 바로 밑에 있는 가냘픈 나무를 움켜잡았다. 화염 돌풍에 꼭대기가 날아가고 없었지만 뿌리는 여전히 버티고 있는 나무였다. 투람바르가 갈라진 나뭇가지 위에 몸을 올려놓고 균형을 잡으려는 순간, 용의 몸통 한가운데가 그의 머리 위를 지나갔다. 출렁거리며 내려온 용의 몸통은 다시 들어 올리기 직전 거의 그의 머리에 닿을 정도로 가까웠다. 용의 배는 희부연 색으로 주름이 져 있고 온통 잿빛의 점액으로 축축했으며, 그 점액에는 뚝뚝 떨어지는 각종 오물이 들러붙어 있어 죽음의 악취를 풍겼다. 투람바르는 이 순간 벨레그의 '검은검'을 빼 들고 자신의 완력과 증오심을 모두 끌어모아 용의 배를 향해 찔렀고, 죽음의 칼날은 길고 탐욕스럽게, 거의 칼자루까지, 용의 배 속을 뚫고 들어갔다.

죽음의 격통을 느낀 글라우룽은 비명을 질렀고, 그 소리에 온 숲이 흔들거리고 넨 기리스에서 지켜보던 이들은 공포에 사로잡혔다. 투람바르는 강한 타격을 받은 것처럼 비틀거리며 밑으로 미끄러졌고, 잡고 있던 그의 손에서 빠져나온 칼은 용의 배를 찌른 채로 박혀 있었다. 글라우룽은 거대한 경련을 일으키며 요동치는 자신의 몸통을 구부렸다가 협곡 저쪽으로 내던졌다. 그러고 나서 반대편 강변에서 고통스럽게 몸부림치고 비명을 지르며 마구 날뛰고 몸을 배배 꼬았다. 용은 마침내 주변의 넓은 땅을 초토화시킨 뒤 연기로 뒤덮인 폐허의 한가운데 누워 있다가 잠잠해졌다.

한편 투람바르는 나무뿌리에 매달려 있기는 했지만 정신이 혼미해서 거의 의식을 놓을 뻔했다. 하지만 가까스로 의식을 회복한 다음, 사력을 다해 반쯤은 미끄러지고 반쯤은 기다시피 해서 강가로 내려와 다시 용감하게 위태로운 강물에 뛰어들었다. 물보라에 앞을 볼 수 없었지만 그는 손발을 다 써서 기어간 끝에 마침내 강을 건넜고, 다시 어렵사리 그들이 내려왔던 절벽의 갈라진 틈으로 기어 올라갔다. 드디어 죽어가는 글라우룽이 쓰러져 있는 곳에 이른 투람바르는 상처 입은 용을 바라보았고, 불쌍하기는커녕 기분이 좋았다.

글라우룽은 턱을 벌린 채 그곳에 쓰러져 있었는데, 화염은 모두 소진되었고 사악한 두 눈은 감겨 있었다. 긴 몸통을 쭉 뻗은 채 한쪽으로 기울어 있는 용의 배에는 구르상의 칼자루가 박힌 채 그대로 서 있었다. 투람바르는 우쭐한 마음이 생겨, 용이 아직 숨을 쉬고 있는데도 불구하고 칼을 되찾고 싶었다. 이전에도 그 칼을 아꼈지만, 이제 그 칼은 나르고스론드의 어떤 보물보다도 귀한 것이 된 참이었다. 칼을 주조할 때 천하의 그 누구도 이 칼에 한번 베이면 살아날 수 없을 것이라고 했던 말은 과연 사실이었다.

적에게 다가간 그는, 용의 배에 한쪽 발을 올려놓고 구르상의 손잡이를 잡은 다음, 칼을 빼기 위해 힘을 주었다. 그리고 나르고스론드에서 글라우룽이 했던 말을 흉내 내며 소리쳤다. "반갑네, 모르고스의 파충류! 또다시 만났군! 이제 숨을 거두고 어둠으로 돌아가라! 후린의 아들 투린은 이렇게 복수를 하였도다!" 그러고는 용의 배 속에 찔러 넣은 칼을 잡아 빼는데, 바로 그 순간 한 줄기 검은 피가 솟아오르더니 그의 손 위로 떨어졌다. 그 독으로 인해 그의 살갗이 불에 타는 것처럼 아팠고, 그는 고통을 이기지 못하고 큰 소리로 비명을 질렀다. 그 소리에 글라우룽이 몸을 비틀며 사악한 눈을 떴고, 그를 노려보는 악의로 가득 찬 눈길은 화살이 되어 투람바르를 강타하는 것 같았다. 그는 용의 사악한 눈길과 살갗이 타들어 가는 고통으로 인해 그만 의식을 잃고 용의 옆에 죽은 사람처럼 쓰러졌고, 칼은 그의 밑에 깔려 버리고 말았다.

한편 글라우룽의 비명이 넨 기리스에 있던 사람들에게 전해지자 그들의 공포는 극에 달했다. 글라우룽이 극심한 고통을 이기지 못하고 광포하게 파괴하고 불태우는 것을 멀리서 지켜본 이들은 용이 자기를 공격한 자들을 짓밟아 죽이고 있다고 믿었다. 사실 그들은 용과 그들 사이의 거리가 더 멀었으면 하는 바람까지 가지고 있었다. 그러나 글라우룽이 이기면 먼저 에펠 브란디르로 쳐들어갈 것이라는 투람바르의 말이 기억나서, 함께 모여 있던 그 높은 지대를 감히 떠나지는 못하고 있었다. 그들은 용의 동작 하나하나를 두려움에 떨며 지켜보았지만, 어느 누구도 싸움터로 내려가서 소식을 알아 올 만큼 용감하지는 않았다. 니니엘은 꼼짝도 하지 않고 그 자리에 앉아 있었지만, 몸이 너무 떨려 팔다리를 진정시킬 수가 없었다. 그녀는 글라우룽의 소리를 다시 듣게 되자 심장이 멎는 것 같았고, 또다시 어둠이 쫓아오는 듯한 느낌이 들었다.

브란디르가 그녀를 발견한 경위는 이러했다. 그는 느린 걸음으로 지친 몸을 이끌고 마침내 켈레브로스하천을 건너는 다리에 당도했었다. 그 먼 길을 목발에 의지하여 혼자서 다리를 절며 걸어온 것인데, 그곳은 그의 집에서 적어도 24킬로미터나 되는 거리였다. 니니엘을 걱정하는 마음이 그를 그곳까지 데려왔지만, 그가 확인한 소식은 걱정했던 것과 다를 바 없었다. 사람들은 "용이 다리를 건넜고, 검은검은 물론이고 함께 갔던 사람들도 죽었습니다"라고 말했다. 브란디르는 니니엘의 곁에 서서, 그녀의 고통을 미루어 짐작하며 그녀를 동정했다. 그럼에도 불구하고 그는 이렇게 생각했다. '검은검은 죽었고, 니니엘은 살아 있다.' 넨 기리스폭포의 냉기가 갑자기 엄습하기라도 한 듯 몸을 떨던 그는 외투를 벗어 니니엘에게 씌워 주었다. 하지만 그는 아무 말도 할 수 없었고 그녀 또한 아무 말이 없었다.

시간이 흘렀으나 브란디르는 여전히 그녀 곁에 말없이 서서 밤의 어둠 속을 응시하며 귀를 기울이고 있었다. 그러나 그는 아무것도 볼 수 없었고, 넨 기리스의 강물이 떨어지는 소리 외에는 어떤 소리도 들리지 않았다. 그는 생각했다. '이제 글라우룽은 분명히 브레실로 들어갈 것이다.' 하지만 그는 브레실 사람들, 곧 그의 계획을 비웃고 조롱했던 바보들을 더 이상 동정하지 않았다. '용이 아몬 오벨로 들어가도록 내버려 두면 달아날 시간이 있을 것이니, 니니엘을 데리고 떠나야지.' 그렇지만 어디로 가야 할지 알 수 없었다. 그는 한 번도 브레실을 벗어나 본 적이 없었기 때문이다.

마침내 그는 몸을 숙여 니니엘의 팔을 잡으며 말했다. "니니엘, 시간이 흐르고 있소! 자! 갈 시간이 되었소. 허락한다면 내가 당신을 인도하겠소." 그러자 그녀는 소리 없이 일어나 그의 손을 잡았고, 그들은 다리를 건너 테이글린 건널목으로 향하는 작은 길로 내려갔다. 하지만 어둠 속의 그림자처럼 그들이 움직이는 것을 본 사람들도 그들이 누군지 알지 못했고, 또 관심도 두지 않았다. 고요한 나무들 사이로 얼마간 걸어가자 아몬 오벨 너머에서 달이 떠올라, 숲속의 빈터를 희미한 달빛으로 채웠다. 그러자 니니엘이 걸음을 멈추고 브란디르에게 물었다. "이게 그 길인가요?"

그가 말했다. "그 길이 무슨 길이오? 브레실에서의 우리의 희 망은 모두 끝났소. 아직 시간이 있으니, 그동안이라도 용을 피해 멀리 달아나는 것 말고는 다른 길이 없소."

니니엘이 깜짝 놀라 그를 바라보며 말했다. "나를 그에게 데 려다주겠다고 하지 않았나요? 혹시 나를 속이려는 건가요? 검 은검은 내가 사랑하는 사람이자 내 남편이오. 내가 가는 길은 오 직 그 사람이 있는 곳입니다. 무슨 다른 생각을 했던 겁니까? 마 음대로 하세요. 난 급히 가야 할 데가 있으니까."

브란디르가 아연실색하여 잠시 서 있는 동안 그녀가 빠른 걸 음으로 떠나자, 그가 떠나는 그녀를 불렀다. "니니엘, 잠깐만! 혼 자 가지 마시오! 당신이 무엇을 보게 될지 당신은 지금 모르고 있소. 내가 함께 가겠소!" 그녀는 그의 말을 들은 척도 하지 않 고, 마치 식어 있던 피가 온몸을 뜨겁게 달아오르게 하는 듯 길 을 계속 갔다. 그는 사력을 다해 뒤를 쫓아갔지만 니니엘은 곧 그의 시야에서 사라졌다. 그러자 그는 자신의 운명과 병약함을 저주하였고, 그럼에도 불구하고 돌아서려 하지는 않았다.

보름달에 가까운 하얀 달이 하늘 위로 솟아올랐다. 고지대에 서 강변으로 내려가던 니니엘은 그 길로 왔던 기억이 나면서 두 려움이 엄습하는 것 같았다. 그녀는 테이글린 건널목에 가까이 와 있었고, 하우드엔엘레스가 그녀 앞에 있었던 것이다. 달빛 속 에 창백하게 보이는 무덤 위로 검은 그림자가 가로지르자 무척 섬뜩한 느낌이 들었다.

그러자 그녀는 비명을 지르며 돌아서서 강을 따라 남쪽으로 달아났는데, 그렇게 달려가면서 자신에게 매달린 어둠을 떨쳐 버리듯 입고 있던 외투를 벗어 던졌다. 속에는 온통 하얀 옷을 입고 있어서, 나무 사이로 가뿐하게 달아나는 그녀의 모습이 달빛 속에 환하게 드러났다. 그래서 위쪽 언덕 중턱에 있던 브란디르는 그녀의 위치를 확인할 수 있었고, 그녀와 만날 수 있도록 방향을 바꾸어 지름길로 접어들었다. 운 좋게도 그는 투람바르가 이용했던 소로를 발견했고, 그 길은 사람들이 많이 다니는 길에서 벗어나 남쪽으로 강을 향해 가파르게 내려가는 길이었다. 그는 덕분에 다시 그녀를 바짝 뒤쫓을 수 있었다. 브란디르가 그녀를 불렀으나, 그녀는 아무렇지도 않은 듯 아니 아예 듣지도 못한 채, 계속해서 앞만 보고 걸어갔다. 그들은 카베드엔아라스 옆에 있는 숲 근처에 이르렀는데, 그곳은 바로 글라우룽이 죽음의 고통에 시달리던 곳이었다.

달은 구름 속에서 빠져나와 남쪽 하늘에 떠 있었고 달빛은 차고 선명했다. 글라우룽이 만들어 놓은 폐허의 가장자리에 이른 니니엘은 용이 거기 쓰러져 있는 것을 발견했는데, 달빛 속에 보이는 용의 뱃가죽은 회색빛을 띠었다. 그 옆에 한 사람이 누워 있었다. 그녀는 두려움도 잊은 채 연기가 솟아나는 폐허 속을 뛰어가 투람바르에게 다가갔다. 그는 옆으로 쓰러져 있고 칼은 그의 몸 밑에 깔려 있는데, 그의 얼굴이 하얀 달빛 속에 죽은 사람처럼 창백했다. 니니엘은 몸을 던지듯 그의 옆에 쓰러져 슬피 울며 그에게 입을 맞추었다. 그녀가 보기에 투람바르가 희미하게 숨을 쉬는 듯했지만, 그녀는 그것을 근거 없는 희망일 뿐이라고 단정했다. 그의 몸은 차갑게 식어 움직이지 않았고, 그녀의 말에 대답도 하지 않았던 것이다. 그녀는 그의 몸을 쓰다듬다가 그의 손이 불에 그슬린 듯 새카맣게 변한 것을 발견하고는 눈물로 손을 씻어 내고 자신의 옷자락을 찢어 싸맸다. 그녀의 손길에도 그가 움직이지 않자, 니니엘은 다시 입을 맞추며 큰 소리로 울었다. "투람바르, 투람바르, 돌아와요! 내 말 좀 들어 봐요! 눈을 떠요! 니니엘이 왔어요! 용은 정말로 죽었고, 나는 여기 홀로 당신 곁에 있어요!" 그러나 그는 아무 대답이 없었다. 폐허의 가장자리까지 와 있던 브란디르는 그녀의 울음소리를 들었다. 니니엘을 향해 막 앞으로 나서려는 순간, 그는 걸음을 멈추고 조용히 섰다. 니니엘의 울부짖음에 글라우룽이 마지막으로 몸을 비틀면서 온몸을 떨었던 것이다. 용은 사악한 눈을 가늘게 떴고, 달빛이 눈에 들어오자 가쁜 숨을 몰아쉬며 입을 열었다.

"잘 왔군, 후린의 딸 니에노르. 죽기 전에 우리가 다시 만나는구나. 마침내 네 오라버니를 만나는 즐거움을 주겠노라. 이제 너는 오라버니가 누군지 알게 될 것이다. 어둠 속의 암살자이며, 적에겐 위험천만한 자요, 친구에겐 신의를 저버린 자이며, 일족에게는 저주가 된 자, 그가 바로 후린의 아들 투린이로다! 그러나 그의 행적 중에서 최악의 행위는 네 스스로 느낄 것이다!"

그 순간 니에노르는 넋이 나간 사람처럼 주저앉았고, 글라우룽은 숨을 거두었다. 용의 죽음과 함께 용이 그녀에게 씌워 놓은 악의 가리개도 벗겨지면서 그녀의 모든 기억이 차츰 선명하게 되살아났다. 모든 기억이 날짜를 세듯 고스란히 떠올랐고, 하우드엔엘레스에 쓰러졌던 날부터 그녀가 겪은 모든 일에 대한 기억들도 사라지지 않았다. 그녀의 온몸은 공포와 고뇌로 전율했다. 브란디르는 이 모든 이야기를 듣고 충격을 받은 채 나무에 기대서 있었다.

그때 갑자기 니에노르가 벌떡 일어났다. 달빛 속에 유령처럼 희미한 모습으로 서 있던 그녀는 투린을 내려다보며 통곡했다. "안녕, 두 번이나 사랑했던 사람이여! '아 투린 투람바르 투룬 암바르타넨', 운명에 지배당한 운명의 주인이여! 아, 죽음이 행복이로다!" 그녀가 엄습해 오는 고통과 공포로 정신이 혼미해져 미친 듯이 그곳을 뛰쳐나가자, 브란디르가 허둥지둥 그녀의 뒤를 쫓으며 소리를 질렀다. "기다려, 기다려요! 니니엘!"

그녀는 일순간 멈칫하고는, 노려보는 눈길로 돌아보다가 소리쳤다. "기다려? 기다리라고요? 당신의 충고는 항상 그 말이었지요. 내가 그 말을 새겨들었더라면! 하지만 이제 너무 늦었어요. 난 이제 가운데땅에선 더 이상 기다리지 않겠어요." 그리고 그녀는 그의 앞을 달려 나갔다.

순식간에 그녀는 카베드엔아라스 낭떠러지에 이르러, 그곳에 서서 요란한 강물을 내려다보며 소리쳤다. "강물아, 강물아! 이제 후린의 딸 니니엘 니에노르를 데려가다오. '애도', 모르웬의 애도하는 딸을! 나를 데리고 저 바다로 떠나다오!"

이 말과 함께 그녀는 낭떠러지 아래로 몸을 던졌다. 캄캄한 계곡이 흰빛을 순식간에 삼키고, 그녀의 비명은 노호하는 강물 속으로 사라졌다.

테이글린강은 여전히 흐르고 있었지만 카베드엔아라스란 이름은 더 이상 없었다. 이후로 사람들이 그곳을 카베드 나에라마르스, 곧 '끔찍스러운 운명의 추락'으로 불렀기 때문이다. 어떤 사슴도 다시는 그곳을 건너뛸 생각을 하지 않았고, 살아 있는 모든 것은 그곳을 피했으며, 그 절벽 위를 걸으려는 사람은 아무도 없었다. 그 어둠 속을 마지막으로 내려다본 인간은 한디르의 아들 브란디르였다. 겁에 질린 그는 두려운 마음으로 돌아섰다. 이제 그는 삶에 대한 의지를 잃어버렸지만, 자신이 원하는 죽음을 거기서 맞이할 수는 없었다. 그의 생각은 투린 투람바르를 향했다. "당신에 대한 내 감정은 미움인가 연민인가? 하지만 이제 당신은 죽고 없소. 내가 가졌던, 아니 가질 수도 있었던 모든 것을 앗아간 자, 당신에게 감사할 마음은 조금도 없소. 다만, 내 백성들은 당신께 빚을 졌소. 이 소식을 내가 그들에게 알려 주는 것이 온당하겠지."

브란디르는 몸을 덜덜 떨며 용이 쓰러져 있는 곳을 피해 다리를 절며 넨 기리스로 돌아가기 시작했다. 가파른 오솔길을 다시 올라가던 그는 나무 사이로 누군가 고개를 내밀다가 자기를 발견하고 뒤로 물러서는 것을 알아차렸다. 그는 가라앉고 있는 어스레한 달빛 속에서 그의 얼굴을 알아보고 소리를 질렀다.

"아하, 도를라스! 전해 줄 소식이 있겠지? 왜 자네만 혼자 살아 있는가? 내 친척은?"

"난 모르오." 도를라스가 퉁명스럽게 대답했다.

"그렇다면 거참 이상하군."

"검은검이 우리에게 어둠 속에서 테이글린 급류를 건너가게 강요했다는 것을 아셔야 할 것이오. 내가 못 건너간 게 이상합니

295

까? 난 누구보다도 도끼를 잘 다루는 사람이지, 염소 같은 발바
닥을 가진 사람이 아니오.”

“그래서 그 사람들은 자네를 놔두고 용을 찾아갔군?” 브란디
르가 말했다. “투람바르는 언제, 어떻게 건너간 건가? 적어도 가
까이 있었다면 무슨 일이 벌어졌는지 알 수 있었을 텐데.”

하지만 도를라스는 아무 대답도 하지 않고 두 눈에 증오심을
가득 담은 채 브란디르를 노려보기만 했다. 브란디르는 그제야
이자가 동료를 버리고 달아났다는 것과 수치심 때문에 소심하
게 숲속에 숨어 있었다는 것을 알아차렸다. “창피하지 않은가,
도를라스! 자넨 우리에게 재앙을 초래한 자일세. 검은검을 부추
기고, 용을 우리 땅에 불러들이고, 나를 조롱하고, 훈소르를 사
지로 내몰고, 그러고는 달아나 숲속에 몰래 숨어 있단 말인가!”
말하는 동안 그는 한 가지 생각이 더 떠올라 크게 화냈다. “왜 소
식을 전해 주지 않았나? 그것이야말로 자네가 할 수 있는 최소
한의 속죄였는데. 그랬더라면 니니엘 부인이 직접 그들을 찾으
러 나서는 일도 없었을 게 아닌가. 절대로 용을 만날 일도 없었
을 것이고, 죽지도 않았을 텐데. 도를라스, 난 자네를 증오하네!”

“당신의 증오를 아껴 두시오!” 도를라스가 대답했다. “그건
당신의 모든 계획만큼이나 미약한 것이오. 내가 없었더라면 오
르크들이 쳐들어와 당신을 당신의 정원에 허수아비처럼 매달
았을 거요. ‘몰래 숨어 있다’는 건 당신한테나 어울리는 말이오.”
이 말과 함께 그는 수치심으로 인한 분노를 이기지 못하고 자신
의 큼직한 주먹으로 브란디르를 한 대 칠 듯한 시늉을 했다. 하
지만 그의 눈에서 놀란 표정이 사라지기도 전에 그는 숨을 거두

고 말았다. 브란디르가 칼을 빼 일격에 그를 베었던 것이다. 브란디르는 몸을 떨며 잠시 서 있다가 피 냄새에 진저리를 쳤다. 그리고 칼을 땅바닥에 던지고 돌아서서 목발에 의지한 채 가던 길을 계속 갔다.

브란디르가 넨 기리스에 돌아오자, 창백한 달은 지고 밤도 이울고 있었다. 동쪽 하늘에서는 동이 트고 있었다. 다리 옆에서 꼼짝도 하지 않고 웅크리고 있던 사람들은 그가 새벽 공기 속에 희미한 그림자처럼 돌아오는 것을 보았고, 한 사람이 놀라워하며 그를 불렀다. "어디 있었습니까? 니니엘을 보았습니까? 니니엘이 사라졌어요."

"보았소." 그가 대답했다. "니니엘은 떠났소. 떠나 버렸지. 결코 돌아오지 않을 길로 떠났소! 하지만 내가 온 것은 여러분에게 소식을 전하기 위해서요. 브레실 주민들이여, 이제 들어 보시오. 내가 들려줄 이야기 같은 이야기가 또 어디 있는지 한번 말해 보시오. 용은 죽었소. 그리고 투람바르 역시 그 옆에서 죽었소. 이것은 좋은 소식이지요, 암, 둘 다 좋은 소식이오."

사람들은 그 말을 듣고 놀라 수군거렸고, 어떤 이는 그가 미쳤다고 했다. 하지만 브란디르가 소리쳤다. "내 말을 끝까지 들으시오! 니니엘 역시 죽었소. 여러분이 사랑했던 아름다운 여인, 그 누구보다도 내가 사랑했던 니니엘 말이오. 그녀는 '사슴이 뛰어넘던 벼랑'에서 뛰어내렸고, 테이글린의 이빨이 그녀를 삼켰소. 그녀는 대낮의 환한 빛을 증오하며 떠나갔소. 떠나기 전에 이런 사실을 알았기 때문이오. 두 사람 모두 후린의 아이들로, 남매간이었다는 사실 말이오. 그는 모르메길이라 불렸고, 또 스스로 투람바르라고 하면서 자신의 과거를 감추었소. 그는 바로 후린의 아들 투린이었던 것이오. 우리가 과거를 알지 못하고 니니엘이란 이름을 붙여 주었던 그녀는, 바로 후린의 딸 니에노르였소. 그 두 사람이 어두운 운명의 그림자를 브레실로 가져왔던 것이오. 그들의 운명은 여기서 막을 내렸고, 이 땅은 결코 다시는 비탄에서 자유로울 수 없을 것이오. 이 땅을 브레실이라 부르지 말고, 할레스림의 땅이라고도 하지 말며, '사르크 니아 킨 후린', 곧 '후린의 아이들의 무덤'이라고 하시오!"

그들은 이 끔찍한 일이 어떻게 벌어지게 되었는지 아직 이해할 수는 없었지만 모두 선 채로 통곡했다. 누군가가 말했다. "테이글린강에는 사랑하는 니니엘의 무덤이 있으니, 너무도 용맹스러운 인간 투람바르를 위해서도 무덤을 세워야 하오. 우리의 구원자였던 이를 허허벌판에 그냥 버려둘 수는 없소. 그를 찾으러 갑시다."

Chapter 18
투린의 죽음

한편 니니엘이 뛰쳐나가던 바로 그 순간 투린은 몸을 살짝 움직였고, 아득히 먼 곳에서 자신을 부르는 그녀의 소리가 깊은 어둠 속에서 들려오는 것 같았다. 하지만 글라우룽의 숨이 끊어지자, 그는 암흑과도 같은 무의식 상태에서 벗어나 다시 심호흡을 하고 한숨을 쉬었고, 지독한 피로를 느끼며 잠 속으로 빠져들었다. 새벽이 되기도 전에 날씨가 무척 싸늘해졌고, 잠을 자다가 몸을 뒤척이던 투린은 구르상의 손잡이가 옆구리에 걸리는 바람에 갑자기 눈을 떴다. 밤이 물러가고 아침 기운이 대기 속으로 스며들고 있었다. 그는 자신이 이겼다는 사실을 기억하고는 손 위로 불타는 듯한 독이 떨어졌던 것이 생각나 벌떡 일어났다. 손을 들어 올려 살펴보던 그는 깜짝 놀랐다. 그의 손이 흰 천으로 동여매어져 있었는데, 아직 축축했고 또 아프지 않고 편안했기 때문이다. 그는 혼자 중얼거렸다. "누군가가 치료해 준 것 같은데, 왜 용의 악취가 진동하는 폐허 속에 춥게 내버려 두었을까? 참 희한한 일이군."

그래서 투린은 고함을 질러 보았지만 아무 대답이 없었다. 주변은 온통 캄캄하고 음산했으며 죽음의 악취만 맴돌았다. 그는 몸을 숙여 칼을 들어 올렸다. 칼은 온전했고 칼날의 빛 또한 흐려지지 않고 그대로였다. 투린이 말했다. "글라우룽의 독이 사악하나, 구르상 너는 나보다 강하구나. 너는 모든 피를 마시게 될 것이다. 승리는 너의 것이다. 하지만 가자! 가서 도움을 청해야겠다. 내 몸은 녹초가 되었고 뼈엔 냉기가 도는구나."

그리고 그는 글라우룽이 썩어 가도록 내버려 두고 등을 돌려 그 자리를 떠났다. 그곳을 떠나면서 투린은 한 걸음 한 걸음이 더욱 무겁게 느껴졌고, 머릿속으로 이런 생각을 했다. '넨 기리스에 가면 아마도 정찰대원 중의 하나가 나를 기다리고 있겠지. 하지만 빨리 집으로 가서 니니엘의 다정한 손길과 브란디르의 훌륭한 솜씨를 느끼고 싶구나!' 그리하여 지친 발걸음으로 구르상에 의지하여 이른 아침의 박명 속을 걸어가던 그는 마침내 넨 기리스에 이르렀고, 사람들이 그의 시신을 찾으러 출발하려는 바로 그 순간 그들 앞에 나타났다.

그러자 사람들은 그를 잠들지 못한 유령으로 생각하고는 겁에 질려 뒤로 물러섰고, 여자들은 통곡하며 눈을 가렸다. 투린이 말했다. "아니오, 울지 말고 기뻐하시오! 보시오! 내가 살아 있지 않소? 또 여러분이 두려워하던 용을 죽이지 않았소?"

그러자 그들은 브란디르를 향해 돌아서며 소리쳤다. "바보 같으니라고! 대장이 죽었다던 소식은 틀렸군. 우리가 당신이 미쳤다고 그러지 않았소?" 그러자 브란디르는 대경실색하여 잔뜩

겁에 질린 눈으로 투린을 바라보며 아무 말도 하지 못했다.

투린이 브란디르에게 물었다. "거기서 내 손을 치료해 준 것이 당신이오? 고맙소. 하지만 죽음과 기절을 구별 못 한다면 당신 솜씨도 많이 무뎌졌다고 해야겠소." 그러고 나서 사람들을 향해 말했다. "여러분 모두가 어리석었던 것이니, 그에게 그렇게 말하지 마시오. 여러분 중에 누가 더 잘할 수 있었겠소? 적어도 브란디르는 여러분이 앉아서 울고 있는 동안 싸움터에 내려올 용기가 있었던 사람이오.

하지만, 한디르의 아들, 자! 나는 알고 싶은 것이 더 많소. 당신은 왜 여기 있는 것이며, 또 이 사람들은? 내가 에펠에 남아 있으라 하지 않았던가? 내가 여러분을 위해 사지로 들어갔는데, 내가 떠난 뒤에는 말을 듣지 않아도 되는 것이오? 그리고 니니엘은 어디 있소? 적어도 니니엘을 여기까지 데려오지는 않았겠지. 내가 있으라고 한 그대로, 집을 지키는 충실한 장정들과 함께 우리 집에 그대로 있겠지?"

아무도 그의 말에 대답하지 않자 투린이 소리를 질렀다. "자, 니니엘은 어디 있소? 먼저 그녀를 내 눈으로 보고 싶고, 먼저 그녀에게 간밤에 벌어진 무용담을 들려주고 싶소."

하지만 사람들은 그에게서 고개를 돌렸고, 브란디르가 마침내 입을 열었다. "니니엘은 여기 없소."

투린이 말했다. "그건 다행이군. 그러면 난 집으로 가겠소. 타고 갈 말이 있는가? 아니면 들것이 있으면 더 좋겠소. 너무 기진맥진해서 기절할 것 같소."

"아니, 아니요!" 브란디르가 가슴이 찢어지는 듯한 심정으로 말했다. "당신의 집은 비어 있소. 니니엘은 거기 없소. 니니엘은 죽었소."

그러자 여인들 중의 한 사람이(브란디르를 전혀 좋아하지 않는 도를라스의 아내였다) 날카롭게 소리쳤다. "대장님, 그 사람 말을 듣지 마세요! 미쳤어요. 브란디르는 여기 돌아와서 당신이 죽었다고 하면서 그것이 좋은 소식이라고 했답니다. 하지만 당신은 살아 있어요. 그러니 그가 전한 니니엘 이야기를 어떻게 사실이라고 믿을 수가 있나요? 니니엘은 죽었다고 했고 그보다 더 심한 이야기도 했거든요."

그러자 투린이 브란디르 쪽으로 성큼 걸어가며 소리쳤다. "내가 죽은 것이 좋은 소식이라고? 그렇지, 그녀가 내게 온 것을 당신이 늘 시기했다는 것은 알고 있소. 이젠 그녀가 죽었다고 얘기하고 있군. 그리고 더 심한 이야기도? 안짱다리, 당신은 그 사악한 마음속에 어떤 거짓말을 꾸미고 있었던 건가? 당신은 휘두를 수 있는 무기가 없으니, 대신 부정한 언사로 우릴 죽이려고 하는 것인가?"

브란디르는 가슴속에 남아 있던 연민의 정이 사라지고 분노의 감정이 일어나 소리를 질렀다. "미쳤다고? 아니요, 검은 운명의 검은검, 미친 것은 당신이오! 철없는 이 사람들도 모두 마찬가지요. 난 거짓말을 하지 않소! 니니엘은 죽었소, 죽었소, 죽었단 말이오! 테이글린에 가서 그녀를 찾으시오!"

투린은 그 말을 듣자 걸음을 멈추고 차갑게 얼어붙었다. "당신은 그것을 어떻게 아는가?" 그가 나직하게 물었다. "어떻게 그 일을 꾸며 냈소?"

브란디르가 대답했다. "그녀가 뛰어내리는 것을 보았기 때문에 아는 것이오. 그렇게 만든 것은 당신이오. 후린의 아들 투린, 그녀는 당신을 피해 달아났소. 당신의 얼굴을 다시 보지 않기 위해 카베드엔아라스에서 몸을 던졌단 말이오. 니니엘, 니니엘이라고? 아니오, 후린의 딸 니에노르요."

그러자 투린은 그를 움켜잡고 흔들어 댔다. 브란디르의 이야기에서 운명의 발걸음이 그를 쫓아오는 소리를 들었던 것이다. 하지만 공포와 분노로 인해 그의 가슴은 그의 말을 받아들일 수 없었다. 그는 상처를 입고 죽음을 눈앞에 둔 짐승처럼, 죽기 전에 주변의 모든 것을 쓸어 버리고 싶은 마음이었다.

투린이 소리쳤다. "그렇소, 나는 후린의 아들 투린이 맞소. 오래전부터 당신은 그렇게 짐작하고 있었지. 하지만 나의 누이동생 니에노르에 대해 당신은 아무것도 몰라. 아무것도 모르지! 그 아이는 '은둔의 왕국'에 살고 있고, 안전하게 지내고 있어. 당신은 비열한 머리로 거짓말을 꾸며 내어 내 아내를 미치게 하고 이젠 나까지 속이려 드는군. 이 절름발이 악당 같은 놈, 우리 두 사람을 괴롭혀 죽음으로 몰고 가려는 건가?"

브란디르가 그를 밀쳐 내면서 말했다. "나를 건드리지 마시오! 헛소리나 그만하시지. 당신이 아내라고 부르는 여자가 당신에게 다가가 돌보아 주었지만, 당신은 그녀가 부르는 소리에 대답하지 않았소. 하지만 대신 대답하는 자가 있었지. 바로 용 글라우룽이오. 아마도 당신 두 사람이 파멸의 운명에 따르도록 마법을 걸었던 자였겠지. 그자가 죽기 전에 이렇게 얘기하더군. '후린의 딸 니에노르. 여기 네 오라버니가 있다. 적에겐 위험천

만한 자요, 친구에겐 신의를 저버린 자이며, 일족에게는 저주가 된 자, 그가 바로 후린의 아들 투린이로다!'" 그리고 브란디르는 갑자기 제정신이 아닌 듯 이상한 웃음을 터뜨렸다. "사람들은 죽음을 눈앞에 두고 진실을 말한다고 하지." 브란디르의 목소리 에서 끽끽거리는 소리가 났다. "아마 용도 마찬가지인 것 같소! 후린의 아들 투린, 당신의 일족과 당신을 받아 준 모든 사람들에 게 당신은 저주였소!"

그러자 투린은 구르상을 움켜잡았고 두 눈에는 섬뜩한 빛이 번득였다. 그리고 천천히 물었다. "안짱다리, 당신에 대해서는 어떻게 이야기해야겠소? 내 본명을 나 모르게 그녀에게 비밀리 에 말해 준 사람이 누구요? 용의 악성 앞에 그녀를 데려간 것이 누구요? 그녀가 죽어가는 것을 옆에 서서 보고만 있었던 자가 누구요? 이 끔찍한 이야기를 떠들어 대려고 번개처럼 여기까지 달려온 자가 누구요? 이제 고소하다는 듯이 나를 지켜보며 웃어 댈 자가 누구요? 사람은 죽음을 앞두고 진실을 얘기한다고 했던 가? 그렇다면 지금 당장 말해 보시오."

브란디르는 투린의 얼굴에서 자신의 죽음을 예감이라도 한 듯 가만히 서 있었고, 목발 외에 아무런 무기도 없었지만 겁먹은 표정을 짓지 않고 말했다. "우연처럼 보이는 이 모든 사건은, 말 하자면 긴 이야기가 될 테지만, 어쨌든 나는 당신이 진저리가 나 오. 그런데 후린의 아들, 당신은 나를 비방하고 있소. 글라우룽 이 근거 없이 당신을 비방한 것인가? 당신이 나를 죽인다면, 글 라우룽이 거짓말한 게 아니라는 것을 온 세상 사람들이 알게 될 거요. 하지만 난 죽음이 두렵지 않소. 만약 죽는다면 난 사랑하는 니니엘을 찾으러 갈 것이고, 어쩌면 바다 건너에서 다시 그녀를 만나게 될지도 모르오.”

투린이 소리를 질렀다. “니니엘을 찾는다고! 아니지, 당신은 글라우룽을 만나 그와 함께 거짓말이나 만들어 내겠지. 당신 영혼의 친구인 그 파충류와 함께 잠을 자고 어둠 속에서 썩어 가야 할 것이오!” 투린은 구르상을 들어 올려 브란디르를 베고 그의 목숨을 앗았다. 그가 칼을 휘두르는 순간 사람들은 눈을 감았고, 그가 돌아서서 넨 기리스를 떠나자 그들도 공포에 사로잡혀 그에게서 멀어졌다.

투린은 야생의 숲속을 의식을 잃은 사람처럼 헤매고 다니면서, 때로는 가운데땅과 인간의 모든 생명을 저주하고, 또 때로는 니니엘의 이름을 불렀다. 하지만 드디어 광기와도 같은 슬픔이 그를 떠나자, 잠시 자리에 앉아 자신의 모든 행적을 찬찬히 생각하였고, 마음속으로는 이렇게 외치고 있었다. ‘그 아이는 은둔의 왕국에 살고 있고, 지금은 안전해!’ 그는 자신의 삶이 모두 엉망이 되었지만, 이제 그곳으로 돌아가야 한다는 결론을 내렸다. 글라우룽의 모든 거짓말이 항상 그로 하여금 잘못된 길로 가도록 유도했기 때문이다. 그는 일어나 테이글린 건널목으로 향했고, 하우드엔엘레스를 지나며 소리쳤다. “아, 핀두일라스! 용의 말을 듣느라 이렇게 쓰라린 대가를 치렀소. 이제 나에게 지혜를 주시오!”

소리를 지르는 바로 그 순간, 그는 완전 무장을 한 열두 명의 사냥꾼이 건널목을 건너오는 것을 보았다. 요정들이었다. 그는 가까이 다가온 그들 가운데서 싱골의 사냥꾼 대장인 마블룽을 발견했다. 마블룽이 큰 소리로 그에게 인사했다. "투린! 드디어 만났군. 자네를 찾고 있었네. 그간 힘든 세월을 보내긴 했겠지만 이렇게 살아 있는 모습으로 만나게 되어 반갑네."

"힘든 세월이라!" 투린이 대답했다. "맞소, 모르고스의 발 밑에 깔린 것 같은 시간이었소. 하지만 살아 있는 모습으로 만나게 되어 반갑다니. 당신은 가운데땅에 내가 살아 있는 걸 보고 반가워할 사람이 아니잖소. 무슨 일이오?"

마블룽이 대답했다. "자네가 우리 사이에서 추앙받는 인물이었기 때문일세. 자네는 이전에도 어려운 고비를 많이 넘겨 왔지만, 나는 결국 자네 걱정을 지울 수 없었네. 글라우룽이 나오는 것을 보고 그놈이 자신의 사악한 목표를 완수하고 주인에게 돌아가는 줄 알았지. 그런데 브레실로 향하더군. 그리고 동시에 대지의 유랑자들로부터 나르고스론드의 검은검이 다시 나타났다는 이야기를 들었고 또 오르크들이 브레실 변경을 필사적으로 피해 다닌다는 소식도 들었지. 그래서 난 걱정이 많아져서 이렇게 생각했네. '아하! 오르크들이 감히 엄두를 못 내는 곳으로 글라우룽이 가는 것을 보니, 투린을 찾으러 나섰군.' 그래서 자네한테 상황을 알리고 도와주기 위해 최대한 빠르게 이곳으로 달려왔네."

"빠르긴 했지만 충분하지는 못했소." 투린이 대답했다. "글라우룽은 죽었거든."

그러자 요정들은 놀라운 눈으로 그를 바라보며 말했다. "당신이 그 거대한 파충류를 죽였단 말이오? 당신 이름은 요정들과 인간들 가운데서 영원토록 칭송받을 것이오!"

"그건 아무래도 좋소. 왜냐하면 내 가슴 역시 죽어 버렸기 때문이오. 당신들은 도리아스에서 왔으니 내 가족들의 소식을 전해 주시오. 도르로민에 갔다가 내 가족이 은둔의 왕국으로 떠났다는 소식을 들었소."

다른 요정들이 아무 대답도 하지 않자, 결국 마블룽이 입을 열었다. "사실 그들이 오긴 했었지. 용이 나오기 전 해였네. 하지만 유감스럽게도 지금은 거기 없네!" 그 소리에 투린은 일순간 심장이 멈추었고, 끝까지 그의 뒤를 쫓아오는 운명의 발소리를 들었다. 투린이 소리쳤다. "계속하시오! 빨리 말해 보시오!"

마블룽이 말을 이었다. "그들은 자네를 찾으러 야생 지대로 나갔네. 모두들 반대했지만 두 사람은 나르고스론드로 가겠다고 고집을 피웠지. 그때는 자네가 검은검이란 사실이 알려졌던 때였네. 그리고 글라우룽이 나타나자 두 사람을 호위하던 자들도 모두 흩어지고 말았지. 그날 이후로 아무도 모르웬을 본 사람이 없네. 다만 니에노르는 묵언默言의 마법에 걸려 북쪽으로 야생의 사슴처럼 숲속으로 달아났고, 결국 찾을 수 없었네." 그러자 요정들이 깜짝 놀랄 만큼 날카롭고 큰 소리로 투린이 웃음을 터뜨렸다. "농담하는 건 아니겠지?" 그가 소리를 질렀다. "아, 아름다운 니에노르! 그렇게 도리아스에서 용이 있는 곳으로, 또 거기서 내게로 달려왔단 말이구나. 참으로 달콤한 운명의 은총이군! 익은 열매 같은 갈색 피부에 새까만 머리채를 하고 있었지. 요정 아이처럼 자그마하고 호리호리한 몸매, 아무도 그녀를 잘못 알아볼 수는 없소!"

그러자 마블룽이 깜짝 놀라 말했다. "뭔가 잘못된 것 같네. 자네 누이는 그런 모습이 아닐세. 큰 키에 푸른 눈동자, 고운 금빛 머리카락을 하고 있었지. 부친 후린의 면모가 여성의 모습으로 나타났다고 하면 딱 맞는 말일세. 자넨 동생을 봤을 리가 없네!"

투린이 소리쳤다. "못 봤다고, 마블룽, 내가 못 봤다고? 그런데 왜, 아! 이것 보시오, 난 장님이오! 당신은 몰랐던가? 장님, 장님처럼 어린 시절부터 모르고스의 캄캄한 안개 속을 헤매고 다녔단 말이오! 그러니 나를 두고 떠나시오! 가시오, 가란 말이오! 도리아스로 돌아가시오, 그곳에 겨울이 휘몰아쳤으면 좋겠소! 메네그로스에 저주를! 자네의 임무에도 저주를! 남은 일은 이것밖에 없군. 이제 밤이 오는구나!"

투린은 바람처럼 그들로부터 사라졌고, 그들은 놀라움과 공포에 사로잡혔다. 마블룽이 말했다. "우리가 알지 못하는 어떤 놀랍고 끔찍한 일이 우연히 벌어진 것 같군. 그를 따라가 최대한 도와주도록 하지. 지금 저 사람은 거의 제정신이 아닌 것 같네."

그러나 투린은 그들보다 훨씬 걸음이 빨랐다. 카베드엔아라스에 당도하여 걸음을 멈춘 그는 노호하는 물소리를 들었고, 주변의 모든 나무들이 말라 죽어 여름의 초입에 겨울이 온 것처럼 시든 나뭇잎들이 구슬프게 떨어지는 것을 바라보았다.

"카베드엔아라스, 카베드 나에라마르스!" 그가 소리쳤다. "니니엘을 씻겨 준 네 물속을 더럽히지 않겠노라. 나의 모든 행적은 흉악하였고, 그 마지막은 가장 사악했기 때문이로다."

그리고 그는 자신의 검을 빼 들고 말했다. "오라, 구르상, 죽음의 쇠! 이제 너만 홀로 남았구나! 너는 너를 휘둘렀던 손 외에는 어떤 주인도, 어떤 충성스러운 신하도 알아보지 못하는구나. 어떤 피 앞에서도 너는 두려워하지 않는구나. 투린 투람바르도 받아 주겠느냐? 나를 즉시 죽여 주겠느냐?"

그러자 칼날에서부터 싸늘하게 울리는 목소리가 대답했다. "그렇습니다. 기꺼이 당신의 피를 마시겠습니다. 그래야 나는 내 주인 벨레그의 피와 부당하게 죽은 브란디르의 피를 잊을 수 있을 것입니다. 당신의 목숨을 즉시 거두겠습니다."

그러자 투린은 칼자루를 땅바닥에 꽂고 구르상의 칼끝 위로 몸을 던졌고, 검은 칼날은 그의 목숨을 거두었다.

하지만 마블룽이 나타났고, 그는 죽은 채 누워 있는 글라우룽의 흉측한 모습과 투린의 시신을 목격하고는, 니르나에스 아르노에디아드에서 만났던 후린과 그의 가족이 겪은 끔찍한 운명을 생각하며 슬퍼하였다. 요정들이 그곳에 서 있을 때 용을 보기 위해 넨 기리스에서 사람들이 내려왔고, 투린 투람바르의 최후를 목격한 그들은 눈물을 흘렸다. 요정들은 투린이 왜 자신들에게 그런 말을 했는지를 마침내 깨닫고 경악을 금치 못했다. 마블룽이 씁쓸하게 말했다. "나 역시 후린의 아이들의 운명에 얽혀 들어가 있었군. 내가 전한 소식 때문에 내가 사랑하는 사람을 죽인 셈이 되었소."

그들은 투린을 들어 올렸고, 그의 칼이 부러진 것을 발견했다. 이로써 그가 소유한 모든 것은 사라졌다.

그들은 힘을 합쳐 나무를 모으고 높이 쌓아, 큰불로 용의 시체를 태웠다. 용의 시체는 검은 재로 변하고 뼈는 짓이겨져 가루가 되었고, 이후로 용을 태운 곳은 풀 한 포기 자라지 않는 황량한 곳이 되었다. 그리고 그들은 투린이 쓰러진 곳 위에 높은 봉분을 만들었고, 구르상의 조각들을 그의 옆에 놓았다. 모든 일이 끝나자 요정들과 인간들은 투람바르의 무용과 니니엘의 아름다움을 전하는 만가輓歌를 지었고, 봉분 위에 커다란 잿빛 바위를 가져와 세웠으며, 요정들은 그 위에 도리아스의 룬 문자로 다음과 같이 새겼다.

루린 투람바르 다그니르 글라우룽가

그리고 그 밑에는 또 이렇게 썼다.

니에노르 니니엘

하지만 그녀는 거기 있지 않았고, 차가운 테이글린강이 그녀를 어디로 데려갔는지 아무도 알지 못했다.

벨레리안드의 모든 노래 중에서 가장 긴 '후린의 아이들 이야기'는 여기서 끝난다.

투린과 니에노르가 죽은 뒤 모르고스는 자신의 사악한 목표를 계속 진척시키기 위해 후린을 속박에서 풀어 주었다. 후린은 방랑하던 중에 브레실숲에 이르렀고, 저녁 무렵 테이글린 건널목에서 글라우룽이 불탄 곳으로 올라가 카베드 나에라마르스 낭떠러지에 서 있는 커다란 비석을 발견했다. 거기서 있었던 일은 다음과 같이 전해진다.

하지만 후린은 바위를 살펴보지 않았다. 거기에 무엇이 쓰여 있는지 이미 알고 있었다. 그리고 그의 눈은 자신이 혼자가 아니란 것도 알았다. 바위 그늘 속에 어떤 형체가 무릎을 끌어안고 웅크리고 있었던 것이다. 길을 떠난 방랑자로 보이는, 나이가 들어 쇠약해진 어떤 이가 그가 다가오는 것도 모를 정도로 여정에 지쳐 앉아 있었다. 그런데 그가 몸에 걸친 남루한 의복은 닳고 해진 여인의 복색이었다. 마침내 후린이 소리 없이 그 옆에 서자, 여인은 누더기가 된 두건을 뒤로 젖히고 천천히 고개를 들었다. 오랫동안 사냥에 쫓긴 늑대처럼 수척하고 굶주린 얼굴이었다. 희끗희끗한 머리의 여인은 뾰족한 코에 부러진 이를 하고 있었고, 말라비틀어진 손으로 외투의 가슴께를 움켜쥐었다. 여인은 갑자기 그의 눈을 바라보았고, 후린도 그녀를 알아보았다. 이제 야생에 익숙한 여인의 눈에는 두려움이 가득했지만, 그 눈 속에는 범접하기 힘든 광채가 어렴풋이 빛났다. 오래전 그녀에게 엘레드웬이라는 이름을 얻게 해 주었던 요정의 광채였다. 아득한 옛날 유한한 생명의 인간들 중에서 가장 당당한 여인이었다.

"엘레드웬! 엘레드웬!" 후린이 소리쳤다. 그녀가 일어나 비틀거리며 앞으로 걸어 나오자, 그가 두 팔로 그녀를 안았다.

"드디어 오셨군요. 너무나 오랫동안 기다렸습니다."

"어두운 길이었소. 있는 힘을 다하여 달려왔다오." 그가 대답했다.

"하지만 늦었어요, 너무 늦었어요. 모두 가고 없습니다."

"나도 알고 있소. 하지만 당신은 살아남았잖소."

"죽은 것이나 마찬가지예요." 그녀가 말했다. "전 너무 지쳤거든요. 저는 저 태양과 함께 떠나려고 합니다. 아이들은 죽었어요." 그녀가 그의 외투를 움켜잡으며 다시 말을 이었다. "이제 시간이 거의 없군요. 혹시 알고 있으면 말해 주세요! 그 아이가 오라버니를 어떻게 만났을까요?"

그러나 후린은 대답하지 않았고, 모르웬을 팔에 안은 채 비석 옆에 앉았다. 그들은 다시 아무 말도 하지 않았다. 해가 지자 모르웬은 한숨을 내쉬며 그의 손을 꼭 잡았고, 곧 미동도 하지 않았다. 후린은 그녀가 숨을 거두었다는 것을 알았다.

가계도

1) 하도르 가문과 할레스 사람들
2) 베오르 가문
3) 놀도르 군주들

1) 하도르 가문과 할레스 사람들

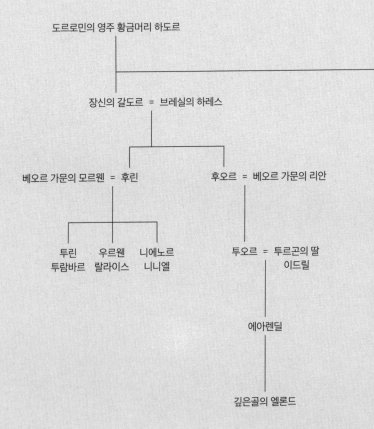

도르로민의 영주 황금머리 하도르

장신의 갈도르 = 브레실의 하레스

베오르 가문의 모르웬 = 후린   후오르 = 베오르 가문의 리안

투린   우르웬   니에노르   투오르 = 투르곤의 딸
투람바르   랄라이스   니니엘   이드릴

에아렌딜

깊은골의 엘론드

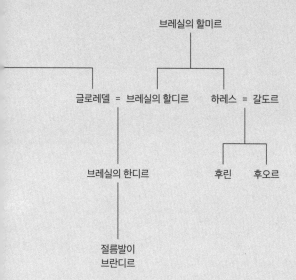

브레실의 할미르

글로레델 = 브레실의 할디르   하레스 = 갈도르

브레실의 한디르   후린   후오르

절름발이
브란디르

2) 베오르 가문

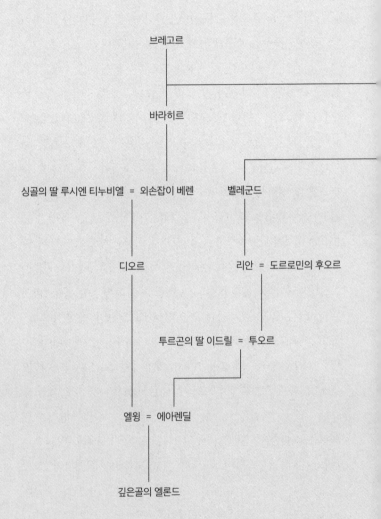

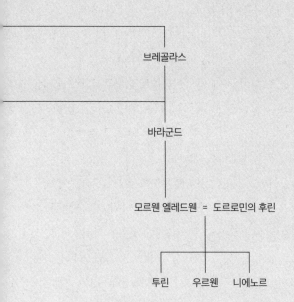

브레골라스

바라군드

모르웬 엘레드웬 = 도르로민의 후린

투린   우르웬   니에노르

3) 놀도르 군주들

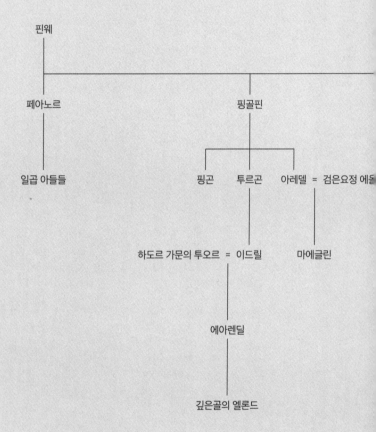

핀웨

페아노르 핑골핀

일곱 아들들 핑곤 투르곤 아레델 = 검은요정 에올

하도르 가문의 투오르 = 이드릴 마에글린

에아렌딜

깊은골의 엘론드

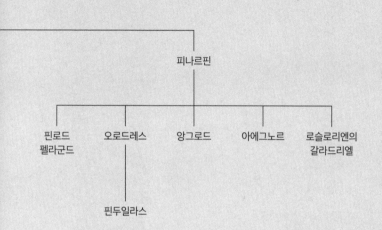

피나르핀

핀로드
펠라군드

오로드레스

앙그로드

아에그노르

로슬로리엔의
갈라드리엘

핀두일라스

부록

1) '위대한 이야기들'의 진화 과정

서로 연결되어 있지만 독립적인 이 서사들은 발리노르와 '큰땅'
에 살고 있던 발라와 요정, 인간 등의 장구하고 복잡다단한 역사
에서 옛날부터 유난히 주목받는 이야기였다. 『잃어버린 이야기
들』의 완성을 앞두고 작업을 중단한 몇 년 동안 아버지는 산문
창작을 그만두고 「후린의 아들 투린과 용 글로룬드Túrin son of
Húrin and Glórund the Dragon」라는 제목의 장시長詩 작업을 시작했
는데, 이 작품은 나중에 수정본에서 「후린의 아이들The Children
of Húrin」로 이름이 바뀐다. 이때가 1920년대 초였고, 아버지가
리즈대학교에 자리를 얻었을 때였다. 아버지는 이 시에 고대 영
시의 두운頭韻(「베오울프」와 기타 앵글로색슨 시가에 사용된 운문 율
격)을 활용하였고, 이는 고대의 시인들이 따랐던 까다로운 강세
와 '초성 압운初聲 押韻' 양식을 현대 영어에 적용하는 것이었다.
이 기법은 아버지가 「베오르흐트노스의 귀향The Homecoming of
Beorhtnoth」에 사용한 극적 대화 양식에서부터 펠렌노르평원 전
투의 전사자들을 기리기 위해 지은 만가輓歌에 이르기까지 매
우 다양한 형태로 숙달된 솜씨를 보여 준 율격이었다. 두운으로
창작한 「후린의 아이들」은 이 운율로 쓴 아버지의 시편들 중에
서 가장 긴 시편에 해당하며 무려 2천 행을 넘는다. 하지만 아버
지는 이 작품을 너무 과도한 규모로 구상한 탓에 서사가 나르고
스론드에 대한 용의 공격에 이르렀을 때 작업이 중단되고 말았
다. 「잃어버린 이야기」도 완성하자면 여전히 더 많은 작업이 요
구되는 상황에서, 이 규모로 하자면 수천 행이 더 필요했을 것이

다. 그런데 두 번째 원고의 서사는 그보다 더 이른 지점에서 중단되는데, 첫 원고의 동일 지점까지의 분량과 비교하면 거의 두 배가 된다.

후린의 아이들에 관한 전설에서 아버지가 두운시로 완성한 부분에는, 『잃어버린 이야기들』에 실린 이전의 이야기가 상당히 확장되었고 또 잘 다듬어져 있다. 특히 주목할 것은 이때 거대한 지하 요새 도시 나르고스론드와 그 광대한 영토(투린과 니에노르의 일화뿐만 아니라 가운데땅 상고대의 역사에서도 핵심 요소인)가 등장했다는 점인데, 이에 더해 보기 드물게 고대 세계의 '평화의 기술'에 대한 암시를 던져 주는 나르고스론드 요정들의 농경지에 대한 묘사도 이때 들어가는데, 이런 대목은 꽤 보기 힘든 장면이다. 나로그강을 따라 남쪽으로 내려오던 투린과 그의 동료(이 책에서는 귄도르로 나온다)는 나르고스론드 입구 근처에서 어느 모로 보나 버려진 땅을 발견했다.

> […] 그들이 도착한 곳은   공들여 가꾼 땅이었다.
> 꽃이 우거진 강어귀와   탁 트인 경작지 사이로
> 걸어가며 그들은   인적 없는 나로그강의
> 초지와 초원과   목초지를 발견했고,
> 언덕과 강물 사이   나무로 둘러싸인
> 비옥한 경작지를 보았다.   아무렇게나 던져 놓은
> 괭이가 들판에 쓰러져 있고,   무성한 과수원의
> 키 큰 풀밭 속에는   사다리가 누워 있었다.
> 그곳의 모든 나무가   엉킨 고개를 돌려

은밀히 그들을 주시했고,　너울거리는 풀잎은
그들의 소리에 귀를 기울였다.　대지와 풀잎은
한낮 열기로 달아올랐으나,　그들은 서늘한 냉기를 느
꼈다.

그리하여 두 나그네는 나로그협곡에 있는 나르고스론드 입구에
다가갔다.

성급하게 흘러가는　강물을 굽어보며
깎아지른 산벼랑이　완고하게 서 있었다.
가파른 산비탈 앞　나무숲으로 둘러싸인 곳에
널찍하고 굽이진,　밟고 밟아 평탄해진
완벽한 계단 광장이　만들어져 있었다.
산 중턱 파낸 곳에 컴컴하고　어둑하게 거인과도 같은
입구가 나 있었다.　그 재목은 거대했고
문기둥과 상인방은　육중한 석재로 되어 있었다.

그들은 요정들에게 붙잡혀 정문 안으로 끌려갔고, 그들 등 뒤로
문이 닫혔다.

커다란 돌쩌귀 위에서　거인과도 같은 문이
우르르 하며 돌아갔다.　육중한 굉음과 함께
문이 철커덩 하고　천둥 같은 소리를 내며 닫혔다.
보이지 않는 천장　밑으로 장엄한 울림이

텅 빈 복도를 따라　텅텅거리며 이어지고

빛이 사라졌다.　길고 구불구불하며

캄캄한 통로를 따라　호위병들이

더듬거리는 그들의　두 발을 인도하였다.

마침내 타오르는　햇불의 희미한 불빛이

그들 앞에서 깜박거렸다.　서둘러 가던 그들은

모여든 군중 속에서 나는　많은 목소리와도 같은

단속적인 웅얼거림을 들었다.　천장이 높이 솟아 있었다.

불쑥 돌아간 모퉁이 뒤에서　그들은 놀란 눈으로

고요하고 엄숙한　회의장을 목격하였다.

거대한 박명薄明 속에　숨죽인 수백 명이

어둠 속에 아득히 솟아 있는　둥근 천장 밑에서

말없이 그들을　기다리고 있었다.

하지만 이 책에 실린 『후린의 아이들』 본문에는 다음 대목(196쪽)
밖에 없다.

그리고 그들은 일어나 에이셀 이브린을 떠나 나로그강
의 강변을 따라 남쪽으로 여정을 시작하였고, 마침내 요정
척후대에 목격되어 비밀의 성채에 붙잡혀 가게 되었다.
그렇게 하여 투린은 나르고스론드에 들어갔다.

어떻게 된 것일까? 이 질문에 대한 답을 다음과 같이 해 보기로
한다.

투린에 관한 두운체의 시가 쓰인 곳은 리즈였고, 아버지는 사실상 이를 1924년 말 혹은 1925년 초에 중단한 것이 확실해 보인다. 이유는 전혀 알려지지 않았다. 하지만 다음 작업이 무엇이었는지는 분명하다. 1925년 여름, 아버지는 전혀 다른 운율 곧 '8음보音譜의 압운押韻 2행 연구聯句'로 된 새로운 시편을 쓰기 시작하는데, 이 작품이 바로 「레이시안의 노래The Lay of Leithian」 곧, '구속으로부터의 해방'이다. 그래서 아버지는 이제 새로운 이야기를 작업하게 되는데, 이미 언급한 대로 아버지는 한참 뒤인 1951년에 이를 비롯한 세 작품이 각각 완성도를 지니고 있고 독립적이면서도 '전체 역사'와 연결되어 있다고 말했다. 「레이시안의 노래」는 바로 베렌과 루시엔의 전설을 다루고 있다. 아버지는 이 두 번째 장시에 6년 동안 매달렸고, 1931년 9월, 4천 행 이상을 쓴 뒤에 다시 중단하였다. 이 이야기 때문에 포기했던 두운체의 앞 작품 「후린의 아이들」과 마찬가지로, 이 시는 이 전설의 진화로 보자면 『잃어버린 이야기들』에 실린 베렌과 루시엔의 이야기 초기본에서 상당한 진척이 있었음을 보여 준다.

「레이시안의 노래」가 진행 중이던 1926년 아버지는 「신화 스케치Sketch of the Mythology」를 집필하는데, 이 글은 특별히 버밍엄의 에드워드 6세 학교 시절 당신의 스승이었던 R.W. 레이놀즈에게 '두운체로 쓴 투린과 용 이야기의 배경을 설명하기 위해' 작성한 글이었다. 이 짧은 원고는 책으로 만들면 20쪽가량이 되는데, 현재시제의 간명한 문체로 된 명백히 개요에 해당하는 글이다. 이것이 훗날의 '실마릴리온'(이 이름은 그 당시 아직 사용하지 않았는데)에 실린 판본의 출발점이었다. 이 원고에서 신

화 전체의 구상이 시작되는데, 투린의 이야기는 여기서 최고의
자리를 차지하고 있고, 사실 원고 제목도 그 글을 쓴 아버지의
목적에 따라 "'후린의 아이들'에 특별히 연관된 신화 스케치"로
되어 있다.

1930년에는 훨씬 더 분량이 많은 「퀜타 놀도린와Quenta
Noldorinwa」(놀도르의 역사. 놀도르 요정들의 역사가 '실마릴리온'의
중심 주제이기 때문이다)가 뒤를 이었다. 이것은 「스케치」를 직접
적으로 계승하는 작품이다. 그런데 아버지는 원래의 텍스트를
상당히 확장하고 좀 더 완성된 형태로 만들면서도, 「퀜타」를 여
전히 '요약본' 즉 훨씬 더 풍성한 서사 구상의 축도縮圖로 생각
하고 있었다. 이 점은 아버지가 붙인 이 작품의 부제副題에서 확
연하게 드러나는데, 거기서 아버지는 이 이야기가 '『잃어버린
이야기들』에서 추출한 [놀도르 요정의] 약사略史'라는 점을 분
명하게 밝히고 있다.

이 시점의 「퀜타」는 (다소 빈약한 구도이긴 하지만) 아버지의
'상상 세계'의 전모를 온전히 보여 주고 있다는 점은 기억할 필
요가 있다. 나중에 제1시대라는 이름이 붙기는 하지만, 이 이야
기는 제1시대의 역사라고 할 수는 없는데, 아직 제2시대, 제3시
대라고 하는 말이 없었기 때문이다. 또한 누메노르도 없고, 호
빗도 없었으며, 물론 '반지'도 없었다. 역사는 모르고스가 다른
신들(발라들)과의 싸움에서 결국 패하여 '밤의 문'을 통해 '세상
의 벽' 너머에 있는 '영겁의 공허'에 던져지는 대전투에서 종료
되었다. 아버지는 「퀜타」의 결말 부분을 이렇게 마감하고 있다.
"이상이 서부 세계의 북부 지역에서 벌어진 아득한 옛날이야기

의 끝이다."

따라서 1930년의 「퀜타」가 아버지가 쓴 "실마릴리온"의 (「스케치」 이후) 유일한 완성본이라고 하는 것은 사실 이상하게 보일 것이다. 하지만 종종 그랬듯이 아버지의 작품 진화 과정에는 외부적 압력이 작용하였다. 「퀜타」는 1930년대 후반 들어 새로운 형태로 발전하여, 마침내 「퀜타 실마릴리온, 실마릴의 역사 Quenta Silmarillion, History of the Silmarilli」란 이름을 지닌 예쁜 원고로 모습을 드러냈다. 이것은 앞서 나온 「퀜타 놀도린와」보다 훨씬 분량이 많았지만 (혹은 그럴 계획이었지만), 본질적으로 신화와 전설의 '요약'이라는 작품의 기본 구상은 유지하고 있었고, 이 점은 제목에도 다시 밝혀져 있다. "「퀜타 실마릴리온」 […] 이 작품은 많은 옛날이야기에서 추출한 '간략한 역사'이다. 여기에 기록된 모든 이야기는 먼 옛날부터 전해 내려온 것으로, 여전히 서부의 엘다르 사이에 남아 있으며, 다른 역사나 노래 속에 더 풍성하고 자세하게 기록되어 있다."

『실마릴리온』에 관한 아버지의 구상이 실질적으로 시작된 정황에 대해서는 최소한 다음과 같은 추정이 가능하다. 즉, 1930년대의 이른바 이 작품의 「퀜타」 단계'는 특정한 목적을 염두에 두고 압축된 개요 형태로 시작되었고, 그다음 후속 단계에서는 확장과 정교화가 이루어지면서 마침내 개요형 외관을 벗어던지게 되는데, 그럼에도 불구하고 초기의 특성에서 비롯된 어조의 독특한 '균일성'은 유지했다고 할 수 있다. 다른 자리에서 내가 언급한 내용을 되풀이하자면, "『실마릴리온』의 간결체 혹은 요약형의 형식과 양식은 오랜 세월에 걸쳐 내려온 시와 그 이면에 있는 '전승'에 대한 암시와 함께, 이야기를 전하는 중에도 '전해지지 않은 이야기'의 존재를 강력하게 환기한다. '거리'는 여전히 유지되고 있는 것이다. 서사적 긴박성이나 임박한 미지의 사건을 앞두고 예감하는 압박이나 공포는 존재하지 않는다. 사실 '반지'를 보는 방식과 '실마릴'을 보는 방식은 다른 것이다."

하지만 이 형식의 「퀜타 실마릴리온」은 갑작스럽게 중단되고, 알다시피 결국 1937년에 결정적인 종말을 맞이한다. 그해 9월 21일 조지 앨런 앤드 언윈 출판사에서 『호빗』이 출간되었고, 얼마 지나지 않아 출판사 측의 요청에 따라 아버지는 많은 원고를 보내셨다. 이 원고가 런던에 전달된 것은 1937년 11월 15일이었다. 이 원고들 중에 그 시점까지 진행된 상태로 「퀜타 실마릴리온」이 있었는데, 원고는 어느 한 페이지의 밑부분에 문장의 중간이 끊어진 채로 중단되어 있었다. 하지만 원고를 보낸 뒤에도 아버지는 초고 형태의 서사를 계속하여, 투린이 도리아스를 빠져나와 무법자 생활을 시작하는 다음 대목까지 진행시켜 놓았다.

> 그는 왕국의 변경을 통과한 다음 그 험악한 시절에 야생에서 은신하고 있던, 집도 없고 자포자기한 사람들의 무리를 자기 주변에 끌어모았다. 그들은 자신들의 앞길을 가로막는 자라면 요정이고 인간이고 오르크고 간에 모두 적으로 간주하였다.

부록

이것이 이 책 128쪽에 있는 '무법자들 사이의 투린' 장의 도입부 내용의 초기 원고였다.

아버지가 이 대목에 이르러 있을 때 「퀜타 실마릴리온」과 다른 원고들이 되돌아왔다. 그리고 사흘 뒤인 1937년 12월 19일, 아버지는 앨런 앤드 언윈에 이런 편지를 썼다. "호빗족에 관한 새 이야기의 첫 장을 썼습니다—'오랫동안 기다린 잔치'."

요약형 구조의 '실마릴리온'이 지속적으로 진화를 전개하는 방식인 「퀜타」가, 날개를 활짝 펴고 날다가 투린이 도리아스를 떠나는 대목에서 땅으로 떨어져 멈춰 선 것은 이 시점이었다. 이후로 뒷부분의 역사는 1930년판 「퀜타」의 간략하고 압축적인 미완의 형태 그대로 남아 있었고, 『반지의 제왕』의 집필과 함께 제2시대와 제3시대의 거대한 구조가 부상하면서 사실상 '동결'되었다고 해도 과언이 아니다. 하지만 이후의 역사는 고대의 전설에서 엄청나게 중요하다. 왜냐하면 (『잃어버린 이야기들』의 초고에서부터 내려오는) 결론부의 이야기에 투린의 부친 후린이 모르고스에게서 풀려난 후 겪는 끔찍한 역사와 요정 왕국들, 곧 나르고스론드와 도리아스, 곤돌린의 멸망이 다루어지고 있기 때문이다. 후자에 대해서는 수천 년 뒤에 모리아 광산에서 김리가 이렇게 노래한 바 있다.

세상은 아름답고 산은 높았지.
서쪽바다 건너 떠나고 없는
나르고스론드와 곤돌린성의
용맹스러운 왕들이 몰락하기 전, 상고대 […]

바로 이 이야기는 전체 서사의 절정이자 완성의 단계로 예정되어 있었다. 즉, 모르고스의 권력에 맞서 길고 긴 투쟁을 벌여온 놀도르 요정들의 종말과 그 역사 속에서 후린과 투린이 맡았던 역할이 거기 있었고, 그리고 이는 마침내 불타는 곤돌린의 폐허 속에서 탈출한 에아렌딜의 이야기로 끝맺는다.

여러 해가 흐른 뒤 1950년대 초에 『반지의 제왕』이 마무리되자 아버지는 열정과 신념을 가지고 '상고대의 문제'로 향했다. '상고대Elder Days'가 '제1시대the First Age'로 바뀐 것도 이때였다. 이후 몇 년 동안 아버지는 옛날의 많은 원고를 오랫동안 방치해 두었던 곳에서 꺼냈다. 『실마릴리온』 작업에 착수한 아버지는 이때 「퀜타 실마릴리온」의 아름다운 초고를 수정하고 확대하였다. 하지만 이번 수정 작업은 투린의 이야기에 도달하기 전인 1951년에 중단되고 마는데, 이는 곧 '호빗족에 관한 새 이야기'의 등장으로 인해 「퀜타 실마릴리온」이 멈춰 섰던 지점이다.

아버지는 「레이시안의 노래」(1931년에 중단된 베렌과 루시엔의 이야기를 다룬 압운시)를 수정하는 작업을 시작했고, 이는 곧 훨씬 더 뛰어난 완성도를 보이는 거의 새로운 시가 되었다. 하지만 이 시 역시 점점 기력을 잃더니 결국 중단되고 말았다. 아버지는 이 「노래」의 수정본에 정교하게 기초한 베렌과 루시엔의 장편 무용 서사를 산문으로 쓰기 시작했지만, 이 역시 중단되고 말았다. 그리하여 연속적인 시도에서 확인할 수 있듯이, '위대한 이야기들' 중 첫 번째 이야기를 당신이 구상한 규모로 만들어 보고

지 했던 아버지의 목적은 끝내 이루어지지 못했다.

이 시점에 또한 아버지는 곤돌린의 몰락을 다룬 '위대한 이야기'에 마침내 다시 착수하는데, 이 작품은 여전히 약 35년 전의 「잃어버린 이야기」와, 1930년의 「퀜타 놀도린와」에 할애해 둔 몇 쪽에 남아 있는 그대로였다. 이 이야기는 1920년대 옥스퍼드대학교의 '에세이 모임'에서 낭송했던 독특한 이야기로 상고대에 관한 아버지의 상상력에 평생 핵심적 요소로 남아 있던 것인데, 아버지의 능력이 절정에 이르러 있던 시점에 모든 연관성을 살려 촘촘한 서사로 재현한 것이다. 투린의 이야기와 이 작품을 잇는 특별한 연결 고리는 투린의 부친 후린과, 투오르의 부친인 후오르 두 형제에 있다. 후린과 후오르는 어린 시절, 높은 산맥으로 에워싸여 숨어 있는 요정 도시 곤돌린에 들어가는데, 이는 『후린의 아이들』(55쪽)에 기록되어 있다. 그 뒤 한없는 눈물의 전투에서 그들은 곤돌린 왕 투르곤을 다시 만나는데, 왕은 두 사람에게 이렇게 말했다(81쪽). "이제 곤돌린은 그 비밀을 오랫동안 유지할 수가 없네. 드러난 이상 무너지게 되어 있어." 그러자 후오르는 이렇게 대답했다. "하지만 잠시라도 왕국이 유지된다면, 폐하의 가문에서 요정과 인간의 희망이 솟아날 것입니다. 폐하, 죽음을 앞두고 이 말씀을 드리고자 합니다. 우리는 여기서 영원히 헤어지고, 저는 다시 폐하의 흰 성을 보지 못하겠지만, 폐하와 저로부터 새로운 별이 솟아날 것입니다."

이 예언은 투린의 사촌인 투오르가 곤돌린으로 가서 투르곤의 딸 이드릴과 결혼했을 때 이루어졌다. 그들의 아들 에아렌딜이 '새로운 별', 곧 곤돌린을 탈출한 '요정과 인간의 희망'이었기 때문이다. 아마도 1951년에 시작하여 나중에 「곤돌린의 몰락」
으로 발전하는 산문 서사에서 아버지는 투오르와 그를 인도한
요정 친구 보론웨의 여행을 상세히 기록했다. 그들은 야생 지대
를 지나가던 중에 숲속에서 비명을 들었다.

> 그러더니 기다리고 있던 그들 앞으로 한 사내가 나무를 헤
> 치며 걸어 나왔다. 그는 무장을 하고 검은 복장을 한 키가
> 훤칠한 인간으로 장검을 빼어 들고 있었다. 그의 칼 역시
> 검은색이었지만 칼날은 차갑게 빛을 발하며 번쩍거렸고,
> […]

그것은 나르고스론드의 약탈 현장을 빠져나와 달려가고 있던
투린이었다(221~222쪽). 하지만 투오르와 보론웨는 지나가던
그에게 말을 걸지 않았고, 그들은 나르고스론드가 함락되었다
는 것도, 또한 그 사내가 바로 후린의 아들 투린, 곧 '검은검'이었
다는 사실도 알지 못했다. 그렇게 처음이자 마지막으로 투린과
투오르 두 친족의 행로가 찰나의 순간에 겹치게 되었던 것이다.
곤돌린을 다룬 새 이야기에서 아버지는 투오르를 에워두른
산맥 높은 곳으로 데리고 가는데, 그곳에서는 평원 건너 저쪽의
'숨은도시'를 볼 수 있었다. 하지만 유감스럽게도 아버지는 그
곳에서 글을 멈추고 더 이상 진행하지 않았다. 그래서 「곤돌린
의 몰락」에서도 아버지는 역시 목적을 달성하지 못하고 말았다.
우리는 아버지의 후기의 시각으로는 나르고스론드나 곤돌린을
만날 수가 없다.

나는 다른 곳에서 이렇게 말한 바 있다. "『반지의 제왕』의 위대한 '침입'과 일탈이 완료되면서, 아버지는 오래전 『잃어버린 이야기들』에서 시작했던 훨씬 더 방대한 스케일을 다시 시작해야겠다는 희망을 품고 상고대로 돌아간 것으로 보인다. 「퀜타 실마릴리온」의 완성은 여전히 목표로 남아 있었다. 하지만 '위대한 이야기들'은 '후반 이야기의 출발점이 되어야 할' 초기 구상에서 엄청난 확장이 이루어져 있었고 결국 완성되지 못했다." 이 언급은 '위대한 이야기들' 중에서 「후린의 아이들」의 경우도 마찬가지로 해당된다. 하지만 이 작품의 경우, 아버지는 엄청나게 늘어난 후기 수정본의 상당 부분을 최종의 완성본으로 만들지는 못했지만, 상당히 많은 성취를 이루었다.

「레이시안의 노래」와 「곤돌린의 몰락」에 다시 착수하는 것과 동시에 아버지는 「후린의 아이들」에 대한 새로운 작업을 시작했다. 이번에는 투린의 어린 시절이 아니라 이야기의 후반부, 즉 나르고스론드의 멸망 이후 투린이 겪는 끔찍한 역사의 절정을 다루기 시작한 것이다. 이 부분은 이 책에서 '투린의 도르로민 귀환'(223쪽)에서부터 그의 죽음에 이르기까지의 텍스트에 해당한다. 예전에 작품 도입부부터 다시 시작하던 일반적인 방식과 달리 아버지가 왜 이런 방식으로 작업을 재개했는지에 대해서는 알 수 없다. 하지만 이번 경우에도 아버지는 투린의 출생에서부터 나르고스론드 약탈에 이르는 기간에 해당하는, 기록일을 알 수 없는 많은 분량의 후기의 글을 원고들 사이에 남겨 놓는데, 여기서 아버지는 옛 판본을 상당히 많이 다듬고 또 이전에 없던 이야기를 서사에 포함하여 확장해 놓았다.

이 작품의 상당 부분은 (전부는 아니지만) 『반지의 제왕』이 실제로 출판된 후에 집필되었다. 그 몇 해 동안 「후린의 아이들」은 아버지에게는 상고대 말기의 가장 핵심적인 이야기가 되었고, 오랫동안 아버지는 거기에 모든 생각을 쏟아부었다. 하지만 이야기의 인물과 사건이 점점 더 복잡해지면서 아버지는 이제 고정된 서사 구조를 고집하는 것이 어렵다는 것을 발견했다. 사실 이야기는 하나의 긴 단락 속에 서로 분리된 밑그림과 줄거리 개요가 복잡하게 뒤섞인 채 담겨 있기도 하다.

하지만 최종본으로 나온 「후린의 아이들」은 『반지의 제왕』의 마무리 이후 나온 가운데땅 관련 서사에서 가장 핵심적인 작품이다. 투린의 생애와 죽음에 관한 이야기는 가운데땅의 등장인물들 가운데서는 어디서도 찾아볼 수 없는 설득력과 생생함을 지니고 있다. 이런 이유에서 나는 원고를 오랫동안 연구한 끝에, 이 책에서 신뢰할 수 없는 요소는 제외하고 처음부터 끝까지 연속적인 서사를 제공하는 텍스트를 구축하기 위해 노력하였다.

2) 텍스트의 구성

출판된 지 25년도 더 지났지만, 『끝나지 않은 이야기』에 나는 이 이야기의 긴 텍스트 일부를 실었다. 「나른Narn」이라고 이름을 붙였는데, '후린의 아이들 이야기'를 가리키는 요정어 제목 '나른 이 킨 후린Narn i Chîn Húrin'에서 가져온 말이다. 하지만 그것은 다양한 내용이 들어 있는 큰 책의 한 부분에 불과했고, 텍스트 또한 그 책의 전반적인 목표와 성격을 따르느라 매우 불완전했다. 왜냐하면 「나른」 텍스트가 훨씬 간략한 판본인 『실마릴리온』 텍스트와 매우 유사한 경우에, 또는 차이가 있는 '긴' 텍스트를 제공할 필요가 없다고 판단되는 경우에는 중요한 단락들을 많이 (그중 하나는 무척 길다) 생략했기 때문이다.

따라서 이 책에 실린 「나른」의 형식은 여러 측면에서 『끝나지 않은 이야기』의 형식과 다르고, 그중 일부는 그 책이 출간된 후 복잡하고 방대한 분량의 원고를 훨씬 더 철저하게 연구한 끝에 얻은 것들이다. 이로 인해 일부 텍스트들의 관계와 차례에 대해 상이한 결론에 이르렀는데, 이는 주로 대단히 혼란스럽게 발전되어 온 '무법자들 사이의 투린' 시기의 이야기와 관련이 있다. 다음 내용은 이 새로운 『후린의 아이들』 텍스트의 구성에 관한 기술과 설명이다.

이 모든 일에 있어서 중요한 사실은 기존에 출간한 『실마릴리온』의 독특한 위상이다. 부록 1)에서 언급한 바 있듯이, 아버지는 1937년 『반지의 제왕』을 시작하면서, 「퀜타 실마릴리온」

을 그때까지(투린이 도리아스를 도망쳐 나와 무법자가 되는 지점) 썼던 그대로 두고 멈추었다. 출판할 책의 서사를 구성하면서 나는 「벨레리안드 연대기The Annals of Beleriand」를 많이 이용했다. 이 자료는 원래 「연보Tale of Years」란 이름이었지만 계속 수정이 이루어지면서 이후의 『실마릴리온』 원고들과 비견할 수 있는 연대기적인 서사로 점점 확대되었고, 나아가 투린과 니에노르가 죽고 모르고스가 후린을 풀어 주는 대목까지 이어졌다.

그래서 『끝나지 않은 이야기』(262쪽 주석 1번)에 실린 「나른이 킨 후린」에서 내가 생략했던 첫 대목은 후린과 후오르가 어린 시절 곤돌린에 머물던 때의 이야기이다. 그렇게 했던 것은 바로 그 이야기가 『실마릴리온』(259~261쪽)에 실려 있기 때문이다. 하지만 아버지는 실제로 이 이야기를 두 가지 버전으로 만들었다. 하나는 분명히 「나른」 도입부에 사용하기 위해 만든 것인데, 「벨레리안드 연대기」의 한 구절에서 시작된 것이 확실하고 사실 내용도 거의 차이가 없다. 『실마릴리온』에서 나는 두 텍스트 모두를 사용하였고, 여기서는 「나른」 판본을 따랐다.

『끝나지 않은 이야기』의 「나른」에서 생략한 두 번째 대목 (262쪽 주석 2번)은 '한없는 눈물의 전투'에 관한 설명으로, 이 역시 같은 이유로 빠졌다. 여기서도 아버지는 두 가지 버전을 만들었는데 하나는 「연대기」에 있는 것이다. 다른 하나는 훨씬 나중의 것이지만 「연대기」의 텍스트를 앞에 두고 있어서 대부분의 내용이 이를 꼼꼼히 따르고 있다. 엄청난 전투를 다룬 이 두 번째 이야기는 「나른」의 한 장으로 포함시킬 생각으로 만들어진 것이 분명하며(이 텍스트의 머리에는 「나른」의 후반부를 가리키는 '나른II'란 이름이 붙어 있다), 도입부는 이렇게 시작한다(이 책 75쪽). "여기서는 하도르 가의 운명과 '불굴의 후린'의 자식들과 관련한 행적들만 차례로 이야기하기로 한다." 이를 위하여 아버지는 「연대기」의 이야기들 중에서 '서부 지역의 전투'와 핑곤의 군대가 궤멸되는 장면의 묘사만 남겨 놓았다. 이야기를 이렇게 단순화시키고 축소함으로써 「연대기」에 기록된 전투의 방향을 바꾸어 버린 것이다. 나는 『실마릴리온』을 편집하며 「나른」 판본에서 따온 몇 가지 특징적인 구절을 넣긴 했지만, 당연히 「연대기」를 따랐다. 하지만 이 책에서는 아버지가 「나른」에 적합하다고 생각했던 전체 텍스트를 유지했다.

새 텍스트는 '도리아스의 투린'에서부터 『끝나지 않은 이야기』의 해당 대목과의 관계에서 상당한 차이가 있다. 여기에는 상이한 발전 단계에 있는 동일한 서사 요소들에 관한 일련의 원고가 있는데, 그 상당 부분은 원고가 정리되지 않은 상태에 있어서 이런 경우에는 원래의 자료를 어떻게 처리해야 할지에 대해 다른 입장을 가지는 것도 충분히 가능한 일이다. 지금 와서 보면 『끝나지 않은 이야기』에 실을 텍스트를 구성할 때 스스로 필요 이상의 편집 재량권을 허용했다는 생각이 든다. 나는 이 책에서는 초고를 다시 검토하고 텍스트를 재구성하였으며, (대개는 매우 사소하지만) 여러 곳에서 초고의 단어들을 복구하였고, 생략하지 말았어야 했던 문장이나 짧은 단락들을 되살렸으며, 몇몇 오류를 수정하였고, 또 처음 읽을 때와는 다른 선택을 한 경우도 있었다.

이 시기의 투린의 생애, 곧 도리아스를 탈출하여 아몬 루드의 무법자들의 소굴에 들어가기까지를 다루는 서사와 관련하여, 아버지는 마음속에 몇 가지 분명한 '이야깃거리'를 마련해 두고 있었다. 싱골 앞에서 행해진 투린의 재판, 벨레그에게 준 싱골과 멜리안의 선물, 투린이 자리를 비웠을 때 벌어진 무법자들의 벨레그 학대, 투린과 벨레그의 만남 등이 그것이다. 아버지는 이 '이야깃거리'들을 상호 관련성 속에서 움직이게 했고, 대화형 구절들을 각각 여러 상황 속에 배치했다. 하지만 그것들을 하나의 안정된 '줄거리'로 만들어 내는 것, 곧 '실제로 어떤 일이 벌어졌는지 알아내는 것'이 어렵다는 것을 발견했다. 하지만 그 후로 더 많은 연구 끝에 지금 와서 보면, 아버지는 작업을 중단하기 전에 이 대목과 관련하여 만족스러운 구조와 순서를 확정해 놓았던 것이 분명해 보인다. 또한 기출간된 『실마릴리온』에 실린 상당히 압축된 형태의 서사도 이번 텍스트와 대체로 부합하는데, 다만 한 가지 차이점은 있다.

『끝나지 않은 이야기』 173~176쪽에는 서사의 세 번째 틈이 있다. 벨레그가 마침내 무법자들 사이에서 투린을 발견하지만 도리아스로 돌아가자고 설득하다가 실패하는 바로 그 지점에서 이야기가 중단되었다가(이 책 147~152쪽), 바로 무법자들이 작은난쟁이들을 만나는 지점으로 이어지는 대목이다. 여기서도 나는 틈을 메우기 위해 다시 『실마릴리온』을 참조하였고, 벨레그가 투린에게 작별 인사를 한 뒤 메네그로스로 돌아가고, '거기서 싱골로부터 앙글라켈 검을, 멜리안으로부터는 렘바스를 받는다'는 기록을 확인하였다. 하지만 사실 아버지는 이 설정을 버렸던 것이 확실하다. 왜냐하면 '실제로 벌어진 일'은 투린의 재판 후, 곧 벨레그가 처음에 투린을 찾으러 나섰을 때 싱골이 그에게 앙글라켈을 주었기 때문이다. 따라서 지금 텍스트에는 검을 주는 것이 그 지점(이 책 126~127쪽)에 배치되어 있고, 거기서는 렘바스 선물에 대한 언급은 없다. 또한 벨레그가 투린을 발견하고 나서 메네그로스로 돌아온 뒤쪽 이야기에는 당연히 앙글라켈에 대한 언급이 없고, 멜리안의 선물만 기록되어 있을 뿐이다.

『끝나지 않은 이야기』에 포함시키기는 했지만 전체 서사에서는 부차적인 두 대목을 이번 텍스트에서 생략했다는 점을 알리기에는 이 시점이 적절한 것 같다. 용 투구가 도르로민의 하도르 수중에 들어가게 된 내력(『끝나지 않은 이야기』 140~141쪽)과 사에로스의 출신에 관한 내용(『끝나지 않은 이야기』 144쪽)이 그 두 가지다. 말이 나온 김에 덧붙이자면, 원고들의 관계를 찬찬히 살펴보면 아버지가 '사에로스'란 이름을 버리고 이를 '오르골'로 대체했다는 것이 분명해 보인다. 이 이름은 '언어학적 우연'에 의해 고대 영어에서 '긍지'를 가리키는 '오르골orgol' 혹은 '오르겔orgel'과 일치하기도 한다. 하지만 '사에로스'란 이름을 바꾸기에는 이제 너무 늦은 것으로 보인다.

『끝나지 않은 이야기』에서 나오는 가장 큰 서사의 공백(190쪽)은 새 텍스트에서 채워져 있으며, 그 부분은 173쪽에서 222쪽 사이이다. 장 구분으로는 '난쟁이 밈에 대하여'의 마지막 대목에서부터 '활과 투구의 땅', '벨레그의 죽음', '나르고스론드의 투린'을 거쳐 '나르고스론드의 몰락'까지에 해당한다.

'투린 전설'에서 이 대목은, 원래의 원고와 『실마릴리온』 수록 원고, 『끝나지 않은 이야기』의 「나른」에 해설로 덧붙인 내용이 띄엄띄엄 끊긴 단락들, 그리고 이 책에 실은 새 텍스트 사이의 관계가 복잡하다. 아버지의 전체적인 구상은 때가 되면 투린을 다룬 '위대한 이야기'를 완벽한 상태로 만든 다음, 이를 바탕으로 좀 더 간략한 형태의 이야기를 이른바 '『실마릴리온』 양식'에 따라 만드는 것이었다고 나는 늘 생각해 왔다. 하지만 이 구상은 물론 실현되지 못했다. 그래서 30년도 더 지난 일이 되어 버렸지만, 나는 아버지가 이루지 못한 일을 흉내 내겠다는 이상한 과업에 착수했던 것이다. 그것이 바로 이 이야기의 가장 마지막 형태인 '실마릴리온' 판본을 만드는 일이었고, 아울러 그것은 「나른」이라는 '긴 판본'의 이질적인 자료들을 추려서 만드는 일이었다. 그 결과가 바로 『실마릴리온』의 제21장이다.

따라서 『끝나지 않은 이야기』 판본에 있는 넓은 틈을 메우기 위해 이 책에 사용한 텍스트는, 『실마릴리온』의 해당 대목(330~348쪽)과 마찬가지로 동일한 초고에서 추출한 것이다. 하지만 그것은 각각 서로 다른 목표 아래 이용된 것으로, 새 텍스트는 미로와 같은 원고와 쪽지, 그것들의 순서를 더 잘 이해한 바탕 위에서 만들어졌다. 초고 중 『실마릴리온』에서 생략되거나 축약된 많은 것들이 이용 가능한 것으로 남아 있었다. 하지만 『실마릴리온』 판본에 (「벨레리안드 연대기」에 뿌리를 둔 벨레그의 죽음을 다룬 이야기와 같이) 따로 덧붙일 것이 없는 경우에는 이를 그대로 재사용하였다.

결국 서로 다른 초고를 꿰맞추는 과정에서 여기저기 연결 고리 역할을 하는 어구들을 집어넣어야 하기는 했지만, 이번에 내놓는 긴 텍스트에는 아무리 사소하다 하더라도 어떤 종류든 외부적 '창작'의 요소는 존재하지 않는다. 그럼에도 불구하고 다른 수가 없었기 때문에 텍스트에 인위적인 손질을 가한 것은 사실이다. 특히 이 엄청난 분량의 원고에는 실제 이야기의 발달 과정이 들어 있기 때문에 더욱 그러하다. 지속적인 서사의 형성에 필수적인 원고들은 사실 초기 단계에 속하는 것일 수도 있다. 그래서 초기 시점의 한 예를 들자면, 투린의 무리가 아몬 루드로 와서 주거지를 발견하고 살아가는 이야기와 함께 도르쿠아르솔 땅에서 일시적으로 성공을 거둔 이야기의 일차 텍스트는 작은 난쟁이들이 등장하기 전에 이미 작성된 것이다. 산꼭대기 밑에 있는 밈의 집에 대한 지극히 세밀한 묘사도 실은 난쟁이 밈보다 더 일찍 만들어진 것이다.

투린이 도르로민에 돌아온 이후에 해당하는 이야기의 나머지 부분은, 아버지가 최종 형태를 제시했기 때문에 당연히 『끝나지 않은 이야기』의 텍스트와 거의 차이가 없다. 다만 카베드엔아라스의 글라우룽 공격에 대해서는 세부 사항과 관련된 두 가지 문제가 있는데, 내가 원래의 어구를 수정했기 때문에 설명이 필요하다.

첫째는 지리 문제에 관한 것이다. 그 운명의 날 저녁에, 투린과 동료들이 넨 기리스로 출발할 때(278~279쪽) 그들은 곧바로 협곡 건너편에 누워 있는 용을 향해 가지 않고 테이글린 건널목으로 가는 길로 향했다. 그들은 "그리고 얼마 가지 않아 남쪽으로 가는 소로로 방향을 바꾸어", 카베드엔아라스를 향해 강 위쪽에 있는 숲을 따라 걸어갔다. 이 대목의 초고에는 그들이 다가가고 있을 때, "그들 등 뒤로 저녁 첫 별이 동쪽 하늘에 깜빡거렸고, […]"라고 되어 있다.

『끝나지 않은 이야기』의 텍스트를 준비하면서 나는 이 문장이 잘못일지 모른다고 생각하지 못했다. 그들은 건널목에서 떨어진 곳에서 분명히 서쪽이 아니라 동쪽이나 남동쪽으로 이동하고 있었고, 따라서 동쪽 하늘의 첫 별은 등 뒤가 아니라 그들 앞에 있었던 것이다. 『보석전쟁The War of the Jewels』에서 이 문제를 논하면서, 나는 남쪽으로 가는 '소로'가 다시 서쪽으로 방향을 바꾸어 테이글린에 이른다는 가정을 받아들였다. 하지만 지금 와서 볼 때 이야기 속에 아무런 암시가 없는 상황에서 이 가정은 적절하지 않다고 판단했다. 좀 더 간단한 해결책은 '그들 등 뒤로'를 '그들 앞으로'로 바꾸는 것이었고, 새 텍스트에서는 이를 따랐다.

『끝나지 않은 이야기』(269쪽)에서 지형을 설명하기 위해 내가 그린 약도는 사실 방향이 정확하지 않다. 아몬 오벨은 테이글린 건널목에서 거의 정동 방향에 위치해 있으며("아몬 오벨 너머에서 달이 떠올라", 290쪽), 협곡 지점의 테이글린강은 남동쪽 혹은 남남동 방향으로 흐른다는 것은 아버지가 그린 벨레리안드 지도에서 알 수 있고, 또 『실마릴리온』 지도에서 내가 다시 활용한 바 있다. 이번에 나는 약도를 다시 그리고, 카베드엔아라스의 대략적인 위치도 표기하였다(272쪽에 다음의 언급이 있다. "이 협곡은 글라우룽이 접근하고 있는 바로 그 전방에 있었다. 가장 깊은 곳은 아니었지만 폭이 가장 좁은 지점으로, 켈레브로스하천이 유입되는 지점의 바로 북쪽이었다.").

두 번째 문제는 협곡을 건너던 글라우룽을 죽이는 장면과 관련이 있다. 이 대목에는 초고가 있고 최종본이 있다. 초고에는 투린과 동료들이 바로 밑에 닿을 때까지 반대편 절벽을 기어오른 것으로 되어 있다. 그들은 밤이 지나갈 때까지 거기 매달려 있었고, 투린은 "어두운 공포의 꿈과 맞서 싸우고 있었고, 그의 의지력은 온통 붙잡고 매달리는 데만 몰두해 있었다." 아침이 오자 글라우룽은 '북쪽으로 여러 걸음 떨어진' 지점에서 강을 건널 준비를 했고, 그래서 투린은 용의 배 밑에 들어가기 위해 강바닥으로 내려와 다시 절벽을 기어 올라가야 했다.

최종본에서는(284~285쪽) 글라우룽이 어디로 건너갈지 알 수 없기 때문에 지금 올라가 봤자 힘을 낭비할 뿐이라고 투린이 말하는 순간에는 투린과 훈소르가 건너편 절벽을 일부만 올라

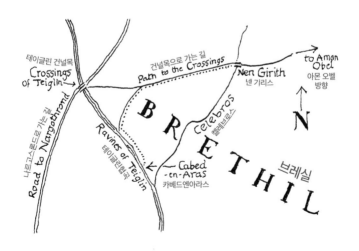

간 상태였다. 그래서 "그들은 동작을 멈추고 기다렸다." 그들이 올라가는 것을 멈추었을 때 그 지점에서 내려왔다는 이야기는 언급되어 있지 않다. "그의 의지는 오직 매달리는 데 집중하고 있었"고, 그의 꿈에 대한 언급은 초고에 있던 대목이 그대로 다시 나온다. 하지만 수정본에서는 그들이 매달려 있을 필요가 없었다. 그들은 분명히 바닥으로 내려와 거기서 기다릴 수 있었을 것이다. 사실은 이렇다고 생각된다. 지난 최종본 텍스트(『끝나지 않은 이야기』 241쪽)의 기록에 따르면, 그들은 글라우룽이 지나가는 길에 서 있지 못했고, 그래서 투린은 "용의 밑으로 다가가기 위해 강변을 따라 기어갔다." 그렇다면 그것은 이전의 초고가 남긴 쓸데없는 흔적을 간직하고 있는 셈이다. 일관성을 유지하기 위해, 나는 "그들은 바로 글라우룽이 지나가는 길에 서 있지 않았기 때문에"를 "그들은 바로 글라우룽이 지나가는 길에 있지는 않아서"로 수정하였고, "강변을 따라 기어갔다."를 "절벽을 기어올랐다."로 바꾸었다(286쪽).

이것들은 자체로는 사소한 문제이지만, 상고대의 전설 중에서 아마 가장 생생하게 그려지는 장면이자 가장 위대한 사건 하나를 명쾌하게 보여 준다.

발음에 대하여

다음 내용은 고유명사를 발음할 때 필요한 몇 가지 주요 특성을 분명히 하기 위해 작성하였다.

자음

C   항상 [s]가 아니라 [k]의 음가를 지닌다. 그래서 Celebros
        는 셀레브로스Selebros가 아니라 켈레브로스Kelebros로
        읽는다.

CH   항상 스코틀랜드어의 loch나 독일어의 buch에서와 같
        은 [ch]의 음가를 지니며, 영어 church의 [ch] 음가를 취
        하지 않는다. 예시로는 아나크Anach와 나른 이 킨 후린
        Narn I Chîn Húrin이 있다.

DH   항상 영어의 유성음(연음) [th]의 소리를 표현할 때 사용
        한다. 즉 thin의 [th]가 아니라 then의 [th]로 발음한다.
        예시로는 글로레델Glóredhel, 엘레드웬Eledhwen, 마에드
        로스Maedhros가 있다.

G   항상 영어 get의 [g] 소리를 낸다. 그래서 레기온Region은
        영어의 region처럼 발음하지 않으며, 깅글리스Ginglith
        의 첫 음절도 영어의 gin이 아니라 begin에서처럼 발음
        한다.

모음

AI   영어 eye와 같은 소리를 낸다. 그래서 에다인Edain의 둘
        째 음절은 영어의 Dane이 아니라 dine의 소리와 같다.

AU   영어 town의 [ow] 음가를 지닌다. 사우론Sauron의 첫 음

절도 영어로는 sore가 아니라 sour의 소리와 같다.

EI   테이글린Teiglin에서처럼 영어 grey의 발음을 취한다.

IE   영어의 piece처럼 발음하지 않고 모음 [i]와 [e]가 각각
의 음가를 가지고 함께 결합하도록 해야 한다. 그래서
니노르Neenor가 아니라 니에노르Nienor라고 발음해야
한다.

AE   아에그노르Aegnor와 니르나에스Nirnaeth에서처럼 개별
모음의 결합형 곧 아에 [ae]로 읽는다. 하지만 [AI]와 같
이 읽을 수도 있다. (『실마릴리온』 498쪽 참조. — 역자 주)

EA, EO   소리가 혼합되지 않고 두 개의 음절을 이룬다. 이들의
결합형의 표기는 베오르Bëor의 경우처럼 ëa나 ëo로 쓰
는데, 에아렌딜Eärendil의 경우처럼 이름의 머리에 쓰일
때는 Eä나 Eö로 표기한다.

Ú   후린Húrin, 투린Túrin 같은 이름에서 보듯이 [oo]로 발음
해야 한다. 그래서 튜린Tyoorin이 아니라 투린Toorin으로
읽는다.

IR, UR   자음 앞(키르단Círdan, 구르상Gurthang처럼)에서는 영어
의 fir나 fur처럼 발음하지 않고 영어의 eer, oor처럼 발음
한다.

E   단어의 끝에서는 항상 독립적인 모음으로 발음되며, 이
위치에서는 ë로 표기된다. 켈레브로스Celebros나 메네그
로스Menegroth처럼 단어의 중간에 있으면 항상 발음해
야 한다.

벨레리안드 지도에 나오는 이름 뒤에는 *표를 붙여 표시하였다.

ㄱ

가밀 지락Gamil Zirak 난쟁이 장인으로, 노그로드의 텔카르의 스승.

가우르와이스Gaurwaith '늑대사람들'. 도리아스 서쪽 변경 너머 숲속에 무리 지어 살던 무법자들로 투린이 이들과 합류함.

검은검The Black Sword 나르고스론드 시절 투린의 이름이자 검의 이름이기도 함. '모르메길' 참조.

게스론Gethron 투린이 도리아스로 갈 때 동행했던 일행 중의 한 사람.

겔미르Gelmir(1) 나르고스론드의 요정으로 권도르의 형.

겔미르Gelmir(2) 아르미나스와 함께 나르고스론드로 가서 오로드레스에게 위험을 예고한 놀도르 요정.

고르고로스Gorgoroth '에레드 고르고로스' 참조.

고르솔Gorthol '공포의 투구'. 도르쿠아르솔 땅에서 투린이 취한 이름.

고스모그Gothmog 발로그들의 수령. 핑곤 왕을 죽인 자.

곤돌린Gondolin* 투르곤 왕의 '숨은도시'.

과에론Gwaeron '바람 달'. 3월을 가리킴.

구르상Gurthang '죽음의 쇠'. 앙글라켈 검을 나르고스론드에서 다시 벼린 후에 투린이 붙인 이름.

구일린Guilin 나르고스론드의 요정으로 권도르와 겔미르의 부친.

권능들The Powers 발라들.

권도르Gwindor 나르고스론드의 요정으로, 핀두일라스를 사랑하였고 투린의 동료였음.

그리스니르Grithnir 투린이 도리아스로 갈 때 동행했던 일행 중의 한 사람. 도리아스에서 사망함.

글라우룽Glaurung '용들의 아버지'. 모르고스의 용들 가운데 최초의 존재.

글로레델Glóredhel 하도르의 딸로, 후린의 부친 갈도르의 누이. 브레실 사람 할디르의 아내.

글로르핀델Glorfindel 곤돌린의 요정 영주.

글리수이Glithui* 에레드 웨스린에서 내려와 말두인강의 합류 지점 북쪽에서 테이글린강으로 들어가는 지류.

깅글리스Ginglith* 나르고스론드 위쪽에서 나로그강으로 흘러 들어가는 강.

ㄴ

나로그Narog* 서벨레리안드의 주요 하천. 이브린에서 발원하여 시리온강의 하구 근처에서 시리온과 합류함. '나로그 요정들'은 나르고스론드의 요정들을 가리킴.

나르고스론드Nargothrond* 나로그강 가에 있는 거대한 지하 요새. 핀로드 펠라군드가 세우고 글라우룽이 파괴함. 나르고스론드의 영토는 강의 동쪽과 남쪽으로도 뻗어 있음.

난 엘모스Nan Elmoth* 동벨레리안드의 숲으로 에올의 거소.

남부대로South Road* 톨 시리온에서부터 테이글린 건널목을 거쳐 나르고스론드로 향하는 옛길.

네브라스트Nevrast* 메아리산맥(에레드 로민) 너머 도르로민 서쪽에 있는 지방.

네이산Neithan '박해받은 자'. 무법자들 사이에서 투린이 스스로에게 붙인 이름.

넨 기리스Nen Girith '몸서리치는 물'. 브레실의 켈레브로스하천의 폭포인 딤로스트에 붙은 이름.

넨 랄라이스Nen Lalaith 에레드 웨스린의 봉우리인 아몬 다르시르 밑에서 발원하여 도르로민에 있는 후린의 집을 지나가는 하천.

넨닝Nenning* 서벨레리안드의 강으로, 에글라레스트항구에서 바다로 들어감.

넬라스Nellas 어린 시절 투린의 친구가 되어 준 도리아스의 요정.

노그로드Nogrod 난쟁이들이 청색산맥에 세운 두 도시 중의 하나.

놀도르Noldor 동부에서 장정을 떠나 벨레리안드로 들어간 엘다르 중 둘째 무리. '지식의 요정', '지식의 대가들'로 불림.

높은파로스The High Faroth* 나르고스론드 위쪽에 있는 나로그강 서부의 고원 지대. 파로스라고도 함.

누아스숲Woods of Nuath* 나로그강 상류에서 서쪽으로 뻗어 있는 숲.

늑대사람들Wolfmen '가우르와이스' 참조.

니니엘Níniel '눈물의 여인'. 브레실에서 투린이 니에노르에게 지어 준 이름.

니르나에스 아르노에디아드Nirnaeth Arnoediad '한없는 눈물의 전투'. 줄여서 '니르나에스'라고도 함.

니빈노에그Nibin-noeg, 니빈노그림Nibin-nogrim '작은난쟁이들'.

니에노르Niënor '애도'. 후린과 모르웬의 딸이며 투린의 누이. '니니엘' 참조.

님브레실Nimbrethil* 아르베르니엔의 자작나무 숲. 빌보의 깊은골 노래에 등장함.

ㄷ

다고르 브라골라크Dagor Bragollach (혹은 브라골라크Bragollach) 돌발화염의 전투. 이로써 모르고스가 앙반드 공성을 끝냄.

다에론Daeron 도리아스의 음유시인.

대적the Enemy 모르고스.

도르로민Dor-lómin* 핑골핀 왕이 하도르 가문에 영지로 하사한 히슬룸 남쪽의 땅으로 후린과 모르웬이 살던 곳.

도르로민의 여주인Lady of Dor-lómin 모르웬.

도르소니온Dorthonion* '소나무의 땅'. 벨레리안드 북쪽 경계에 있는 삼림으로 뒤덮인 고원 지대로, 나중에 타우르누푸인으로 불림.

도르쿠아르솔Dor-Cúarthol '활과 투구의 땅'. 투린과 벨레그가 아몬 루드 위에 있는 소굴에서 머무르며 지켜 낸 땅에 붙여진 이름.

도를라스Dorlas 브레실숲의 할레스 사람들 중의 유력자.

도리아스Doriath* 넬도레스숲과 레기온숲 속에 있는 싱골과 멜리안의 왕국으로, 에스갈두인강 가에 있는 메네그로스에서 통치하였음.

동부인Easterlings 에다인을 뒤따라 벨레리안드로 들어온 인간 종족들.

둘째자손Younger Children 인간. '일루바타르의 자손' 참조.

드렝기스트Drengist* 에레드 로민(메아리산맥)을 뚫고 들어간 긴 하구.

딤로스트Dimrost '비 내리는 층계'. 브레실숲의 켈레브로스하천의 폭포로 나중에 넨 기리스로 불림.

딤바르Dimbar* 시리온강과 민데브강 사이의 땅.

ㄹ

라그니르Ragnir 도르로민의 후린의 집에 있던 눈먼 하인.

라드로스Ladros* 도르소니온 동북부에 있는 땅으로 놀도르 왕들이 베오르 가의 인간들에게 하사하였음.

라르나크Larnach 테이글린강 남쪽 땅에 사는 숲속 사람들 중의 한 사람.

라바달Labadal 투린이 사도르에게 붙여 준 이름.

랄라이스Lalaith '웃음'. 우르웬에게 붙은 별명.

레기온Region* 도리아스의 남쪽 숲.

로스론Lothron 다섯째 달.

로슬란Lothlann 도르소니온(타우르누푸인) 서쪽에 있는 거대한 평원.

루시엔Lúthien 싱골과 멜리안의 딸로, 베렌이 죽자 유한한 생명을 택하여 그와 운명을 같이함. 티누비엘, 즉 '황혼의 딸'로 불렸으며 이는 나이팅게일을 뜻함.

리빌Rivil* 도르소니온에서 내려오는 하천으로 세레크습지에서 시리온강과 합류함.

리안Rían 모르웬의 사촌. 후린의 동생인 후오르의 아내로 투오르의 모친.

ㅁ

마블룽Mablung 도리아스의 요정으로 싱골 왕 휘하의 대장이며 투린의 친구임. '사냥꾼'으로 불림.

마에글린Maeglin '검은요정' 에올과 투르곤의 누이인 아레델 사이에서 난 아들. 곤돌린을 배반한 자.

마에드로스Maedhros 페아노르의 장자로 도르소니온 너머 동부의 땅을 다스림.

만도스Mandos 발라. 심판자이며, 발리노르에 있는 '사자의 집'을 지키는 이.

만웨Manwë 최고의 발라. '노왕'으로 불림.

말두인Malduin* 테이글린강의 지류.

망명자들The Exiles 발라들을 거역하고 가운데땅으로 돌아간 놀도르.

메네그로스Menegroth* '천의 동굴'. 도리아스의 에스갈두인강 옆에 있는 싱골과 멜리안의 궁정.

메넬Menel 하늘. 별들이 있는 곳.

메세드엔글라드Methed-en-glad '숲의 끝'. 테이글린강 남쪽의 숲 가장자리에 있는 도르쿠아르솔의 요새.

멜리안Melian 마이아('아이누' 참조). 도리아스 싱골 왕의 왕비로 왕국 주변에 '멜리안의 장막'이라는 보이지 않는 보호 장벽을 침. 루시엔의 모친.

멜리안의 장막Girdle of Melian '멜리안' 참조.

멜코르Melkor 모르고스의 퀘냐 이름.

모르고스Morgoth 반역의 대大발라로, 원래 '권능들' 중에서도 가장 뛰어난 자. 대적, 암흑의 군주, 암흑의 왕, 바우글리르 등으로도 불림.

모르메길Mormegil '검은검'. 나르고스론드에 있을 때 투린에게 주어진 이름.

모르웬Morwen 베오르 가문 바라군드의 딸로, 후린의 아내이자 투린과 니에노르의 모친. '요정의 광채' 엘레드웬, 도르로민의 여주인 등으로 불림.

물의 군주Lord of Waters 발라 울모.

미나스 티리스Minas Tirith '감시의 탑'. 핀로드 펠라군드가 톨 시리온에 세운 요새.

미스림Mithrim* 히슬룸 동남부 지역. 미스림산맥에 의해 도르로민과 분리되어 있음.

민데브Mindeb* 시리온강의 지류로 딤바르와 넬도레스숲 사이로 흐름.

밀짚대가리Strawheads 히슬룸의 동부인들이 하도르 가의 사람들에게 붙인 이름.

밈Mîm 아몬 루드에 사는 작은난쟁이.

ㅂ

바라군드Baragund 모르웬의 부친으로 베렌의 사촌.

바라드 에이셀Barad Eithel '수원지의 탑'. 에이셀 시리온에 있는 놀도르
의 요새.

바라히르Barahir 베렌의 부친으로 브레골라스의 동생.

바르 에리브Bar Erib 아몬 루드 남쪽에 있는 도르쿠아르솔의 요새.

바르다Varda 발라 여왕들 중에서 가장 높은 자. 만웨의 배우자.

바르엔니빈노에그Bar-en-Nibin-noeg 아몬 루드 꼭대기에 있는 '작은난
쟁이들의 집'.

바르엔단웨드Bar-en-Danwedh '몸값의 집'. 밈이 자신의 집에 붙인 이름.

바우글리르Bauglir '구속하는 자'. 모르고스에게 붙여진 이름.

발라(들)Vala(r) '권능들'. 시간의 시작에 세상으로 들어온 위대한 영들.

발리노르Valinor 대해 너머 서녘에 있는 발라들의 땅.

베렌Beren 베오르 가의 인간으로 루시엔을 사랑하여 모르고스의 왕관
에서 실마릴을 떼어 낸 인물. '외손잡이'란 별명과 함께 캄로스트, 곧
'빈손'으로 불리기도 함.

베오르Bëor 벨레리안드에 처음 이주한 인간들의 지도자로 에다인 3대
가문 중의 하나인 베오르 가의 시조.

벨레고스트Belegost '거대한 요새'. 청색산맥에 있는 난쟁이들의 두 도
시 중의 하나.

벨레군드Belegund 리안의 부친으로 바라군드의 동생.

벨레그Beleg 도리아스의 요정. 뛰어난 궁사로 투린의 친구이자 동료임.
쿠살리온, 곧 '센활'로 불림.

벨레리안드Beleriand* 상고대 청색산맥 서부의 땅.

벨스론딩Belthronding 벨레그의 활.

브라골라크Bragollach '다고르 브라골라크' 참조.

브란디르Brandir 투린이 도착할 당시 브레실의 할레스 가 사람들의 지
도자. 한디르의 아들.

브레고르Bregor 바라히르와 브레골라스의 부친.

브레골라스Bregolas 바라군드의 부친으로 모르웬의 조부.

브레실Brethil* 테이글린강과 시리온강 사이의 삼림 지대로, '브레실 사람들'은 할레스 가의 사람들을 가리킴.

브레실의 한디르Handir of Brethil 할디르와 글로레델의 아들로 브란디르의 부친.

브롯다Brodda 니르나에스 아르노에디아드 이후에 히슬룸에 정착한 동부인.

브리시아크Brithiach* 시리온강을 건너는 여울로 브레실숲의 북쪽에 있음.

비탄의 해Year of Lamentation 니르나에스 아르노에디아드가 벌어진 해.

ㅅ

사도르Sador 나무꾼. 도르로민에 있는 후린의 집 하인으로 투린의 어린 시절 친구이며, 투린은 그를 '라바달'이라고 불렀음.

사슴이 뛰어넘던 벼랑The Deer's Leap '카베드엔아라스' 참조.

사에로스Saeros 도리아스의 요정. 투린에게 반감을 품었던 싱골의 자문관.

사우론의 섬Sauron's Isle 톨 시리온.

상고로드림Thangorodrim '압제의 산'. 앙반드 위에 모르고스가 세움.

샤르브훈드Sharbhund 아몬 루드를 가리키는 난쟁이들의 말.

서녘의 군주들Lords of the West 발라들.

세 가문(에다인)Three Houses of the Edain 베오르, 할레스, 하도르 가문.

세레크Serech* 시리온 통로 북쪽에 있는 큰 습지. 도르소니온에서 내려오는 리빌강이 흘러드는 곳.

센활Strongbow 벨레그의 별명. '쿠살리온' 참조.

소론도르Thorondor '독수리들의 왕'.('가운데땅의 생성 초기에 에워두른 산맥의 범접하기 어려운 높은 봉우리에 둥지를 틀었던 늙은 소론도르')

수린Thurin '비밀'. 핀두일라스가 투린에게 붙인 이름.

숨은왕국The Hidden Realm 곤돌린.

숲속 사람들Woodmen 테이글린강 남쪽의 숲속에 사는 사람들. 가우르와이스에게 약탈당함.

숲속의 야생인Wildman of the Woods 투린이 브레실 사람들 속에 처음

들어갔을 때 스스로를 가리킨 말.

시리온Sirion* 에이셀 시리온에서 발원한 벨레리안드의 큰 강.

신다린Sindarin 회색요정어. 벨레리안드 요정들의 언어. '회색요정' 참조.

싱골Thingol '회색망토'. 도리아스의 왕으로, 회색요정들(신다르)의 최고 지도자. 마이아 멜리안과 혼인하였고 루시엔의 부친이 됨.

○

아가르와엔Agarwaen '피투성이'. 나르고스론드에 들어온 투린이 스스로를 칭한 이름.

아나크Anach* 타우르누푸인에서 내려오는 고개로, 에레드 고르고로스 서쪽 끝에 있음.

아다네델Adanedhel '요정인간'. 나르고스론드 시절의 투린에게 붙은 이름.

아란루스Aranruth '왕의 분노'. 싱골의 검.

아레델Aredhel 투르곤의 누이. 에올의 아내.

아르다Arda 땅.

아로크Arroch 후린의 말馬.

아르미나스Arminas 놀도르 요정으로, 겔미르와 함께 나르고스론드로 가서 오로드레스에게 위험을 예고함.

아르베르니엔Arvernien* 벨레리안드 해안 지대로, 시리온강 하구 서쪽에 있으며 빌보의 깊은골 노래에 등장함.

아름다운 종족Fair Folk 엘다르.

아몬 다르시르Amon Darthir* 도르로민 남쪽 에레드 웨스린산맥의 봉우리.

아몬 루드Amon Rûdh* '대머리산'. 브레실 남쪽 땅에 외따로 떨어져 있는 고지高地로 밈의 거주지.

아몬 에시르Amon Ethir '첩자들의 언덕'. 나르고스론드 동쪽 약 5킬로미터 거리에 핀로드 펠라군드가 축조한 거대한 토루.

아몬 오벨Amon Obel* 브레실숲 가운데에 있는 언덕. 그 위에 에펠 브란디르가 건설되어 있음.

아스곤Asgon 도르로민 사람으로, 투린이 브롯다를 죽인 후 탈출할 때 도와줌.

아에린Aerin 도르로민에 남은 후린의 친척으로, 강제로 동부인 브롯다의 아내가 됨.

아이누(들)Ainu(r) '거룩한 자(들)'. 세상이 있기 전에 일루바타르에 의해 창조된 최초의 존재자들. 발라와 마이아로 나눠지는데, 마이아는 발라와 같은 신분이지만 등급이 낮음.

아자그할Azaghâl 벨레고스트 난쟁이들의 왕.

안드로그Andróg 도르로민 사람. 투린이 가담한 무법자 무리의 지도자 중 한 사람.

안파우글리스Anfauglith★ '숨막히는먼지'. 타우르누푸인 북부의 대평원으로 풀이 무성하던 과거에는 아르드갈렌으로 불렸으나, '돌발화염의 전투'에서 모르고스에 의해 사막으로 변함.

알군드Algund 도르로민 사람. 투린이 가담한 무법자 무리의 일원.

암흑의 군주The Dark Lord 모르고스.

암흑의 왕The Black King 모르고스.

앙구이렐Anguirel 에올의 검.

앙그로드Angrod 피나르핀의 셋째 아들. 다고르 브라골라크에서 전사함.

앙글라켈Anglachel 벨레그의 검劍. 싱골이 준 선물로, 투린을 위해 다시 벼린 뒤에는 구르상으로 명명됨.

앙반드Angband 가운데땅 북서부에 있는 모르고스의 거대한 성채.

어둠산맥Mountains of Shadow★(Shadowy Mountains) '에레드 웨스린' 참조.

에다인Edain (단수형은 아단Adan) '요정의 친구'로 불린 세 가문의 인간들.

에레드 고르고로스Ered Gorgoroth★ '공포산맥'. 타우르누푸인에서 가파르게 떨어지는 거대한 절벽으로 고르고로스라고도 함.

에레드 웨스린Ered Wethrin '어둠산맥'. 히슬룸의 동쪽과 남쪽의 경계를 이루는 광대한 산맥.

에스갈두인Esgalduin★ 도리아스의 강으로 넬도레스숲과 레기온숲의 경계를 이루며 시리온강으로 흘러 들어감.

에올Eöl '검은요정'으로 불리는 인물로, 난 엘모스에 사는 유명한 대장장이. 앙글라켈 검을 만든 자로, 마에글린의 아버지.

에워두른산맥Encircling Mountains 곤돌린의 평원 툼라덴을 에워싼 산맥.

에이셀 시리온Eithel Sirion* '시리온의 샘'. 에레드 웨스린 동쪽 비탈에 있으며, 그곳에 있는 놀도르 요새 바라드 에이셀을 가리키기도 함.

에이셀 이브린Eithel Ivrin* '이브린의 샘'. 에레드 웨스린 밑에 있는 나로그강의 발원지.

에카드 이 세드륀Echad i Sedryn (혹은 에카드Echad) '충성스러운 자들의 야영지'. 아몬 루드 위에 있는 밈의 집에 붙은 이름.

에펠 브란디르Ephel Brandir '브란디르의 에워두른방벽'. 아몬 오벨 위에 있는 브레실 사람들의 폐쇄적인 거주지. '에펠'로 부르기도 함.

엑셀리온Ecthelion 곤돌린의 요정 영주.

엘다르Eldar 동부에서 장정을 떠나 벨레리안드로 들어간 요정들.

엘달리에Eldaliё 요정족. '엘다르'와 같은 말.

엘레드웬Eledhwen 모르웬의 이름. '요정의 광채'.

오로드레스Orodreth 핀로드 펠라군드의 동생으로, 핀로드 사후 나르고스론드의 왕이 되었음. 핀두일라스의 부친.

오를레그Orleg 투린의 무법자 무리 중의 한 사람.

옷세Ossё 마이아('아이누' 참조). 물의 군주 울모의 봉신.

우르웬Urwen 어려서 죽은 후린과 모르웬의 딸. 랄라이스, 곧 '웃음'으로 불림.

우마르스Úmarth '불운'. 투린이 나르고스론드에서 자신의 부친에게 붙인 가공의 이름.

울라드Ulrad 투린이 가담한 무법자 무리의 일원.

울모Ulmo 위대한 발라의 일원. '물의 군주'.

위대한 노래The Great Song 아이누의 음악. 그 음악으로부터 세상이 시작되었음.

위대한 무덤The Great Mound '하우드엔니르나에스' 참조.

은둔의 왕국The Guarded Realm 도리아스.

은둔의 왕국The Hidden Kingdom 도리아스.

이분Ibun 작은난쟁이 밈의 아들 중의 하나.

이브린Ivrin* 에레드 웨스린 밑에 있는 호수와 폭포로, 나로그강의 발원지.

인도르Indor 도르로민 사람으로 아에린의 부친.

일루바타르Ilúvatar '만물의 아버지'.

일루바타르의 자손Children of Ilúvatar 요정과 인간.

ㅈ

작은난쟁이들Petty-dwarves 가운데땅 난쟁이들의 한 종족으로, 밈과 그의 두 아들이 최후의 생존자들이었다.

장신의 갈도르Galdor the Tall 황금머리 하도르의 아들. 후린과 후오르의 부친으로 에이셀 시리온에서 전사함.

저주받은 울도르Uldor the Accursed '한없는 눈물의 전투'에서 전사한 동부인 지휘관.

ㅊ

첩자들의 언덕The Spyhill '아몬 에시르' 참조.

첫째자손Elder Children 요정. '일루바타르의 자손' 참조.

청색산맥Blue Mountains 상고대 벨레리안드와 에리아도르 사이에 있는 대산맥(에레드 루인 및 에레드 린돈으로 불림).

ㅋ

카베드 나에라마르스Cabed Naeramarth '끔찍스러운 운명의 추락'. 니에노르가 카베드엔아라스 낭떠러지에서 뛰어내린 뒤 그곳에 붙은 이름.

카베드엔아라스Cabed-en-Aras '사슴이 뛰어넘던 벼랑'. 투린이 글라우룽을 죽인 테이글린강 가의 깊은 협곡.

켈레브로스Celebros 건널목 근처에 있는 브레실의 시내로, 테이글린강으로 내려감.

쿠살리온Cúthalion '센활'. 벨레그의 별명.

크릿사에그림Crissaegrim* 곤돌린 남쪽의 산봉우리로, 소론도르의 둥지가 있는 곳.

크힘Khîm 작은난쟁이 밈의 아들 중의 하나로, 안드로그의 화살에 맞아 죽음.

키르단Círdan '조선공'으로 불리는 팔라스의 군주. 니르나에스 아르노에디아드 이후 항구들이 파괴되자, 남쪽에 있는 발라르섬으로 도피함.

ㅌ

타우르누푸인Taur-nu-Fuin* '밤그늘의 숲'. 도르소니온의 나중 이름.

탈라스 디르넨Talath Dirnen* '파수평원'. 나르고스론드의 북부.

테이글린 건널목Crossings of Teiglin* 나르고스론드로 향하는 고대의 남부대로가 테이글린강을 건너는 여울.

테이글린Teiglin* 어둠산맥에서 발원하여 브레실숲 사이로 흘러가는 시리온강의 지류. '테이글린 건널목' 참조.

텔카르Telchar 노그로드의 유명한 대장장이.

텔페리온Telperion 백색성수. 발리노르에 빛을 준 '두 나무' 중의 손위 나무.

톨 시리온Tol Sirion* 시리온 통로의 강 한복판에 있는 섬. 핀로드는 그 위에 미나스 티리스를 세우는데, 나중에 사우론에게 빼앗김.

투람바르Turambar '운명의 주인'. 브레실 사람들과 함께 있을 때 투린이 취한 이름.

투르곤Turgon 핑골핀 왕의 둘째 아들로 핑곤의 동생. 곤돌린을 세워 왕이 됨.

투린Túrin 후린과 모르웬의 아들로 「나른 이 킨 후린」이란 노래의 중심 인물. 그의 다른 이름으로는 '네이산', '고르솔', '아가르와엔', '수린', '아다네델', '모르메길(검은검)', '숲속의 야생인', '투람바르' 등이 있음.

투오르Tuor 후오르와 리안의 아들. 투린의 사촌이며 에아렌딜의 부친.

툼라덴Tumladen 에워두른산맥 속에 숨어 있는 골짜기로 곤돌린이 위치한 곳.

툼할라드Tumhalad* 깅글리스강과 나로그강 사이의 유역. 나르고스론드의 군대가 패한 곳.

ㅍ

파수평원The Guarded Plain* '탈라스 디르넨' 참조.

파엘리브린Faelivrin 귄도르가 핀두일라스에게 붙여 준 이름.

팔라스Falas* 벨레리안드 서부의 해안 지대.

페아노르Fëanor 핀웨의 장자로 놀도르의 초기 지도자. 핑골핀의 이복 형으로 실마릴을 만든 자이며, 놀도르가 발라들에게 반란을 일으킬 때 주도한 인물. 그러나 가운데땅으로 돌아온 직후 전사함. '페아노르의 아들들' 참조.

페아노르의 아들들Sons of Fëanor '페아노르' 참조. 페아노르의 일곱 아들들은 동벨레리안드에서 영토를 차지함.

펠라군드Felagund '동굴을 파는 자'. 나르고스론드를 세운 뒤 핀로드 왕에게 붙여진 별명으로, 종종 이 이름으로만 불리기도 함.

포르웨그Forweg 도르로민 사람으로 투린이 가담하였던 무법자 무리의 두목.

피나르핀Finarfin 핀웨의 셋째 아들로 핑골핀의 동생이자 페아노르의 이복동생. 그는 핀로드 펠라군드와 갈라드리엘의 부친이지만 가운데땅으로 돌아가지는 않았음.

핀두일라스Finduilas 나르고스론드의 두 번째 왕 오로드레스의 딸.

핀로드Finrod 피나르핀의 아들. 오로드레스의 형이자 갈라드리엘의 오빠이며, 나르고스론드를 세워 왕이 되었음. 종종 펠라군드로 불림.

핑곤Fingon 핑골핀 왕의 장자로, 부친 사후 놀도르 대왕이 됨.

핑골핀Fingolfin 놀도르의 첫 지도자인 핀웨의 둘째 아들. 놀도르 대왕으로 히슬룸에 살았으며, 핑곤과 투르곤의 부친임.

ㅎ

하레스Hareth 브레실 영주 할미르의 딸로, 도르로민 출신 갈도르의 아내가 된 인물. 후린의 모친.

하우드엔니르나에스Haudh-en-Nirnaeth '눈물의 언덕'. 안파우글리스 사막에 있음.

하우드엔엘레스Haudh-en-Elleth '요정 처녀의 무덤'. 핀두일라스가 묻힌 무덤으로 테이글린 건널목 근처에 있음.

한없는 눈물Unnumbered Tears 니르나에스 아르노에디아드 전투.

한없는 눈물의 전투Battle of Unnumbered Tears '니르나에스 아르노에디아드' 참조.

할디르Haldir 브레실숲의 할미르의 아들. 도르로민의 하도르의 딸인 글로레델과 혼인함.

할레스Haleth 일찍이 에다인 둘째 가문인 할레스림, 곧 할레스 사람들의 지도자가 된 여자 영주로 브레실숲에 정착하여 거주함.

할미르Halmir 브레실 사람들의 영주.

황금머리 하도르Hador Goldenhead 도르로민의 영주이자 핑골핀 왕의 봉신이 된 요정의 친구. 후린과 후오르의 부친인 갈도르의 부친으로, 다고르 브라골라크 중에 에이셀 시리온에서 전사함. 하도르 가문은 에다인 3대 가문 중의 하나임.

황혼의 호수Twilight Meres* 아로스강이 시리온강으로 흘러 들어가는 곳에 있는, 습지와 연못으로 이루어진 지역.

회색요정Grey-elves 신다르. 대해를 넘어 서녘으로 가지 않고 벨레리안드에 남은 엘다르에게 붙은 이름.

후린Húrin 도르로민의 영주로, 모르웬의 남편이며 투린과 니에노르의 부친. '변함없는 자'란 뜻의 '살리온'이란 이름을 가졌음.

후오르Huor 후린의 동생. 에아렌딜의 부친인 투오르의 부친으로 '한없는 눈물의 전투'에서 전사함.

훈소르Hunthor 도르로민 사람으로 투린이 글라우룽을 공격할 때 따라나선 인물.

히릴로른Hírilorn 몸통이 셋인 거대한 너도밤나무로서 넬도레스숲에 있음.

히슬룸Hithlum* '안개의 땅'. 어둠산맥으로 둘러싸인 북부의 땅.

지도에 대하여

이 지도는 아버지가 1930년대에 그린 지도에 바탕을 둔 『실마릴리온』 지도와 아주 근사한 지도로, 아버지는 『실마릴리온』 지도를 한 번도 바꾸지 않고 이후의 모든 작품에 사용했다. 산맥과 언덕, 숲을 명백히 선택적으로 정형화된 양식에 따라 표시한 것은 아버지의 스타일을 흉내 낸 것이다.

이번에 지도를 다시 그리면서, 나는 지도를 단순화하고 또 『후린의 아이들』 이야기에 좀 더 확실히 부합하게 하기 위해 몇 가지 변화를 시도했다. 그래서 이 지도에는 옷시리안드와 청색산맥이 위치한 동쪽 지방이 빠져 있고, 몇 곳의 지형 표기는 생략되었다. 또한 (몇 군데 예외가 있기는 하나) 실제로 작품 텍스트 속에 등장하는 지명들만 표기했다.

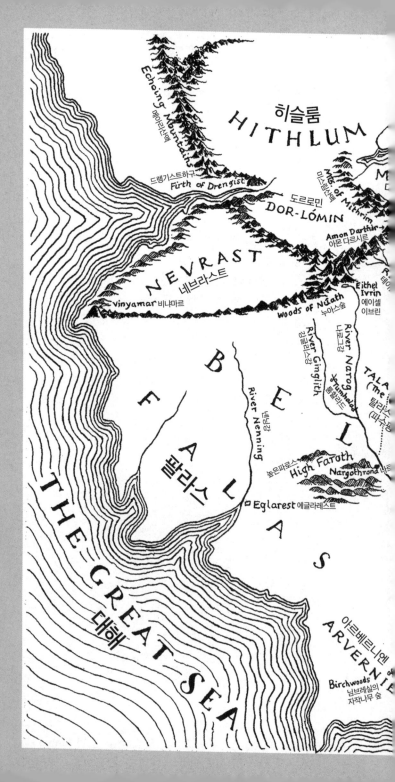

Echoing Mountains 메아리산맥

히슬룸 HITHLUM

M

드렝기스트하구 Firth of Drengist

도르로민 DOR-LÓMIN

Mts. of Mithrim 미스림산맥

Amon Darthir 아몬 다르시르

NEVRAST 네브라스트

Riv

Eithel Ivrin 에이셀 이브린

Vinyamar 비냐마르

Woods of Núath 누아스숲

River Ginglith 깅글리스강

River Narog 나로그강

Brithiach 브리시아흐

TALA (The 탈라스 (파스롱

B E L A
F L S

River Nenning 낸닝강

High Faroth 높은파로스

Nargothrond 나르

THE GREAT SEA 대해

Eglarest 에글라레스트

아르베르니엔
ARVERNIE

Birchwoods 님브레실의 자작나무 숲

옮긴이 **김보원**

한국방송통신대학교 명예교수. 서울대학교 영문학과를 졸업하고 동 대학원에서 문학박사 학위를 받은 뒤 한국방송통신대학교 영문학과 교수로 재직하였다. 역서로 J.R.R. 톨킨의 『반지의 제왕』『실마릴리온』『끝나지 않은 이야기』『후린의 아이들』『곤돌린의 몰락』과 데이빗 데이의 연구서 『톨킨 백과사전』, 토머스 하디의 장편소설 『더버빌가의 테스』가 있고, 저서로 『번역 문장 만들기』『영국소설의 이해』『영어권 국가의 이해』『영미단편소설』 등이 있다.

후린의 아이들

1판 1쇄 인쇄 2024년 4월 24일
1판 1쇄 발행 2024년 5월 20일

지은이 | J.R.R. 톨킨
옮긴이 | 김보원
펴낸이 | 김영곤
펴낸곳 | (주)북이십일 아르테

책임편집 | 권구훈
교정교열 | 쟁이LAP
표지 디자인 | (주)여백커뮤니케이션
본문 디자인 | (주)다함미디어

문학팀장 | 김지연 **문학팀** | 원보람
해외기획실 | 최연순 소은선
출판마케팅영업본부장 | 한충희
출판영업팀 | 최명열 김다운 김도연 권채영
마케팅2팀 | 나은경 정유진 백다희 이민재
제작팀 | 이영민 권경민

출판등록 | 2000년 5월 6일 제406-2003-061호
주소 | (우10881) 경기도 파주시 회동길 201(문발동)
대표전화 | 031-955-2100 **팩스** | 031-955-2151
이메일 | book21@book21.co.kr

ISBN 979-11-7117-128-6 04840
      979-11-7117-127-9 (세트)